전후
동아시아
여성서사는
어떻게
만날까

전후 동아시아 여성서사는 어떻게 만날까

초판인쇄 2022년 5월 5일 **초판발행** 2022년 5월 15일
엮은이 손지연
펴낸이 박성모 **펴낸곳** 소명출판 **출판등록** 제13-522호
주소 서울시 서초구 서초중앙로6길 15, 2층
전화 02-585-7840 **팩스** 02-585-7848
전자우편 somyungbooks@daum.net **홈페이지** www.somyong.co.kr

값 26,000원
ISBN 979-11-5905-688-8 93800
ⓒ 손지연, 2022

총서 **005**
경희대학교
글로벌류큐오키나와연구소

전후
동아시아
여성서사는
어떻게
만날까

How do we come across the East-Asian women's story from post-war

손지연 엮음

책머리에

'전후 동아시아 여성서사는 어떻게 만날까'라는 테마에 착안하게 된 것은 2019년에 열렸던 한 학술대회의 기획 발표가 계기가 되었다. 이 학술대회는 한국과 일본의 연구자들이 함께 머리를 맞대고 역동적인 동아시아 여성문학(사)의 과거, 현재, 미래를 가늠해 보자는 의도에서 마련되었다. 한국, 중국, 일본, 오키나와, 재일, 이렇게 다섯 지역의 여성문학(사)을 한 자리에서 발표하는 흔치 않은 기획이었던 만큼 발표자 섭외에서부터 주제와 분석 대상 시기를 정하는 일에 꽤 많은 시간을 투자했다. 여러 차례의 토론 끝에 다소 범박한 키워드지만 '전후', '동아시아', '여성'에 집약시켜 보기로 했다. 발표와 토론이 진행됨에 따라 각 지역의 여성서사에 녹아들어 있는 동아시아의 모습과 흔적이 때로는 교차되고 때로는 비껴가며 서로 다른 양상을 드러내었다. 예상은 했지만 그 구체적인 양상을 확인하는 일은 꽤 흥미진진했다.

오키나와의 경우, 한국, 중국, 일본, 재일과 변별되는 오키나와 여성서사만의 특징이 매우 확실하게 드러났다. 그것은 다름 아닌 '동아시아에 가깝고 일본 여성문학(사)과 변별되는 지점'에서 찾을 수 있다. 예컨대, 유미리의 소설이 '사소설'을 멀리 비껴가 아시아로 시선이 향하고 있다는 것 등 재일 여성서사와 겹쳐 읽을 수 있는 흥미로운 장면들이 다수 포착되었다.

한국어와 일본어가 뒤섞이고, 언어가 소리가 되고, 소리가 언어가 되는, 다층적이고 혼성적인 글쓰기. 그것이 가능했던 것은 유미리가 끊임없이 스스로를 '재일'이라는 경계의 위치에 두고 디아스포라적 사유를 심화했기 때문이다. 이러한 특징은 오키나와 여성작가 사키야마 다미의 작품세계에서도 엿볼 수 있다. 사키야마는 꾸준히 한국과 오키나와의 관련성을 이야기해 왔고, 여성으로서, 마이너리티로서의 공감대와 연대의 가능성을 표해왔다. 또한, 이 책에서 미처 다루지 못했지만 그의 문학세계는 제주 작가 한림화의 글쓰기 방식과도 연결된다. 제주어 글쓰기를 통해 표준어를 낯설게 함으로써 제주어 안의 다양하고 이질적인 언어들에 자격을 부여하는 한림화의 소설은 유미리나 사키야마의 소설을 접한 독자들에게 낯설지 않게 다가올 것이다. 이들 여성작가의 작품세계를 관통하는 것은, 질서정연한 언어, 표준어를 파괴하는 것, 나아가 들리지 않는 목소리, 목소리조차 얻지 못한 말들을 복원하는 것이라고 할 수 있다. 더 나아가 '그녀들의 말'이 나란히 동아시아를 향하고 있음은 이 책의 기획을 통해 확인하게 된 유의미한 논점 중 하나다.

이 책이 보다 풍요로울 수 있었던 것은 한국, 중국, 일본, 오키나와, 재일에 더하여 북한과 대만의 여성문학(사)을 함께 실을 수 있었기 때문이다. 최근의 북한 여성서사는 남한의 여성서사가 지닌 문제의식과 소통하는 길로 나아가고 있으며, 그 길은 동아시아의 젠더문제로 연결되리라는 지적은 향후 한반도의 여성문제를 가늠하는 데에도 중요한 시사점을 던져준다. 더불어 본토성의 탐색, 대만인의 역사 찾기, 그리고 기존의 남성중심 서사에 대응하는 형태를 띠며 중국과 일본을 포함한 동아시아가 끊임없이 호명되는 양상을 보이는 대만의 여성서사는, 이 책의 키워드인 '전후', '동아시아', '여성'을 환기시키기에 충분하다.

무엇보다 이 책의 필자들은 여성서사를 수난사적 관점에 가두거나 단일한 기억투쟁으로 한정하는 일국사—國史적 관점이 지역 안에서 되풀이되는 것을 끊임없이 경계하면서, 여성을 비롯한 소수자의 언어를 대상화하지 않고 주체적 선택과 자율적 의지를 표출했던 아우성으로 기억하고자 했다. 이 책의 목차는 편의상 3부로 나뉘었지만, 이러한 문제의식을 공유하면서 여성서사를 국가, 혹은 지역적 차원에서 논의하기보다 동아시아 공동체를 사유하기 위한 학문적 지렛대로 삼고자 했다.

1부의 글들은 한반도와 중국, 일본 지역의 여성서사들을 가로지르는 전쟁체험과 동아시아적 사유의 접점을 살피고 있다. 백지연의 「분단체제의 여성서사와 동아시아의 사유」는 한반도 현실에서 여성들이 겪는 근대체험과 전쟁의 폭력을 성찰하는 작품들을 동아시아 시각으로 조망한다. 박경리, 송원희, 강신재, 박순녀 등의 작품에 나타난 전쟁체험과 분단체제로 인한 심리적 상흔을 거론하면서, 기지촌을 동아시아 공간으로 확장해 양공주, 혼혈아, 마담, 하우스보이, 하우스걸의 삶을 차분히 좇는다. 이들 여성의 삶을 온전히 드러내기 위해서는 한반도 여성의 현실뿐만 아니라, 민족, 성, 계급, 인종이 복잡하게 교차하는 동아시아 젠더 자장을 동시적으로 파악할 필요가 있음을 강조한다.

이상경의 「국가사회주의와 여성해방의 긴장—북한에서 여성문학의 가능성」은 해방 직후부터 현재에 이르기까지 폭넓은 시야로 북한 여성서사를 꼼꼼히 살펴본다. 북한 여성서사에는 공적 여성정책이 북한 여성의 현실과 갈등하면서 그것을 변화시키려는 양상이 부각되어 나타난다. 예컨대 생산현장에서의 여성비하, 관료주의, 혁신적 노동자이자 어머니로서의 모습 등이 빈번히 그려지고 있다고 말한다. 무엇보다 1990년대 이후의 여성서사에서 남한과 소통하는 새로운 여성문학의 가능성을 발견한 것, 그리고 동아시아의 젠더 자장 속에서 북한 여성문학의 가능성을 타진하고 있는 것은 매우 흥미로운 논점이라고 할 수 있다.

김서은의 「주체적 균열의 서사-동아시아의 눈으로 본 중국 여성문학」은 중국 여성서사에 계급, 민족, 젠더에 대한 사유가 다각적으로 발견되나 동아시아에 대한 인식은 찾아보기 어려운 이유를 급변하는 중국 정세와 주류이데올로기, 그리고 오랜 중화의식에서 찾는다. 그런 가운데 인종, 계급, 젠더의 경계를 허물고 동아시아 공존의 가능성을 품고 있는 '만주국'을 무대로 한 소설에 주목하여 동아시아와 중국여성의 교차점을 적극적으로 탐색한다. 또한, 리샤오장, 두팡친, 쑨거 등 중국을 대표하는 여성학자들이 동아시아 담론에 개입해온 방식을 비평적으로 읽으면서 동아시아와의 접점에 대한 모색, 여성주의와의 교차점에 대한 인식을 촉구한다.

고영란의 「동아시아의 시선으로 일본 여성문학의 프레임을 묻다」는 일본근현대문학 성립과정에 깊이 관련된(되어 있을) 동아시아의 관점이 배제되어 있다는 문제의식에서 출발한다. 일본을 대표하는 두 명의 여성작가 히구치 이치요와 하야시 후미코에 주목하여 일본문학사에 기술되고 있는 '문학'을 규정하는 것은 무엇인지, 침략주의나 전쟁에 협력한 여성문학자의 행보를 어떻게 평가할지, 문학사는 무엇을 위해 기술되는지, 동아시아의 내셔널리티와 젠더 역학은 오늘날 어떻게 작동하는지 섬세하게 파헤쳐 보인다. 문학사에서 특정 작가와 작품에 새로운 평가를 부여하기 전에 우리가 자각하지 않고 받아들여 온 정전canon이 어떤 구도에서 위계화되는지를 묻는 일은 일본에 한정되지 않는다. 그런 점에서 '동아시아의 시선으로 일본 여성문학의 프레임을 묻다'라는 이 글의 주제의식은 곧 동아시아 각국의 여성문학이 피해 갈 수 없는 명제이기도 할 것이다.

2부의 글들은 오키나와, 재일, 대만 여성문학이 보여주는 경계적이고 교차적인 특성을 깊게 탐문함으로써 한층 뚜렷하게 가시화되는 동아시아 여성 연대의 가능성을 살피고 있다. 손지연의 「동아시아라는 창–너머로 오키나와 여성서사 읽기」는 오키나와를 동아시아 접촉의 장으로 파악하고, 여성작가의 작품 안에 일본, 조선, 타이완 등 동아시아의 맥락이 너무도 자연스럽게 그리고 깊숙이 침투되어 있음을 구체적인 사례를 통해 논증하고 있다. 1930년대에 활약한 구시 후사코에서부터 시대를 훌쩍 건너뛰어 최근 활발한 행보를 이어가는 사키야마 다미에 이르기까지 오키나와 여성서사에 보이는 동아시아 여성 연대의 가능성을 매우 적극적으로 추출한다. 이에 더하여 동아시아 공동체를 사유하는 데에 미국米軍의 존재가 중요하듯 전후 오키나와 여성문학에서도 이들의 그림자가 짙게 드리워져 있음을 강조한다.

윤송아의 「재일여성문학을 교차하는 경계들」은 재일여성문학사의 역사적 흐름을 살피면서, 이양지, 유미리, 김창생 등의 작품에 나타난 식민주의 국가폭력과 이산·분단의 재생산 구도 속에서 드러나는 '재일', '여성', '마이너리티'의 복합적 존재성을 면밀히 읽어낸다. 무엇보다 재일 여성서사가 개별적 해방 추구의 단계를 뛰어넘어 역사와 타자에 주목하고 전쟁과 문명의 이기에 저항하며 혐오와 차별의 구조를 타개하는 투쟁의 현장에 적극적으로 동참하고 있으며, 동아시아의 해방과 평화의 서사를 완성해가는 이 시대의 윤리적 책무를 감당하고 있다고 평가하고 있다.

최말순의 「대만여성문학과 2000년대 역사소설」은 근대 이래 대만의 여성주의 비평과 역대 여성작가들의 소설을 개관하고, 스수칭의 2000년대 대하역사소설 『대만삼부곡』을 분석한다. 특히, 소설 속 역사의식과 중국과 일본을 포함한 동아시아가 지속적으로 호명되는 이유를 꼼꼼하게 살피고 있다. 한국과 대만은 오랜 역사적 교류와 문화의 기반을 공유해왔으며, 근대 세계자본주의 체제 편입 과정에서 일본의 식민지배와 냉전체제를 경험하는 과정에서 경제성장과 정치민주화를 이루어낸 유사성을 지니고 있지만, 그에 비해 여성문학에 대한 상호이해와 연구는 턱없이 부족한 상황이다. 이 글은 한국을 포함한 동아시아 여성서사와 대만 여성서사를 이어주는 중요한 징검다리가 될 것이다.

3부의 글들은 한국과 일본의 문학 현장에서 주목하는 문제적인 작가 작품을 중심으로 우리시대 페미니즘 서사의 성취와 의의를 동아시아적 시각에서 조명한다. 서로 만나고 겹치는 동아시아 여성서사의 현재적 자리를 확인할 수 있는 비평적 시도라고 할 수 있다. 이다 유코의 「'사소설'을 빗겨간 자리」는 재일여성작가 유미리의 『8월의 저편』이 어떻게 '사소설'에서 빗겨나 동아시아의 역사적 공간을 환기하는 실천성으로 나아가고 있는지를 고찰한다. 미즈무라 미나에의 『사소설』에 나타난 여섯 가지 특징을 비교항으로 설정하여, 타자로부터 부여받은 '사명'으로서 소설의 자기생성적 요소, 일본어와 한국어의 이중언어 사용을 통한 균열과 저항의 글쓰기, 탈구축의 디아스포라성, 중첩된 이름의 정치성과 재의미화, 피독성의 전경화, 타자와 역사를 응시하는 여성 표상 등을 밝혀냄으로써 『8월의 저편』이 동아시아의 트라우마를 전경화하고 과거의 역사를 현재의 대화로 끌어내고 있음을 밝힌다.

나이토 지즈코의 「혁명의 히로인과 제국의 폭력」은 세토우치 하루미의 작품을 중심으로 동아시아에 미친 제국의 식민지/젠더 폭력을 비판적으로 검토한다. 전기소설의 형식을 띤 『여백의 봄』은 가네코 후미코라는 '나'의 이야기와 이를 추적하는 화자 '나'의 이야기를 동시에 배치하면서 이 둘의 관점이 어긋나는 지점들을 폭로한다. '숙명적 사랑'이라는 프레임에 갇힌 '혁명의 히로인'으로서 가네코 후미코를 재현하는 동시에, 젠더 서열의 역학을 거부하는 가네코 후미코의 목소리를 드러내는 이중적 서술의 방식을 통해 이야기의 정형을 탈구시킨다. 갈등하며 병존하는 두 목소리의 길항은 제국적 폭력에 대한 성찰, 히로인의 신체, 유체, 유골, 무덤을 둘러싼 표상과 연결되면서 공명과 공감에 근거한 문학적 상상력으로 이어진다.

김미정의 「국경을 넘는 페미니즘의 정동」은 '82년생 김지영' 현상을 둘러싼 번역, 출판, 유통, 비평의 다양한 사회적 반응과 대중적 페미니즘의 정동 확산을 다각적으로 고찰한 글이다. 근대의 전방위적 '재현=대표=표상'의 원리가 일정한 딜레마에 봉착해 있다는 문제의식을 바탕으로 '82년생 김지영' 현상이 네이션의 언어를 가로질러 존재하는 젠더 역학이 대중적으로 표출되는 중요한 사례임을 섬세하게 규명한다. 그 과정에서 확인되는 것은 2010년대 이후 뉴미디어를 매개로 한 전 세계적 페미니즘 정동이 확산되는 구체적 양상이다. 궁극적으로 이 글은 『82년생 김 지영』을 둘러싼 대중적인 페미니즘 정동에 대한 획일적인 해석 회로를 경계하면서 다른 관계성을 상상하고 구축하는 다양한 해석을 존중하는 입장을 분명히 한다.

한국과 일본, 대만에서 활발한 연구활동을 펼치고 있는 연구자들이 '전후 동아시아 여성서사는 어떻게 만날까'라는 화두를 던지고 그에 대한 답을 함께 찾아갈 수 있었던 것은 각 지역의 여성서사가 지닌 현재적 문제가 동아시아와 분리해서 생각할 수 없다는 것에 깊이 감응했기 때문이다. 모쪼록 이 책이 가진 문제의식을 통해 동아시아 여성문학(사) 연구가 한 걸음 더 진전할 수 있기를, 그리고 한층 더 활발한 학술적 모색이 이루어지기를 기대한다.

이 테마를 기획하고 한 권의 책으로 묶을 수 있었던 것은 백지연 선생님의 역할이 컸다. 이 자리를 빌려 심심한 감사의 말을 전한다. 아울러 흔쾌히 원고를 허락해 주신 공동저자 분들께도 따뜻한 감사의 마음을 전한다.

저자들을 대신하여
손지연 씀
2022년 4월

차례

책머리에　3

1

분단체제의 여성서사와 동아시아의 사유
한국 전후 여성소설을 중심으로
백지연
15

국가사회주의와 여성해방의 긴장
북한에서 여성문학의 가능성
이상경
43

주체적 균열의 서사
동아시아의 눈으로 본 중국 여성문학
김서은
90

동아시아의 시선으로 일본 여성문학의 프레임을 묻다
고영란
123

2

동아시아라는 창-너머로 오키나와 여성서사 읽기
손지연
157

재일여성문학을 교차하는 경계들
이산과 식민체험, 가부장제, 마이너리티
윤송아
180

대만여성문학과 2000년대 역사소설
스수칭의 『대만삼부곡』을 중심으로
최말순
212

3

'사소설'을 빗겨간 자리
동아시아의 역사공간에서 『8월의 저편』이 갖는 의미
이다 유코
257

혁명의 히로인과 제국의 폭력
세토우치 하루미 『여백의 봄』이 그리는 가네코 후미코의 목소리
나이토 지즈코
281

국경을 넘는 페미니즘의 정동
『82년생 김지영』의 일본어 번역과 페미니즘 대중화의 정동
김미정
309

필자 소개　336

분단체제의 여성서사와 동아시아의 사유
한국 전후 여성소설을 중심으로
백지연

국가사회주의와 여성해방의 긴장
북한에서 여성문학의 가능성
이상경

주체적 균열의 서사
동아시아의 눈으로 본 중국 여성문학
김서은

동아시아의 시선으로 일본 여성문학의 프레임을 묻다
고영란

분단체제의 여성서사와 동아시아의 사유[*]

한국 전후 여성소설을 중심으로

백지연

1. 한반도 여성의 삶을 돌아보다

여성문학사와 여성사 다시 쓰기는 문학과 역사가 그렇듯이 서로 맞물려 있는 작업이다. 역사 속에서 여성주의적 시각을 바탕으로 여성들의 삶을 새롭게 발굴하고 조명하는 것처럼 문학 역시 작가와 작품을 다시 살피고 읽는 과정 속에서 문학사적 위치를 재조정하게 된다. 기존의 문학사가 소외시켜온 여성의 경험을 발견하고 나누는 과정을 들여다보면, 여성작가가 문학사에 기입된다는 것이 쉽지 않음을 실감하게 된다.

여성작가와 작품을 논의하는 출발점은 대체로 '여성작가문학'으로부터 시작된다. 전후 한국여성문학사의 계보 역시 1965년 창립한 '한국여류문학인회'에 의해 구체화되었다. 1993년 '한국여성문학인회'로 개칭한 이 기구의 출발점에는 흥미로운 계기가 포함되어 있다. 김후란은 당

---

[*] 이 글은 「평화와 상생의 촛불정신」(『창작과비평』 2019, 가을호), 「분단현실과 동아시아의 사유」(『일본학보』, 2020.5)를 바탕으로 기획의 취지에 맞게 보완, 정리하였다.

시 여성문학인들 각자의 활동이 활발하고 문단에서도 주목받고 있던 상황에서 "대만의 여성문학단체에서 한국의 여성문인 몇 명을 초대하겠다고 연락을 해왔을 때 다리 역할을 했던『여원』잡지사가 이 뜻을 원로 여성문인 측에 전해왔고 그렇다면 이를 계기로 제대로 된 기구 창립이 필요하다는 논의가 시작되었"다고 밝힌다.[2] 대만 여성문학인들과의 교류 과정에서 모임이 이루어졌다는 점, 그리고 이 기구를 중심으로 전국 주부백일장 및 여성주도의 문학 행사들이 적극적으로 기획되고『한국여류문학전집』,『한국여류수필 60인집』,『한국대표여류문학전집』,『한국여류 101인 시선집』등이 출간되었다는 점이 눈에 띈다.

여성작가문학이 여성문학사의 계보를 구성하는 기반이 되는 것은 사실이지만, 이때 '여성작가'는 단일하고 고정된 성별로 간주될 수 없다는 문제의식에 많은 평자들이 동의한다. 한 예로 이다 유코는 확실한 정체성으로 고정된 '여성'으로서가 아닌, '여성'이라는 범주로 교섭하는 존재로서 '여성작가'를 설명한다. 그에 따르면 '여성'이라는 범주와 아이덴티티는 늘 균열을 내포하며, 이러한 아이덴티티의 중층적 결정성과 필연적 불완전성은 차이를 고정화하지 않고 동적으로 관계를 맺기 위해 논의되는 개념이다.[3]

여성작가에 깃들인 복합적인 의미를 고민할 때 떠오르는 쟁점은 여성문학 정전의 문제이다. 가령 김양선은 여성문학사의 형성 역사를 돌아보

---

2   김후란,「한국여성문학인회 50년, 그 영롱한 시간들」,『한국여성문학인회 50년사 1965~2015』, 사단법인 한국여성문학인회, 동학사, 2015, 15쪽.

3   이다 유코, 김효순·손지연 역,『그녀들의 문학』(일본근현대여성문학선집 18), 어문학사, 2019, 15쪽.

며 당대 여성작가의 작품이 주류 문학사 속에서 길항해오고 정전 역사 속에 개입해왔던 양상들을 지적한다.[4] 기존의 문학사 속에서 여성작가의 작품 목록을 더하는 의미가 아니라 독자적인 맥락에서 배치되는 여성문학 정전의 필요성을 강조하는 것이다. 그런데 이 발굴과 재해석의 과정에서 여성문학사의 틀을 다시 짜는 작업이 소수자의 문학사 재배치로 머무르거나 젠더적 시각이 기존 문학사에 대한 대항적 의미로 제한되는 우려도 적지 않다. 특히 풍부하고 복잡한 결을 지닌 문학작품들의 역사를 민족, 남성, 근대의 키워드로 단일화하는 방식은 여성문학사를 새롭게 읽는 데 도움을 주지 못한다.[5]

한국 여성소설사의 흐름을 새롭게 독해하는 작업은 여성주체의 고유한 문학적 경험을 문학사의 공통적 맥락에서 어떻게 해석할 것인가라는 문제제기와 연결되어 있다. 특히 한반도 현실에서 여성들이 겪는 근대의 체험과 전쟁의 폭력은 세계체제와 연동되는 동아시아의 역사 속에서 다양한 방식으로 작품에 형상화되어왔다. 인물들이 전쟁을 경험하는 방식은 가족의 해체와 파괴, 생계 전선에 나서는 경험, 성과 노동의 침탈 방식으로 다층화되어 있다.

한반도 여성의 삶과 동아시아의 현실, 나아가서 세계적 근대 자본주의의 역사적 삶이 서로 긴밀하게 연관되어 있음을 알려주는 중요한 좌표는 분단체제의 인식이다. 분단체제는 남북을 아우르는 하나의 분단체제가

4　김양선, 「한국 근·현대 여성문학의 정전 만들기와 번역─새로운 여성문학 선집 발간을 위한 시론」, 『비교한국학』 21권 2호, 국제비교한국학회, 2013, 44쪽.

5　최근 페미니즘 리부트 현상 속에서 급진적 흐름을 띠는 문학사 연구의 일부 경향에 대한 비판적 독해로 백지연, 「페미니즘의 눈으로 읽는 문학사」, 『창작과비평』 여름호, 2019 참고.

있고, 이 또한 완결된 체제이기보다 세계체제의 하나의 독특한 시공간적 작동 형태로 바라보는 시각을 뜻한다. 이는 남북 각기의 분단국가가 하나의 '정상적인' 국민국가로서가 아니라 분단체제의 매개 작용을 거치는 특수한 조건 아래 세계체제에 참여하는 사회이기 때문에, 그 내부에서 일어나는 사회현상·정치현상도 분단체제와의 관련을 떠나서는 제대로 파악할 수 없다는 인식을 토대로 한다.[6] '분단'이 '하나의 국민국가를 주장하는 정치공동체가 분열되어 있는 표면적 상태'를 지칭한다면, '분단체제'는 '분열되어 있는 개별 실체들의 행위에 분단이 지속적으로 일정한 규칙성을 부여하는 체제로 작용하는 상황'을 가리킨다.[7]

분단체제론의 시각에서 볼 때 동아시아의 역사에서 작동하는 식민성과 서구중심주의의 복잡한 양상 역시 자본주의 근대 세계체제 속에서 작동하고 있음을 알 수 있다. 백낙청이 논의했듯이 동아시아 지역 국가의 경우에는 라틴아메리카나 아프리카, 혹은 아시아의 다른 지역과 구분해서 보아야 하는 식민성의 문제가 있다.[8] 표면적으로 볼 때 동아시아 지역에서 작동하는 식민성의 문제는 자본주의 세계체제가 그 식민통치를 서방 국가에 의한 직접통치 대신 아시아의 대리역을 통해 부과했기 때문에 서구중심주의는 더욱 교묘하게 은폐된 방식으로 작동할 수밖에 없다는

---

6   촛불혁명 이후의 한반도 정세와 관련된 분단체제에 대한 현재적 논의는 백낙청 외, 『변화의 시대를 공부하다－분단체제론과 변혁적 중도주의』, 창비, 2018 참고.

7   이남주, 「분단 해소인가 분단체제 극복인가」, 『창작과비평』 봄호, 2018, 18쪽.

8   백낙청, 「한반도에서의 식민성 문제와 근대 한국의 이중과제」, 이남주 편, 『이중과제론』, 창비, 2009, 32~33쪽.

날카로운 지적이다.[9] '국가주의를 넘어선 동아시아'의 연대가 절실한 이유도 여기에 있다고 할 수 있다. 이 제언대로 기존의 국가들이 각자의 현실에 맞춰 국가주의 극복을 위한 노력을 하는 일과 동시에 지역 차원의 평화지향적이고 시민참여적인 지역공동체가 활성화될 때 동아시아 논의의 보편성과 현실성이 높아질 수 있을 것이다.[10]

세계적 시야와 지역적 과제가 함께 결부된 동아시아 여성서사의 흐름을 논의할 때도 우리가 환기할 것은 "동아시아를 지리적 의미에 그치지 않는 하나의 문명권으로서 실감하고 하나의 공동체라는 인식을 공유"[11]하는 것이다. 이때 동아시아적 시각과 세계적 지평은 따로 놓인 과제가 아니라 함께 결합될 수 있는 사안이다. 물론 '지역문학으로서의 동아시아문학'이라는 개념을 어떻게 범주화할 것인가는 다양한 토론의 장으로 열려 있다. 백낙청은 '실질적인 의미를 갖는 동아시아 지역문학'의

---

9   임우경은 이를 '한반도 변혁이론으로서의 동아시아론'이라 명명하며, "한반도 분단극복의 문제가 결코 한반도만의 문제가 아니라 전체 동아시아 지역의 탈냉전 및 평화를 향한 도정과 불가분의 관계에 있다는 인식"을 통해 기존의 동아시아론에서 진전하여 '한국적'인 문제의식을 보여주는 비판적 지역주의로서의 동아시아론이라 평가한다. 임우경, 「비판적 지역주의로서 한국 동아시아론의 전개」, 『중국현대문학』 40, 2007.

10   백낙청, 「국가주의 극복과 한반도에서의 국가개조 작업―동아시아 담론의 현실성과 보편성을 높이기 위해」, 『근대의 이중과제와 한반도식 나라만들기』, 창비, 2021, 177쪽; 지역문학으로서의 동아시아문학에 대한 구상과 논의를 담은 글은 백낙청, 「세계화와 문학」, 『문학이 무엇인지 다시 묻는 일』, 창비, 2011 참고.

11   임형택, 『한국학의 동아시아적 지평』, 창비, 2014, 341쪽. 저자는 동아시아 국가들의 양상이 근대 이전과 이후로 구별되며 근대 이전이 '한자문명권 안에서의 보편성과 특수성의 양상'을 지닌다면, 근대 이후 문학의 전개과정에서는 한문학적 전통이 해체되면서 서구의 사상, 문학과 접목해 자국어에 기초한 자국의 '신문학'을 창출, 발전시킨 과정을 규명해볼 필요가 있다고 제안한다.

범주로 "일정한 문화유산을 공유하며 번역과 학습을 통해 지역적 동질성을 확보할" 수 있는 중국과 일본, 한반도, 베트남 등의 국민/민족 문학들을 기본 구성으로 삼는데서 출발하기를 제안한 바 있다.[12] 더불어 동아시아 지역문학 내부에서도 문학자본의 차이와 해당 국가의 정치적 위상의 경차라는 측면에서 위계구조를 지닐 수밖에 없는 현실, 특히 문학자본의 양적 차이와 정치적 위상에서 차이를 지니는 '북조선의 고립과 궁핍'을 고려하고 동아시아 연대를 통해 격차를 극소화하는 노력의 필요성을 강조한다.[13] 최원식은 '지역문학으로서의 동아시아문학'이라는 출발점에 공감하며, "'세계문학'이란 구체제를 해체하되 아시아의 눈으로 그를 재조정하여 감싸 안는 공생의 전략"을 강조한다. 그동안 주목받아온 동북아시아를 상대화할 원천으로 인도/유럽과 깊이 연관된 동남아시아를 적극적으로 고려할 때, 양자 사이를 매개하는 대만 오끼나와 등의 독특한 지역 및 국가의 의의도 적극적으로 살아날 수 있다는 견해가 주목된다.[14] 백영서도 동아시아라는 지역 명칭과 범위 역시 지리적으로 고정된 경계나 구조를 가진 실체가 아님을 강조한다. 이처럼 지역을 구성하는 주체의 행위에 따라 유동하는 역사적 구성물이며, 지역을 호명하는 주체가 수행하는 과제에 따라 달라질 수 있는 '실천과제(또는 프로젝트)로서의

---

12 백낙청, 「세계화와 문학」, 『문학이 무엇인지 다시 묻는 일』, 창비, 2011, 102~103쪽. 이러한 '동아시아 지역문학'의 범주는 지역주의의 이점을 통해 서구중심적인 불평등한 문학구조에 저항하는 현실적 기반을 만들자는 것이므로, 남아시아, 또는 서아시아 지역문학과 더불어가는 '아시아문학'의 연대와 교류, '아시아 아프리카문학'의 대의와도 그 연대의 가능성을 열어놓고 있다.

13 위의 책, 106쪽.

14 최원식, 「동아시아문학의 현재/미래」, 『문학과 진보』, 창비, 2018, 362~364쪽.

동아시아'의 개념은 동아시아 여성서사를 고찰할 때 중요한 참조점이 될 수 있다.[15]

이와 같은 관점에서 세계체제–동아시아의 문제와 연동되는 한반도의 여성의 삶을 사유하고 문학작품의 읽기를 통해 재해석하는 일은 중요한 비평적인 의미를 갖는 일이다. 동아시아에서의 식민성이 지니는 서구중심주의, 인종/종족차별주의와 각종 성차별의 양상이 여성현실의 문제에도 깊숙이 작동하고 있는 점을 환기한다면 동아시아론의 심화에서도 페미니즘의 시각은 필수적인 것이라고 할 수 있다. 군사주의와 가부장적 현실, 식민성 문제의 심화 속에서 개별 여성들이 어떠한 방식으로 삶을 감당하고 새로운 극복의 전망을 모색했는가가 여러 작품의 분투 속에서 드러난다. 그렇게 볼 때 전쟁과 관련된 문학적 서사의 핵심은 특정 시기에 국한되는 단절적인 충격의 체험을 기록하는 데 있지 않다. 폭력적 현실에 대한 증언과 기록 못지않게 중요한 것은 이후의 삶을 어떻게 '재건'하고 '회복'할 것인가에 대한 문제이다.

이 글에서는 분단현실의 재현 양상과 그것이 연동되는 동아시아적 여성서사의 흐름을 고찰하기 위해 1950~60년대 발표된 한국 전후 여성소설들을 살펴보려고 한다. 연속성과 지속성의 맥락을 염두에 둘 때 전후의 여성서사들에 스며있는 분단이데올로기와 감정서사의 구축은 다양

---

15 백영서, 『핵심현장에서 동아시아를 다시 묻다』, 창비, 2013, 44쪽. 이 책에서는 '동아시아'라는 개념을 동북아와 동남아를 포괄하는 의미로 제안하며, '지적 실험으로서의 동아시아'라는 용어를 키워드로 강조한다. 경제적·문화적 상호의존성이 증대되는 지역의 현실과 역사가 교차하는 실상을 담아내려는 이러한 시도는 '이중적 주변의 시각'으로 설명된다.

한 층위에서 해석할 필요가 있다. 박경리의 『시장과 전장』1964과 송원희의 「분단」1967, 「분열시대」1966는 분단체제의 현실이 당대 민중 여성들의 삶 속에 어떠한 양상으로 재현되고 있는가를 가족의 해체와 재건 문제를 중심으로 보여주는 작품이다. 더불어 강신재의 「해방촌 가는 길」1957과 박순녀 「외인촌 입구」1964, 「엘리제 초」1965는 기지촌을 배경으로 다룬 작품들에서 동아시아공동의 여성현실을 고찰할 수 있는 작품들로 주목을 요한다.[16]

2. 전쟁과 여성, 가족의 해체와 재건

여성에게 전쟁은 가부장제와 군사주의를 극단적으로 경험하게 하는 폭력적 현실이라 할 수 있다. '전후'의 시공간을 고찰할 때 한반도 분단현실을 세계사적 변동과정과 연결 짓는 관점은 젠더 문제를 사유할 때도 중요하게 작동한다. 일본과 한국을 비교해보더라도 각기 다른 전쟁 체험을 겪은 한국과 일본이 전후 복구의 과정에서 세계문학의 이상을 공유하는 과정, 아시아적 연대를 인지하는 과정, 민주주의라는 이상 속에서 새롭게 구성되는 개인과 시민의 의미 등 다양한 배경이 참고될 수 있다. 일본과 한국에게 '전후postwar'는 시기적으로 구별되는 경험인 동시에 제2

---

16   작품 인용 출처는 다음과 같다. 박경리, 『시장과 전장』, 지식산업사, 1979. 송원희, 「분단」, 「분열시대」, 『화사』, 범우사, 1971; 강신재, 「해방촌 가는 길」, 『단편선집』(강신재 대표작전집 1권), 삼익출판사, 1974; 박순녀, 「외인촌 입구」, 『어떤 파리』, 정음사, 1972; 박순녀, 「엘리제 초」, 『칠법전서』, 일지사, 1976.

차 세계대전과 냉전 체제라는 세계체제적 변동을 공통항으로 하는 복합적인 개념이라고 할 수 있다. 가령 '전후 일본'이 패전 이후를 살아가는 일반적 일본인에게 중요한 '가치개념'으로 존재한다면,[17] 한국문학에서 '전후'는 "제2차 세계대전이라는 서구적 기의와 태평양전쟁이라는 일본적 기의, 그리고 한국전쟁이라는 한국적 기의가 복합적으로 존재하는 중층적 개념"을 뜻한다.[18] 이렇듯 한반도 현실에서 전후의 시간대는 식민지 시기와 해방과 전쟁 및 분단, 현재에 이르기까지 포괄적으로 작동한다. 특히 앞에서 논의한 대로 한반도의 남북분단의 상황은 동아시아 국가들의 대립과 반목을 초래하는 중요한 요인으로 작동해왔으며, "분단갈등의 해결이야말로 동아시아적 시각에 의해 풀어야 할" 미래의 우선과제라고 할 수 있는 것이다.[19]

이재경은 한국사회에서 전쟁, 분단, 근대가 시기적으로 연속적이며 동시적이고 상호구성적임을 강조하며 전후 시기에 전통과 근대가 유기적으로 결합하는 한국적 근대성의 특징을 설명한다.[20] 그에 따르면 전쟁과 분단을 둘러싼 여성의 경험은 네 가지 측면에서 주목할 수 있다. 전후 시기 생계부양의 책임을 수행하는 기혼여성이 경제활동에 적극적으로 나서게 된 점, 생산활동에는 적극적으로 참여하게 되었지만 오히려 이데올

---

17   나카노 도시오, 「'전후 일본'에 저항하는 전후사상」, 권혁태·차승기 편, 『전후의 탄생-일본, 그리고 조선이라는 경계』, 그린비, 2013, 12쪽.

18   박현수, 「한국문학의 '전후' 개념의 형성과 그 성격」, 한국현대문학연구 제49집, 2016, 330쪽.

19   임형택, 앞의 책, 343쪽.

20   이재경, 「여성의 시각에서 본 분단과 근대」, 『여성(들)이 기억하는 전쟁과 분단』, 아르케, 2013.

로기적으로는 희생과 결속을 강조하는 논리에 의해 여성의 종속적 지위가 강조된 점, 전쟁과 분단의 장기화로 인해 가부장적 가족주의, 가부장적 남성성, 군사주의 문화가 확산되면서 한국 가족이나 사회의 보수성이 강화된 점, 전쟁과 분단의 경험이 성별화될 뿐 아니라 여성들 사이에도 각기 다른 체험을 가져다주었다는 점이 특징적이다.[21]

조영주는 여성을 전쟁의 피해자로만 인식하는 것이 아니라 실천하는 주체이자 행위자로 자리매김하기를 제안한다. 논자는 북한 출신 여성들의 구술생애사 인터뷰를 통해 여성들의 전쟁 경험을 분석한다. 전쟁과 분단의 경험에서도 젠더적 차이가 발견되지만, 남북한 여성 역시 전쟁 경험의 차이를 지니고 있다. 북한 여성의 경우, 적극적으로 참전하면서 국가적 구성원으로 스스로를 의미화하는 경우도 있지만 차별과 배제 속에서 자신의 위치를 규정하고 국가와 자신을 거리두기 하면서 정체성을 구성해간 사례도 있다. 이러한 전쟁 체험은 분단이라는 현실, 그에 따른 체제 정당화 과정과 맞물리며 각기 다른 양태의 인민되기 과정으로 나타난다는 것이 논자의 주장이다.[22]

전쟁 체험을 겪고 새로운 기반 위에서 삶을 구축하는 여성들의 서사는 여성을 전쟁의 피해자로만 각인하지 않는다. 신수정은 미군 PX라는 공간의 장소성에 주목하여 박완서 소설에 등장하는 여성 전시 가장이 '전쟁으로 인한 새로운 기회의 수혜자'로 포착되는 지점을 부각한다.[23]

---

21   위의 책, 14~17쪽.

22   조영주, 「북한 여성의 전쟁 경험과 인민되기」, 『여성(들)이 기억하는 전쟁과 분단』, 아르케, 2013. 160~162쪽.

23   신수정, 「박완서 소설과 전시 여성 가장의 미군 PX 경험」, 『인문과학연구논총』 제37권

이 논의는 전시 여성 가장들이 국제결혼과 아메리칸드림, 섹슈얼리티의 억압과 규율을 어떠한 방식으로 감당하고 또 그것에 이중적인 반응을 보이는지를 꼼꼼하게 규명한다는 점에서 전후 여성문학의 흐름을 해석하는 중요한 관점을 제시한다.

전시체험은 여성에게 고통과 폭력만을 남기는 것이 아니라 생활의 담지자로서 존재의 욕망을 표현하고 성적 규율의 모순을 감당하는 주체로서 나서게 만든다. 이렇듯 전쟁으로 인한 가족 해체 속에서 한 가정의 어머니이자 시민사회의 일원으로 자신의 정체성을 자각하게 되는 여성의 경험은 박경리의 여러 소설에서 잘 드러난다. 박경리는 단편집 『불신시대』1963에서 전후 현실을 살아가는 여성들이 바라보는 사회의 모순을 예리하게 포착한 바 있다. 대표작 중의 하나로 평가받는 『시장과 전장』1964은 6・25전쟁을 바라보는 이념적인 인식 구조를 포착한 의미 깊은 작품이다. 자존심 강하고 꼿꼿하던 여성이 전쟁을 겪으면서 가족의 보호자로 나서게 되고, 시민의 한 사람으로 냉정하게 전시의 상황을 성찰하게 되는 변화의 과정이 흥미롭게 그려진 작품이다.

『시장과 전장』의 주인공인 남지영은 전쟁 직전 고향을 떠나 연안에 있는 중학교에 취직하게 된다. 평소 그녀는 남편의 속물성을 경멸하는 자존심 강한 여성으로 결혼생활에 심한 소외감을 느껴서 취직을 빌미로 집을 나오게 된다. 그러나 전쟁이 발발하고 공산당 혐의로 연행된 남편을 대신해 지영은 가족을 보호하고 부양해야 한다는 책임을 지게 된다. 전

2호, 명지대 인문과학연구소, 2016. 77~78쪽.

〈그림 1〉 박경리, 『시장과 전장』(현암사, 1964)　〈그림 2〉 박경리, 『시장과 전장』(지식산업사, 1979)

쟁 전의 지영이 세속적 가치에 쉽게 부응하지 않는 이상주의자였다면 이 제 그녀는 목숨을 구해야 한다는 절박함으로 가족들 앞에 서게 된다. 이 작품이 발표될 당시 관심을 모았던 것은 반공이데올로기의 한계를 벗어 나 공산주의자들을 이념형 인물들로서 객관적으로 포착하려고 했던 부 분이다. 차갑고 신비스러운 남자 하기훈, 이념의 균열을 고민하는 기훈 의 스승 석산, 아나키스트를 지향하는 여성 가화 등 소설의 이념형 인물 들은 다분히 관념적인 방식으로 형상화된다. 이에 비하면 현재 읽어도 생기를 주는 것은 여성인물 지영의 변모 과정이다. 공산주의자라는 혐의 로 잡혀간 남편을 구하기 위해 사방으로 절박하게 뛰어다니던 지영은 인 간의 이기심과 타락한 현실의 모습을 그 어느 때보다도 신랄한 시선으로 들여다보게 된다.

　생계가장이자 평범한 시민인 지영에게 6·25는 '공범자 같은 공포의식에 사로잡혀' 서로를 겨누게 된 참혹한 현실로 포착된다. "피란민 중에 이북군 유격대가 있을 수 있고 대한민국의 정보원이 있을 수도 있다. 이제 태세가 뚜렷이 나타남으로써 대한민국을 비난하지만 실상 그 사람의 속마음은 알 수 없고, 맞장구를 치면서도 서로 의심과 경계로써 살펴보며 말 한마디 한마디에 저울질을 한다. (…중략…) 대한민국에 불만하고 여러 가지 압제에 증오를 느끼면서도 그들은 이북군을 진정한 해방자로서 맞이하지 못하는 착잡한 심정의 소시민인 것이다. 진정 민중들은 어느 쪽에 가담하고 있는 것일까?"148~149쪽에서 보듯이 이념적인 대립구도와 감정체계의 변화는 전쟁 서사 속에서 분열적인 모습으로 드러난다. 어느 쪽에도 쉽사리 참여할 수 없는 중간자적 존재의 불안함을 강조하는 지영의 생각은 외부적으로 가해지는 운명적 폭력상황으로 전쟁을 인식하는 한계에서 자유롭지 못하다. 이렇듯 박경리 소설의 인물들은 윤리와 도덕성이 상실된 사회에 맞서는 선명한 저항의 자세를 견지한다. 타락하고 부패한 전후현실에 대한 비판적 묘사와 주인공의 심리적 저항은 자신의 삶이 자리한 터전으로서의 공공적 장을 발견하는 데서 중요한 극복 가능성을 찾는다. "온 누리에는 평화와 봄이 충만하여 모든 목숨은 너무나 아름답다. 지영은 두려움 없는 봄을 실감하려는 듯 두 아이를 으스러지게 껴안는다. 더 험난한 앞날이 있을지라도 오직 이 순간을 위해 지영은 신에게 감사를 드리는 것이었다. 모든 것을 잃고, 슬픔까지도 잃었는지, 다만 잃지 않았던 것은 슬기로운 목숨과 삶을 향한 의지"364쪽에서 드러나듯이 죽음의 공포를 통과한 생존의지의 자각, 생명의 발견은『시장과 전장』의 결말에서 삶에 대한 충만한 감정을 회복하는 것으로 이어진다.

이념적 주체들이 감당하는 '전장의 삶'은 지영이 가족의 보호자이자 시민주체로서 나서게 되는 '시장의 삶'과 대비된다. 파괴된 삶의 한복판을 헤치고 나아가야 하는 지영의 눈에 비친 현실은 '서로 의심과 경계로써 살펴보며 말 한마디 한마디에 저울질을 하'는 사람들로 가득하다. '시장'은 이북군 유격대, 정보원, 평범한 시민들이 뒤섞여 피난을 가고 서로의 정체를 알 수 없는 생존현장 그 자체를 의미한다. 결국 소설의 마지막에서 '평화와 봄'을 갈망하는 지영의 간절한 마음은 폭력적 현실을 넘어 새로운 세계로 나아가려는 의지를 드러낸다.

박경리의 소설처럼 관념적 지식인으로의 남성인물과 현실적인 생존력을 지닌 여성인물을 대비시키는 서사의 구도는 송원희의 소설에서도 드러난다. 송원희의 「분열시대」1966는 이념형 지식인이 어떤 식으로 현실에서 방황하는가를 분단현실 속에서 포착한 작품이다. 이 소설이 부각하는 여성인물이 '대학생'이라는 점은 여러모로 의미심장하다. 그녀는 관찰자적인 위치에서 해방 후 사상 이념적 대립과 갈등, 6·25가 일어난 직후까지의 상황을 날카롭게 포착한다.

주인공 현재가 처음 만난 최준은 미제국주의의 새로운 식민지 정책을 거세게 비난하는 혈기왕성한 청년이다. 그는 사상서클을 운영하다가 결국 검거되고 월북했으나 아웃사이더의 성격으로 인해 당원들과도 거듭 충돌한다. 현실과 맞지 않는 이념에 회의를 느끼는 그는 "모순에 빠져 분열과 분열의 피투성이가 되어"171쪽 있는 모습으로 주인공 앞에 나타난다. 최준은 이데올로기적 대립의 현실로 인해 자신이 존경하는 스승도 결국 피살되고 연이어 당원들이 월북하는 상황에서 자신은 지하로 잠입

하고, 결국 조직에 회의를 느껴 물러나게 되었다고 '고뇌에 시달린 피곤한 눈'으로 말한다. 그의 패기와 신념, 정열에 매혹되었던 나는 공허감을 느끼며 더 이상 그를 만나게 되지 않는데, 결국 최준은 '빨갱이'라는 이유로 다시 붙잡혀 6개월의 실형을 언도받는다. 최준의 형기가 끝날 무렵 6·25가 일어나고 이후 나는 그가 출감 일주일 만에 자살했음을 알게 된다. 최준의 비극적 행로는 여러모로 최인훈의 『광장』의 이명준을 연상시킨다. 이 소설에서 분단현실의 비극은 한 젊은이가 감당해야 했던 혼란스러운 이념적 현실로 형상화된다.

「분열시대」가 관찰자적인 여성화자의 시선을 통해 분단시대의 이념적 비극을 날카롭게 포착했다면 1967년 발표한 「분단」은 여러 가족의 얽힌 삶을 통해 분단체제가 생성한 분열과 불안의 심리가 해방 이후 십수 년의 세월 동안 어떤 방식으로 고착화되는지를 생생하게 보여준다. 분단과 이산의 고통은 시간이 흐르면서 가까운 가족의 사이도 갈라놓고 마는 참혹한 감정으로 그려진다. '나'는 이북에 처와 세 아이를 두고 월남한 남자와 결혼하여 아이를 낳고 살고 있다. "보아하니 통일도 쉽게 될 것 같지도 않고"14쪽 해서 결혼했지만, 막상 통일이 되어 남편이 가족들을 찾게 될까 봐 노이로제에 시달리고 있다. '나'의 심리적인 강박은 남편의 친구 가족인 미라와 미라어머니, 전쟁 때 의용군으로 나가 돌아오지 않는 남동생을 기다리다가 승가사가 되어버린 친정어머니로 인해 더욱 심화된다.

'나'의 남편은 아이에게 이북에 형제가 있음을 가르치고, 통일문제연구소에도 나가면서 북에 있는 친구를 대신해 그의 처와 자식을 보살핀

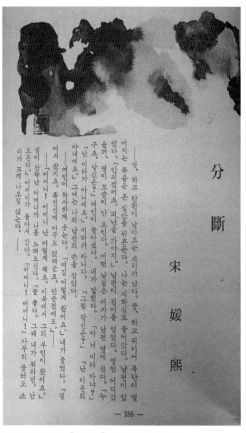

다. 소설은 애타게 통일을 갈망하는 사람들과 주인공의 내적 갈등을 세밀하게 대비한다. "내 남편이 이북에 두고 온 처자를 생각한다고 그것 때문에 내가 고민하고 있다면 모두 나를 욕심 많은 여자로 여길지 모르지. 그렇다고 어느 아내가 과거에 사로잡혀 있는 남편을 너그럽게 이해만 할 수 있단 말인가"13쪽라는 화자의 마음은 "이 선생님의 결혼을 보는 것도 납치돼간 내 남편이 이북에서 다른 여자와 살고있는 것을 추측이 아니라 눈앞에 목격하는 것과 같"30쪽다고 호소하는 미라 어머니의 마음과 맞선다. 결혼하려는 자식에게 이북에 처가 있

<그림 3> 송원희, 「분단」, 『현대문학』, 1967.9.

는 사람과 결혼하면 안 된다며 말리던 '나'의 어머니는 "너는 마치 통일을 안 바라는 것 같구나. 이북에 처자 있는 놈하고 결혼할 때는 그럴 수밖에"21쪽 라는 날카로운 말을 던진다. 4·19 직후 남북교류 희망에 서명을 했다는 이유로 5·16때 한 달 동안이나 교도소에 수감되었던 어머니는 "내가 바라지 않음 누가 바라. 내 자식 보고픈데 말하지 말란 말야. 어느 놈의 세상이 그러냐. 나라가 반토막이 돼서 이십 년이 흘러도 말 한마디 못 하는 백성이 어디 있다든. 영영 이렇

게 살다 죽어가도 입 하나 뻥긋 안 하는구나"21쪽라고 절규한다.[24]

장벽은 남과 북 사이에만 있는 것이 아니라 "다리가 끊긴 양쪽 단애에 서 있"23쪽는 사람들 사이에 놓여 있다. 결국 소설의 결말에서 주인공은 위선, 체념과 안이를 넘어 어머니의 절박한 물음을 수긍하기로 한다. "어머니 제발 살아주세요 그날까지"36쪽 라는 그녀의 응답은 분단현실을 넘어서려는 적극적인 목소리라고 할 수 있다. 가족 현실에 얽힌 전쟁과 분단의 고통을 깊고 섬세하게 다룬 이 작품은 감정적 적대와 충돌을 직시하고 극복하는 지극히 현실적인 과제로서 '통일'을 다룬다는 점에서 강한 울림을 준다.

3. '기지촌'과 '미군' 동아시아의 인식

이임하는 주한미군의 역사가 한국 현대사와 긴밀한 관계 속에서 전개되어왔음을 밝히며, 제2차 세계대전의 결과로 한국, 일본, 필리핀 등 아시아에 미군이 진주하게 되면서 이들 국가에 정치, 경제, 사회, 문화적 영향력을 행사하게 되었음을 강조한다.[25] 그의 지적대로 대규모 남성 군인

---

24 소설에서 딸에 대한 어머니의 비난은 재혼남과 딸이 결혼하는 것에 대한 완강한 거부도 함께 포함하고 있다는 점에서 흥미롭다. "네가 작은집이 되다니 우리 집안에 아직 그런 사람은 없었지"(22쪽)라는 어머니의 모진 말은 여성에게 완고하게 작동하는 가부장 규범의 세계를 보여준다.

25 이임하, 「미군의 동아시아 주둔과 섹슈얼리티」,『동아시아와 근대, 여성의 발견』, 청어람미디어, 2004, 259~260쪽.

들의 유입은 군사주의와 성매매의 공모를 본격적으로 확산시켰다. 미군 기지는 군사적 목적만을 지닌 것이 아니라 주둔하고 있는 국가의 성매매 시장 및 성매매 여성의 양성과 긴밀한 관련을 지니고 있다. 특히 한국전쟁을 계기로 본격적으로 형성된 기지촌과 성매매는 전후 한국 여성들의 삶을 고찰할 때 중요한 배경이 된다.[26]

'기지'라는 장소는 "1953년 휴전협정 이후 대한민국 영토에 설치된 '미군기지', '기지촌' 및 기지를 구성하는 기지경제PX경제를 포함"하며, 기지촌은 "정책적·전략적·군사적 필요성에 의해 주둔하는 병영을 중심으로 그 주변에 발달되며 서비스업 중심의 생활권을 형성하는 군사취락"이라고 정의되기도 한다.[27] 기지촌의 역사는 "일제시대의 공창제라는 정부 주도의 근대적 성매매 시스템 위에 이식된 미군문화, 미군정과 정책을 통해 증폭된 가난, 군사정권, 경제개발과 국가발전 등이 복잡하게 얽혀 있는 현대사 그 자체"[28]라고 할 수 있다. 1945년 9월 한국에 처음으

---

26 이임하는 미군정기 동안 표면적으로 인신 매매 금지와 공창제 폐지법 등 중요한 법률들이 제정된 듯 보이지만, 실질적으로 미군정은 어떤 경우에도 이 어떤 경우에도 성매매를 불법적 행위로 간주하지 않았다고 분석한다. 이러한 법령은 특히 일본같은 집단화된 미군을 위한 성매매조직이 존재하지 않는 남한에서 미군 병사들에게 필요한 최소한의 방편이었던 것이다. 더불어 성매매에 대한 미군정의 정책은 법률이 아니라 미군의 성병 예방이라는 공공보건정책에 집중되었다는 점도 주의깊게 볼 필요가 있다. 지금까지도 기지촌 지역에서 가장 중요한 정책은 여성들에 대한 성병 검진과 치료정책이 되고 있는 것이다. 이임하, 위의 책, 295~297쪽

27 김원, 「60~70년대 기지촌 게토화의 변곡점－특정지역, 한미친선협의회, 그리고 기지촌 정화운동」, 『역사비평』 112, 역사문제연구소, 2015, 154쪽; 김재수, 「기지촌에 관한 사회지리학적 연구 : 동두천을 사례로」, 고려대 석사논문, 1979, 277쪽 재인용.

28 이나영, 「기지촌 형성 과정과 여성들의 저항」, 『여성과 평화』 5, 한국여성평화연구원, 2010, 171쪽.

로 기지촌이 형성된 부평은 일제가 건설한 병참기지이자 공창지구로 알려져 있다. 대부분의 일본 기지가 미군기지로 변했듯이 일제 공창지역이 미군 기지로 변한 것이다. 용산, 부산, 대구, 대전 등 대부분의 집창촌들이 공창지역에서 미군기지촌으로, 이후 한국의 성매매 지역으로 변해갔으며, 기지촌 성매매를 하는 여성들을 지칭하는 '양공주'는 이후 국가기구에 의해 공식적으로 '위안부'와 '미군동거녀'로 분류되어 다른 성매매 여성들과 구분되고 통제되었다.[29]

미군 기지촌과 연관된 여성서사는 우리의 현실을 포함하여 동아시아 지역의 여성서사를 바라볼 때도 중요한 의미를 지닌다. 임우경은 비서구적인 식민 경험이 "한국여성들의 삶의 기원인 근대를 어떻게 규정지었으며 그것이 이후 서구-특히 미국에 의한 신식민적 경험을 어떻게 코드화하는지, 그 단절과 연속의 변주에 천착하려는" '동아시아적 시좌'를 확보하는 것이 중요함을 강조한다.[30] 손지연은 미군의 점령과 군사기지화로 인해 파생되는 여성의 (성적) 위기가 오키나와 지역에만 머무르지 않는 동아시아지역 전반을 관통하는 젠더적, 국가적 폭력의 문제임을 강조한다.[31] 이 논의에서 주목하는 오키나와 작가들의 작품은 질서정연한 언어를 파괴하고 이에 저항하는 독특한 서술방식을 보여주면서 일본 본토, 재일을 비롯한 동아시아 여성작가들이 공유하는 전쟁과 폭력의 기억이 무엇인지를 드러낸다.

---

29 위의 글, 176쪽.
30 임우경, 「페미니즘의 동아시아적 시좌」, 『여/성 이론』(5), 2001.12, 82~83쪽.
31 손지연, 「오키나와 여성문학(사)의 동아시아적 맥락」, 『일본학보』 122, 한국일본학회, 2020, 131쪽.

오키나와 여성문학과 마찬가지로 기지촌을 배경으로 한 한국 전후 소설들에서도 여성이 당면한 억압적 현실은 타협과 저항의 경계를 넘나드는 복잡한 양상으로 재현된다. 해방 후 기지촌 서사들에 대해서는 역사와 문학의 영역에서 상당한 연구가 축적되어 있고 별도의 독립적 논의를 필요로 한다.[32] 작품들에서 재현되는 '양공주'의 삶은 때로는 전형적인 희생과 착취의 이미지 속에 갇혀 있기도 하고, 일상적 삶 속에 은폐된 것처럼 보이기도 하다. 참혹하고 혹독한 현실로만 가정되기 쉬운 기지촌 서사는 다양한 재현 양상을 거느리고 있다. 차미령의 강조처럼 '재현의 정치학'은 "재현의 불안정성틈새와 균열을 어떻게 사유할 것인가의 문제"[33]와 긴밀히 연동된다. 특히 인물의 고유한 형상화를 따질 때 작가와 재현 대상 사이의 거리를 유의미하게 고려해야 한다는 제안을 새겨볼 필요가 있다. 김미정 역시 기억을 기록이나 기념의 문제로 이행시킬 때, 그 순간 기억이 의례의 문제로 고착되는 순간의 문제를 경계한다.[34] 공식화되고 기록화된 증언들 사이를 미끄러져 흘러가는 충분히 '재현되지 못한 목소리'에 대한 고민은 기지촌 여성들의 삶을 형상화한 소설 작품들에서도 균열의 양상으로 드러난다.

가령 강신재의 「해방촌 가는 길」1957에서 기애는 미군 애인 '죠오'를 떠

---

32 기지촌 소설을 다룬 기존 연구들에 대한 상세한 논평과 검토는 차미령, 「여성 서사 속 기지(촌) 성매매 여성의 기억과 재현-강신재·박완서·강석경 소설과 김정자 증언록을 중심으로」, 『인문학연구』 58, 조선대 인문학연구원, 2019, 7~43쪽 참고

33 위의 글, 11쪽.

34 김미정, 「미끄러지고, 다른 힘을 만들고, 연결되는 것들-2020년에 생각하는 '5월 광주'와 문학의 방법들」, 『문학들』 59, 심미안, 2020, 28쪽

나보내고 임신중절수술마저 한 채 절망적인 상황에 놓였으나 생계 가장이라는 무게를 지고 스스로를 일으켜 세운다. 이 소설에서 주목되는 것은 '양공주'의 삶을 선택할 수밖에 없는 여성 가장 기애의 곤경과 갈등에 대한 섬세한 심리 묘사라고 할 수 있다.[35] '외국 군인과의 동서생활'은 그녀에게 비난과 수군거림을 가져다주었지만 자신의 가족이 처한 모욕과 궁핍 앞에서 감상에 젖을 겨를이 없는 것이다. 소설에서 기애의 갈등과 자기 정립은 전쟁을 겪으면서 나약해진 근수의 모습과 대비된다. 근수는 기애에게 연정을 표시하지만 기애와 마주설 정도로 튼튼한 사람은 아니었다. 결국 염세적 고민 끝에 자살하고 만 근수와 달리 기애는 다시 일자리를 알아보고 또 다른 동거인인 하리이를 만나 미군 동거녀의 생활을 계속하게 된다. 소설에서 인상적으로 묘사되는 것은 어떤 풍파에도 꺾이지 않겠다는 기애의 다짐이다. "하리이가 지금 당장 어디루 가버린댔자 나는 꿈쩍도 하지 않을걸. 백번 팽개쳐진댔자 꿈쩍도 하지 않을걸……"394쪽이라고 생각하는 기애의 모습은 가족의 희생자로만 스스로를 놓아두지 않는, 생존을 도모하는 현실적인 여성의 모습을 보여준다. 소설에서 '양공주' 기애의 생존 의지는 근거없는 낙관성이나 윤리적 불감증에서 나오는 것이 아니라 현실적인 지형 속에서 도모된다. 그녀의 생존 의지는 죠오와의 이별, 고통스러운 낙태 수술 후 두 달 동안 방에 틀어박혀 "울음과 노여움과 그리고 바람같이 가슴을 휩쓰는 허무감"373쪽과

---

35 차미령은 전쟁 중과 그 직후를 배경으로 한 이 작품이 담고 있는 양공주의 삶은 '미군과의 연애 및 동거와 성매매의 경계가 흐려져 있'는 현실을 포착한 것으로 성노예화의 문제보다는 인물들이 놓인 곤경의 상황이나 구습에 대한 도전에 몰두할 수 있었다고 해석한다. 차미령, 앞의 글, 23쪽.

투쟁한 끝에 간신히 얻어진 것이다. "똑바로 자라나다오. 그것은 누나처럼. 근수처럼. 그리고 어머니처럼 되지 않는 일이다"394쪽라는 기애의 바람은 염세와 맞서려는 그녀의 신념을 보여주는 것이기도 하다.

강신재의 「해방촌 가는 길」이 피해자 서사의 프레임을 비집고 나오는 현실적이고 생명력이 강한 '양공주' 기애의 삶을 그려냈다면, 박순녀의 「외인촌 입구」1964와 「엘리제 초」1965는 미군 '기지'와 '기지촌'의 장소적 정체성과 연결된 '하우스걸' '양공주'의 일상을 좀더 직접적으로 그려낸다.

한 구역을 점령한 철조망, 한국인과의 격리를 시도한 꽤 넓은 공지, 패스포트를 제시하고서야 들어서는 그곳 입구에는 맞지 않는 제복을 투박스럽게 입은 한국인 가드가 꾸부정한 걸음걸이로 움직이고 있었다. 그 속에서 달려 나온 대형차는 철조망 밖에서 기다리고 있는 찬우와 나한테 찰흙 먼지를 흠뻑 뒤집어씌워 놓고 달아났다. 캠프로 남편을 맞으러 가는 길인지 운전대에 탄 금발의 아가씨는 콧구멍을 벌름거리며 군용도로에서 교통정리를 하는 MP를 내다보고 있었다. 「외인촌 입구」 138쪽

그가 막 나선 초라한 목조건물에는 DP&F라는 커다란 간판이 나붙어 있었다. 그리고 이 거리 전체가 그와 비슷한 건물로 꽉 들어차 있었다. 그것들은 목조건물이라고는 하지만 지붕은 레이션 박스로 덮여졌고, 그 위에 콜탈이 발라져 있었다. 건물 전면은 그래도 비교적 깨끗한 송판으로 덮여져 있었으며 그 위에 빨강 노랑 초록 흰 페인트들이 칠해져 있었고 BAR LAUNDRY,

TAILOR-SHOP 또 뭐 뭐 하는 영문과 한글로 쓰인 큼직하고도 난잡한 간판들이 총총히 들어찬 초라한 판잣집들을 내리누르고 거리의 끝인 버스 정류소까지 꼬리를 들고 계속되고 있었다. 「엘리제 초」 64쪽

「외인촌 입구」의 미군 기지와 군인들이 거주하는 '하우스'에서 잔심부름을 거드는 한국인들은 각각 '하우스보이' '하우스걸'로 불리며 온갖 경멸과 모욕을 받는다. 물탱크차, 쓰레기차, 세탁소차, 찝차 들이 미군들을 위해 '외인촌'으로 온갖 물자를 실어 나른다. 박순녀의 소설이 독특한 지점은 미군기지, 기지촌의 서사를 드러낼 때 적대와 굴종의 극단을 오가는 인물들의 미묘한 감정과 심리를 세심하게 포착한다는 점이다. '외인촌'의 하우스보이로 일하는 김찬우와 김순배는 각기 다른 방식으로 미군에게 대응한다. 김찬우가 단순하고 격정적이라면 김순배는 조용하고 비굴하다. 이들이 모두 대학생으로 그려지고 있는 점도 눈길을 끌지만 월남고학생인 김순배가 적극적인 미국 동화의 욕망을 드러내며 굴욕적 삶을 자처하는 대목이 눈에 띈다. '대학보다 이곳의 하우스보이가 훨씬 자기 성미에 맞는다'는 김찬우 역시 김순배와 맞서는 인물이긴 하지만, 나름 '민족주의자'의 정체성을 과시하는 인물이다. 그와 달리 김순배는 자신을 '얄로황인종'라고 낮잡아 부르는 커널의 비위를 맞추는 데 전력을 다한다. '나'는 미국의 꿈에 자신을 던지며 모든 굴욕적 요구를 감당하는 김순배에게 무기력해지지 말고 차라리 '이북엘 가요'라고 외친다. '나'는 하우스걸을 일시적으로 하고 있지만 "무기력해진다는 것은 무감각해지는 일이다. 채이고 두들겨 맞아도 아픈 줄 모르는 일, 미국에나 본적을 옮기

고 싶어 하는 그런 천박한 짓을 아, 아, 키나 커서 잘난 줄 아는 저 백인 녀석들을 한국의 대학생들이 부러워할 줄 알면 어림도 없다"159쪽라고 저항한다.

「외인촌 입구」의 '하우스' 이야기는 여대생 '나'를 균형적 관찰자의 시선에 놓음으로써 미군 기지에 작동하는 위계 권력과 폭력, 인종차별의 문제들을 섬세하게 포착한다. 얼핏 보면 '민족주의자' '친미주의자', 혹은 식민자, 피식민자라는 이분적 구도를 거칠게 배치한 것으로 보이지만 여성인물의 세심한 관찰과 감정 표출은 이 소설의 공간적 특징을 고유하게 만들고 있다. 「외인촌 입구」가 미군기지 내부의 공간을 다룬다면 「엘리제 초」는 미군을 대상으로 장사를 하는 '카바레 미시시피'와 주변의 풍경들을 묘사한다. 이 작품은 「외인촌 입구」처럼 극화된 대립과 갈등을 보여주기보다는 삶의 밑바닥까지 스며들어 있는 소외와 차별의 분위기를 묘파한다. 평화로운 시골에서 기지촌으로 변한 이곳은 별다른 아무 일도 일어나지 않는 '태양과 더위에 지친 오욕의 고장'이 되어버렸다. 소설에서 눈에 띄는 것은 혜련의 과거이다. 혼혈아 엘리제를 딸로 둔 혜련은 미군 밸리를 따라 일본에 갔다가 다시 한국으로 돌아왔다. 그녀가 보기에 미군들의 삶 역시 중심부의 그것은 아니다. "세계 각처에 퍼졌던 지아이들이 예펜네를 하나씩 꿰차고 오면, 처음엔 제멋대로 아무 데고 자리를 잡지만, 결국은 이 그린 아파트로 보금자리를 옮기게 돼"74쪽는 또 다른 차별과 배제의 삶이 작동한다. '떳떳지 못한 사람들끼리 한데 모여서 안심하고 사는 그곳'74쪽에서 일본 여자, 독일 여자, 불란서 여자, 이탈리 여자들을 만난 혜련은 아무것도 할 수 없어 게으르다는 핀잔만 받았던 자신과 한국 여자들의 모습을 떠올린다. 영배 역시 평화로운 농촌을 찾아왔다가 변해버린 기지촌에서 카바레 마담과 양공주, 혼혈아, 브로커 등의 일상으로 젖어들 며 무기력에 지쳐간다. 어린 엘리제를 업고 밖으로 나와 버스에 올라보지 만, "나 혼자만이라도 살아남게만 된다면, 하고 간절하던 목숨을 지금은 아무에게나 내던져주고 싶"78쪽은 비애에 휩싸인다. 이 소설은 권태와 슬 픔 속에서 기지촌의 일상을 담담하게 묘사한다.

4. '세계시민'으로서의 여성, 증언과 회복의 서사

전쟁의 서사화 과정에 드러난 분단 현실의 인식과 감정의 교착 양상, 그리고 가족의 해체와 재건 문제를 고찰할 때 특정 국가와 지역에 제한 된 기록과 증언의 의미를 넘어 여성서사의 보편성과 고유성을 성찰하는 작업은 매우 중요한 의미를 지닌다. 박경리의 소설이 보여주는 여성이자 시민으로서 바라보는 전쟁의 혹독한 경험, 송원희의 소설이 포착하는 이 산가족의 삶은 분단현실이 개인들에게 남긴 상흔을 다각도로 드러낸다. 강신재와 박순녀의 소설이 보여주는 기지촌 공간의 포착과 동아시아적 역사의 맥락도 주목하지 않을 수 없다. 미군 기지와 기지촌은 동아시아 적 침탈의 구체적 상황을 예리하게 포착하고 여성인물들의 생의 의지를 드러낸다. 더불어 기지촌 서사에 형상화된 양공주, 혼혈아, 마담, 하우스 보이, 하우스걸의 삶은 민족, 성, 계급, 인종이 복잡하게 교차하는 전후 동 아시아 여성의 삶을 사유하는 의미를 갖는다. 이와 관련한 동아시아 지역의 기지촌 서사와 연동된 미군, 미국에 대한 심화된 논의들이 지속될 필요가 있다.

그런 점에서 최근 일본군 '위안부'(성노예제) 피해자인 김복동1926~2019의 삶을 기록한 영화 〈김복동〉송원근 연출, 2018은 위안부 피해의 증인에서 여성 인권운동가이자 평화운동가로 자신의 삶을 움직여나간 김복동의 생애를 우리 앞에 펼쳐놓으며 깊은 여운을 준다. 당시의 많은 소녀들이 그러했듯이 김복동 역시 군복공장에 일하러 간다는 말에 속아 만14세에 강제로 위안부가 되었다. 그녀는 중국, 홍콩, 말레이시아, 인도네시아, 싱가포르 등으로 끌려다니다가 8년이 지난 1948년에야 고향으로 돌아왔다.

1991년 김학순이 위안부 피해 사실을 공개 증언한 이듬해 김복동이 62세의 나이로 증언활동에 나서기까지 전쟁 시기에 겪은 폭력적 참상은 스스로의 내면에 유폐되어 있었다. 증언 활동을 시작한 이후 아시아 연대회의, 유엔 인권위원회에 참석하면서 반전과 평화의 메시지를 남긴 그는 자신의 재산을 기부하여 분쟁지역 아동과 전쟁 피해 여성을 돕는 활동에 앞장섰다. 국내외를 순회하는 김복동의 인권평화운동은 27년간 지속되었다. 김복동은 소원하던 일본정부의 공식 사죄를 받지 못하고 영면하였다. 다큐 영화를 보면 "우리가 다 죽기 전에 하루빨리 사과하라!"는 그의 목소리가 유독 크게 들려온다.

더불어 깊은 공분을 불러일으키는 영화의 장면은 2015년 12월 박근혜-아베 정부가 공식적 사죄를 원하는 피해자들의 의사를 무시한 채 '한·일 일본군 위안부 합의'를 발표한 직후의 모습이다. 당사자 없는 졸속 합의와 위로금 지급, 화해치유재단의 설립을 두고 거센 비판이 일었음에도 일본은 '최종적이고 불가역적'이라는 말로 문제 제기를 묵살하고 당시의 한국 정부 역시 이에 호응하였다. 영화의 후반부는 한일 위안부 합의를 규탄하고, 일본정부의 공식 사죄를 촉구하는 김복동과 그의 활동에 연대하는 시민들의 발걸음을 쫓아간다.

김복동의 생애가 또렷이 드러내듯이 한반도의 여성들이 겪은 전쟁폭력과 그것의 극복 과정은 동아시아 여성들의 삶과 연동되어 살필 수 있다. 그것은 한 개별 여성의 삶을 넘어 가혹한 식민지 현실을 거쳐 오랜 기간 투쟁해온 한반도 민중이자 세계시민의 생애와 겹쳐진다. 그의 증언과 평화운동은 전쟁폭력의 참상을 고발하고 치유를 도모하는 세계적 차원의 여성 연대로 나아갈 가능성을 보여주었다. 영화에서도 숨가쁘게 그려지듯이 기습적인 한일 위안부 합의에 맞서 시민들이 거리와 광장에 선 그 시점이 각계각층의 적폐와 불법에 항거하는 촛불혁명의 시발점과 얽혀 있다는 점은 거듭 기억해둘 만하다. 국내외 기득권세력에 맞서는 촛불의 힘은 남북의 상생과 평화를 기도하며, 지역적·세계적 냉전세력에 대한 저항과 타격이 되었다. 평화의 소녀상과 함께 거리와 광장에 선 김복동과 정의기억연대, 평화나비네트워크 및 여러 시민이 간곡하게 호소했던 것 역시 이러한 평화적 저항운동의 전통을 기반으로 한 집단지성의 메시지였다.

한반도 현실에서 여성들이 겪는 전쟁 경험의 공동성은 식민지 시기와 해방과 전쟁 및 분단, 현재에 이르기까지 포괄적인 시기에 걸쳐 드러난다. 그동안 한국 소설들에서 인물들이 전쟁을 경험하는 방식은 가족의 해체와 파괴, 생계 전선에 나서는 경험, 성과 노동의 침탈 방식으로 다양하게 형상화되어왔다. 폭력적 상황에 대한 증언 못지않게 중요한 것은 이후의 삶을 어떻게 '재건'하고 '회복'할 것인가에 대한 문제이다. 식민지 시기와 전쟁, 분단 이후의 현실을 아우르는 여성의 전쟁 체험이 역사적 연속선상에서 살펴져야 할 이유가 여기에 있다.

국가사회주의와 여성해방의 긴장[*]

북한에서 여성문학의 가능성

이상경

1. 북한문학에서 여성문학이 가능할까?

지금까지 북한문학에서 '여성문학'이라고 표방된 것은 없다. 해방 직후 '남녀평등권법령'이 제정1946[1]된 이래 공식적으로 북한에는 '여성 문

---

* 이 글은 「북한 여성 작가의 작품에 나타난 여성 정체성에 대한 연구」(『여성문학연구』 17, 2007)와 2011년 3월 AAS에서 발표한 "'Laborer-Mother' Discussion's Official Reinforcement and Unofficial Degradation –Post–'Arduous March' North Korean Feminist Literature"를 바탕으로 새롭게 수정 보완한 것이다.

1 1946년 7월 30일 공포된 「남녀평등권 법령」은 아래와 같다.

　제1조 여성은 경제, 문화, 사회 및 정치생활의 모든 영역에서 남성과 동등한 권리를 갖는다.

　제2조 여성은 남성과 동등한 자격으로 국가 상위 기간에 대한 선거권 또는 피선거권에 대한 권리를 갖는다.

　제3조 여성은 직장과 급여 및 사회보장과 교육에 대하여 남성과 동등한 권리를 갖는다.

　제4조 여성은 남성과 같이 자유 결혼에 대한 권리를 갖는다. 당사자의 동의 없는 속박과 강압된 결혼을 금지한다.

　제5조 부부관계에 문제가 발생하여 결혼생활을 계속 유지하지 못하게 될 때 여성 역시 남성과 동등한 입장에서 자율적인 이혼을 할 수 있다. 어머니는 이혼한 남편에 대하여 자녀 양육비에 관한 소송을 제기할 수 있다. 이혼 소송과 자녀 양육비에

제'가 존재하지 않는 것으로 되어 왔기 때문이다. 그 전 사회에서 자행되던 여성 차별과 억압은 철폐되었기에 '여성 문제'는 존재하지 않으며 이제 여성이 북한 사회 건설에 어떻게 이바지할 것인가 하는 것만이 문제라는 것이다. 그러니 여성들에게만 특수한 것으로서 '여성'문제와 그에 기반한 여성문학이 존재할 명분이 없었다. 남녀평등권 법령으로 상징되는 북한의 공식적인 여성정책은, 여성의 사회 참여를 통한 남녀평등이라는 이상을 현실에서 구현한다는 것이었다. 그런데 실제 여성의 삶에서 이것은 해방과 억압의 이중적 의미를 갖게 된다. 사회적 노동에 여성이 참여한다는 것은 공적 영역에서 배제되어 있던 여성이 사회 구성원으로서 존재를 인정받게 된다는 점에서 해방의 의미를 가지지만, 의식의 측면이나 물적 조건이 뒷받침되지 못할 경우 전통적으로 여성의 몫이었던 가사 노동에 더해 새롭게 사회적 노동의 부담까지 '이중의 짐'을 여성이 지게 되는 것으로 오히려 억압이 될 수도 있다.

그동안 북한 여성에 대한 연구는 대개 정치학 혹은 사회학 쪽에서 이루어졌다. 따라서 법령이나 연설 등 공식적인 자료에 일차적으로 주목하거나,[2] 아니면 일부 특수한 경험을 가진 탈북자나 방문자의 경험담을 일

관한 소송은 인민재판의 결정에 따른다.
제6조 여성의 결혼 연령은 만 17세 또는 그 이상으로 하고 남성은 만 18세로 한다.
제7조 중세기의 봉건적인 인습에 의한 일부다처제나 배우자 또는 첩으로 맞기 위한 부녀자의 매매와 같은 여성들의 인권침해는 금지한다. 공식 또는 비공식 매음행위와 기생 고용 제도는 금지한다. 위 사항을 위반하는 자는 법에 의해 처벌된다.
제8조 이 법의 선포로 여성에 대한 일상의 법령은 무효로 한다.

2 한국여성개발원,『북한여성의 지위에 대한 연구』, 한국여성개발원, 1992; 안종철,「북한여성의 경제활동 정책에 관한 연구」,『한국동북아논총』9, 1998; 박영자,「북한의 근대화 과정과 여성의 역할(1945~1980년대)」, 성균관대 박사논문, 2004.

반화시키는 경우가 많아서[3] 실제 북한 사회에서 일상생활을 하는 여성들 자신의 목소리를 충분히 담아내고 있지는 못하다고 생각된다. 그런 점에서 북한의 여성문학에 대한 분석을 통해 북한 여성의 삶의 내밀한 측면을 탐구할 수 있을 것으로 기대한다. 아직도 여전히 북한 여성의 삶에 대한 사적인 접근이 어려운 상황에서 남녀평등이 이루어졌다고 공식적으로 언표되는 미묘한 갈등의 현장을 포착하는 것은 아무래도 소설 문학의 꼼꼼한 읽기를 통해서 수행할 수밖에 없다. 소설 역시 북한의 문예정책안에서 공식적으로 간행되지만, 소설 장르의 특성상 여러 인물의 목소리가 갈등하고 충돌하는 현장을 담게 되고 그곳에는 공식적인 말 이외에도 비공식적인 목소리가 끼어들어 오기 때문이다.

그런데 북한문학에 대한 연구는 문예론이나 정책 일반에 대한 연구, 혹은 문제 작품에 대한 작품론이 주를 이루었고 그것도 모두 남성 작가의 작품을 대상으로 한 것이었다.[4] 이는 연구 대상이 될 만한 여성 작가들의 작품이 상대적으로 적었다는 이유 외에도 북한 사회 변화의 큰 줄거리를 보여주는 공식적인 언표나 역사적 사건을 소재로 한 작품들에 연구자들이 주목했기 때문이라고 생각된다. 그밖에 북한문학작품에 나타난 여성상 혹은 여성에 대한 인식을 분석하는 기존의 연구들[5]은 작품 발

---

3   여성한국사회연구소 편, 『북한여성들의 삶과 꿈』, 사회문화연구소 출판부, 2001.

4   김재용, 『북한문학의 역사적 이해』, 문학과지성사, 1994; 김재용, 『분단구조와 분학문학』, 소명출판, 2000.

5   김현숙, 「북한문학에 나타난 여성인물 형상화의 의미」, 『여성학논집』 11, 1994; 김현숙, 「북한문학에 표현된 여성의 주체성과 지향」, 『여성학논집』 16, 1999; 이주미, 「북한문학을 통해 본 여성해방의 이상과 실제」, 『한민족문화연구』 8, 2001; 오은경, 「남북한 여성 정체성 탐구−1980년대 소설을 중심으로」, 『북한연구학회보』 6-1, 2002; 박

표 시기나 작가의 생물학적 신원 등을 구분하지 않고 여성 등장인물만을 문제 삼음으로써 그 결론의 엄밀성이나 보편성에 문제가 있다고 생각된다. 북한 사회에서 이루어지는 정책과 문학작품의 긴밀한 관련성을 고려하지 않을 경우 어떤 시기 특정 작품이 제기하는 문제의 시대적 의의를 포착하기 어렵기 때문이다. 또한 남성과 여성은 현실에 대한 경험이 다르기 때문에 아무래도 남성 작가가 공식적인 정책을 넘어서서 그 이면에 깔린 여성의 내밀한 경험을 대변하기란 어렵다. 물론 북한 사회의 특성상 여성 작가도 공식적인 정책을 넘어서기는 쉽지 않지만 작가 자신의 고유한 방법을 통해 여성의 경험을 쓸 경우 실감에서 우러나오는 디테일을 구성할 수 있을 것으로 기대된다. 그런 점에서 '여성문학'으로 표방된 것은 없지만 다음과 같은 방식으로 북한여성문학을 상정해 볼 수 있을 것 같다.

첫째, 북한 사회에서 남녀평등법의 제정은 공식적인 차원에서 여성이 봉건적 억압에서 해방되었다고 선언하고 사회적 활동에 평등하게 참여하는 것을 보장한 것이므로 여성들에게만 특수한 것으로서 '여성'문학이 존재할 명분이 없어진 셈이지만 비공식적 차원에서는 존재하고 있다. 법령이 제정되었다고 해서, 특히 선언적 의미의 법령이 제정되었다고 해서, 곧바로 현실이 바뀌는 것은 아니기 때문이다. 법령의 제정과 법령의 구체적 실천은 별개의 문제이기에 실제적인 삶의 조건에서 배태되어 있

태상, 『북한소설에 나타난 여성의식과 성 역할 — 김정일 시대와 김정은 시대의 비교 고찰』, 한국문화사, 2018; 오창은, 『친애하는, 인민들의 문학 생활 — 북한의 페미니즘 소설부터 반체제 지하문학까지, 최신 소설 36편으로 본 2020 북한 인민의 초상』, 서해문집, 2020.

는 '여성문제'는 여전히 존재할 수밖에 없다. 게다가 법령 자체도 여성들이 사회적 활동에 자발적으로 참여하는 것과 사회적 노동에 강제적으로 동원되는 양 측면을 모두 포함하고 있었다. 실제 북한의 여성정책은 여성이 가부장제적 억압으로부터 해방되기 위해 사회적 활동에 참여를 보장하는 측면과 국가 생산력을 높이기 위해 모성을 효과적으로 동원한다는 양 측면이 혼재되어 있다. 시기에 따라 정책의 강조점이 달라지지만 북한의 남녀평등권 법령과 여성정책은 참여와 동원, 혹은 그 결과로서의 해방과 억압이라는 이중성을 가지고 있는 것이다. 그런데 국가의 통제가 강한 북한 사회의 경우, 공식적 언술 이면에서 비공식적으로 발화되는 삶의 현실은 다성적 발화가 가능한 소설 장르를 통해서 가장 잘 드러날 수 있다. 따라서 아무래도 여성작가의 작품이 바깥으로 드러난 법률이나 제도, 공식적으로 언표된 정책과 강령을 넘어서서 이런 미묘한 갈등 양상을 포착하고 있을 것으로 기대된다.

둘째, 작가의 이름, 작품의 내용, 관련 평론이나 기사 등을 통해 '여성'으로 특정할 수 있는 작가의 작품에 주목한다. 집단주의가 강조되는 북한 사회의 성격상, 작가 개인보다는 작품이 부각되는 측면이 강해[6], 작가 개인에 대한 정보나 연구는 그리 많지 않다. 남쪽에서 관련 자료를 접하기가 어려운 상황에 여성 작가는 그 존재가 상대적으로 더 미약하고 잘 알려지지 않았기에 '여성작가'를 특정하기 어렵다. 그러나 해방 후부터 나오고 있는 『조선녀성』 같은 잡지에는 많은 여성이 시와 소설을 발표하

---

6   이런 경향이 심해진 1970~80년대 초반에 나온 '불멸의 역사 총서' 같은 경우는 아예 작가의 이름이 밝혀져 있지도 않다.

고 있으며 개인 시집이나 작품집을 낸 여성들도 있다. 그리고『조선문학』
에도 여성이라고 생각되는 작가들의 작품이 자주 실리고 있다. 이렇게
북한에서 출간된 잡지와 단행본에 발표된 여성의 작품을 읽어보면 정책
이 요구하는 문제뿐만 아니라 다른 남성 작가의 작품에서 찾아보기 어려
운 여성 자신의 문제를 예민하게 담아내는 경우가 많다.

이 점에 유의하여 그동안 북한문학 연구에서 소홀히 취급된 여성 소
설가의 작품 중에서 사회주의 현실을 주제로 한 작품을 대상으로 하여
북한의 여성정책이 가지는 해방과 억압의 이중적 측면이 여성 자신의 삶
에는 어떻게 작동하는지를 살펴보고자 한다. 특히 1990년대 '고난의 행
군'을 겪으면서 등장한 새로운 여성작가들이 보여주는 '여성문학'의 가
능성에 주목하고 싶다.

논의 대상은『조선문학』지에 실린 단편소설 중 여성 작가의 작품을 주
된 자료로 하면서 그밖에 단행본 자료와『조선녀성』도 가능한 범위 내에
서 참고하였다.[7] 이외에도 지면의 대표성이나 전문성을 감안하여『청년
문학』,『문학신문』,『문학참고자료』 등에 게재된 작품도 참고했다.

---

7   『조선문학』은 최근 해방 직후부터 2000년까지의 잡지 영인본이 나오고 그 이후의 발
    간본도 통일부 북한자료센터에 비치되어 일반 연구자가 쉽게 참고할 수 있는 반면,
    『조선녀성』은 해방 직후부터 한국전쟁 시기까지의 것은 극히 일부가 국립중앙도서관
    에 디지털 자료로 비치되어 있고 그밖에는 최근의 호수들만 있는 상태여서 참고하기
    쉽지 않다.

2. 북한 여성정책의 변화 과정 해방과 억압 혹은 참여와 동원 사이

해방 후 북한에서는 '남녀평등권 법령'을 통해 여성의 평등권과 사회 참여의 정당성을 보장한 이래, 1950년대 전후 복구 과정에서 여성의 사회적 진출이 당연시되었고 농업 협동화 등을 통해 가족 단위의 해체에 따른 가장의 권위가 약화되었다. 1961년 이후로는 사상 혁명과 관련하여 자식을 교양하는 어머니로서의 역할을 강조하고, 사회 안정을 위해 가족에게 헌신할 것을 여성에게 요구하였다. 이때부터 직장일과 가정일이라는 두 가지 부담 사이에서 여성들이 겪는 어려움이 소설 속에 들어오게 된다. 그러므로 각 시기의 작품을 읽을 때는 그 시기 여성에 대한 사회적 요구와 그에 대한 여성 인물의 반응이라는 것을 구별해 볼 필요가 있다.

북한여성정책의 토대를 소련의 여성정책에서 찾는 것이 일반적이지만 대한제국기와 일제 강점기 여성의 역사적 경험은 그런 정책이 별 저항이 없이 뿌리를 내릴 수 있었던 토양이 되었다. 소련의 여성해방논쟁은 콜론타이의 '신여성' 모델과 크룹스카야의 '어머니-노동자' 모델의 대립을 통하여 드러났다. 콜론타이는 여성의 종속심리를 파괴하고 '지적인 질을 소유한 노동자'로서의 여성을 지향한 반면 크룹스카야는 교육을 받고 남성과 동등하게 사회 전반에 참여하면서도 양육과 생활 관리를 과학적으로 수행하는 여성을 지향했다. 이러한 논쟁은 소련 전체의 권력 투쟁과 맞물리면서 크룹스카야의 '노동자-어머니'모델이 주도권을 잡게 되었다.[8] 크

---

8   차인순, 「소련여성의 경제적 지위」, 『여성연구』 36, 한국여성개발원, 1992; 박영자, 「북한의 근대화 과정과 여성의 역할(1945~80년대)」, 성균관대 박사논문, 2004, 30쪽

룹스카야 모델은 마르크스주의의 노동자와 러시아의 전통적 모성상을 결합시킨 것으로 여성이 노동자와 어머니 역할을 훌륭하게 조화시키는 것을 말한다. 그리고 이렇게 여성이 생산과 재생산의 역할을 잘 수행하기 위해서는 국가의 여성보호 정책 — 교육 기회와 노동조건의 개선, 모성보호와 가사 부담의 완화 등 — 이 필요하다고 주장했다. 이 모델이 소련의 여성정책으로 제도화했고 다른 사회주의 국가에도 이식되었다.[9]

한편 역사적으로 한국 여성이 국가와의 관계 속에 들어오게 되는 근대적 경험으로는 대한제국기 계몽운동의 담당자들이 국민의 어머니인 여성도 국민이라고 하며 여성 교육을 촉구한 것을 들 수 있다.[10] 그러나 이 운동은 식민지화와 함께 중단되었고 드물게 고등교육을 받을 수 있었던 일부의 여성들은 '신여성'이 되었다. 일제 강점기 여학교는 '현모양처'를 길러내는 것을 교육 목표로 삼았다. 급진적이고 개인적으로 여성문제를 제기했던 신여성과 현실 안주적인 현모양처를 동시에 비판하면서 1920년대 중반 사회주의 여성운동이 등장했다. 사회주의 여성운동에 몸담은 이들은 자율적 여성주체로서 콜론타이의 신여성을 이상으로 삼으면서도 식민지 현실에서 민족운동에 참여했고 남성과 대등한 동지적 관계를 갈망했다.[11] 한편 일제 말기 '전시 총동원 체제'는 개인의 독자성을 주장하는 '신여성'을 배제하고 '현모양처'를 국가 차원으로 확대한 '군국의 어머니'를 표어로 하여 식민지 조선의 여성을 전쟁에 동원했다. 여성

　　에서 재인용.

9　　박영자, 앞의 글, 31쪽.

10　이상경, 「여성의 근대적 자기 표현의 역사와 의의」, 『민족문학사연구』 9, 1996 참고.

11　이상경, 「1930년대 사회주의 여성에 관한 연구」, 『성평등 연구』 10, 2006 참고.

은 '소국민'을 낳고 아들을 황국신민으로 키워 병사로 기꺼이 전선에 내보내는 군국의 어머니가 되어야 했고, 애국반 등으로 후방 지원을 담당하는 노동자가 되어야 했다.[12] 일제가 여성들을 전쟁에 동원했을 때 일부 여성은 남성과 동등하게 전쟁에 참여하는 것을 통해 여성의 해방이 가능할 것으로 생각했다. 이런 식으로 일제가 여성을 동원하면서 펼쳤던 논리는 이후 국가가 여성을 동원하고자 할 때 원용되었고 여성 자신에게도 익숙한 것으로 받아들여졌다.

해방 후 1946년 6월 24일 북조선 임시인민위원회는 「북조선 로동자, 사무원에 대한 로동법령」을 공포했는데 여기에는 성별과 연령을 불문한 동일노동에 대한 동일임금 보장, 노동 여성에 대한 산전 산휴 휴가 보장, 모성 보호, 수유 시간 보장 등 여성 관련 사항이 들어 있다. 이 법령으로 여성은 원칙적으로 노동 참가를 통해 경제적 독립이 가능해졌고 모성을 보호하면서도 경제 사회적 지위를 확보할 수 있게 되었다. 노동법령을 발표한 한 달 후인 1946년 7월 30일 북조선임시인민위원회는 「북조선 남녀평등권에 대한 법령」을 발표했다. 이 법령은 사회주의적 근대화를 위한 핵가족화와 여성의 개체화를 지향했다. 즉 가족을 해체하는 것은 아니고 그 이전의 대가족을 핵가족화함으로써 여성을 봉건적 공동체로부터 독립시켜 사회로 진출하게 했고, 가족 속에서 여성이 독립된 개체로 설 수 있는 것을 보장한 것이었다.[13] 이 시기 이론적으로는 전체 여성의 사회 참여를

---

12 이상경, 「일제 말기의 여성 동원과 '군국의 어머니'」, 『페미니즘 연구』 2, 2002 참고.
13 해방 후 북조선민주여성동맹의 기관지로 나온 『조선녀성』 1947년 3월호에는 「완전한 권리 있는 공민으로서의 쏘베트 여성」이라는 콜론타이의 글이 소개되었고 콜론타이의 『신여성론』도 한글로 번역 출간되었다(신윤선 역, 『연애와 신도덕』, 신학사, 1947).

내세웠으나 실제로는 섬유공업을 중심으로 한 미혼 여성의 노동자화가 추진되었고, 여성의 노동계급화라고 하는, 해방의 열기 속에서 자기해방을 추구하는 여성들의 열망과 새 국가 건설에 여성노동력을 동원하고자 하는 북한 정책이 아직 상호 큰 모순이 없는 상태였다. 제도와 법은 바뀌었지만 의식의 변화가 미처 따라가지 못한 상태에서 작품은 지체된 의식의 변혁에 노력했다.

전후 복구를 넘어선 건설기인 1956년부터 경공업과 지방 공업을 중심으로 여성 노동력 증대가 본격적으로 추진되었는데 전후 건설 과정에서 중앙·남성·중공업/지방·여성·경공업이라는 생산 부문의 위계화와 성 역할의 위계를 구조화했다. 즉 계획경제의 과정에서 여러 가지 특성을 고려하여 남성은 중공업에 여성은 경공업에 배치한 것이 직장에서의 성별 위계로 고착화된 것이다. 1958년 합의 이혼제를 폐지하고 재판이혼만 가능하게 한 것은 가족의 안정화를 통해 노동자-어머니 모델을 공고화하는 것이다. 이 시기 혁신적 여성 노동자의 역할은 생산증대, 애정과 헌신, 노동자 생활관리 등으로 공장에서도 노동자이자 노동자의 어머니가 되는 것이었지만 혁신적 여성 노동자는 대부분 미혼 여성이었다.

이때 제기된 혁명적 어머니상은, 주체사상을 내세운 1967년 이후 강반석-김정숙을 신화화하여, 생활경제를 책임지고 혁명하는 남편을 보조하며 혁명의 후비대인 아이들을 잘 키우고 혁명활동에 참여하여 가정을 혁명화하는 역할을 가진 것으로 강화되었다. 이제 여성은 혁신적 노동자

이는 소련의 영향이라기보다는 해방 전 여성 활동가들이 꿈꾸었던 여성의 모델이 콜론타이가 제시한 '신여성'이었다는 데 있을 것이다.

이자 혁명적 어머니가 되기를 요구받았다.[14] 그런데 이런 노동자-어머니 모델은 여성에게 직장일과 가정일이라는 이중의 부담을 지우게 된다. 관습에 기댄 가부장제나 남성중심주의를 타파하려는 노력이 해방 후 제기되었지만 전쟁의 위기와 전후 복구의 간고함 속에서 개인주의적인 것으로 치부되었고, 가사 노동의 사회화 역시 제반 물적 조건의 미비로 원활하게 이루어지지 못한 상태에서 여성은 갈등을 일으키게 된다. 혁신적 노동자 역할에 충실하려면 가정을 돌볼 틈이 없어 어머니이기를 포기해야 하고 혁명적 어머니로서 자식을 키우려면 혁신적 노동자 역할을 제대로 수행하기 힘들었다. 이것은 북한 여성이 경험하는 일상적 갈등이었다. 또한 이 갈등은 생산의 혼란, 생산 주체 간의 갈등과 저항, 가정의 안정성 파괴 등으로 나타난다.

여성 작가의 작품에는 처녀시절 혁신적 노동자였던 여성이 결혼 후 집안일에 충실하기 위해 좀 더 편한 일자리로 옮겨 앉는 상황이 자주 등장한다. 물론 소설은 그것이 국가적으로 노동력의 낭비이며, 그런 식으로 육아에 매달리는 것은 후비대를 교양하는 혁명적 어머니가 되는 것과는 거리가 멀다는 식으로 그런 안일함을 선택한 여성을 비판하고 — 비판자는 동료 여성이거나 아니면 남편이다 — 문제의 여성이 다시 사회적 노동에 헌신하는 것으로 결말짓는다. '슈퍼 우먼'이 되라는 것이다.

1990년대 후반 '고난의 행군'을 거치면서 공식적인 배급 체계가 무너지고 장마당 같은 사경제를 통해서 가족을 먹여 살리는 책임까지 여성에

---

14   박영자, 「북한의 여성정치 '혁신적 노동자-혁명적 어머니'로의 재구성」, 『사회과학연구』 13, 서강대 사회과학연구소, 2005.

게 지워지면서 '이중의 짐'의 문제를 적극적으로 제기하는 여성 문학이 등장하였다. 표면적으로는 여전히 슈퍼우먼으로 돌아가는 것으로 결말 짓지만 그 결말은 소설의 논리 혹은 소설 속 생활의 논리에 의해서가 아니라 갑작스러운 덧붙임으로 처리되고 실제 소설의 내용은 그 짐의 무게와 그 짐으로 해서 여성이 겪는 고통과 우울한 내면 심리를 드러내는 데 집중되어 있다는 점에서 '여성'문학이라고 부를 수 있는 작품을 여성 작가들이 쓰기 시작한 것이다.

따라서 북한의 여성문학을 읽을 때는 슈퍼우먼이 되자는 공식적인 주장만을 따라갈 것이 아니라 혁신적 노동자와 혁명적 어머니 사이에서 여성이 갈등하는 상황을 여성작가들 대부분이 문제로 삼고 있다는 것과 시기에 따라 또 작가에 따라 이 문제를 드러내는 방식이 다르다는 점을 눈여겨볼 필요가 있다.

3. 해방 직후의 남녀평등법령과 자율적 여성 주체

해방 직후 시기의 여성작가의 작품은 일제하 여성 문학의 전통을 잇는 측면과 해방 후 북한 사회에서 새롭게 전개될 변화한 여성의 삶의 조건에서 야기되는 문제를 맹아적으로 모두 보이고 있다. 특히 전통사회에서 가부장제의 인습이 유난히 강고했기에 제도적 해방이 여성에게 가져다준 진보의 환희를 열광적으로 토로하면서도 봉건적 유습이 아직 강고하게 삶 속에 남아 있는 채로 제도만 바뀐 상태이기에 그 제도가 일상의 삶에 적용될 때 생길 수 있는 갈등 또한 놓치지 않고 보여준다.

북한문학은 당대의 문예정책과 직접 연관되어 있기에 정책이 요구하는 주제를 벗어나기 쉽지 않다. 또 북한 사회의 이상적 여성상이 해방 직후의 '신여성' 상에서 금새 '노동자-어머니' 상으로 바뀌면서 여성의 사회 경제 활동은 여성의 사회적 해방뿐만 아니라 모성 역할의 완성을 위해서도 필요한 것으로 규정되었다. 각종 모성보호장치를 통해 여성의 사회적 참여를 뒷받침하는 정책은 전통적인 성 역할과 사회 경제적 활동의 병행이라는 이중부담을 합리화시키는 기제가 되었다. 가정일과 직장 일이라는 이중부담의 문제는 여성 개인의 품성이나 노력의 문제로만 제기되고 비판되었다.

해방 직후 삼팔선 이북에서 시행된 남녀평등권법령에 의해 여성은 평등한 참정권, 동일노동 동일임금, 자유 결혼과 자율 이혼, 일부일처제 등의 권리를 부여받았지만 남녀평등은 정치, 경제적 제 활동에서의 권리와 의무노동자로서 공민으로서의 권리와 의무에서의 평등으로만 인식되었고 사회 문화적 활동가족 혹은 사적 관계에서의에서의 평등에 대한 인식은 없었거나 유예되었다. 즉 북한 체제의 공민으로서, 노동자로서 권리와 의무에 관련된 것은 구체적인 것이었던 반면 관습이나 가족 내부의 관계에서는 어머니 혹은 아내로서의 권리란 낯설고 불투명한 채로 전통적으로 여성에게 부과되어온 의무는 그대로였다. 따라서 그것의 실제 시행은 쉽지 않았다.

해방 직후에는 일상생활, 가족 내부에서 벌어질 남녀평등의 문제에 대한 문제 제기와 토론이 공개적으로 이루어졌다. 해방의 감격과 열기 속에서 진정한 해방에 대한 물음이 지속되었던 것이다. 이 상황은 일제 강점기 카프의 대표적 작가로서 여성문제에도 지속적으로 관심을 보여온 남성 작가 이기영의 소설 「개벽」[1946.7]에서 잘 나타난다.

"작은오빠 내 말이라면 언제든지 야단만 치지. 인제는 여자두 권리가 있대!"

언년이는 양지가 샐쭉해지며 날카롭게 부르짖는다.

"이년아! 계집애에게 권리가 무슨 권리야, 건방진 수작 마라!"

동운이는 다시 주먹을 쳐들었다.

"호호호…… 왜 없어요, 농민이 토지에서 해방되듯이 여자두 가정에서 해 방돼야지 뭐."

"그럼 밥은 누가 짓고 빨래는 누가 하나? …… 남자가 대신 하란 말인가 하하하."

그 말에 큰 오라비가 너털웃음을 친다.

"누가 그런 것 말인감. 여자두 회의 때에 참예하구, 대통령을 뽑을 때는 표 를 써낼 수 있는 그런 거 말이지."

언년이는 또다시 샐쭉해서 치마끈을 물고 돌아선다.

"넌 어데서 그런 소리를 다 들었니? 나두 못 들은 말을."

모친은 빙그레 웃으며 그들 오뉘가 서로 다투는 것을 귀여운 듯이 바라본다.

"그까진 소리들은 고만두고 아니 정말로 농민에게 땅을 노놔준다더냐?"[15]

법령으로 평등을 주장하지만 가사노동에서도 남녀평등일 것인가에

---

15   이기영, 「개벽」, 『문화전선』 창간호, 1946.7.

대해서「개벽」은 질문을 더 이상 밀고 나아가지 않고 토지개혁으로 여성도 땅을 나누어 받을 수 있다는 것으로 얼버무리고 만다. 구체적 개인의 삶에서 평등이 가능할 것인가, 실제로는 어떤 문제가 발생하고 어떻게 해결할 수 있을 것인가에 대해서는 이 시기를 대표하는 여성작가인 임순득이 문제를 제기한다. 임순득의「솔밭집」1947.12은 가사노동에서 평등 문제를,「우정」1949.3은 부부관계에서 평등의 문제를,「딸과 어머니와」1949.12는 결혼에서 평등의 문제를, 예리하게 제기함으로써 북한 여성문학의 기초를 다졌다.

임순득이 해방 후 처음 발표한 소설「솔밭집」은 자전적 면모를 띤 여학교 교사 '나'의 일인칭 관찰자 시점에서 용례 어머니의 삶에 해방이 가져다준 변화를 그렸다. '나'는 원산의 여학교 수리 교사이다. 해방 전에는 강원도 산골에서 살았는데 그때 '솔밭집'으로 불리던 용례 어머니를 알았다. 그녀는 아들을 못 낳는다고 남편에게 구박과 학대를 받으며 살았지만 해방 후 토지개혁과 민주개혁으로 당당해지고 생활도 안정되었다. 해방이 한 여성의 삶을 어떻게 바꾸어 놓았는가를 실감나게 보여주는 가장 인상적인 장면은 다음과 같이 용례 어머니가 근대적 부엌시설에 감탄하면서 자기 딸도 교육을 시키겠다고 하는 대목이다.

가사실습실 수도 장치, 으리으리한 찬장, 요리대, 모두 들러보고 만져보며 희한해서 입만 떡 벌린다. 가스 불을 켜 뵈니 냄새도 역하지만 도깨비불 같다고 끄려 했으나 수도를 트니깐 반색을 한다.

"아유 벽 사이서 물이 졸졸 흐른다니."

수돗물 줄기를 소금섬에 꽂아놓고 서슬[16]을 받았으면 좋겠다는 것이다.

우리 북조선 인민경제 계획만 제1차, 제2차 이렇게 착착 5, 6년을 두고 진행 완수한다면야 샐경 일판은 물론이요, 염수골, 은적사, 호양두멧골 박죽데기까지 이렇게 설비가 안 되리라고 누가 장담하겠느냐고 나[17]는 주변 없는 웅변을 들입다 토하는데, 죽어 다시 인도환생[18]하고 싶다고 자수물[19] 버리는 타일 박은 네모 사기판을 어루만진다.

"용렌 몰라도 우리 용순이 넌만 해도 이런 데서 공부랑 허겠지?"

"그러믄요. 살림도 허지요. 그땐 따로 제 살림만 한다고 행주치마에 매이지 않습니다. 공동식당에서 밥 해주고 공동세탁소에서 빨래 해주고."

"그럼 에펜넨 집에서 낮잠만 자나, 온 벨 소릴 다 한다."

"공장에 가 일허구, 농장에 가서 기계 부려 노래와 함께 김을 매고…… 집에 와서 신문을 보든 춤을 추든 산보를 가든……."

"원산 아줌마 이야기 듣고 보니 도깨비한테 홀린 상싶소. 아모턴 사람의 자식은 가르치고 볼일이지."[20]

용례 어머니는 전통적으로 여성이 해온 가사노동을 여성이 하지 않을 수 있다는 생각을 얼른 용납하지 못했으나 딸의 입장에서 생각하면서 낡

---

16   서슬 : 소금 간수.
17   작중 화자. 작가 임순득의 자전적 면모가 보인다.
18   인도환생(人道還生) : 사람이 죽어 저승에 갔다가 이승에 다시 사람으로 태어남.
19   자수물 : 개숫물. 설거지물.
20   임순득, 「솔밭집」, 『조선문학』 1947.12. 여기서는 이상경, 『임순득, 대안적 여성 주체를 향하여』, 소명출판, 2009, 290~291쪽에서 인용.

은 관념을 쉽게 떨치고 스스로도 한 주체로서 서게 되는 것이다.

이런 점을 좀 더 집중적으로 다룬 것이 「딸과 어머니와」이다. 어머니는 해방을 맞이하여 '딸'의 어머니로서는 '지극히 소박한 진보적인 사상'인 남녀평등을 쉽게 받아들여 해방 전 과부된 딸이 이왕이면 총각을 만나 묵은 시름을 씻고 살 수 있기를 바란다. 그런데 '아들'의 어머니로서는 나이가 아들보다 많고 한번 결혼한 전력을 가진 여성을 며느리를 받아들일 수가 없었다. '남녀평등권법령'이 통과되었다고는 하지만 사람들의 낡은 생각과 습관이 그리 쉽게 고쳐질 수 없고 현실에서 갈등을 빚고 있는 상황을 날카롭게 포착하고 여성에게만 강요되던 재래의 정조 관념을 넘어서서 진정한 자유 결혼이 가능할 것인지를 묻는다. 소설은 결혼 전력이 있는 딸이 연하남을 사윗감으로 데려온다는 상황에 부닥쳐서 문제의 여성을 며느리로 인정하는 것으로 행복한 결말을 지었다. 하지만 기실 소설의 대부분은 어머니가 며느리 될 여성에 대해 분노하는 심리의 묘사에 바쳐져 있고 자기 딸도 며느리와 똑같은 사정이라는 예외적 상황에 의해서 어머니의 갈등이 해결된다고 결말지음으로써 실제 현실에서 남녀평등권 법령이 구현되기 쉽지 않음을 보여준다.

작가의 자전적 요소가 강한 소설 「우정」은 겉으로 내세운 것은 조선 여성과 소련군 장교의 우정 즉 '조소친선'이지만, 그 이면에서 작가는 활달하고 진취적인 아내와 내성적이고 소극적인 남편 사이의 심리적 갈등을 통해 한 여성이 내적 외적 속박에서 벗어나 주체로 서게 되는 과정을 부각하였다. 화숙의 남편은 자존심은 강하면서 소심한 성격으로 일제시대에는 내면의 양심을 지키고자 하지만 행동에는 나서지 못하여 그 자책감으로 자기와 주위 사람을 갉아먹으며 신경질을 부렸다. 화숙은 그런 남편을 해방 전에는 이해할 만했으나 해방이 되어서도 여전히 자책감에서 벗어나지 못하는 것은 문제라고 생각한다. 해방 후 화숙은 나름대로 새로운 사회적 관계를 맺어나가면서 남편에 대한 심리적 종속에서 벗어나 참된 동반자로서 부부관계를 재설정하게 된다. 이 작품은 콜론타이가 설정한 '신여성'의 이상에 가깝게 여성이 개조되는 과정을 형상화하여 아직 노동자-어머니 모델이 강고화되기 이전의 북한 여성의 주체 세우기를 보여주는 작품이다.[21]

4. 건설기의 혁신적 노동자로서 여성의 참여와 동원

6·25전쟁 이후, 50년대의 전후 건설 시기 및 60년대 여성 작가들의 작품에서는 본격적으로 생산 현장에 뛰어든 여성들이 직면하는 제반 문제들이 제기된다. 그 문제란 생산 현장에서 무의식적으로 이루어지는 여성에 대한 부당한 차별, 관료주의, 여성들의 자기 비하 등이다. 여성 작가들은 이런 문제들을 매우 솔직하게 다루고 있으며, 혁신적 여성 노동자의 노력으로 생산력 제고 과정을 통해 그 비합리성이 비판 극복되는 방식으로 소설을 구성했다. 이 시기를 대표하는 여성작가는 리정숙이다.

일찌기 리정숙은 『조선녀성』의 기자로 있으면서 해방 직후 「빛과 낙

21　이들 작품에 대한 자세한 분석은 위의 책, 188~213쪽 참고.

원의 평양견직공장 방문기」라는 보고문을 썼다. 이 글에는 여성의 노동자로서의 자기 인식이 포착되어 있다.

"결혼하게 되어 이 공장을 그만두게 된다면 어떻게 하시겠어요?" 하고 물었던 것이다.

처녀들이라 '결혼'이란 말에 잠시 귀밑들이 빨개지며 키득키득 웃기도 하더니 한 여공이

"결혼한다고 고만둬야 하나요…… 우리들의 기술은 언제나 나라가 요구하고 있습니다."

어느덧 엄숙한 표정으로 이렇게 대답하는 것이었다. 이번에는 내 낯이 붉어지는 듯싶다. 2년 동안의 자유로운 생활은 새 생활감정에 몸소 젖은 새 세대의 젊은 일꾼들을 육성하였다.

결혼보다는 노동을 통해 사회적 주체로 서기를 원하는 미혼 여성의 면모는 「선희」1957.9에서 좀 더 깊이 탐구된다. 「선희」는 지방농장의 여성과 그를 지도하려는 남성 반장 사이의 갈등을 축으로 한다. 양돈공인 선희의 집에 새로 부임한 반장 정준호가 기숙하게 되었다. 선희는 정준호의 일상생활을 꼼꼼히 챙기며 돼지 기르기에도 열심이다. 처음 준호는 강한 집행력으로 양돈장의 청소부터 시작하여 돈사의 면모를 일신하였고 선희는 그러한 타협 없고 엄격한 반장 준호의 모습을 좋아하였다. 그런데 시간이 지나면서 반원들은 준호가 돈사의 외양과 숫자로 표시되는 실적만을 중시하고 정작 돼지나 그 돼지를 기르는 양돈공에게는 애정이

없다는 것을 점점 느끼기 시작했다. 선희 역시 그런 점을 느끼지만 사랑 때문에 준호의 잘못된 지시를 그대로 따른다. 그러다가 준호가 아직 어린 돼지들로 하여금 새끼를 배게 하자고 제안하자 선희는 그것이 잘못되었다고 당당하게 말할 수 있게 된다. 그 과정에는 성실한 양돈공만이 가지고 있는 돼지에 대한 사랑과 이해가 바탕이 되었고 친구인 옥분이의 비판도 중요한 계기가 되었다. 옥분이는 대놓고 준호의 지도를 무시하는 말을 하기도 했고, 준호도 "워낙 여자들을 그리 존경하지 않지만 더구나 총명한 여자는 더 좋아하지 않았다. (…중략…) 그래서 그는 영악한 옥분이보다는 그래도 순종을 좋아하는 다소곳한 선희 편이 백 배 낫다고 생각"했다. 준호의 지시가 돼지에게 좋지 않은 것인 줄을 알면서도 다소곳하게 따르는 선희를 본 옥분이는, "참 답답하구나 넌. 얘 좀 뻐젓해지려무나. 글쎄 우리에게 중요한 건 반장의 마음에 드는 게 아니야! (…중략…) 돼지를 기르는 게지"라고 비판한다. 이런 옥분의 말에는 자발성을 갖고 사는 주체로서의 여성에 대한 요구가 담겨 있다. 그리고 이런 과정 속에서 "선희는 설사 사랑의 이름이라 해도 굴종하지 말아야 한다는 것을 비로소 똑똑히 깨달은 자신을 느끼면서" 준호의 잘못을 지적하고 한 사람의 혁신적 노동자로 서게 되는 것이다.

「산새들」1962은 평양방직공장을 배경으로 하여 여성노동자들이 다양한 갈등을 극복하고 생산력을 획기적으로 높여 천리마운동을 성공적으로 수행하는 과정을 그렸다. 미혼의 여성들이 대부분인 작업반에서 반장이었던 명자와 새로 반장으로 파견된 정애는 대조적인 성격을 가졌다. 만사를 양분해서 바라보는 냉철한 명자는 반원들을 단결시키지 못하는 반면, 반원들의 개인적인 사정에 귀 기울이면서 스스로도 힘들어하는 정애는 여성 내부의 미묘한 심리를 포착하여 결국 반원들을 혁신시킨다. 명자와 정애의 갈등을 단지 재미로만 바라보던 남자 반원들까지 정애에게 설득되어 천리마 운동에 동참하게 된다.[22]

이 작품에서 눈여겨볼 대목은 기혼여성인 춘실이가 혁신적인 노동자 역할과 가정에 충실한 아내의 역할 사이에서 갈등하는 상황이다. 그런데 그 갈등의 원인은 직장과 가정의 이중부담 때문이 아니라 남편에 대한 맹목적 사랑과 남편의 무반응 때문이다. 춘실은 매우 순종적인 성격으로 남편을 존경하고 사랑하며 남편 역시 춘실의 공장일에 이해성이 많은 '좋은' 남편이다. 그런데 문제는 남편이 춘실을 사랑하는 것은 아니라는 점이다. 춘실이 남편의 밥도 제대로 못해 주는 것이 미안해서 공장일을 그만두겠다고 했을 때, 남편은 춘실이의 마음이나 미래를 헤아리지 않고 단지 "실무적으로 정당하게" "국가사업이 더 중요"하므로 그만두지 말라고 한다. 이런 관계에서 춘실이는 늘 불안하고 고독했다. 그런데 반장 정애가 춘실이를 공장일에 열정을 가지도록 끌어들임으로써 춘실이 부부는 서로를 이해할 수 있게 될 가능성을 보여준다. 그러면 이해에 바탕한 참된 사랑도 가능하게 될 것이다.

---

22 남성 작가도 당연히 혁신적 노동자를 그린다. 그런데 전체적인 경향성으로 보면 남성 작가의 작품에서는 이상과 열정에 넘치는 남성 혁신적 노동자와 그를 사랑하나 그의 이상을 이해하지는 못하는 현실 안주 경향의 여성이 갈등하는 양상을 보인다. 반면 리정숙의 작품에서는 남성 여성의 지향이 뒤바뀌어 있다. 이 지점에 여성 작가로서 리정숙의 면모가 보인다.

춘실이는 기사가 될 것이다. 배우고 실천하는 기수, 기사는 자기의 주장 생산에 대한 더 높은 욕망을 가지지 않을 수 없다. 그것으로 해서 남편과 논쟁을 하게 될지도 모른다. 그렇게 되면 남편은 익숙지 않은 춘실의 반발에 성도 내고 놀라기도 할 것이다. 성은 내지만 어쨌든 사랑하게 될 것이다. 반드시 사랑하게 될 것이다. 춘실의 눈이 전에 없이 빛나기 시작하였고 빛은 아름다운 것이고 가장 가까이 있는 남편이 그 빛에 사로잡히지 않을 수 없을 것이다.[23]

이렇게 「산새들」에서 리정숙은 여성이 사랑에만 매달려서는 사회적으로 인정받지도 못하고 남자의 사랑도 받지 못한다는 이야기를 하고 있다. 아직 여성의 노동자화가 미혼 여성을 대상으로 진행되던 시기이기에 '이중부담'의 문제보다는 남성과의 동등한 관계, 동지적 관계에 기반한 사랑의 문제에 관심을 쏟고 있으며 이 점에서 해방 전과 해방 직후의 여성문학의 전통 위에 서 있는 셈이다.

5. 혁신적 노동자이자 혁명의 어머니인 여성의 이중부담

1970년대는 북한 사회의 분위기와 맞물려 여성 작가의 작품에서도 다양한 개인의 사적인 목소리를 읽어내기는 어렵고 공식적인 정책과 강령의 소설적 포장에 머무르는 작품들이 많이 보인다. 여성이 생산 노동에

---

23   리정숙, 「산새들」, 『조선문학』 1962.1, 70쪽.

참여하면서 얻게 되는 여성의 해방보다는 유휴노동력 활용이라는 측면이 더 강조되고, 주체사상과 함께 김일성의 어머니인 강반석과 아내였던 김정숙이 혁명적 어머니의 모범으로 제시된다. 이제 여성들은 혁신적 노동자이자 혁명적 어머니이기를 요구받게 된 것이다. 그런데 여성작가들은 혁신적 노동자로서의 여성은 그전부터 다양하게 탐구되던 것이기에 유사한 인물들을 창조할 수 있었으나, 혁명적 어머니로서의 여성은 그 모습을 잘 그리지 못하고 있다. 즉 부정적 인물로서 이중부담에 허덕이는 여성을 그리기는 하지만 긍정적 인물로서 혁명적 어머니는 사회주의 건설의 현실에서 찾기보다는 과거항일투쟁기와 전쟁기의 인물을 반복해서 그리는 데 머무르고 있다. 일제시대와 6·25 시기 유격대나 군인이었던 남편이 죽은 뒤, 그 원수를 갚기 위해 전쟁에 뛰어들게 되는 어머니나 아내의 모습, 아니면 부상병 치료에 헌신하는 여의사나 간호병이 반복적으로 등장한다. 혹은 고아를 데려다 자기 아이처럼 기르는 사회화된 모성의 모델이 제시되었다. 이는 '혁명적 어머니'라는 정책의 요구가 실제 여성의 현실에서는 추상적인 것이며, 그것을 요구할수록 여성들은 이중부담이라는 '여성문제'만을 느끼게 되는 역설적인 상황을 드러낸다.

김영순의 「그해 봄」1972.10에는 육아에 몰두하는 보통의 어머니 생활을 하는 경옥과 혁명적 어머니 생활을 하는 순애가 대비된다. 축산기수로서 축산기사와 결혼한 경옥은 처음에는 남편과 함께 연구에 몰두하겠다고 생각했으나 차차 "자기가 남편의 연구 사업에 별로 신통한 도움을 주지 못한다는 것을 알고 될수록 남편의 일에 '간섭'하지 않으려 했고 더욱이는 첫아기를 낳은 후로부터 가정 살림에 신경을 쓰게"되었다. 경옥은 그러한 변화를 '응당'한 것으로 생각하였다. "자기의 기쁨도 행복도 모든 것을 어린 것과 남편에게서 찾으며" 생활한 것이다. 그러다가 남편이 연구에 필요한 일을 부탁한 것을 번번이 놓치고 실수를 하게 되었다. 소설은 경옥의 남편이 출장 가서 순애가 두 아이를 키우면서도 혁명적 어머니가 된 것을 보고 자극을 받는 데서 반전이 된다. 남편은 돌아와 자기가 진정으로 경옥이를 사랑하지 못했다고 하면서 앞으로 돕겠다고 한다. 그래서 경옥이도 뒤늦게 대학 입학시험을 치르고 혁명적 어머니가 되는 길에 나선다.

소설에서 혁명적 어머니인 순애의 모습이 남편의 입을 통해서 추상적으로 전해지는 데 비해[24] 보통의 어머니인 경옥의 일상은 자세하게 묘사되어 있다. 경옥이의 일상은 행복한 주부의 그것이다. 주변의 사람들에게 따뜻한 관심을 가지는 것, 아이가 다니는 탁아소에 다래 넝쿨을 옮겨 심는 것, 아이의 옷가지를 고르는 것, 고운 천으로 바느질하는 것과 같은 '사소한' 일을 하느라 축산 기수로서 동물을 돌보는 중요한 일을 잊어버리기 일쑤이다. 이러한 경옥이의 생활은 당시 기혼여성의 일상생활이었을 것이다. 그것이 생산성 제고에 차질을 빚고 있다는 것으로 비판받지만 여성이 가정일을 혁명적으로 한다는 것이 무엇인지에 관해서 이 소설은 침묵하고 있다.

김련화의 「여울물 소리」[1982.6]는 대학 선후배인 금희와 영심을 대비시

---

24 "순애 동무는 두 아이의 어머니로서 어머니다운 혁명적 생활을 하고 있는데 모두들 감복했소." "순애 동무는 아이들이 하나 둘 늘어날수록 어머니로서의 책임이 크다는 것을 느끼고 첫 아기 때보다 두 번째 아기를 낳은 뒤는 더 큰 것을 창조하기 위해 투쟁했소"(『조선문학』 1972.10, 84쪽)라는 남편의 말 이외에 순애가 창조한 더 큰 것이 무엇인지는 전혀 제시되지 않는다.

킨다. 설계원인 금희는 세 아이의 어머니가 된 후에는 직접 설계를 하기보다는 남의 설계에 대해 제도와 계산을 깔끔하게 하는 조수 역할을 해왔다. "비록 큰 대상을 맡아 척척 처리는 못 해도 가정 부인으로서 그들의 사업을 성실하고 믿음직하게 뒷받침해주는 군건한 주춧돌이 되고 있다는 은근한 자부심"을 갖고 있었다. "가정부인들이야 숱한 돈을 먹여 값비싸게 양성한 만년 조수"라는 동료 남성의 험구에도 익숙해진 상태였다. 그런데 현장의 기사로 일하던 영심이 같은 직장으로 오면서 그런 자부심과 평온이 흔들리게 되었다. 영심이는 금희를 생각해서 가정부인 기사들에게도 설계를 맡겨달라고 주장하여 다리 설계 일을 따온 것이다. 직접 설계하는 일에 손을 놓은 지 오래인 금희는 "가정과 직장일을 안고 부산스레 뛰어다녀야 하는 우리에게는 좀 아름찬 과제"라고 하면서 무난하게 다른 사람의 설계를 가져다가 활용하자고 한다.

소설의 결말은 영심이의 열정에 감화된 금희가 적극적으로 나서 설계를 완수하는 것인데, 이 소설에서 주목할 대목은 금희가 결혼하면서 직장일에 열정을 잃게 되는 이유에 관한 것이다. 표면적으로는 금희가 '행복한 가정'이라는 통념에 안주한 탓이지만,[25] 자세히 읽어보면 가부장적인 남편을 뒷받침하느라 가사노동의 부담이 컸기 때문이다. "워낙 가정일에는 담을 쌓고 있던 남편", "남편은 그의 일손을 도와준답시고 딸애의 머리 장식에 쓸 꽃송이들을 그 투박한 손으로 매만지다가 죄 망가뜨려 놓았다", "떠나는 그의 발걸음은 가볍지 못했다. 아이들에 대한 걱정, 언제 한번 부엌일을 해보지 못한 남편이 끼니를 끓이노라 아침 출근이 늦어지지 않을까 하는 근심이 발목을 붙잡고 자꾸만 그를 뒤로 끄당겼던 것이다"라고 하는 대목들은 30대의 젊은 나이에 준박사[26]가 된 남편을 금희가 얼마나 '뒷받침'을 했는지를 역설적으로 드러내며, 그 결과로서 금희가 '만년 조수'가 될 수밖에 없었던 사정을 설명해준다.

최순영의 「눈보라 멎은 밤」1987.5에서 학교 교원이었던 영옥은 출산 후 가정에 충실하기 위해 편한 일자리인 양수공으로 옮겨 앉았으나 보람 없는 일을 하면서 공허감을 느끼게 된다. 교원 생활은 힘들지만 아이들과 실랑이하면서 활력도 생기고 존경도 받았는데 온종일 몇 번 양수기를 들여다보면 그만인 양수공 생활은 권태롭고 아무도 알아주지 않는 일이었기 때문이다. 일상이 권태로워지면서 남편과도 서먹서먹해지자 도로 교원으로 복귀하여 생활의 활력을 되찾는다.

여성이 결혼을 하면 이중부담을 지게 되고 그런 만큼 좀 더 쉬운 일을 하는 것이 용인되고 당연시되고 있다는 것, 그러나 그런 선택을 한 여성들은 결국은 후회한다는 것, 그 후회는 남편은 창조적인 일로 사회의 인정을 더 받게 되지만 아내는 사회적으로 관심을 받지 못하는 존재가 되고, 동등했던 부부관계가 깨어지면서 사이도 서먹해진 데서 오는 것이라는 것, 그러니 힘들더라도 직장일과 가정일을 모두 열심히 하라는 것이 소설의 주제이다. 혁신적 노동자이자 혁명적 어머니인 여성이 되라는 것

---

25 금희는 문득 (…중략…) 처녀 시절을 회상했다. 꿈도 크고 열정도 뜨거웠다. 하지만 결혼 후엔 그 모든 것을 가슴 속 깊은 곳에 묻어 두지 않으면 안 되었다. 가정주부란 어차피 그렇게 될 수밖에 없는 것이라 하면서(…중략…) 아니 제도술이 높고 계산이 빠르면서도 정확하다는 찬사 속에 그리고 30대의 젊은 나이에 준박사가 된 남편과 건강하고 똑똑한 아이를 가진 행복한 가정이라는 평판 속에서 처녀 시절의 불타는 탐구심과 창조적 열정도 점차 사라지고 만 것이었다.(『조선문학』, 1982.6, 25쪽)

26 준박사 : 남한의 '석사'에 해당.

이다. 이런 설정과 결말은 상투적이다. 그러나 같은 설정과 결말이라고 해도 그 세부에서 강조하는 것이 다 다르다. 위에서 살펴본 것처럼 가정주부의 '행복한 생활'을 손에 잡힐 듯이 보여주거나, 남편의 가부장성이 문제라고 지목하거나, 남들의 주목을 받을 수 있는 일과 그렇지 않은 일이 있고 일을 할 것이면 주목받는 일이 좋다고 하는 것이다. 사실 이것은 '혁명적 어머니'와는 거리가 먼 생활이지만 실제 현실에서 북한 여성들이 바라는 일일 것이다.

위 세 여성 작가와는 달리 1970년대를 대표하는 여성작가 강복례는 정책의 요구를 충실히 수행한 작가라고 할 수 있다. 강복례는 작품 활동 초기부터 「수연이」1960 같은 작품과 「전사의 안해」1966.8 같은 작품을 병행해서 발표했다. 즉 생산 현장에서의 여성의 활동뿐만 아니라 새롭게 강조되기 시작한 혁명적 어머니상을 구현하는 데 중점을 두었다. 「전사의 안해」는 전쟁기 남편의 원수를 갚기 위해 아내가 전투를 지원하는 것을 소재로 했고, 「싸움의 나날에」1972에서는 나이가 어려 전선에 나가지 못한 옥심이가 전투 대신 고아들을 잘 키우는 것에 헌신한다. 아이들에게 먹일 우유를 가지러 하루건너 한 번씩 100리나 넘는 목장에도 다녀오고 아이들이 항상 웃음 속에 자라도록 무진 마음을 쓰는 옥심이는 혁명적 어머니인 셈이다. 단편소설 「한 대오 속에서」1978.3는 전쟁 당시의 나이 어린 간호원의 무한한 헌신과 희생을 보여주는데 여성의 헌신을 국가의 이름으로 불러내는 데 강조를 두고 있다.[27]

27 이런 인물들은 강복례의 소설에서 반복될 뿐 아니라 다른 여성작가나 남성작가의 작품에서도 반복적으로 나타난다. 그리고 거기서 생활의 실감에 기초한 의미 있는 차이

또한 공장이나 농촌의 생산 현장에서 일하는 혁신적 노동자 여성을 소재로 한 작품에서 강복례는 여성의 해방보다는 혁신적 노동자로서 '공장의 어머니' 역할을 강조한다. 「공장의 주인들」1979.8은 이제 막 공장에 배치되어 '로라교환작업반'에서 일하게 된 어린 여성의 시선으로 베테랑급의 세 여성을 비교한다. 생산량을 과시할 수 있는 정방공은 상도 받을 수 있지만 로라교환공은 그들을 뒷받침하는 데 지나지 않는다. 정방공 오춘실은 상을 받고도 어디까지나 겸손하다. 옥희는 뛰어난 정방공이었지만 로라교환을 잘하는 것이야말로 생산량을 늘리는 데 꼭 필요한 일이라 생각하고 일부러 로라교환반 반장으로 왔다. 큰 금옥이는 생색나지 않는 로라교환작업을 하게 되어 불만인 인물이다. "난 그런 바보짓은 안 해. 난 아직 그 동무의 안해가 아니야. 나도 당당하게 그 동무와 어깨를 겨루는 혁신자가 되고 싶지, 벌써부터 휘지해서 뒷받침이나 해주구 싶진 않아. 내게도 자존심이 있어"라는 것이다. 이에 대해 반장인 옥희는 "나도 자존심이 없는 사람은 싫어. 그러나 그 자존심이 공장을 위하고 생산을 더 내기 위해서가 아니라 자기만족을 위한 그런 자존심이라면 그건 이기주의야. 그런 사람은 자신의 명예를 위해서는 일을 잘 할 수 있어도 그렇지 않을 땐 일을 잘 안 해"라고 비난한다.

여기서 큰 금옥이는 앞에서 본 최순영의 소설 「눈보라 멎은 밤」의 영옥이처럼 생색나지 않는 일을 하고 있다. 그런데 최순영 소설에서 영옥이는 다시 생색이 나고 보람이 있는 일자리로 돌아가는 반면, 큰 금옥이는

를 찾기는 어렵다.

로라 교환 일의 중요성을 인식하고 열성을 보인다. 이 대목에서 강복례는 다른 여성작가보다 훨씬 더 공식적인 목소리를 내고 있다. 이런 공식성은 혁신적 노동자–혁명적 어머니의 현실적 표상을 그린 단편소설 「직장장의 하루」1992.8에서도 찾아볼 수 있다. 방직공장에서 12년간 직포공으로 일하면서 지금은 직포직장장으로 있는 김명옥은 대학에 다니면서 결혼했고 두 아이를 낳아 키우기에 언제나 바빴다. 직장장이 되고 보니 더 바빠졌다. 소설은 김명옥의 바쁜 아침으로 시작한다. 아이들은 학교 챙겨 보냈지만 남편의 옷은 미처 다림질해 주지 못해 미안한 마음으로 출근한다. 출근해 보니 공장에는 아직 자재가 도착하지 않아 손 놓고 있는 상태다. 여기저기 전화해서 해결하고 나니 숙련공인 탄실이가 아이 때문에 결근했다는 보고가 있다. 부직장장은 남자인데 그는 아이 엄마들을 보조 부문에 돌리자고 제안을 한다. 모성 보호와 여성의 노동자화 사이에서 갈등이 일어나는 지점인데 김명옥은 노동자화에 더 우위를 둔다. 가사 부담을 이유로 직장을 그만두려는 탄실을 찾아가서 "우리가 쉬운 일자리나 찾고 남편에게 매달려 산다면 거기에 무슨 사는 보람이 있겠어……"라는 말로 설득한다. 사랑싸움하는 여직공도 설득시켜 돌려놓고 저녁에 집에 잠깐 들러 아이 저녁밥을 챙겨준다. 아침에는 퉁명스럽기만 하던 남편이 저녁에는 나서서 식사 준비를 하는 것에 기운을 얻어 직공 결혼식에까지 무사히 참석하게 된다. 이렇게 소설은 여성 직장장의 하루를 시간 순서대로 묘사하면서 바쁜 일과를 수행해 내는 여성의 종종걸음을 뒤쫓아 간다. 김명옥과 탄실의 남편을 비교해서 남편의 협조가 있을 때 그런 여성의 이중 임무가 가능하다는 것도 강조하고 있다.

북한의 문예정책과 여성정책을 충실히 따라온 강복례는 김명옥이라는 이상적인 여성을 제시했는데, 독자가 거기서 읽는 것은 '혁신적 노동자-혁명적 어머니' 여성의 바쁘고 고단한 일상이며, 그런 점에서 「직장장의 하루」는 훌륭한 남편을 만나지 못하면 그런 이상적인 여성이 될 수 없다는, 여성의 의지만으로는 극복하기 어려운 문제의 심각성을 드러낼 뿐이다.

6. '고난의 행군' 시기 이후 '여성'문학의 등장

'고난의 행군'으로 지칭되는 1990년대 후반 북한의 경제위기는 전통적인 계획경제 및 배급 구조를 붕괴시켰고 이에 따른 사회적 변화는 북한 여성의 삶을 크게 바꾸었다. 여성 작가들은 그러한 사회적 변화에 민감하게 반응하면서 여성 자신의 절실한 문제를 말하기 시작했다. 그 말하기가 북한에서 '여성' 문학을 새롭게 등장시켰다.

북한이 경제위기에 처하면서 가장 기본적인 식량 사정이 극히 어려워졌다. 사회적 생산 조직을 통해 이루어지던 공식적인 배급 체계가 붕괴되고 모성보호제도도 제대로 운영되지 않아 여성들은 여러 가지 비공식적인 경로로 남성 대신에 가족의 생계 부양의 임무를 떠맡아야 했다. 즉 부차적이며 가벼운 노동 중심의 낮은 소득 직업군에 집중적으로 배치되어 있던 여성은 공식경제체제가 마비됨에 따라 먼저 실업의 상태에 놓였다. 또한 전업주부였던 여성은 남성이 공식 부문을 통해 제대로 배급이나 임금을 받아오지 못하게 되자 생계부양의 책임을 지고 각종 사적 경제활동에 나설 수밖에 없게 되었다. 이것은 여성이 국가로부터 벗어나 사적 생산단위와 사적 판매시장에 나갈 수 있고 나가야만 하는 처지에 놓이게 되었음을 의미한다.

특히 '고난의 행군' 시기 이후 취해진 2002년의 7·1조치[28] 이후 북한 여성들은 시장경제 활동을 더욱 강화하고 있으며 여성을 중심으로 한 사적 경제활동이 가정의 주 수입원이 되었다. 여성노동력은 공식 경제체제가 마비됨에 따라 실업의 상태에 놓이지만 역으로 국가로부터 벗어나 사적 생산단위와 사적 판매시장의 새로운 경제주체로 변모하는 계기를 확보하게 된 것이다.[29] 이렇게 전통적으로 남성에게 집중되었던 생계 부양의 임무를 여성이 대신하면서 여성의 사회적 역할도 변화할 수밖에 없다.

경제위기를 극복하기 위해, 정책 당국은 신문이나 잡지의 사설이나 숱

---

28 7·1 경제관리개선조치. 북한이 2002년 7월 1일 발표한 가격 및 임금현실화, 공장/기업소의 경영자율성 확대, 근로자에 대한 물질적 인센티브 강화 등의 조치. 이 조치는 기존의 계획경제 틀 내에서 시장경제 기능을 일부 도입한 것이라고 할 수 있다. 북한은 1990년대 들어 외화 및 원유/원자재 부족으로 공장가동률이 떨어지고, 식량부족과 연이은 자연재해 등으로 심각한 위기에 봉착하게 되었다. 이에 외부로부터 지원을 얻기 위하여 미국/일본과의 관계개선을 시도하였으나 실패하였고, 식량난과 생필품 부족현상이 심화되고 암시장이 번성하여 공식경제체제를 위협할 수준에 도달하게 되었다. 기존의 계획과 공급 시스템에 기반을 둔 북한의 사회주의 가격제정원칙과 국정가격으로는 치솟는 인플레를 감당할 수 없었고, 더 이상 국가의 재정적 통제와 자원배분 기능이 제 역할을 할 수 없는 상황이 되었다. 2001년 10월 3일 김정일은 당/경제기관 일꾼들과의 담화를 통해 변화하는 현실에 맞게 경제관리방법을 개선할 것을 지시하였다. 김정일의 지시를 계기로 북한은 2002년 7월 1일자로 가격과 임금 인상안 등을 발표하였는데, 이것이 7·1 조치이다. 이 내용은 통일부 북한정보포털정보를 참고함. https://nkinfo.unikorea.go.kr/nkp/term/viewNkKnwldgDicary.do?pageIndex=1&dicaryId=202

29 박희진, 「7·1조치 이후 북한 여성의 사경제 활동」, 『통일연구』 14-1, 연세대 통일연구소, 2010, 105쪽.

한 문학작품을 통해 김일성의 부인 김정숙을 과거 고난의 시기를 극복했던 여성 영웅으로서 '혁신적 노동자 ― 혁명적 어머니'의 표상으로 거듭 강조했다. 하지만 '고난의 행군'시기, 전통적인 가사노동 위에 생계 부양의 임무까지 떠맡아야 했던 여성이 느끼는 중압감과 절박감은 개인의 의지나 노력으로 극복해야 하는 여성 자신의 문제가 아니라 여성과 남성의 차이, 혹은 그 차이에 의거하여 사회 시스템이나 국가가 여성에게 가하는 차별로서 구조적인 문제임을 느끼게 되었다.

그리고 국가의 통제가 강한 북한 사회의 경우, 여성의 삶에서 실감하는 구조적 차별의 양상은 공식적 언술 이면에서 비공식적으로 삶의 현실을 발화할 수 있는, 다성적 발화가 가능한 소설 장르를 통해서 가장 잘 드러날 수 있다. 이것이 '고난의 행군' 이후 북한에서 '여성'문학이 새롭게 등장할 수 있는 또 하나의 배경이다. 즉 2000년대에 들어서면서 북한에서 여성 작가들은 그 이전과 다르게 '여성'임을 표나게 내세우면서 자신들의 문제를 추구하기 시작했다. 그리고 이런 여성 작가는 양적으로 질적으로 북한문학에서 중요한 자리를 차지해 가고 있다.

여성들이 조선작가동맹의 기관지에 작품을 발표하면서 대거 작가로 진입했다는 것은 새로운 현상이다. 『조선문학』잡지를 일별하면 2000년대에는 여성 작가들의 작품이 많이 실리고 있으며 작품의 수준이나 문제의식도 높다. 김혜영, 박혜란, 리라순, 최련, 변월녀, 강귀미, 김자경, 리정옥, 김은희, 김성희 같은 작가의 작품이 자주 실리고 있는 것이다.[30] 2000

30　『조선문학』지에 작품을 다수 발표하고 있는 이들은 작품의 내용과 특색을 통해, 혹은 평론가들이 이들의 작품을 거론하면서 여성이라고 밝힘으로써 여성임을 확인할 수

년대『조선문학』지에 발표된 작품을 분기별로 리뷰하는 평론가도 '여류작가'들의 등장을 해당 시기의 특색으로 꼽았다.[31] 물론 모든 작품이 다 '여성'적 문제의식을 담고 있는 것은 아니다. 주로 '사회주의 현실 주제'의 작품에서 그러한 의식이 발현될 수 있는데 작가에 따른 편차도 있다. 여기서는 리라순의 「행복의 무게」2001.3와 「내 사랑 저 하늘」2007.4, 최련의 「바다를 푸르게 하라」2004.2, 김자경의 「사랑의 향기」2007.12를 들어서 여성문제의 인식이 드러나는 양상을 살펴보고자 한다.

리라순과 최련의 작품은 실제 여성들이 맞닥뜨리는 가정과 직장에서의 부담을 '이중의 짐'이라는 용어로 정면으로 제기하는 점에서 북한 여성문학의 새로운 장을 열고 있다고 평가할 수 있다. 그런가 하면 김자경은 북한문학에서 금기시 되던 '불륜'을 묘사하고 있다는 점에서 매우 새롭다.

리라순의 「행복의 무게」에서 연구사인 유경은 "과학에는 정열과 시간이 필요하지만 난 일생을 결혼하지 않고 연구에 몰두하는 것은 반대해. 어째서 리상적인 생활을 꾸리지 못하겠니. 난 꼭 그럴 수 있다고 생각해"라고 하면서 결혼을 했다. 유경의 남편 근석은 처음에는 유경의 지도를 받는 하급생이었다가 공동연구를 하는 동료가 되었고 이제는 결혼하여 유경과 부부가 되었다. 그런데 아이가 태어나고 가사노동에 쫓기고, 결정적으로는 아이를 제대로 챙기지 못해 아이가 병원에 입원하고 간호도 제대로 하지 못한 충격으로 유경은 "촉매연구도 가정생활도 모든 게 저

있었던 작가-소설가이다. 그밖에 여성 시인의 숫자는 더 많고 미처 확인하지 못한 여성 소설가도 더 있을 것이다.

31   리창유, 「탐구와 사색의 뚜렷한 자취 – 잡지『조선문학』주체90년 1~6호에 실린 단편소설을 두고」,『조선문학』2001.9.

에게 힘에 부쳐요"라고 연구를 포기하고 훨씬 여유 있는 과학기술통보실로 자리를 옮겼다.

"아이를 잘 키우고 남편을 성공시키고 또 자기 자신도 성공하고 싶은 것은 우리 같은 여성의 이상이지. 하지만 그것이 그렇게 쉽진 않아. 여성의 성공에 비껴진 가정은 벌써 균형이 파괴되어 엉망이 되었다는 걸 의미하지. 남편이 주부가 되었든지 아니면 아이들이 때식을 번지든지……"라는 친구의 말은 유경이 처한 고통스러운 상황을 축약해서 드러낸다.

친구의 말처럼 아침에 바빠서 통강냉이를 으깰 시간이 없었기에 유경은 아이에게 통강냉이밥을 먹으면 스티커를 주겠다고 달래가면서 억지로 밥을 먹여 탁아소에 보냈다. 저녁에는 실험이 늦어져 허둥지둥 탁아소로 달려가는 와중에 새로운 착상에 정신을 팔다가 자전거와 부딪치는 사고까지 났다. 그 순간 착상은 달아나고 탁아소에 가니 아이는 배를 안고 뒹굴다가 병원에 갔다고 한다. 병원에서 아이한테 갈아입힐 옷을 가지러 집으로 가다가 다시 착상이 떠오르는 바람에 실험실로 직행해서 연구를 하다가 아이고 병원이고 깜빡 잊고 거기서 잠들어 버렸다. 그런 유경이를 두고 의사는 "한심한 여자요. 어쩌면 자식에게 이렇게 무관심할 수 있소"라고 비난하고, 동네 사람들은 유경이 남편을 '홀애비'로 만들어 놓는다고 흉을 본다. 친구인 미영이는 그러다가 이미 가정을 잃은 자기처럼 되지 말라고 충고한다. 그때 유경은 "일생 가정을 이루지 않고 험난한 과학의 봉우리를 향해 벼랑길을 뚫어 뛰여가는 뛰어난 여성과학자들에 대해서도 이해가 되었다." 그래서 연구사를 그만두고 기술 통보실로 옮겨 앉은 것이다.

한동안 일상이 여유롭게 돌아가면서 좋았으나, 남편은 "실망"했다는 말을 남기고 연구를 하러 떠나 부부 사이도 멀어지고 유경은 우울증을 앓는다.

엄혹한 오늘날 가정 살림을 도맡아 나서고 건강한 아이를 키우면서 남편들을 여전히 사회적 의무에 충실하도록 떠미는 여기에 여인들의 강의성과 아름다움이 있는 게 아니겠는가. 그러나 유경의 생각과는 달리 그의 마음속 한구석에서는 자신을 스스로 기만하고 있다는 허무함으로 하여 까닭 없이 반발심이 솟구치곤 하였다. 어쩐지 원인 없이 온몸이 곤욕을 치른 것처럼 시름시름 아파 나기도 했다.[32]

소설은 남편 근석이 유경에게 연구를 그만두는 것은 '시대의 짐'을 내려놓는 것이고 '조국의 과학적 진보'에 역행한다고 설득하여 유경이 다시 연구 현장으로 돌아가서 부부 과학자로 공동연구를 성공시키는 것으로 행복하게 마무리 되었다.

---

32   리라순, 「행복의 무게」, 『조선문학』, 2001.3.

이 작품에 대해 북한의 남성 평론가는 "정보산업의 시대인 새 시대의 요구에 맞게 최첨단 과학기술을 개발하고 도입하기 위해 애쓰는 청년과학자들의 형상을 나라의 경제발전과 강성대국 건설의 현실적 요구에 맞게 참신하게, 절절하게" 그래서 대학을 졸업하고도 과학연구사업이 고달프다고 집에 들어앉거나 적당히 일하려는 적지 않은 여성들에게 교양적 가치가 큰" 작품이며, 이런 상황에서 그 이전의 작품들은 대체로 남편이 힘들어하는 아내더러 들어앉거나 아니면 쉬운 부문으로 옮기라고 하는 부정적 인물로 설정된 경우가 많은데「행복의 무게」에서는 남편이 아내를 적극 도와서 다시 과학연구에 나서게 하는 새로움을 보여주었다고 좋게 평가했다.[33]

그러나 실제 독자가 이 작품에서 읽을 수 있는 것은 그렇게 표면적으로 드러나 있는 주제보다는 과학연구와 육아를 혼자서 다 해내야 하는 여성과학자 유경이의 고통이다. 유경이가 마주한 현실에서 연구와 육아를 동시에 성공하는 갈등의 극복은 쉽지 않거나 거의 불가능하다. 작가는 그 쉽지 않음을 알기에 '비약'의 방식으로 그 불가능성을 보여줬다고

---

33 리창유,「탐구와 사색의 뚜렷한 자취-잡지『조선문학』주체90년 1~6호에 실린 단편소설을 두고」,『조선문학』, 2001.9.

도 할 수 있다. 이중의 부담에서 허우적거리는 고통의 절실함에 비하면 그녀를 설득하는 남편의 목소리는 공허하고 추상적이다. 유경이가 어떻게 식량과 육아 문제를 해결하고 연구 현장으로 되돌아갈 수 있었는지에 대한 구체적 설명이 없는 급작스런 성공담은 그 성공이 허구라는 것을 역설적으로 보여준다. 그러기에 이 소설이 실제로 제기하는 것은 유경이 여성으로서 겪는 고통의 절실함이다. 또한 처음에는 여성이 연구를 선도하고 남성이 배우는 입장이었으나 육아와 가사노동에 시달리면서 아내는 연구에서 멀어지고 그 주제를 남편이 맡아서 연구를 진척시키고 있다. 이런 상황에 대해 아내의 입장에서 보면 자신이 아이와 가정을 위해 선택한 것이었으나 다른 한편에서는 놓아버린 연구에 대한 아쉬움과 생활의 공허함을 느끼는 모순된 상황이다. 소설은 이런 상황의 여성이 느끼는 내면의 갈등을 잘 그리고 있다. 그 갈등 심리의 섬세한 묘사에 비하면 갈등 상황의 해소에 대해서는 전혀 설명이 없이 비약하여 행복한 결말을 맺는다. 그 이전의 소설에서 묘사된 여성의 부담이란 그냥 '직장에서 하는 일이 힘들어서', '남편이나 자식에게 충실하려고' 하는 정도로 일반화되어 있었다. 그런데 리라순의 소설에는 그 어려움이 매우 생생하고 절실하게 묘사되는데, '고난의 행군' 시기 가족의 생존을 여성이 떠맡아야 했던 중압감과 절박함이 그런 생생함과 거침없음을 가능하게 했을 것이다.

최련은 처음부터 '여성'작가로서의 정체성을 분명하게 드러내면서 글쓰기를 시작했다는 점에서 이채롭다. 첫 소설 「따뜻한 꿈」2002.1에서 여성에 대한 편견과 관료주의 때문에 여성과학자가 이상적으로 생각하던 연구를 실현하기가 어려운 사정을 보여주었다. 그리고 거기서 나아가 「바다를 푸르게 하라」2004.2에서는 두 여성과학자가 생태문제와 육아문제를 놓고 토론하며 남성 관료와 남편의 반대를 뚫고 여성들의 '자매애'로 연구를 성공시키는 모습을 보여준다. 남성과 다르게 여성에게만 특별하게 강요되는 '이중의 짐' 문제와 당대에 첨단적으로 제기되는 환경문제를 공식적으로 주제로 삼은 데 이 작품의 의의가 있다.

「바다를 푸르게 하라」에서는 여성과학자 연경이가 바닷가 마을에 외서 해초를 사용한 연구를 진행하고 있다. 남편과 아이를 몇 년간 내팽개치다시피하고 연구를 진행시켜 거의 마무리 단계에 이르렀고 빨리 연구를 마무리하고 가족에게 돌아갈 기대로 들떠 있었다. 그런데 그 바닷가 마을에서 자라난 해송이는 연경의 방법이 바다를 황폐하게 만들 우려가 있다고 하면서 다른 새로운 방법을 연구해 줄 것을 요구한다. 하지만 연경이가 연구를 위해 집을 떠나 있는 동안 연경의 가족들이 겪어야 했던 어려움을 해송이가 알게 되면서, 연경이가 다시 또 몇 년을 새로운 연구에 바치도록 해야 하는가고 연경이의 가정사를 해송이가 고민하게 되었다. 그때 연구에 몰두해 있는 아내를 가정에 충실하도록 돌려세우기 위해 연경의 남편이 아이까지 끌고 나타나고, 연경이의 상관은 연경의 남편의 처지를 아는 만큼 기존의 방법으로 연경의 연구를 대충 마무리시키려고 하는 등으로 상황이 복잡해진다. 해송이는 연경이를 보면서 여성이 짊어진 '이중의 짐'을 속으로 되뇐다. 그리고 자기의 어머니가 연경이의 아이를 돌보아 주도록 주선한다.

왜 그 훌륭한 여인은 남자들과 똑같은 일을 하면서도 또 하나의 짐을 더 져야 할까. 더 무겁고 더 힘든 짐을…… 연경 언니는 연구사업의 실패와 고민에 대해서는 한마디도 하지 않았지……그래 그것은 그가 겪는 마음속 고통에 비해서는 너무도 하찮은 것이야. 그렇다면 행복이란 대체 뭐야? 그런 여인이 슬픔에 잠기고 고통을 받을진대 대체 행복은 누구의 것인가.[34]

이러한 해송의 독백은 그전까지 북한문학에서 발화된 적이 없다. 여성이 결혼하면서 좀 더 편한 일자리로 옮겨가거나 혹은 아예 전업주부로 되는 것에 대해, 여성 작가의 작품에서는 여성 자신이 '안이'함을 선택하여 혁신적 노동자에서 멀어졌다든지, 남편의 이해와 도움이 부족했다든지 하는 식으로 문제를 제기해 왔다. 여성이 그런 선택을 할 수밖에 없는 사정에 대해서는 소홀했고 그런 만큼 문제의 해결에 대해서도 실제적인 고려가 없었다. 그런데 최련의 「바다를 푸르게 하라」는 이것이 남성과는 다르게 여성이 처한 상황임을 표나게 내세웠다. 가정일과 직장일이라는 이중부담의 문제를 여성 내부의 문제(한 개인이 안이하게 가정부인이 되는 것

---

34   최련, 「바다를 푸르게 하라」, 『조선문학』, 2004.2.

과 혁신적 노동자가 되는 것 사이에서 갈등하거나, 안이한 여성과 혁신적 여성이 서로 갈등하는 것)에서 여성 대 남성, 혹은 여성이 속한 사회의 문제로 전환시킨 것이다. 이런 점에서 이 작품은 북한에서 여성의 현실에 초점을 맞춘 '여성'문학의 가능성을 보여주고 있는 것이다.

또한 「바다를 푸르게 하라」는 자원의 합리적 이용과 자연 보호가 맞부딪치는 생태문제를 다루고 있다는 점에서도 매우 새로운 소설이다. 그 이전까지 북한문학에서 묘사하는 과학연구 방법상의 갈등은, 비용이 많이 들지만 쉽게 성과물을 내는 연구 방법과 힘들지만 돈이 안 드는 재료를 사용하는 연구 방법을 찾는 양편 과학자 사이의 갈등으로 제시되어 왔다. 그런데 이 작품에서는 처음에는 당장 싸고 안전하지만 장기적으로는 바다를 황폐하게 만들 우려가 있는 방법을 개발한 연구사 연경과 그에 맞서 자기가 자라난 곳의 푸른 바다를 지키고자 하는 해송이가 대립한다. 그러나 연경이 해송의 진심을 이해하고 두 사람이 소통하면서 연경은 자연환경을 보호할 수 있는 새로운 방법을 연구하기로 방향을 전환한다. 이에 반해, 연구를 관리하는 남성들은 바다의 황폐화는 아랑곳없이 원래의 방법대로 해서 빨리 연구를 끝낼 것을 종용하는 것이다.

북한에서 환경문제는 지도자 김정일의 이름으로 2005년 「환경보호 사업은 나라와 민족을 위한 숭고한 애국사업이다」2005.7.2·12.23라는 문건을 통해서 공식화되었다. 사회가 발전하고 경제가 발전할수록 환경보호 문제는 더욱더 중요한 문제가 되기에 환경보호 사업을 잘하여 사람들의 생존과 활동에 더욱 유리한 자연환경을 마련하여야 하며 공해방지대책을 철저히 세워야 한다는 내용이다. 「바다를 푸르게 하라」는 이 문제를 선제적으로 문학작품을 통해 제기한 것이며 작가로서 최련이 사회 문제에 민감하고 정책에 대한 문제의식을 문학적으로 밀도있게 구성하는 작가적 역량을 가졌음을 보여준다.

「바다를 푸르게 하라」와 비슷한 시기 발표한 수필 「사랑과 조국」에서 최련은 좀더 직접적으로 여성의 가정과 일연구사업 사이의 갈등을 다루었다. 30대 여성 박사를 인터뷰한 기록인데 여성 박사는 '고난의 행군' 시대에 여성들이 가정과 일을 동시에 지키기는 지극히 어려웠다는 것을 솔직하게 토로한다.

처음 가정을 이루었을 땐 가정과 연구사업을 조화시키리라 마음먹었어요. 그러나 그 결심이 실천으로 옮겨지기까지 나의 의지가 부족하다는 것을 깨닫게 된 것은 조국이 커다란 시련을 겪던 바로 그때였어요. 생활의 시련은 우리 가정에도 닥쳐왔어요. 여인들 모두가 그 누구보다도 남모르는 마음고생을 많이 겪어야 했지요. 나도 한 가정의 주부였어요. 나도 있는 힘껏 노력을 했답니다. 그러나 나의 노력이 보잘것없는 것이었는지 시련은 더욱 엄청난 모습으로 다가오더군요. 그때 난 처음으로 나의 직업이 한 가정의 주부로서는 어울리지 않는다는 것을 느꼈어요.

그래서 일시 생활하기 편한 자리로 옮겨 앉을 생각에까지 이르렀어요.

지금은 우선 가정을 유지하고 보자. 훗날 다시 연구소로 돌아오면 될 거라고 자기를 위안하면서 말이에요.

그래서 난 어느 날 출근하자 바람으로 사직서를 제출했어요. 저녁에 실장 동지가 그 용지를 돌려주는데 놀랍게도 수표가 되어 있었어요.

반대에 부딪힐 것이라는 생각을 가졌던 나는 어안이 벙벙해졌어요. 그러나 더 놀라운 일은 그다음에, 바로 내 마음속에서 벌어졌지요.

(…중략…) 어쩌면 그리도 쉽게… 내가 정말 그런 서푼짜리 존재였단 말인가.[35]

식량 사정이 어려워지고 공식적인 배급 체계가 무너졌을 때 여성들은 이 체계에서 먼저 배제되었고 또 여러 가지 비공식적인 경로로 식량을 구하는 일에는 여성이 주로 나서게 되었다.[36] 사표가 순순히 수리되었을 때 여성이 느낀 '공허와 모욕감'은 북한 체제가 여성에게 요구했던 혁신적 노동자─혁명적 어머니상이 오로지 '동원'을 위한 것이었음을 깨닫는 순간의 느낌이라고 할 수 있다. 경제위기로 더 이상 직장에서 여성을 붙잡지 않았을 때, 가족의 먹을 것을 구하기 위하여 여성이 비공식적인 경제활동에 내몰렸을 때, 애초 명분으로 내세웠던 여성의 '참여를 통한 해방'은 일고의 여지도 없게 된 것이다.

최련의 「바다를 푸르게 하라」에서는 여성과학자가 연구에 몰두하자 남편이 아이를 앞장세워 아내를 말리러 온다. 이런 갈등은 북한소설에 상투적인 것인데 최련의 소설에서는 '자매애'로 이 갈등을 극복하는 것이 새롭고 여성문학의 가능성을 보여준다. 앞에서 살펴본 리라순의 「행복의 무게」는 처음 공동연구에서 출발하여 결혼을 했으나 아이와 가사노동 때문에 아내 쪽이 공동연구를 포기하자 남편이 그 아내를 끌어가서

---

35 최련, 「사랑과 조국」, 『조선문학』, 2004.9.
36 이 점은 탈북여성들을 대상으로 이루어진 임순희, 「식량난이 북한여성에게 미친 영향」, 『통일문제연구』 17, 평화문제연구소, 2005.5; 이미경, 「탈북여성과의 심층면접을 통해서 본 경제난 이후 북한 여성의 지위변화 전망」, 『가족과 문화』 18-1, 한국가족학회, 2006.6 등의 연구에서도 분명하게 드러나는 사안이다.

다시 공동연구로 나아가는 구성을 보여준다. 이 점 또한 북한에서 여성문학으로서의 가능성을 보여준다. 남편은 아내가 먼저 연구하다가 힘들어서 내버려 둔 방법이 가치가 있는 것으로 보고 자기의 방법을 버리고 아내의 방법을 발전시키는 연구를 함으로써 아내에게 연구 동기를 부여하지만 현실적으로 아내가 진 이중의 짐을 나누어지거나 내려놓을 수 있도록 노력하는 점은 없다. 최련의 경우는 남편이 아닌 연경과 해송이 그리고 해송이의 어머니까지 여성 사이의 협력을 통해 갈등을 극복하는 것으로 작품을 마무리하였다.

북한 여성 소설에서 고난의 행군 이후 '불륜'을 묘사하는 작품이 등장한 것도 매우 흥미롭다. '사회주의 현실'을 주제로 하는 소설에 등장하는 남녀의 갈등은 보통 혁신의 '이상'과 작업장의 '현실' 사이에서 구성된다. 언제나 '현실'에 안주하고자 하는 한편이 '이상'을 향해 혁신하고자 하는 열정을 가진 다른 '한편'을 오해하면서 감정상의 갈등이 생기고 그 오해가 풀리면서 행복한 결말을 맞는 것이 공식이다. 그런데 김자경의 「사랑의 향기」2007.12는 '과학기술 중시'[37]를 표면 주제로 하고 있지만 실상은 남부러울 것 없는 가정을 꾸린 여성이 처녀 시절 자신을 스쳤던 남자를 10년 뒤에 다시 만나게 되면서 느끼는 열정을 표현하는 데 주력한 것으로 보인다. 제목조차도 '사랑의 향기'인 이 작품은 이전까지의 북한소설과는 구성이 다르다.

과거 고난의 행군 시기에 도서보급원이던 예경은 폐점 시간이 지나

---

37 소설 속에서는 "노동자들의 땀보다 과학자, 기술자들의 두뇌가 더 필요한 정보산업시대"라고도 설명되고 있다.

서 과학 서적을 구하러 온 주성국이 못마땅했고, 또 억지로 빌려 간 책을 훼손하고 늦게 반납했다는 이유로 더 이상 책을 빌려주지 않았다. 예경은 도서보급원으로서 규칙을 지킨 것이었지만 주성국은 "동문 정말 인정이 없구만요. 종이꽃처럼 메마르고 향기도 없는……"이라고 비난했다. 이후 예경은 종이꽃에서 벗어나기 위해 헌신적으로 책 보급에 노력하게 되었고 그런 모습에 반했다는 남자를 만나 결혼하여 부러울 것 없는 가정을 꾸려가고 있다. 그런 의미에서 주성국에게 비난을 받았던 날은 이후 예경의 삶을 바꾸어 놓은 "운명적인 그 밤"이 된 셈이다. 그런 일이 있은 지 10년 후, 책을 구하러 온 주성국을 우연히 다시 만난 예경의 마음은 "느닷없이 소녀처럼 부풀어 올랐다". 책을 갖다준다는 핑계로 주성국의 사무실을 드나드는 예경의 입에서는 절로 노래가 흘러나오고 주성국의 아내를 만났을 때는 "야릇한 충격"을 받기도 한다. 결국 연구에 몰두하다가 눈이 잘 안 보인다는 그를 위해 집에 있는 컴퓨터를 갖다주기로 마음을 먹는다. 명분은 '과학 중시'였다. 그러자 남편 리승진은 "당신은 그저 주 동무 생각뿐이구만. 헌데 어떻게 저것까지 줄 생각을 다 했소? 몹시 알고 싶은걸?" 하면서 빈정거리고, 예경의 언니는 "여자는 뭐니 뭐니 해도 남편과 가정에 충실해야 하는 거야"라면서 예경이를 걱정하고 말린다. 그러나 예경이는 "어떤 어려움을 당한대도 후회하지 않을 거예요"라고 하면서 주성국에게 컴퓨터를 갖다주겠다고 고집을 피웠다. 부부 사이의 갈등이 고조되고 결국 남편 리승진은 종이를 내밀면서 서명을 하라고 한다.

종이를 바라보는 예경의 가슴 속에서는 남편에 대한 원망과 야속한 생각이 모닥불처럼 타올랐다.

어쩜 이리도 망측한 생각을 다 했을까. 이렇게 편협한 사람인 줄 모르고 10년 세월을 함께 살아왔던가.

지금껏 그의 눈에 비낀 남편은 그 인격과 성품으로 보나, 직위와 능력으로 보나 누구보다 원숙하고 완벽한 사람이었다. 성격과 작품상 부분적으로 결함이 있지만 그것은 어디까지나 남편의 허물로는 될 수 없는 것이 아니겠는가.

그런 사람의 아내인 것으로 하여 사윌 줄 모르는 긍지가 숯불처럼 타오르던 예경의 가슴 속으로 열물처럼 쓰디쓴 것이 도랑지어 흘러 들어왔다.[38]

이 작품에서도 갈등을 매듭짓는 방식은 북한소설답다. 남편이 내민 종이는 관계 정리라든지 이혼이라든지 하는 것이 아니라 주성국의 상급관리자인 남편이 주성국의 연구에 모든 편의를 제공하겠다는 내용의 '서약서'였다. 이것으로 모든 갈등이 급작스럽게 행복하게 마무리되었다. 그러나 독자의 입장에서 보면 '서약서'의 내용이 드러나기 전까지의 소설의 모든 부분은 예경이 주성국에 대해 느끼는 감정의 설레임, 떨림, 불안, 초조

---

38   김자경, 「사랑의 향기」, 『조선문학』, 2007.12.

와 그것을 지켜보는 주변 사람의 불안감에 대한 묘사로 채워져 있다.

남한의 소설이라면 상투적인 감정 묘사이겠지만 이것이 북한에서 쓰이고 발표된 것은 새로운 일이다. 소설의 결론은 북한의 현실, 체제의 요구를 말 그대로 받아들이는 것이지만 그것을 빌미로 체제가 그어놓은 경계 바깥으로 한 걸음 내디디면서 문제를 제기했다. 김자경은 '고난의 행군' 기를 극복하는 방책으로 제시된 '과학기술 중시'라는 구호 아래 남편 아닌 남성을 사랑하는 여성의 목소리를 내어 본 것이다.

7. 맺음말

지금까지 북한의 각 시기 여성정책이 여성에게 요구한 것과 그에 대한 여성들의 반응이라는 측면에 주목하여, 북한여성작가의 작품을 대상으로 북한의 공식적 여성정책이 북한 여성의 생활 현실과 갈등하는 양상을 살펴보았다.

해방 직후 시기 임순득의 작품은 일제시대 콜론타이의 '신여성론'을 이어 받아 여성이 종속성에서 탈피하고 개체화를 지향하는 과정과 그 과정에서 부딪치는 여성 외부와 내부의 적들을 묘사했다. 한국전쟁 이후 1950년대와 60년대에 작품을 많이 발표한 리정숙은 여성이 혁신적 노동자로 되는 과정과 거기에서 맞부딪치는 어려움을 여러 가지로 포착하고 있다. 여성 혁신노동자의 성공담 속에서 남성 반장과 여성 반원 사이의 갈등으로 위계화된 성별 분업의 모순을 드러내거나 가정에 안주하고

자 하는 여성의 존재와 그의 논리를 표출하는 것이다. 1970년대를 대표하는 강복례는 6·25를 시간 배경으로 하여 후방을 지키는 혁명적 어머니를 주로 다루는 한편 혁신적 노동자도 그렸다. 혁신적 노동자– 혁명적 어머니 역할 사이의 갈등을 다루는 김련화, 최순영 같은 작가도 나왔다.

그런데 '고난의 행군' 시기를 거치면서 공식 배급 체제가 붕괴되자 여성들이 식량을 구하는 것부터 시작해서 가족 구성원의 생존을 도모하는 부담을 지게 되니 여성의 이중 부담은 심각한 수준이 되었다. 이런 상황에서 공식적인 것, 남성적인 것, 기존의 관습에 대해 심각한 질문을 던지는, 본격적으로 '여성문학'의 가능성을 보여주는 작품들이 나타나기 시작했다. 2000년대에는 여성작가들이 대거 등장하여 활발하게 활동을 하기 시작했다. 그중에서 최련, 리라순, 김자경 같은 작가들은 여성의 문제임을 표나게 내세우는 작품을 내놓았고 또한 환경문제에 대해서도 누구보다 앞서 문제를 제기하고 있다. 그런가 하면 '불륜' 같은 금기시되어 온 문제에 대해서도 돌려서 말하기 시작했다.

이런 식으로 생각을 넓히고 표현을 다듬어 가면서 북한의 여성문학은 좀 더 많은 민주주의를 획득하는 데 기여할 것이고 남한의 여성문학과도 만나게 될 것으로 기대한다.

주체적 균열의 서사

동아시아의 눈으로 본 중국 여성문학

김서은

1. 중국 여성학의 동아시아 논의

1995년 베이징에서 유엔UN 제4차 세계여성대회가 열렸다.[1] 베이징 세계여성대회는 전지구화라는 상황 속에서 여성들의 공통 경험을 논의하고 여성의 평등과 평화를 증진시킬 것을 결의하였다. 베이징 세계여성대회 전후로 여성 담론을 제기하는 중국 여성학자들은 자신들의 역사적 특수성, 즉 아시아라는 지역의 특수한 역사와 문화를 다시 한번 재구성할 필요성을 느끼게 된다. 대표적인 중국 여성주의 학자로 리샤오장李小江, 두팡친杜芳琴, 다이진화戴锦华, 왕정王政, 리인허李银河, 송샤오펑宋少鹏, 쑨거孫歌 등을 들 수 있고, 이들은 각기 다른 방식으로 중국의 여성담론을 대표한다.

---

1 1995년 9월 중국 베이징에서 열린 제4차 세계여성대회는 전 세계 189개국 정부 대표, 유엔 관련 기구, 민간단체 대표 등 약 5만여 명의 여성들이 참가한 대회이다. 여성의 지위 향상 및 동등한 참여를 촉구하는 행동강령을 논하였고, 21세기 여성 발전을 위한 전략으로 성주류화를 채택한 행동강령을 발표했다. 구체적인 행동강령은 '성평등 아카이브' 참고. http://genderarchive.or.kr/exhibits/show/bejjing/ex8-p1(검색일 2021.11.20)

리샤오장은 중국 여성학의 1세대 연구자이자 개척자로 1980년대 초, 「인류진보와 여성해방人類進步與婦女解放」1983과 「마르크스주의 여성 이론의 역사-논리적 범주馬克思主義婦女理論的歷史-邏輯範疇」1986와 같은 글들을 통해, 여성해방을 형식적으로나마 이미 달성했다고 주장하는 신중국에서 여성문제를 다시 수면 위로 떠올린다. 그녀는 사회주의 체제에서 '남녀는 모두 평등하다'라는 전제가 계급해방 속에 여성해방을 묶인시켜 동일시한 결과였기에, 이 두 개념을 분리시켜 여성의 역사적 지위를 고찰할 필요성이 있다고 주장했다. 리샤오장은 여성과 남성의 성적 차이를 자각하고 강조하는 것이 여성주체성을 회복할 수 있는 길이라고 생각했다. 이런 상황에서 베이징 세계여성대회의 경험은 리샤오장을 본토주의자本土主義者로 만들었다. 그녀는 『이브의 탐색夏娃的探索』1987에서 여성연구란 여성적이면서 동시에 민족적인 것이라 말한 바 있는데, 민족적인 것에 대한 생각이 서구여권주의에 대한 경계심과 합쳐져 '본토' 및 '본토화'에 대한 주장으로 구체화 된다.[2] 중국 사회주의 역사의 특수성에 맞는 여성해방이 필요하다고 생각한 것이다. 더구나 리샤오장은 중국에서 여성의 정

---

2 임우경, 「뒤늦은 계몽-리샤오장의 중국식 길 찾기」, 『여/성이론』 제15호(2006), 220 쪽. 본토와 본토화는 '토착적'과 '토착화'로 쓰이기도 한다. 본토/토착적(本土的)은 자기 자신의 것, 자신의 역사, 문화를 말하며 본토화/토착화는 남의 것을 현지에 맞게 변화(化)시키는 것을 말한다. 리샤오장에게 본토화는 '음양론'과 같은 중국 민족 고유의 본질을 강조하는 여성학이다.(김미란, 「80년대 중국 여성주의의 선구자, 리샤오장」, 『현대 중국여성의 삶을 찾아서-국가 젠더 문화』, 소명출판, 2009, 142·262쪽) 베이징 세계 여성대회가 열릴 당시 리샤오장은 중국 여성연구계를 대표하는 학자로 참여했다. 그러나 서구학자들이 중국 본토의 여성학자를 가르치려 드는 모습과 중국 여성에 대한 인식이 좋지 않은 모습, 불균등한 권력관계를 몸소 느끼며 소통의 한계를 실감하고 본토주의자로 변모했다고 밝힌다.(임우경, 위의 글, 219~223쪽)

치적 해방은 이미 이룩하였고, 빈곤 문제 역시 국가 덕분에 해결되었다고 주장하며 국가 주도 현대화를 긍정하고 있다. 또한 아시아의 특유의 경험, 즉 제국주의 침략의 경험은 서양의 페미니즘이 담을 수 없는 역사를 가지고 있기 때문에 아시아에서는 국가와 여성이 유기적으로 연결될 수밖에 없다고 강조한다.[3] 여성의 본질이 선천적인 것이고 생리구조에 기인했다는 그녀의 주장에서 성 불평등의 자연화를 내포한다는 면과 국가이데올로기에서 벗어나지 못했다는 한계점은 비판적으로 읽어내야 할 부분이지만, 중국과 아시아의 현실을 바탕으로 여성 문제를 제기했다는 점에 큰 의의가 있다.

두팡친은 리샤오장과 다른 지점에서 여성학의 전지구화와 토착화를 중시한다. 그녀는 여성이론과 의제들이 "맥락화, 지역화의 과정을 경험하는 조건에서 새롭게 창조된 지식과 체계들이 본토에 뿌리를 내릴 수 있고, 그 나라에 기여할 수 있을 것이며, 인간의 지식과 경험이 전 세계적으로 상호 교환되고 공유되며 풍부해질 수 있다"[4]고 말한다. 그녀는 아시아의 가부장제, 식민지 경험, 국가 독립과 근대화 경험은 서양 국가와 삶의 조건이 달랐다는 점에서 동아시아의 경험을 강조하나, 서양 페미니즘 이론은 인종과 계급을 넘어 비주류 집단의 목소리를 낼 수 있음을 긍정하였다. 또한 동아시아중국, 남한, 일본, 일부 남아시아 국가들는 비슷한 유교문화 전통 안에서도 성별체계, 사회체제, 발전 단계의 차이가 있기 때문에 지역

---

3   김미란, 앞의 책, 257~276쪽.

4   두팡친, 「여성연구(Women's Research)에서 여성−젠더학(Women−Gender's Studies)으로−중국 여성학의 등장과 발전」, 『여성학논집』 제19집, 2002, 215쪽.

의 차이 안에서 여성의 경험과 이론을 이야기해야 함을 강조한다.

두팡친은 한국 학술계와도 밀접한 연관을 맺고 있다. 2007년 한국에서 열린 '아시아여성학회'에 참가하며 글로컬Glocal 시대에 여성학은 지역별 여성학 연구가 활성화된 후 국가와 분야를 초월해 연구를 수행하는 역할을 담당해야 함을 강조하고[5], 2009년부터 두팡친이 이끄는 중국 톈진사범대학 '사회발전과 젠더연구센터'는 성공회대 동아시아연구소와 아시아 여성 학술교류를 주기적으로 개최하며 한국과 중국의 여성이 신자유주의 상황에 겪는 문제점들을 논의한다.[6] 두팡친의 주장과 담론은 본토화 과정, 즉 지역성이 오히려 글로벌한 경험의 가능성을 내포할 수 있는 잠재력을 가졌음을 보여주며 아시아 여성의 연대로 유교 가부장제 전통을 극복해야 함을 주장한다.

다이진화는 주로 대중문화 속 이데올로기와 여성주의를 연구한다. 기존 논의에서 다이진화의 입장은 '반본질적인 여성주의'로 불려왔다. 이는 오늘날 "우리에게 익숙한 양성의 차이가 결코 양성 사이의 생리적 차이에서 결정된 게 아니라 일련의 문화적 표현과 역사 속에서 발생한 젠더 구성에서 나왔다고 보는 것으로 해석된다."[7] 그렇기 때문에 제3세계이자 사회주의 중국의 지식인이자 여성이라는 다이진화 자신의 정체성

---

5 연합뉴스, 「亞洲 첫 여성학 공동체 '아시아여성학회' 출범」, 2007.11.6.
   https://news.naver.com/main/read.naver?mode=LSD&mid=sec&sid1=102&oid=001
   &aid=0001823958 (검색일 2021.10.30)

6 성공회대 동아시아 연구소. http://ieas21.or.kr/

7 성옥례, 「포착과 탈주－중국/여성 경험의 맥락화」, 『중국현대문학』 제49호, 2009,
   240쪽.

은 문화와 역사의 해석에 중요한 준거점이다.

그녀의 주장에 따르면 1949년 이후 중국 사회는 계급론의 기초 위에 사회주의라는 부권제 이데올로기를 확립하고, 정치·경제·법률 면에서 다른 나라보다 일찍이 여성의 전면적 해방을 이룬 것으로 표명되어왔다. 그러나 다이진화는 "해방의 이름으로 해방의 사실 속에 있는 억압의 메커니즘"[8]을 뒤늦게 알게 되었다고 고백한다. 중국의 여성주의가 국가 담론과 관련되어 있고 남성중심 사회와 민족주의 사이의 공모와 연계되어 있기에 그것을 '거울의 성鏡城'이라 부르고 그 허상을 깨부숴야 한다고 주창하는 것이다.

또한 1980년대 이후 서구 페미니즘의 유입이 중국 학계에 젠더 개념을 세우고 사회비판에 일조했음은 부정할 수 없는 사실이나, 서구 페미니즘과 중국의 사회 문화적 현실사이의 간극은 포스트 냉전과 세계화 역사과정에서 기인했다고 말한다. 서구 페미니즘에 의해 중국은 제3세계적 위치를 부여받고 획일화된 시선을 받아야 했다. 이러한 간극을 줄이기 위해 다이진화는 아시아의 운명공동체적 가능성을 제시한다. 포스트 냉전으로 인한 사상의 벽을 무너뜨리기 위해 인접한 국가와 비슷한 역사를 가진 동아시아가 대화해야 하는 것이다. 이 대화를 통해 콜로니즘과 포스트콜로니즘의 역사 및 아시아가 가진 사상적 자원은 전 세계적 비판이론의 사상적 한계를 극복할 잠재적 가능성을 새로이 제공할 수 있을 것이며, 페미니즘 이론과 실천을 다시 열어갈 수 있다고 보는 것이다.[9] 중국 문화 콘텍스

---

8   다이진화, 배연희 역, 『중국 영화와 젠더 수사학 ─ 성별중국』, 여이연, 2009, 26쪽.

9   위의 책, 32쪽.

트에서 볼 수 있는 아시아를 드러내고 아시아적 페미니즘 시각을 제시하며 헤게모니와 민족주의를 비판적으로 바라볼 수 있도록 한다.

이처럼 중국여성학자들은 유교문화권 안에서의 중국의 특수성, 즉 지역성에 대한 이해가 수반되어야 동아시아 공동체, 더 나아가 세계여성들의 다양한 목소리를 담을 수 있음을 강조하고 있다. 리샤오장은 민족주의 담론에서 벗어나지 못한 한계가 있지만, 서구와 구별되는 아시아 고유의 역사적 경험을 강조한 의의가 있다. 두팡친과 다이진화의 주장은 수평적인 관계를 중요시하며, 각국의 특수한 가치를 존중한다는 전제로부터 아시아 공동체를 새롭게 구성할 가능성을 모색한다.

더불어 동아시아 담론의 가능성을 타진한 논의로 리인허와 쑨거의 주장이 주목된다. 리인허는 근대성 생성과정에서 여성은 남성의 매개체로 형성되고 동양은 서구를 통해 존립할 수밖에 없는 상황을 비판한다. 남성과 여성의 성적 차이에 초점을 맞춰 젠더적 한계와 억압을 벗어나야 하듯 아시아 역시 획일화를 탈피하고 지역의 차이를 인정받아야 한다.[10] 쑨거는 포스트 냉전의 구조 속에서 미국에 대항하기 위해서 동아시아가 연대해야 하는 엄중한 현실에 직면해 있으며, 이런 측면에서 '동아시아'는 하나의 기능적 역할을 수행할 수 있다고 주장한다. 쑨거는 특히 각국의 역할에서 국가본위의 좁은 사유 방식을 해체하는 이율배반적 과제 수행의 지적 긴장이 동아시아적 시각을 수립할 수 있다고 강조한다.[11] 이들

---

10   리인허, 김순진 역, 『이제부터 아주 위험한 이야기를 하겠습니다. 검열의 나라에서 페미니즘-하기』, 아르테, 2020, 6~9쪽.

11   쑨거, 류준필 외역, 『아시아라는 사유공간』, 창비, 2003, 8쪽.

의 담론은 소강상태였던 동아시아담론이 여성주의와 함께 묶이며 새로운 차원의 변화를 가져올 가능성을 내포하고 있다.

서구 제국주의 세력에 의해 강제적으로 개방의 문을 열어야 했던 동아시아의 지식인들과 문학가들은 글과 작품을 통해 동아시적 연대의 접점을 타진했다. 특히, 유교적 봉건문화 아래 남성중심사회라는 유사한 문화를 가진 동아시아의 여성들은 제국주의사회와 전통주의 사회라는 이중적 억압 아래 더 많은 공통점을 공유할 수 있는 가능성을 지닌다. 중국의 경우 한국보다 빠르게 법적으로 여성의 권리와 평등권을 선언했지만, 유교라는 이념 아래 성적인 개성과 특징을 인정받지 못했다. 여성의 문제에 있어서만은 동아시아의 역사가 지닌 공통적 경험을 바탕으로 소통과 연대의 가능성이 제기되는 이유이기도 하다. 이 글은 중국여성문학에서 볼 수 있는 몇 가지 동아시아적 가능성에 대해 이야기하고자 한다. 그 흔적들을 추적해보며 그것들을 하나의 선으로 연결하는 작업에서 동아시아 여성 연대의 가능성이 현실태로 등장하기를 기대한다.

2. 중국 현·당대 여성문학의 전개

1949년 중화인민공화국 성립 이후, 중국 역사학계는 중국 근·현대사를 근대近代, 현대現代, 당대當代의 세 시기로 구분해왔다. 근대는 아편전쟁부터 1919년 5·4신문화운동까지, 현대는 1919년 5·4신문화운동부터 중화인민공화국 성립 전인 30년을 의미하고, 당대는 1949년 중화인민공화국 성립부터 현재를 가리킨다. 중국 근·현대문학사 역시 역사적 구분을 따라 근대문학, 현대문학, 당대문학으로 구분한다. 최근에는 현·당대를 함께 서술하는 입장들이 많아지는 추세이지만, 전통적으로는 당대문학은 시기별 나뉘어 17년 문학17年文學, 중화인민공화국이 성립된 1949년부터 문화대혁명이 시작되기 전 1966년까지의 문학, 신시기 문학新時期文學, 문화대혁명이 끝난 이후 1980년대 이후 문학, 90년대 문학, 신세기문학新世紀文學, 2000년대 이후 문학. 한국의 중국문학계에서는 신세기 문학이라는 용어 대신 2000년대 이후 문학으로 지칭한다 등으로 세분화한다. 이 글에서도 중국여성문학의 흐름을 살필 때 이러한 역사적 시기 구분에 따라 현·당대라는 호칭을 사용하기로 한다.

중국의 오랜 종법宗法제도와 유교사상은 가정과 사회에서 여성을 억압적으로 지배하고 통치해왔다. "옛날 중국은 하나의 구덩이였네. / 잔혹하고 바닥없고 저주받은 / 그곳에서 백성들은 짓밟혔었지. / 게다가 여인들은 최악의 상태를 / 견뎌내야 했었지구전 민요"처럼, 전통 중국사회에서 여성은 최하층에서 사회적 억압과 차별을 견뎌야 했다.[12] 여러 왕조를 거치면서 여성들을 대신한 남성 사상가와 문학가들이 목소리를 내며 삼강오상三綱五常, 삼종사덕三從四德의 흔적들에 대한 비판을 진행하기는 했으나, 본격적으로 여성들이 자신의 목소리를 내기 시작한 시기는 청나라 말기부터라고 볼 수 있다.[13] 무술변법과 아편전쟁 이후, 구국과 강국의 일환

---

12 엘리자베스 코롤, 김미경·이연주 역, 『中國女性解放運動』, 사계절, 1985, 16쪽 재인용.
13 오노 카즈코(小野和子)는 청말의 태평천국(太平天國) 전쟁에서 '맨발의 큰 발과 바지'를 입고 전쟁에 참여한 여성들을 현대중국여성의 출발로 간주하고 있기도 하다. 여기에는 태평천국을 지도한 홍수전의 남녀평등사상과 여성을 군대로 활용하고자 하는 의도가 작동했다고 할 수 있다. 오노 카즈코, 이동윤 역, 『現代中國女性史－太平天國

x

으로 여성해방이 중요한 주제로 제기되며 중국사회는 변화하기 시작한다. 남녀평등을 적극적으로 주창하며 여성회와 여성학당이 조직되고, 여성신문과 여성잡지가 출간되기 시작한다. 현대교육을 받은 여성 지식인들이 출현하면서 중국 초기의 여성주의가 발아한다. 그러나 이 시기는 국가의 운명이 가장 큰 사회적 문제였기 때문에 민족해방으로 여성의 해방이 실현되길 바랐다. 여성의 참정과 여성 종군의 열기가 고조되면서 사회 혁명과 여성주의가 동일선상에 놓이게 되었다.[14]

사회의 변화에 힘입어 남녀평등사상과 여성의 자립의식이 청나라 말기 중국사회에 조금씩 제창된다. 치우진秋謹[15]은 이 시기의 대표적인 여성작가로 직접 혁명에 참가하며 중국의 자유와 민주를 부르짖었고, 여성해방과 관련된 주제를 담은 시를 발표하였다. 결혼제도의 부당함「精为石」, 여성이 '놀이감'인 현실에 대한 절망감「敬告姐妹们」, 여성의 독립과 해방「勉女权歌」, 여성 역시 평등한 국민으로 대우받기를 희구하는 마음 「赠语溪女士徐寄坐和原韵」 등을 주제로 다양한 시를 썼다. 그녀의 시는 전통적 표현 형식을 벗어나지 못한 한계가 있지만, 가부장 제도에 억눌려 온 여성들의 비애나 여성 인권들에 대한 주제를 다뤘다는 점에 큰 의의가 있다. 이러한 노력들은 신해혁명 이후 여성참정권운동이 전개되고, "남녀동등권의 실현,

---

에서 現代까지』, 정우사, 1985 참조.

14　위의 책, 42~89쪽.

15　치우진(본명 : 闺謹, 1875~1907)은 중국 청말 샤오싱(紹兴) 사람으로 우즐잉(吳芝英)과 함께 여성 인권 신장에 힘썼던 인물이다. 일본에 유학시절 쑨원이 거느리는 혁명단체인 중국동맹회에 가입해 중국의 민주혁명에 힘썼다. 1906년 중국으로 돌아와, 광복회 간부를 훈련하기 위한 학당을 개설하고, 『중국여보(中國女報)』를 창간하며 남녀평등, 여성의 해방을 주장했다. 그러나 무장봉기의 실패로 31살에 처형되었다.

여자교육의 보급과 그 실시, 가정부인의 지위 향상, 여자들의 직업 보장"
등과 같은 여성참정동맹회의 결의 내용에 반영된다.[16]

1919년 5·4신문화운동이 일어나면서 중국의 지식인들은 서구의 문
화 관념과 문예사상들을 소개하고 받아들인다. 그로 인해 현대중국 역사
상 최초로 대규모의 반봉건을 주장하는 계몽운동이 일어나게 된다. 당시
소개된 서구 사상에서 적극적으로 부각된 키워드는 '인간의 발견'이라고
할 수 있다. 그간 소외되었던 사회적 약자들이 담론의 관심 대상이 되었
으며, 여성도 남성과 동등한 권리와 자유를 향유할 수 있는 사람이라는
점과 중국 전통의 정조와 혼인, 양육 등이 여성에게 얼마나 불합리한 제
도와 관습인지에 대해 논의하게 된다.

여성문학에서도 계몽운동에 힘입어 여성의 자유, 평등과 존엄에 대
한 주제를 다루면서 가부장제사회의 봉건적 이데올로기로 인한 여성
운명의 잔혹함을 토로하고 여성의식의 각성을 드러낸다. 펑위안쥔冯沅
君, 1900~1974의 「단절隔绝」1924, 「단절 이후隔绝之后」1927에서 자유연애를 원
하는 여성들의 의지가 드러나는데 이때 인물들이 꿈꾸는 사랑은 단순
한 감정이기보다 일종의 신앙이며 신여성들이 추구하는 생존방식이었
다. 자유로운 사랑을 위한 투쟁의 과정은 존엄과 권리를 찾기 위한 과정
이라고 생각했고, 자아를 회복하는 역경의 길이었다.[17] 빙신氷心, 본명:谢婉
莹, 1900~1999은 「두 개의 가정两个家庭」1919, 「장홍의 누나庄鸿的姊姊」1919를 통해

---

16   오노 카즈노, 앞의 책, 122쪽.

17   김은희·안혜련·이지숙·최은정·안노 마사히테, 『신여성을 만나다―근대 초기 한중
      일 여성소설 읽기』, 새미, 2004, 133~135쪽.

남존여비 사상과 여성 교육의 현실에 대한 비판을 가감 없이 드러냈다. 여성이 제대로 교육받지 못해 문화적 악습을 되풀이하는 문제점을 꼬집으며 여성 역시 남성과 같이 교육받을 권리가 있음을 관철한다. 또한 「봄이 찾아왔다春水」1923, 「무수한 별繁星」1923 등의 작품에서 모성애와 여성성에 대한 시적인 질문을 던진다.[18] 그녀는 인도주의적 관점에서 여성의 섬세하고 온화한 특징에 대해 서술하며 새로운 여성상을 제시했다.

1920년대 신여성들은 용감하게 자기의 이념을 실행하고자 출가한 후 자유로운 생활을 꿈꿨지만, 현실의 고난은 그녀들을 더 괴롭게 만들었다. 천헝저陈衡哲, 1890~1976의 「로키스의 문제洛绮思的问题」1928, 루인庐隐, 1898~1934의 「승리 후에胜利以后」1925, 「양말을 기우다补袜子」1932, 바이웨이白薇, 본명：黃彰, 1893~1987의 『비극적 생애悲剧生涯』1936와 같은 작품에서는 전통 사상의 억압을 따르면서도 자유에 대한 갈망이 충돌하는 모습을 그려낸다. 작품 속 여성들은 새로운 시대의 여성이 되기 위해 노력하지만 현실에는 그녀들의 신념과 열망을 지지해주는 사람이 없다. 구시대적 신념과 열망이 너무 깊이 뿌리박혀 있기에 그녀들은 남성중심사상을 벗어나 자유로이 이야기할 수 있는 공간을 찾지 못한다. 여성으로서 생활의 어려움과 현실의 고난

18　빙신의 초기 시는 어머니의 사랑과 같은 박애가 사회에 필요한 요소이며, 인류의 희망이라는 주장을 담고 있다. 그러나 후기 시에서는 현모양처의 개념이나 여성성, 여성 이미지에 대한 비판적 질문이 제기된다. 「사진(相片)」(1934)과 「여인에 관하여(關於女人)」(1941)라는 연재 작품에는 다양한 여성상이 형상화되고, 전통사회의 현모양처에서 벗어나 여성 스스로 자기 계발을 해서 시대에 뒤처지지 않아야 한다고 주장했다. (빙신의 '현모양처' 개념의 변화는 김은희, 「20세기 前半의 중국 여성작가의 賢母良妻論－陳衡哲과 冰心을 중심으로」, 『중국어문학』 제66호, 2014 참고) 그녀의 어머니 이미지는 이후 중국 문학의 모성 이미지의 근간이 되었다는데 의의가 있지만, 어머니를 단일하게만 보았다는 문제도 있다.

은 그녀들을 더욱더 깊은 좌절에 빠지게 만든다. 5·4신문화운동에서 '신여성'은 입센의 『인형의 집』 주인공인 '노라' 이미지로 대표된다. 남성에 의해 인형처럼 살았던 노라는 봉건사상과 결혼제도로 맺어진 가정의 속박에서 벗어나 새로운 삶을 향해 나아갔기 때문이다. 그러나 위의 여성작가들의 작품에서도 볼 수 있듯이, 현실적인 문제들은 집을 나간 노라들이 어디로 가야 할지 모른 체 방황과 번민으로 삶을 살아가도록 만들었다.

　5·4신문화운동으로 인해 다양한 여성주체가 등장하고 여성의식이 점차 각성하게 되었다면, 1930~40년대 중국의 여성주의는 중국의 역사와 긴밀하게 맞물려 성장한다. 이 시기 중국은 중일전쟁, 국공내전國共內戰과 같은 국내외 전쟁이 일어났던 시기였기에 문학 역시 계급투쟁, 민족해방 위주의 혁명문학이 주선율을 이룬다. 딩링丁玲, 본명 : 蒋伟, 1904~1986, 샤오훙蕭紅, 본명 : 张秀环, 1911~1942은 혁명문학 속에서 여성주체를 놓지 않으며 여성의 관점에서 혁명과 계급에 대한 다양한 담론을 펼친다. 딩링은 『사페이 여사의 일기莎菲女士的日记』1928에서 남성 주체 권력이 전복되는 상황을 제시하며 비교적 성숙한 여성 주체 의식을 보여준다. 「병원에서在医院中」1940 역시 여성의 독립과 존엄에 대한 문제제기를 하며 남권주의를 비판한다. 샤오훙은 『생사장生死場』1935에서 남성에 비해 훨씬 더 많은 고통과 치욕을 겪어야 하는 여성인물을 제시하며 그간 함구할 수밖에 없었던 여성 신체와 생리적 현상, 섹슈얼리티에 대해 다룬다. 1940년대 상하이上海 윤함구淪陷區[19] 지역에서 활동했던 장아이링張爱玲, 본명 : 张煐, 1920~1995 소설

19　중일전쟁 시기에 중국 내 일본군 점령지역을 윤함구라고 한다.

의 주된 업적은 여성 본성에 대한 자각적인 사고를 할 수 있는 공간을 마련했다는 것이다. 『경성지련倾城之恋』1943, 『금쇄기金锁记』1944, 『붉은 장미와 흰 장미红玫瑰与白玫瑰』1944등을 통해 전통문화가 억압한 여성의 신체와 정신에 대해 균열을 가하며, 여성의 주체성을 강조한다. 그 밖에 펑컹冯铿, 본명 : 冯梅岭, 1907~1931과 쑤칭苏青, 본명 : 冯和议, 1914~1982 역시 여성의 신체와 정신에 대한 해부를 보여주며 남성 중심사회에 대한 여성 스스로의 각성에 대해 토로한다. 1930~40년대 중국여성문학은 "여성문제를 일반 사회문제와 습관적으로 혼동하여 여성에 대한 성차별과 성적 억압을 단순히 사회에 잔존하는 봉건사상 관념의 일부로 분석"[20]한 한계가 있다고 볼 수 있다. 그러나 여성의 사회 참여가 활발해지고 젠더의식이 고취되면서, 여성 욕망에 대한 인식과 여성 신체에 대한 탐구를 바탕으로 여성 관련 담론이 다양해졌다는 점에서 여성주체의식이 성숙하는 과정으로 나아가고 있음을 알 수 있다.

1949년 중화인민공화국이 성립된 이후 중국 부녀婦女[21]들은 정치적인 권리들을 인정받게 되었다. 여성의 참정권, 투표권, 교육권 등과 결혼에서의 자주권 등을 법률적으로 보호해주었고, 중국사회에서 "여자도 하늘 반쪽을 떠받칠 수 있다婦女能頂半邊天", "남녀는 모두 같다"고 선포하며 부녀자들의 사회적 지위를 향상시켰다.[22] 이 시기는 중국의 여성 인권이 비

---

20 천쓰허, 노정은·박난영 역, 『중국당대문학사』, 문학동네, 2008, 532쪽.

21 부녀는 여성과 같은 의미이다. 그러나 중국에서 '부녀'는 신중국 성립 이후 여성의 사회주의적 해방을 이룩한 국가 담론에서 사용되었다. '부녀해방', '부녀담론' 등은 사회주의적 이념 아래 남성과 평등한 권리를 가졌음을 강조하는 용어이다.

22 클로디 브로이엘, 김주영 역, 『하늘의 절반』, 동녘, 1985 참조. 책의 부제는 '현대 중국

교적 높아지는 계기가 되었으나, 한편으로는 여성의 독특한 성별 언어를 남성과 동일선상에 놓으며 여성 특유의 자각을 덮어버리는 결과를 초래하며 '무성無性의 시대'라는 명명을 얻기도 하였다. 여성 모두가 '철의 여성铁姑娘'이 되어 남성과 같은 노동을 하게 되고, 사회의 혁명과 무산계급 투쟁을 위해 복무해야 했다. 여성작가들은 남성작가들과 마찬가지로 공산당의 영웅들이나 당의 찬란한 역사에 대해 찬양하며 새로운 중국의 아름다운 생활에 대해 서술했다. 양모杨沫, 본명 : 杨成业, 1914~1995의 『청춘의 노래青春之歌』1958에서 여성 지식인의 성장 서사를 엿볼 수 있고, 쫑푸宗璞, 본명 : 冯钟璞, 1928~의 「팥红豆」1957에서 사랑과 조국 사이에 고뇌하며 자신의 길을 선택하는 여성주체를 들여다볼 수 있으며, 루즈쥐안茹志鹃, 1925~1998의 「백합百合花」1958에서 여성의 시각에서 본 전쟁과 그 안의 여성 생활에 대해 염탐할 수 있다. 그러나 이들의 창작 안에서 여성 이미지는 획일적이고 이야기하는 여성주체의식 역시 일률적이다. 이 시기의 중국여성문학은 부녀해방의 이름 안에서 여성 주체를 잃어버렸다고 할 수 있다.

문화대혁명 종결 이후, 자유와 생명에 대한 본격적 연구가 재개되었다. 80년대 초기에는 문화대학명에 대한 상처와 반성으로 '상흔傷痕문학', '반사反思문학'이 문학의 주류를 이끌었고 여성문학 방면에서는 '무성'에서 벗어나 '여성'에 대한 재탐색이 이루어졌다. 주류 이데올로기의 억압에서 벗어나 여성의 감정과 운명에 초점을 맞추며 여성의식 회복 및 각성에 힘쓰는 내용들이 작품에 적극적으로 등장했다. 장제张洁, 1937~의 「사

에 있어서의 여성 해방 운동'으로 1971년 프랑스의 여성 12명이 1971년 6주 동안 중국을 여행한 후 그중의 한 명인 클로디 브로이엘이 1973년에 집필하였다.

랑은 잊을 수 없는 것爱,是不能忘记的」1979, 『방주方舟』1982와 장신신张辛欣, 1953~의『같은 지평선에 서서在同－地平线上』1978 등을 통해 이상적인 사랑과 전통 가정 사이에서 고민하는 일하는 여성들을 제시하며 결혼 문제와 관련된 여성 심리를 묘사한다.

80년대 중후반부터 서양의 페미니즘 이론과 사조가 점차 소개되며 중국의 여성주의 문학 역시 전환기를 맞았다. 새롭게 등장한 작가들은 그간 중국문학에 존재했던 남성중심 서사 현상에 대해 비판하고, 몇천 년간 문화라는 이름으로 억압받았던 여성의식과 주체성에 대한 고취를 부르짖는다. 가부장제에서 여성이 전형화되었던 과정을 벗겨내고, 여성이 자신의 언어를 되찾고 진정한 여성서사를 기록하는 작업을 진행한다. 왕안이王安忆, 1954~, 티에닝铁凝, 1957~, 츠리池莉, 1957~, 팡팡方方, 본명：汪芳, 1955~, 찬쉐残雪, 본명：邓小华, 1953~, 츠쯔젠迟子建, 1964~ 등 고유한 방법과 개성을 통해 다양한 여성인물과 여성주체에 대해 이야기하는 작가들이 대거 등장하였다. 여성해방을 주장하며 전통 서술에 대한 의문과 비판을 통해 중국의 여성 주체의식이 풍부해지고 성숙해진 시기라고 할 수 있다.

1990년대는 중국여성문학이 본격적으로 다원화된 시기이다. 시장경제와 현대화가 본격적으로 진행되고, 서양의 페미니즘 이론들과 여성주의 문학들이 물밀듯이 쏟아져나왔다. 특히 1995년 베이징에서 개최된 제4차 세계여성대회는 의심할 바 없이 중국 여성문학을 다시 한번 고조시키는 역할을 했다. 자유로운 분위기 아래, 중국 문학은 5·4 이후 처음으로 "공명共名을 벗어나 무명無名"[23]의 시기를 맞이하게 된다. 여성들의 다양한 목소리와 가치들이 개방된 환경에서 여성의 욕망이나 일상생활

에 대한 서사로 표출된다. 왕안이의 『아저씨 이야기叔叔的故事』1990, 츠리의
『아가씨, 안녕小姐, 你早』1999, 장쯔단蒋子丹, 1954~의 『상나무 연기를 누굴 위해
피어오르는가桑烟为谁升起』1994는 각각 전통문화, 현대화, 사랑이라는 주제
를 가지고 여성이 남성중심적 사회의 규범과 관습을 자각하고 그것을 돌
파하는 모습을 그려냈다.

또한 여성의 시각에서 역사를 다시 쓰는 작품들이 출현하게 된 점도
주목할 필요가 있다. 장윈蒋韵, 1954~의 『상수리나무의 죄수栎树的囚徒』1996, 쉬
샤오빈徐小斌, 1953~의 『날개 돋친 뱀羽蛇』1998에서는 다른 세대의 여성들이
겪었던 경험을 통해 여성들이 역사의 능동적인 주체로 살아가는 모습을
묘사한다. 왕안이의 『장한가长恨歌』1996와 티에닝铁凝, 1957~의 『목욕하는 여
인들大浴女』2000은 역사 속에서 여인들이 어떠한 삶을 살았는지 그리고 역
사와 현실을 어떻게 반성하고 있는지 드러낸다. 여성의 자아비판과 회의
역시 들여볼 수 있는 대목이다.

개인적個人化 서사는 90년대 중국여성문학의 가장 특징적인 지점이다.
여성작가들은 강렬한 여성의식을 가지고 은밀하고 사적인 여성 경험을
적는다. 천란陈染, 1962~의 「정처 없는 작별无处告别」1992, 『개인생활个人生活』
1995, 린바이林白, 1958~의 『한 사람의 전쟁一个人的战争』1994, 『말하라, 방이여 说

---

23 천쓰허의 개념으로 '공명'은 그 시대의 주제를 포괄하는 개념을 말한다. 5·4시기에는
'계몽', '민주와 과학'이 시대의 공명이었고, 5~60년대는 '사회주의 혁명과 건설', '계급
투쟁', 80년대는 '개혁개방', '전(前)시기에 대한 반성' 등과 같은 거대한 시대적 주제
들이 존재했다. 그 시기의 문학은 그 주제를 다룰 수밖에 없는 상황이었다. 공명의 시
대가 끝나자 '무명'의 시대가 도래한다. 다양한 사회적 가치와 공생의 이념들을 자유
롭게 이야기할 수 있게 되었고 상대적으로 다층화된 복합적 문화구조를 구성할 수 있
게 되었다. 개념은 천쓰허, 앞의 책, 25쪽 참고.

吧, 房间』1997, 하이난海男, 본명：苏丽华, 1962~의『얼굴面孔』1995,『우리는 모두 진흙으로 만들어졌다我们都是泥做的』1998, 쉬쿤徐坤, 1965~의『여외女娲』1995,『핫도그热狗』1996 등의 작품은 여성의 신체와 섹슈얼리티, 욕망을 주요 제재로 여성의식을 표현한다. 개인화된 창작의 흐름은 여성의식의 심미성을 창조해내며 여성의식의 각성을 다시 한번 불러일으켰다. 그 외에도 도시 속 여성의 방황이나[24] 자매姊妹서사 역시 90년대 중국여성문학의 새로운 갈래이다. 위와 같은 다원화 모습을 통해 중국여성문학은 양적으로 풍부해졌을 뿐만 아니라 질적으로도 성숙했음을 알 수 있다.

2000년대 중국여성문학은 더욱 다양한 주제를 표현하는데, 그중 주목할 만한 현상은 두 가지가 있다. 첫 번째로 경제적 가치가 사람들의 가치관을 전복하게 되며 세속을 쫓는 사람들이 증가하는 현상을 이야기하는 것이다. 여성들 역시 남권사회의 폭력에 맞서기보다 쾌락, 욕망, 향유 등을 추구한다. 여성은 다시 한번 '여'와 '성'으로 분류되며 여성'화'가 되는 것에 큰 가치를 두며, 여성은 성적 가치를 가진 물건으로 치부된다. 문제는 여성들이 스스로 그런 굴레로 빠져들길 원한다는 것이다. 리우리우六六, 본명：张辛, 1974~의『달팽이집蜗居』2007, 김인순金仁顺, 1970~의「아드린을 위한 발라드水边的阿狄丽娜」2002, 웨이웨이의「화장化粧」2003과 같은 소설에서는 경제적으로 부유한 남자를 만나기 위해서 자신의 신체와 돈을 교환하

---

24 웨이후이(卫慧, 1973~), 몐몐(棉棉, 1970~), 다이라이(戴来, 1972), 웨이웨이(魏微, 1970~), 주원잉(朱文颖, 1970~) 등이 중국 90년대 '여성', '도시' 서사의 대표적인 작가라고 할 수 있다. 이들은 각기 도시 속 여성들의 방황, 공허함, 자본에 대한 욕망 등을 주제로 작품을 써냈다. 이들은 모두 1970년대 이후 출생이라는 특징을 지니며, 70년대 작가, 신신인류(新新人類) 작가 등의 별칭도 가지고 있다.

는 여성들 모습을 다루며 정신이 물질화되어버린 여성들에게 비판을 가하고 있다. 루민魯敏, 1973~의 『하얀 목도리白围脖』2002와 멘멘의 『사탕糖』2000, 성커이盛可以, 1973~의 『북쪽 아가씨北妹』2004, 『도덕송道德颂』2007에서는 퇴폐적인 여성의 성에 대해 묘사한다. 여성들이 주체적으로 자신의 성에 대해 이야기한다는 면에서는 어느 정도 여성의식이 성장했다고 볼 수 있지만, 성커이와 같은 경우 여성들의 방종한 성은 오히려 자신의 주체성을 잃는 것으로 보고 비판한다. 두 번째는 새로운 작가군의 탄생이다. 80후后[25] 작가들은 이전 작가 세대와는 또 다른 시각으로 자신들만의 여성의식을 펼친다. 장웨란张悦然, 1982~, 디안笛安, 1983~, 쉬샤오원徐小雯, 1980~, 쑨핀孙频, 1983~, 안이루安意如, 1984~ 등이 있으며 이들은 여성의 심리에 초점을 맞춰 새로운 시대를 살아가는 여성들을 묘사한다. 흥미로운 지점은 장웨란과 쑨핀의 작품에서 중국 역사를 다시 서술하고 있다는 면이다. 중일전쟁이나 문화대혁명을 직접 겪은 세대가 아니지만, 새로운 시각으로 자신의 상상력을 더해 80후 세대들이 역사문제를 어떻게 사고하는지에 대한 접근법을 제공한다.

중국 현·당대 여성문학은 위와 같이 자신들의 주체를 찾아가는 방향으로 형성되었다. 때로는 주된 이데올로기와 이념 기치 뒤에서 여성으로

---

25 80후는 원래 문단에서 1980~1989년에 태어난 작가들을 일컫는 용어로 사용되었다. 이들은 덩샤오핑 시대 '1가구 1자녀 정책'의 영향으로 태어난 외동 자녀들이 대부분이다. 귀하게 자라 물질적 풍요를 누리고 가족의 사랑을 독차지하며 성장한 탓에 소비지향적이고 개인주의적 성향이 강하다는 평가를 받는다. 이후 '80후'라는 용어가 다양한 영역에 쓰이면서 20세기 80년대에 태어난 젊은이들을 가리키게 되었다. '90후'(1990~1999년에 태어난 사람들), 00후(2000~2009년에 태어난 사람들)와 같은 어휘들도 생겨났다.

서의 곤혹을 나타냈고, 때로는 남성적 서술에 반하는 성별의식과 성별자 각을 드러냈다. 그녀들의 서사는 타자에 의해 부여받는 주체성에 대해 균열을 내고 여성의 주체에 대해 스스로 모색하며 자신들만의 길을 만들 어왔음을 알 수 있다.

3. 차이와 공존 만주국과 여성문학

중국의 특수한 역사적 상황과 주류 이데올로기 때문에 동아시아 담론 은 중국여성작가들의 관심 주제는 아니었다. 중국여성작가들의 작품에 서 계급, 민족, 젠더의 흔적은 많이 찾아볼 수 있으나 동아시아 의식이나 한·중·일 삼국의 운명공동체의 개념은 희박하다. 정치적 상황의 급변과 사회주의 이데올로기 그리고 오랜 중화의식을 그 원인으로 꼽을 수 있다. 그러나 비슷한 전쟁의 상처, 패배의 기억, 역사적 흔적을 간직하고 있기 때문에 동아시아적 사유의 가능성을 볼 수 있는 몇몇 교차점이 존재한다. 교차점들은 견고한 중국 주류이데올로기에 균열을 가할 수 있는 잠재력 을 가졌다고 할 수 있다. 이 균열은 이데올로기와 가부장제 사회에 대해 의문점을 던짐과 동시에 새로운 가능성을 전제하고 있기 때문이다.

만주국滿洲國은 중국이 기억하고 싶지 않은 역사이다. 1931년 만주사 변을 일으킨 일본 관동군關東軍은 중국 북부지금의 랴오닝, 지린, 헤이룽장, 러허 일대를 점거한 뒤 1932년 만주국을 성립했다. 수도는 신경新京, 지금의 장춘에 세우고

푸이溥儀를 만주국의 왕으로 앉힌 정부이다.[26]

그간 사상적 제약으로 인해 중국 내 만주국과 만주국 문학에 대한 연구는 배제되며 역사 속에서 사라지는 듯했다. 1980년대 개혁개방 이후 문학사 다시 쓰기 사조가 시작되며 만주국과 만주국 문학은 어둠 속에서 그 모습을 드러낸다. 그러나 이 시기 만주국 문학에 대한 연구는 여전히 민족주의적 사관과 사회주의 이데올로기에서 자유로울 수 없었으며 대부분의 연구는 당시 만주국에서 활동했던 작가들의 사상 점검과 작품 해석에 대한 적극적인 변호에 치중하게 된다.[27] 1990년대부터 만주국 여성작가에 대한 연구가 본격화되었지만, '항일 문학'과 '친일 작가'의 시각에서 만주국 시기의 여성문학을 읽어낼 수밖에 없었기 때문에 그 안에 잠재되었던 풍부한 이야기들 또한 볼 수 없었다. 단일한 기준으로 이념과 목적이 다른 사람들이 한 공간에 모여 다양한 목소리를 내던 이 공간을 본격적으로 연구하기는 쉽지 않았다.

동아시아의 담론에서 만주국은 중요한 지점이다. 만주국은 조선인·한

---

26 일본 제국은 외적으로는 만주 독립을 천명하면서도 내적으로는 일본의 관동군이 지도하는 방식을 창안하고 오족협화(五族協和, 일본인·한족·만주족·조선인·몽고족이 구미 제국주의를 막아내고 아시아의 번영을 이루자는 의미)라는 이데올로기를 내걸었다.(김재용 외, 『만주국 속의 동아시아 문학』, 소명출판, 2018, 3쪽) 그 당시 만주의 하얼빈에는 50개 이상의 민족집단이 거주하며, 45개의 언어가 혼재했다.(한석정·노기식, 『만주, 동아시아 융합의 공간』, 소명출판, 2008, 6쪽) 1945년 소련의 참전으로 인해 관동군이 괴멸하자 만주국도 무너졌다. 당시 국민정부와 공산당은 만주국의 존재를 부정해 위만주국(伪满洲国)이라 불렀다. 현재도 중국에서는 만주국을 위만주국 또는 줄여서 위만(伪满)이라 부른다.

27 정겨울, 「낮은 하늘 아래 좁은 길을 걷다－만주국 여성작가와 문학 연구」, 『한중언어문화연구』 제61호, 2021, 259쪽.

족漢族·만주인·일본인 등이 함께 머물던 공간이기에 다성성多聲性이 구현
됐던 곳이고, 식민지와 피식민지의 사람들이 공존했던 지역이기도 하며,
여성의 입장에서는 전쟁이라는 특별한 역사적 사건과 유교 가부장제라
는 보편적인 문화가 이중의 억압을 가져온 곳이다. 인종, 계급, 젠더의 경
계를 허물고 동아시아 공존의 가능성을 품고 있는 장소라 말할 수 있다.

일본은 1941년 「예문지도요강艺文指导要綱」을 발표하며 강력한 문화통

만주국군정부 선전 포스터

잡지 『신만주(新满洲)』, 1939.4

제 정책을 실시한다. 만주국 내의 창작활동은 일본의 감시와 억압을 받을
수밖에 없었기 때문에 작품에서 일본에 대해 직접적인 비판을 드러내기
는 어려운 상황이었다. 더군다나 식민지라는 특수한 환경 속에서 중국여
성작가들은 여성의식의 각성이나 여성의 성역할보다는 민족구원과 같은

사회적 역할을 수행하도록 강요받았다. 개인의 소리를 감추고 사회의 공통된 소리를 내는 것이 중요했다. 여성들은 일본 제국주의에 의해 민족적, 계급적으로 핍박을 받고 있었고 젠더적으로 어떠한 권리도 주장할 수 없는 가부장적 사회제도의 타자들로만 존재했다.[28] 만주국의 중국여성작가들은 집단 이데올로기와 일본 식민지라는 이중적인 억압에서 작품 활동을 해야 했다.

억압적인 상황에 작가들은 만주국을 떠나 중국 관내關內로 이주하기도 하고 만주국에 남아 친일 성향의 문학작품을 창작하기도 하였다. 물론 만주국에 남아 은근한 저항의식을 드러내는 작가들도 있었다. 이 시기 대표적인 여성작가로는 샤오훙, 바이랑白朗, 메이닝梅娘, 단디但娣, 우잉吳瑛, 란링蓝苓, 주티朱媞, 줘디左蒂 등이 있다. 정치적 억압 속에서 여성작가들이 취한 방법은 만주국 내 대다수 여성들이 처한 현실적 문제점을 드러내면서 소극적인 저항을 하는 것이다. 그녀들의 비극적인 삶은 식민지 상황과 더불어 수 세기 동안 지속된 봉건적 사회이념과 고정된 여성의 성 역할에서 비롯되었다. 이들은 만주국의 비극적인 여성의 삶을 조명하면서 사회 안에 녹아 들어있는 제국주의와 봉건적인 요소를 비판한다.

메이닝[29]은 계몽사상의 영향을 받은 신여성작가로 그녀는 작품에서

---

28 위의 글, 259쪽.

29 메이닝(1920~2013, 본명 : 孫嘉瑞)은 블라디보스톡에서 태어나 유년 시절에 장춘에서 살았다. 1937년『아가씨 문집(小姐集)』로 등단했다. 남편 리우룽광(刘龙光)이 베이징에서 화베이 작가협회 책임자로 일하며 대동아문학자대회에 참가하는 등 일본에 협력한 전적을 가지고 있다. 남편의 전적 때문에 메이닝 역시 창작활동 내내 친일작가로 분류되어 곤경을 치러야 했다. 지금까지 메이닝은 베이징에서 주로 활동한 작가로 분류되어 연구되었는데, 최근 메이닝의 유년시절과 초기작에 대한 연구가 본격화되

식민지 상황에서의 생존 경험보다는 여성들이 생활 속에서 느끼는 억압적인 현실에 대해 중점을 둔다. 메이냥의 작품에서 드러나는 일상성은 주로 젠더나 민족적 차별로 인해 발생하는 여성들의 우울감, 무기력감에 집중되고 있다.[30] 단편소설 「교민」1941은 만주국 밖의 일본을 배경으로 근대화 과정 속 남성의 모순적인 면을 들춰내며 젠더와 겹쳐진 계층 갈등을 보여준다.

소설에서 주인공 '나'는 만주국 교민 여성으로 오사카에서 고베로 가는 전차를 탔는데 한 조선 남자가 자신의 아내보고 '나'에게 자리를 양보하라며 눈치를 준다. '나'는 공사장에서 일하는 말단 감독으로 보이는 조선 남자가 '나'를 매달 월급을 받는 일본인 공무원이라고 착각하여 '나'에게 자리를 양보하려 한 것으로 추측한다. 자신보다 신분이 낮은 자신 아내조선 여자의 자리를 빼앗아, 자신과 비슷하거나 조금 높은 계층인 여성(나)에게 자리를 양보하는 모습을 보며 '나'는 아이러니함을 느낀다. 약자에게 자리를 양보한다는 근대적 매너와 자신의 아내를 무시하고 깔보는 가부장제 전통 관념이 공존하는 조선 남자의 모습은 당시 아시아 남성들이 공통적으로 드러내는 모순과 다름없다. 같은 식민지 현실에서도 다시 젠더적 차별을 보여주는 조선 남자의 이중성에 '나'는 분노를 느끼고 그의 제안을 거절하며 '나'를 그보다 높은 위치에 놓는다. '나'는 암묵적으로 조선 남자에게 수치심을 안겨주고 우월감을 느끼며, 둥글고 큰 자신

면서 만주국 출신 작가로 분류되기도 한다. 「교민(僑民)」은 메이냥이 일본에서 유학을 마치고 베이징으로 돌아오던 해에 『신만주(新滿洲)』(제3권 제6기)에 발표한 단편소설이다.

30   정겨울, 앞의 글, 279쪽.

의 손목시계를 조선 남자에게 주면 어떨까 생각한다. 그러나 그에게 시계를 주게 되면 새로운 시계를 살 돈이 없는 자신의 궁핍한 형편이 곧 환기되고, "남에게 기쁨을 주고자 하는 것이 자기의 기쁨을 추구하는 것보다 훨씬 더 어렵다는 것을 깨달"[31]게 된다. 기차가 역에 다다르자 상상은 중단되었다. 조선 남자가 다시 한번 자기 아내에게 허세를 부리자, '나'는 조선 여자를 대신해 복수하고 싶은 생각에 택시 승강장으로 가서 줄을 선다. 나의 모습을 보고 조선 남자의 '낭패당했다는 표정'에 통쾌함을 느낀다. 조선인 부부가 떠나자 '나'는 승강장 줄을 빠져나와 손수건으로 머리를 덮고 빗속을 걸어간다.

조선 남자가 상상하는 '나'는 매달 월급을 받는 공무원 일본 여성으로 셋 중 가장 높은 위치에 있으며, 조선 남자는 자신의 호의를 나에게 거절당했고, 조선 여성에게 그 분풀이를 하는 중간계급이다. 오늘 처음 일본에 온 듯한 조선 여성은 남자의 모습에 "어쩔 줄 몰라 하며" "눈치만 보는" 사람이다. 셋 중 가장 낮은 위치에 있는 조선 여성은 어떠한 주체적인 행동도 할 수 없는 여성이다. '나'가 조선 남자의 상상을 따라가며 만들어본 '일본 여성-조선 남성-조선 여성'의 위계는 식민지 상황의 민족과 계급, 성별의 차이로 식민지와 성별의 불평등 문제를 보여준다. 그러나 현실의 '나'는 조선 여성과 다름없는 혹은 그녀보다 못한 교민만주국 여성이다. 일본에서 '나'는 여벌의 시계도 살 수 없고, 택시도 탈 수 없는 가난하고 억압받는 타자일 뿐이다. 자신의 정체를 알았더라면 조선인 남자는 나에게 자

---

31   김재용 외, 앞의 책, 339쪽.

리를 양보해주지도 않았을 것이고, 오히려 나에게 자리를 양보하라는 요구를 했을지도 모른다. 식민지 상황의 계층적 문제를 벗어나지 않는 한, 젠더적 문제가 해결되지 않는 한, 나의 '복수'는 상상 속에서만 가능하다.

「교민」은 가부장제에 맞서는 여성 주체의 모습을 통해 식민지적 상황에서도 가장 낮은 위치에 있던 여성들, 즉 민족 문제 아래에서도 젠더적 억압을 겪어야 했던 여성들의 이중적 폭력을 폭로한다. '교민'이라는 신분을 통해 메이냥은 식민지와 종주국에서 부권제에 맞서 싸우는 여성문학의 패러다임을 보여준다. 동시에 성별 문제와 지역 간의 연관성을 보여주며 여성문제의 보편성을 드러낸다.[32] 민족과 계급, 성별에 대한 메이냥의 성찰은 공통의 역사적 흔적과 갈등으로 동아시아 여성의 현실을 드러내는 것이라 할 수 있다.

메이냥의 작품이 만주국 시기를 겪었던 여성작가가 실제 느꼈을 법한 감정과 문제점에 대해 치밀하게 서술한 작품이라면 츠쯔젠의 『위만주국伪満洲国』2000은 만주국 시기를 바라보는 당대여성작가의 시선을 알 수 있는 작품이다. 1980~90년대 여성 작가들이 대부분 도시와 여성을 기반으로 높은 여성의식을 보여주는 작품을 창작한 반면, 츠쯔젠은 자신의 고향 둥베이東北 지방을 소재로 중국의 역사와 여성의 운명을 그린 소설을 발표하였다. 초기 작품인 「잃어버린 그것……那丟失的……」1985, 『베이지촌 동화北極村童話』1986 등은 중국의 향토적 색채와 민간문화의 정신적 가치를 잘 드러내고 있으며 2000년대 발표한 『어얼구나강의 오른편 기슭

---

32 蔡译萱, 「殖民, 跨国语境下的性别协商－梅娘小说『侨民』解析」, 『文艺争鸣』, 2019, 第7期, 61쪽.

額爾古納河右岸』2008, 『뭇 산들의 꼭대기群山之巔』2015 등은 '민간民間'**33**에서 인간의 욕망과 이상을 담고 있다. 그녀는 역사의 갈등과 사건에 초점을 맞추기보다 역사를 살아가는 개인들의 삶에 중점을 두어 다양한 인간 군상이 자신의 이야기를 하게 만든다. 특히, 향촌과 산촌의 여성, 소수민족 여성 등 중국의 여성이라는 범위 안에서도 서발턴 입장에 처해있는 여성의 삶을 가감 없이 묘사한다.

1932년 만주국의 성립부터 1945년 만주국의 멸망을 『위만주국』의 시간대로 설정하여 펑딩산平頂山학살 사건, 관동군 제731부대의 세균전, 공산당과 국민당의 만주 투쟁 사건, 태평양전쟁, 난징대학살 등과 같은 구체적인 역사적 사건이 소설의 배경이 되고 있다. 황제, 일본 군인, 배우, 보통 백성, 거지, 과부, 깡패 등 60여 명의 주인공이 각기 다른 위치에서 자신의 이야기를 한다. 소설은 혼란스러웠던 시대이기에 오히려 더 잘 드러나는 탐욕, 정욕, 분노, 정과 같은 인간의 본능을 다양한 인물들로 제시하며, 좋은 사람과 나쁜 사람이라는 이분법에 인물들을 묶어두지 않는

---

33 민간이란 일반적으로 자연적인 농촌사회 내지는 사회 하층 구성원들의 현실을 지칭한다. 천쓰허에 따르면 2000년대 이후 중국당대문학계에서 민간은 풍부한 함의를 가지게 된다. 첫째, 국가의 지배이데올로기와 마주하고 있는 '반(反)관방 담론(anti-official discourse)'. 둘째, 인류의 원시 생명력과 밀접한 연관을 가진 자유로운 심미적 풍격. 셋째, 순정성과 생명의 에너지가 합쳐진 '장오납구(藏汚納垢)'의 공간 등이다. 츠쯔젠의 작품에서 민간은 두 번째 함의인 심미적 풍격을 기본으로 날것 그대로를 드러내는 꾸밈이 없는 담백한 솔직한 묘사를 의미한다고 볼 수 있다(천쓰허의 민간 개념은 천쓰허, 「民間的浮沉－對抗戰到文革文學史的一個嘗試性解釋」, 『上海文學』 第1期, 1994, 72쪽 참고; 츠쯔젠의 민간 개념은 박창욱, 『츠쯔젠 문학의 심미성 연구』, 고려대 석사논문, 2010, 36~45쪽 참고).

다.[34] 위와 같은 특징으로 인해 그간 다른 연구에서는 주로 『위만주국』을 역사소설의 입장에서 만주국 시기를 살아가는 인간의 문제에 초점을 두고 분석했다.

『위만주국』에 등장하는 위안부 여성들이 겪는 고통과 억압은 동아시아 공통의 역사와 연결된다는 점에서 주목된다. 이 공통의 역사는 중국의 주류이데올로기 또는 동아시아의 봉건적 가부장제 사회에 균열을 가할 수 있다. 위안부 문제는 『위만주국』뿐만 아니라 중국여성작가들의 작품 속에서 계속 회자되는 주제 중 하나이다.[35] 딩링과 같은 중국 현대 여성작가들은 역사적 서술에 초점을 맞춰 전쟁 폭력과 여성들의 성적 침탈에 대한 문제를 다루었다면, 신시기 이후 중국여성작가들 작품에서는 다양한 방식으로 위안부 문제를 다룬다. 하이난의 『신체 제사』는 중일전쟁 시기 위안부가 된 여성주인공을 토대로 가부장제 사회문화의 본질을 비판하며 남성중심 사회에서 여성의 몸이 어떻게 정복되고 억압당하며 소

---

34 흔히 만주국을 제재로 하는 중국 소설들은 일본과 일본인 이미지는 식민지배자의 위치해 있으며, 그들의 잔혹성 또는 제국주의적 억압을 폭로하는 내용을 위주로 한다. 그러나 『위만주국』 속 츠쯔젠의 묘사에서 형상화된 일본인은 식민논리에 대한 맹목적인 추종자의 모습이 아니다. 그들에게도 이유와 원인이 있고, 후회와 고통으로 전쟁을 이겨낸다. 또한 식민지 지배하의 보통 사람들 역시 식민지 권력에 대항하거나 반박하기보다 그저 자신들의 하루를 잘 살아가는 것이 중요하게 묘사된다. 작가는 과거 역사에 대한 잘못을 판별하는 것보다 역사에 대한 성찰이 필요하고 다시 똑같은 역사를 반복하지 않는 것이 중요하다고 생각했기 때문에 위와 같은 설정을 했다고 볼 수 있다.

35 딩링의 「내가 안개 마을에 있을 때(我在霞村的时候)」(1941), 예광친(叶广芩, 1948~), 『전쟁 고아(战争孤儿)』(1990), 쉐징(雪静, 본명 : 高晶, 1960~)의 『치파오(旗袍)』(2006), 하이난의 『신체 제사(身体祭)』(2008), 옌거링(严歌苓, 1965~)의 『진링의 13소녀(金陵十三钗)』(2009), 쑨핀의 「청동으로 이루어진 몸(青铜之身)」(2013), 장링(张翎, 1957~)의 『까치와 제비(劳燕)』(2017) 등이 있다.

각되는지 나타낸다. 옌거링의 『진링의 13소녀』는 '소녀'와 소녀들 대신 위안부가 된 '기녀'를 통해 여성 내 계층과 사회적 인식 문제을 주된 주제로 다루고 있으며, 순편의 「청동으로 이루어진 몸」은 역사라는 이름으로 공통의 경험을 강조하는 여성들을 비난한다. 위 작품들에서는 위안慰安이라는 이름으로 자행된 성 착취와 젠더문제 그리고 그 안에 담겨 있는 여성들의 신체적 고통과 고난의 기억은 다양한 여성 인물의 목소리를 통해 뿜어져 나온다. 하지만 그간 중국여성작가들의 위안부 여성인물 형상화는 주로 중국 상황에 초점을 맞춰 민족 갈등과 계층 갈등에 대해 다뤘다는 한계가 있다.

이와 비교한다면 츠쯔젠의 『위만주국』은 일본과 한국 위안부 여성인물의 형상화를 통해 동아시아 여성들 공통의 문제점을 다룰 가능성을 제기한다. 먼저, 관동군 일본 장교 하네다羽田 소위는 자신이 만주로 떠나기 전 한 소녀요시노 유리코,吉野百合子가 준 센닌바리千人針를 부적처럼 몸에 지니고 다니며 소녀를 계속 그리워한다. 그는 어느 날 자신이 호송 임무를 맡은 열차 안에서 위안부가 된 유리코와 조우한다. 유리코와 같은 열차 안에 있던 한국인 소녀 박선희朴善姬 역시 위안부로 만주에 오게 되었다. 그녀는 오랫동안 씻지 못해 역겨운 시큼한 냄새가 풍기며 부스스한 머리에 단추를 잘못 끼워 더 쭈글쭈글해 보이는 옷을 입은 모습으로 일본군에게 자신의 언니 박선옥朴善玉을 찾아달라고 애원한다. 평범한 소녀였던 박선희와 유리코는 위안부로 만주에서 만나게 된다. 흥미로운 점은, 일본과 한국의 소녀가 위안부가 된 이유이다.

지칠 대로 지친 위안부들은 이미 널빤지 위에 쓰러져 잠들어 있었다. 어스레한 빛이 비친 곳에는, 그녀들이 산발이 된 머리카락과 녹초가 되어버린 낯빛을 한 채 지저분한 옷을 걸치고 있어 마치 한 무리의 난민을 연상케 했다.

이들 위안부는 일본인과 조선인으로 구성되었다. 8명의 일본인과 12명의 조선인으로 이루어져 있었다. 일본인은 본토에서 자원하여 전선에 배치된 병사들의 복무를 위해 징집에 응한 경우였다. 그러나 조선인의 경우, 일자리를 모집한다는 꾐에 속아 오게 된 것이었다. 그녀들이 각기 두른 울퉁불퉁한 요대는 지난 2년 동안 위안부의 삶으로 얻어진 지폐들로 가득 채워져 있었다.[36]

일본인 유리코는 자발적으로 국가를 위해 징집에 응했지만, 한국인 박선희는 경제적으로 어려워 돈을 벌 수 있다는 말에 속아 강제적으로 위안부로 차출되었다. 중국여성작가의 시선 속에서 제국과 식민지 여성이 다른 목적으로 위안부를 선택할 수밖에 없던 현실은 우리에게 또 다른 시사점을 안겨준다. 그러나 그녀들은 자신이 상상했던 것과는 다른 환경 속에서 끔찍한 폭력과 억압을 겪어야 했다. '산발된 머리카락, 녹초가 되어버린 낯빛, 더러워진 옷'으로 묘사되는 그녀들은 어떠한 주체적 신분을 지닐 수 없는 장난감에 불과하다. 이들의 모습은 "본질이 비이성적인

---

36 "不勝疲倦的慰安婦們已經倒在板鋪上睡着…了. 昏暗的燈光所映之處, 只見她們一個個頭髮淩亂, 面色疲憊, 衣着…肮髒, 更像一群難民. 這些慰安婦由日本人和朝鮮人組成, 八個日本人, 十二個朝鮮人. 日本人是本土自願應征而來爲前線戰士服務的, 而朝鮮人則是以招工的名義被騙而來的. 她們每個人都圍着一個鼓鼓囊囊的要帶裏面塞滿了兩年來慰安婦得到的紙幣." 遲子建, 『僞滿洲國』(南京 : 譯林出版社, 2018), 502쪽.

제국주의와 군국주의의 망령으로부터 생성"[37]되었다.

수많은 이민자와 유랑민들이 공존하는 만주이지만, 그녀들은 그곳에서도 환영받지 못하는 존재다. 박선희는 언니 박선옥이 만주에서 장아찌 가게를 하고 있다는 소식을 일본 군사에게 전해 듣고 위안부 주둔지에서 탈출해 언니를 찾아간다. 언니에게 하루에 스무 명의 일본인을 '모셔야' 했다며 죽는 것이 차라리 더 나은 삶이었다고 토로한다. 박선희는 언니의 가게에서 새로운 삶을 살게 되지만 몇 년간 위안부로 살았던 경험은 깊은 트라우마와 육체적 질병으로 남아 그녀를 갉아먹는다. 박선희는 가게에 손님이 오면 숨어버리고, 시시때때로 찾아오는 정신적, 육체적 고통을 혼자서 이겨낸다. 박선옥의 중국인 며느리 완윈宛雲은 박선희 사연에 눈물지으며 동정과 연민의 마음으로 박선희를 대하는 반면, 박선옥의 남편 이김전李金全은 그녀를 못마땅해하며 같은 밥상에서도 눈길 한번 주지 않는다. 한국의 가장 흔한 성을 붙여 만든 듯한 이김전이란 이름은 어쩌면 보편적인 남성 또는 가부장제 사회를 의미하기 위한 작가 츠쯔젠의 의도가 다분 포함되어 있다고 볼 수 있다.

이김전은 봉건 가부장제 관습에 물들어 있는 남성으로 위안부가 상업적 성착취이자 수탈이라는 점을 보지 못하고 그녀가 순결을 잃은 더러운 몸을 가진 여성이라고만 여겼기 때문에 그녀를 경멸의 눈으로 바라보며 그녀의 존재를 창피해한다. 같은 민족에게도 이해받지 못하는 박선희의 경험은 만주국 안에서도 주변인이 될 수밖에 없다.

37　박창욱, 「遲子建 소설『僞滿洲國』속 '滿洲敍事'의 意義」, 『중국어문논총』 제68집, 2015, 449쪽.

일본 여성 유리코 역시 만주국의 이방인으로 남게 된다. 하네다 소위는 위안부가 된 유리코를 바라보며 눈물을 흘릴 뿐, 그녀를 위해 아무런 일을 하지 못한다. 유리코가 탔던 기차가 종점에 다다르자 "병사들은 기차 문을 열고 오랜만에 빛을 본 위안부들을 내리게 했다. 국경의 요새는 이미 눈이 내리고 있었으며, 차가운 바람에 저항하기 위해 몸을 굽히는 소녀들의 무리가 눈으로 뒤덮혀 마치 양 떼 같았다."[38] 극한의 상황에서 양처럼 나약한 그녀는 아무런 선택도 반항도 할 수 없었다. 그저 운명에 순응한 채 전쟁의 먹구름 속에서 잊혀가는 존재가 된다.

위안부라는 명명 속에서 제국 여성, 식민지의 여성은 권력계층의 차이만을 지닌 채 위안부의 삶에서 고통과 억압이라는 공통적 경험을 하게 된다. 그렇기에 그녀들은 오히려 여성이라는 젠더적 범주로 한 데 묶여 전쟁과 봉건 이데올로기의 희생자들을 돌아보게 만드는 역할을 한다. 박선희와 유리코는 소설 속에서 아픔을 오롯이 혼자 감당해야 했다. 이 아픔은 전쟁을 겪은 동아시아 국가들의 여성들이 공통으로 짊어져야 하는 상처이기도 하다.

메이냥과 츠쯔젠의 글에서 볼 수 있듯이 여성이라는 공통점 아래 계급과 젠더 문제의 몇몇 교차점들은 동아시아 역사 공동체의 삶을 새롭게 들여다보게 하는 귀중한 지점들이라고 할 수 있다. 식민지적 상황에서 여성들은 가부장적 상황의 이중 고충을 극복하는 것이 숙명처럼 남겨

---

38 "士兵打开了车厢门, 赶着这些久未见天光的慰安妇们下车. 边塞已经下雪了, 大片大片的雪花罩着这群躬身抵挡寒风的姑娘, 使她们看上去更像一群羊." 遲子建, 위의 책, 510쪽.

졌다. 이들의 계층적, 심리적 갈등은 동아시아라는 범주에서 여성이라는 주체들이 시공간을 뛰어넘어 이데올로기적 차이를 넘는 쟁점이기도 하며 동아시아 국가들의 봉건적 가부장제 이념과 문화를 비판적으로 성찰할 수 있는 시작점이기도 하다.

4. 동아시아 여성 연대의 가능성을 그리며

동아시아적 맥락에서 중국여성서사를 살펴볼 수 있는 가능성은 앞서 언급한 작품과 담론 이외에도 몇몇 지점이 더 있다. 샤오훙의 산문『외로운 생활孤独的生活』1936과 쑤쉐린苏雪林, 1897~1999의 에세이『청조집青鸟集』1938 속 동아시아문명 속 중일관계에 대한 비판이라던가, 장아이링 작품 속 홍콩과 남양南洋의식에 대한 연구, 김인순을 비롯한 허련순許蓮順, 1955~, 리혜선李惠善, 1956~ 등 조선족 여성작가의 작품들 역시 동아시아적 사유의 가능성을 보여준다. 김인순의 작품은 현대중국사회를 살아가는 소수민족으로 느끼는 공허함을 남녀의 사랑의 허망함에 비유하여 나타낸다.『판소리盘瑟俚』2000,『춘향春香』2009 등의 작품을 통해 젠더의식을 중심으로 민족서사에 대한 다시 쓰기를 시도하고 있다. 허련순과 리혜선은 각각 작품에서 조선족 농촌여성의 디아스포라를 그려내고 조선족 정체성에 대한 세대적 인식의 차이를 묘사한다. 조선족 여성작가의 작품 역시 동아시아 여성 담론으로 탐색할 가능성이 존재한다.

오랜 기간 중국의 사회주의 이데올로기 안에서만 이야기할 수 있던 중국 특유의 여성주의는 이념적 체제와 계급, 성의 복합적 연관 속에서 바라볼 필요가 있다. 1980년대부터 점차 중국이 현대화되며 세계로 편입하면서 '여성'이라는 보편적 범주 속에서 여성해방의 실마리를 찾는 시도가 적극적으로 이루어졌다. 특히 중국 여성학의 논의가 동아시아 담론과의 접점을 시도한 지점들은 새로운 소통과 연대의 가능성을 열어 보였다는 점에서 주목을 요한다. 여성학자들이 기존의 담론 체계에서 벗어나기 위해 어떠한 노력을 했는지 살피는 과정에서 현재 중국의 여성의식과 젠더문제를 이야기할 수 있을 것이다.

중국 여성들을 오랜 시간 옭아매던 전통 가부장제의 억압은 역설적으로 여성 자신의 주체성을 돌아보는 계기가 되었다. 중국이 근대 시기를 겪으며 강제 개방할 수밖에 없던 역사적 상황과 전쟁, 식민지 등의 경험은 중국 여성들에게 젠더와 이념에 대해 고민하도록 만들었다. 이들의 의문과 고민은 비단 중국 여성들만의 것이 아니다. 동아시아 여성 공통의 역사와 경험을 다면적이고 다층적으로 읽어내는 시도 속에 여성서사의 주체적 인식을 새롭게 바라볼 수 있을 것이다. 여성을 읽어내는 방식에 있어서 공통의 역사를 본다면 동아시아 공동체가 상상 속에서 현실로 전환될 수도 있다. 차이와 균열 속에서 역설적으로 다양성과 공통성이 병존하는 동아시아가 만들어질 수 있는 것이다. 이들의 공통 서사를 포착하여 동아시아적 여성 연대의 가능성을 발견하는 것은 우리가 탐구해갈 미래적 과제이다.

동아시아의 시선으로
일본 여성문학의 프레임을 묻다

고영란 | 김미정 역

최근 일본에서 일본문학만을 대상으로 삼는 '문학사'가 간행되었다는 소식은 들어보지 못했다. 과거 이와나미岩波 등 유명 출판사 주도로 기획된 '강좌 시리즈' 같은 문학사 전집 간행도 눈에 띄지 않는다. 하지만 교육 현장에서는 문학사의 틀을 벗어난 수업은 고사하고, 문학사 지식을 묻는 일본문학국문학 관련 입시문제가 계속해서 출제되고 있다. 여기서 중시되는 것은 실제 수업을 진행하고 문제를 출제하는 측의 연구 및 교육 경험의 감각이다. 물론 그 감각 자체는 역사적·문화적인 틀에서 자유롭지 않다. 사정이 이러하다 보니, 가르치고/배우는 관계에 갇혀 새로운 정보가 갱신되지 않는 문학사는 마치 연구의 임계를 배회하는 좀비 같은 존재로 여겨질 때가 있다.

여성 관련 표현이나 여성에 의한 표현의 경우도 예외는 아니다. 여성필자를 문학사에 안착시키고 그 작업의 정당성을 강조하는 움직임도 물론 있다. 그 다른 한편에는, 근현대 문학사가 제국일본의 식민지 침략 및 아시아를 향한 군사적, 경제적 침략과 무관치 않다고 주장하거나, 주요 여성

작가 역시 그에 협력했던 일을 어떻게 평가해야 할지 당혹스러워하는 연구자나 평론가도 적지 않다. 문학을 마치 무균실에서 배양할 수 있는 것으로 여기거나, 역사적 맥락에서 평가하는 것은 문학이 아니라고 폄하하고, 문학(주로 소설)을 무언가로부터 지켜내려는 모습 또한 종종 목격된다.[1]

이때 어디까지가 '문학'의 범주에 속하는지에 대한 문제제기가 늘 따라다닌다. 가령 작문·생활기록·소녀소설·가정소설·재일여성의 글쓰기 등이 때로는 문학으로 다뤄지고, 때로는 문학 아닌 것으로 배제되어 온 사례에서 '문학'이라는 말이 실은 자의적인 것에 지나지 않음을 알 수 있다.[2] 그 대부분이 여성이 집필한 작품이거나, 여성을 묘사한 작품이며, 여성독자들의 지지를 받는 작품이었다. 그렇다면 문학이란 무엇인가, 라는 논의는 여성작가·여성독자·여성 표상을 문학의 경계로 삼는 논의와 밀접하게 관련을 맺으며 전개된 것으로 보아야 할 것이다. 이에 더하여 주의를 요하는 것은, 여기에 일본근현대문학의 성립과 깊은 관련이 있는 아시아의 관점이 빠져 있다는 것이다.

---

1   姜尚中·小森陽一·石原千秋, 「鼎談 テクスト·主体·植民地」(特集「彼岸過迄」, 『漱石研究』11号, 翰林書房, 1998), 2~38쪽. 이 좌담에서 강상중을 끌어들여 국민작가 나쓰메 소세키(夏目漱石)의 식민지 관점이나 그의 소설이 가지는 역사성을 적극 분석하는 고모리 요이치와, 문화적 문맥만을 전경화시키는 이시하라 지아키의 대립구도가 이러한 상황을 잘 보여준다.

2   이에 대해서는 다음 논의를 참고 바란다. 中谷いずみ, 『その民衆とは誰なのか ジェンダー·階級·アイデンティティ』, 青弓社, 2013; 小平麻衣子, 『夢見る教養−文系女性のための知的生き方史』, 河出書房新社, 2016; 鬼頭七美, 『「家庭小説」と読者たち−ジャンル形成·メディア·ジェンダー』, 翰林書房, 2013; 久米依子, 『「少女小説」の生成 ジェンダー·ポリティクスの世紀』, 青弓社, 2013; 宋恵媛, 『「在日朝鮮人文学史」のために 声なき声のポリフォニー』, 岩波書店, 2014.

그렇다면 그렇게 명명하고, 경계선을 긋는 이는 과연 누구일까. 또한 그러한 특권을 가지는 이들에 의해, 혹은 그들이 남긴 말들을 바탕으로 '문학'의 '역사'가 편성되어왔다면, 그 무의식에 자리한 '문학사'의 '구조'란 무엇일까.

주디스 버틀러는『전쟁의 프레임—삶은 언제 애도할 수 있는가?戦争の 枠組み- 生はいつ嘆きうるものであるのか』筑摩書房, 2012에서 우리의 정동, 윤리를 은연중 규율하는 프레임의 폭력성을 문화의 다양한 양상을 통해 문제화한다. 버틀러는, 우리가 타인의 삶의 상실이나 상처입을 가능성을 감지하거나/감지하지 못하는 것은 늘 어떤 프레임에 의해 이루어진다고 말한다. 더 나아가, 프레임 자체가 권력의 작용을 의미하며 정치성으로 채워져 있다고 지적한다. 즉, 프레임은 누구의 상실이나 상처를 애도의 대상으로 삼을지, 누구의 삶을 애도하거나 애도하지 못하게 하는지 등의 선택지를 만든다는 것이다. 그리고 다양한 상황마다 이러한 프레임이 기능한다는 것이 버틀러의 문제의식이다. 하지만 달리 생각하면, 프레임이 작동하는 상황은 결코 프레임 안에서 확인할 수 없으며, 무언가가 불거져 나와서 우리의 현실감이나 사물에 대한 이해를 교란할 때 비로소 프레이밍하는 권력이 드러나고 프레임이 만들어내는 해석이 폭로된다. 그리고 바로 거기에서 지금까지 감지하지 못했던 '삶'을 감지할 가능성이 생겨난다. 그렇기 때문에 버틀러는 "프레임에 내포된 것을 새롭게 발견하는 것만이 문제는 아니다"라고 주장한다.[3]

3　주디스 버틀러의 논의는 다음 책을 참고했다. ジュディス·バトラー, 清水晶子訳, 『戦争の枠組み—生はいつ嘆きうるものであるのか』, 筑摩書房, 2012, 9~22쪽.

이 글에서는 버틀러의 논의를 참조하면서 '여성'과 '문학'이 접합된 프레임의 문제를 동아시아[4] 문학의 역사문제로 파악해 가고자 한다. 전쟁책임이나 식민지지배 책임의 '상처'로부터 자유로운 작가이자 일본여성문학을 대표하는 작가로 자리매김되고 있는 히구치 이치요樋口一葉와, 전시 전쟁협력 문제로 이치요와는 정반대의 위치에 자리하며, 최근 여성표현자로서 재평가되고 있는 하야시 후미코林芙美子가 이 글의 주요 논의 대상이다. 이 두 여성작가들에 대한 평가는 늘 여타 여성작가들과의 차이를 통해 좌우되어 왔다. 그렇기 때문에 이 두 여성작가에 대한 평가를 묻는 일은 곧 여타 여성작가들에 대한 평가를 되묻는 일이기도 할 것이다.

1. 주체의 승인을 둘러싼 투쟁

2007년 11월 5일, 한국은행은 2009년 발행 예정인 고액권의 도안 인물을 발표했다. 한국은행 측은 10만 원권의 김구발행은 무기보류는 '독립애국지사'를 대표하는 인물로, 5만 원권의 신사임당은 '여성·문화예술인'의을 대표하는 인물로 선정했는데,[5] 한국은행 측에 따르면, '신사임당'의 경우 유교적 '현모양처'의 이미지가 선정에 영향을 미쳤다고 한다. 이에 대해 여성단체의 반대의 목소리가 높았다.

---

4   일본의 '전후'라는 구조가 '아시아'와 '미국'을 환기시키는 데에 어떤 원근법을 작동시켜왔는지에 대한 논의는, 고영란의 『전후라는 이데올로기—역사·기억·문화』(김미정 역, 현실문화, 2013)를 참고 바란다.
5   한국은행 보도자료, 「고액권 도안 인물의 선정에 대해」, 2007.11.5.

찬반양론이 분분한 가운데 참조항으로 등장한 것이 일본 5천 엔권의 '히구치 이치요'였다. 이치요의 5천 엔권 도안은 2002년 8월에 결정되었고, 지폐는 2004년 11월 11일부터 유통되었다. 신사임당을 둘러싼 논란이 있었던 한국에서도 '여성작가' 히구치 이치요의 초상이 5천 엔권에 들어가는 것을 대체로 반기는 분위기였다. 즉, 한국의 5만 원권 인물 신사임당은 '가부장제 이데올로기·현모양처'라는 시대착오적 표상으로, 일본의 5천 엔권 인물 히구치 이치요는 '비정치적 문화·여성작가'라는 미래지향적 표상처럼 여겨진 것이다.[6]

흥미로운 것은 히구치 이치요가 비정치적이라는 이유에서 높이 평가되던 때가 고이즈미小泉純一郎 총리가 야스쿠니신사靖国神社를 참배한 이듬해의 일이었다는 사실이다. 2006년 8월 15일, 고이즈미는 정부 주최의 전국 전몰자 추모식에서, 1993년 호소카와 모리히로細川護熙 전 총리의 발언 이래 이어져온 아시아의 가해책임에 대해 언급했다. 이날 그는 예년과 달리, 참배 후 기자단 질문에서 한국과 중국의 내정간섭에 굴하지 않는 일본 총리의 모습을 연출해 보였다. 그는 한국, 중국, 그리고 이들 국가와 친연성을 가진 일본 내 세력이 문제 삼아온 A급 전범은 이미 전쟁책임을 지고 죗값을 치렀으며, 참배 또한 일본문화이고 모든 전몰자에 대한 애도 행위라고 주장했다. 그렇게 함으로써 내셔널한 경계 바깥에서는 이해될 수 없는 일본인들의 '마음의 문제=성역'으로서의 야스쿠니영령=성역를 부상시킨

---

6   예컨대, 화폐에 여성 초상이 사용되는 것을 '여권 향상'이라고까지 쓰는 『조선일보』 (2007.11.6)의 칼럼이나, 신사임당은 "현모양처 이미지가 강하기 때문에 미래사회를 준비하는 이미지로는 어딘지 부족하다"는 『중부일보』(2007.11.21)의 기사가 그것이다.

다. 한국과 중국에서는 이같은 야스쿠니 신성화 움직임에 반발하며 내셔
널리즘이 강화되는 악순환이 반복되었다.

이처럼 일본문화라는 말이 아시아 여러 나라를 향해 정치적으로 강하
게 기능하던 시기에 또 하나의 일본문화로 부상한 히구치 이치요의 5천
엔권은 비정치적인 것으로, 더 나아가 한국의 가부장제 이데올로기, 현
모양처의 기호였던 신사임당과 달리 미래의 비전으로 높이 평가된 것이
다. 이것은 단순히 어떤 기호가 '번역-이동'됨에 따라 새롭게 해석된 것
으로 생각해서는 안 된다. '여성작가' 히구치 이치요가 '일본문화'의 하
나로 선택된 2002년 8월을 즈음해서, 오다이라 마이코小平麻衣子가 「'이치
요'라는 억압장치-메이지 40년대의 여성 작가를 둘러싼 모습들〈一葉〉と
いう抑圧装置-明治四十年代の女性の書き手をめぐる諸相」이라는 제목의 논문을 발표
한다. 여러 논의를 언급하며 이치요가 "메이지 20년대에는 일반 여성과
구별되는 특별한 존재"였으며, "메이지 40년대에는 글을 쓰는 '여성의
대표'"로 자리매김되었다고 지적한다. 또한, "(이치요가-역자) 여성의 대표
로 부상하게 되면서 소설이 아닌, 일기와 같이 소설 주변 장르를 통해 이
야기되었다"고 말한다. 오다이라는 당시 이치요를 둘러싼 평가의 모순된
구도를 언급하며, 이치요가 1910년 무렵의 글쓰는 여성들이 모방해야
할 "새로운 억압적 규범"을 제시했음을 명쾌히 분석한다.[7]

본래 1910년대에 '이치요'의 차이화 전략을 비판한 이들은 히라쓰카
라이초平塚らいてう, 요사노 아키코与謝野晶子, 다무라 도시코田村俊子 등 『세이

---

7   小平麻衣子, 『女が女を演じる-文学・欲望・消費』, 新曜社, 2008.

토『靑鞜』의 동인들이었다.[8] 흥미로
운 것은, 한국 미디어에서 이치요
는 유교 이데올로그의 맥락에서
소환되었으나, 이듬해1911에 창간
된 잡지『세이토』에서는 오히려
유교적이라고 비판받았다는 사실
이다. 히라쓰카 라이초는 이치요
작품에 대해, 옛 일본 여성의 성정
을 묘사한 옛 국민문학일 뿐 '국
가와 개인의 관계'를 질문하는 관
점이 부재한 점을 지적했다. 또한,
이치요가 '유교 사상'을 벗어나지

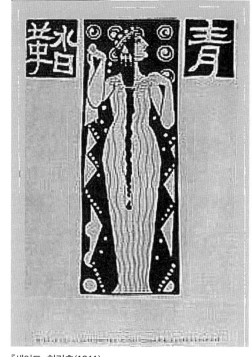

『세이토』창간호(1911)

못했다는 비판에는 '옛 국민문학', '오래된', '국가'와 같은 용어들이 동원
되었다. 히라쓰카는 이 글에서, 이치요의 일기에 대한 평가와 함께 세이토
창간호에 실렸던 요사노 아키코의 시「산이 움직이는 날이 온다山の動く日来
る」를 언급함으로써 시대의 변화를 한층 더 부각시켜 보였다. 이런 차이화
전략에 의해 전경화되는 것은, '히라쓰카 라이초', '세이토' 등의 말과 '미
래의 국민문학', '새로움', '개인'과 같은 말이 갖는 연관성이다.

한편, 1990년 무렵 이치요의 국민화 문제를 묻는 시도들은 '국민국가'
를 둘러싼 논의 과정에서 나왔고 그것은 새로운 평가 회로를 찾기 위한 모

---

8   関礼子,「文におけるジェンダー闘争ー『青鞜』創刊号の三つのテクスト分析を中心に」
     (飯田祐子編,『『青鞜』という場』, 森話社, 2002)

색이었다. 예컨대 이치요의 일기에서 "신문 읽는 행위의 의미"를 발견하고 거기에서 '여성작가' 이치요의 국민으로서의 주체 형성을 읽어내는 나리타 류이치成田龍一의 논의,[9] '와카和歌'라는 매개항을 찾아내 여성의 국민화 과정과 '글말·문장 습득' 관계를 논하는 간 사토코菅聡子의 논의[10] 등이 그것이다. 이들 논의는 젠더 규범과 국민국가 문제를 접합시키면서 내셔널리즘을 둘러싼 인식 지도를 다시 그리려는 시도의 일환이다. 1910년대 당시, 히라쓰카 라이초의 '이치요' 및 '이치요라는 억압'에 대한 비판은, 오다이라 마이코의 지적처럼 "여성필자가 스스로의 존재를 승인받으면서도" 남성중심사회가 만들어낸 "'여성' 이미지로 회수"되지 않기 위한, 혹은 "폭력적 읽기에 대항"하기 위한 모색에서 나왔다고 할 수 있다.[11]

이렇듯 역사적 고유명사의 의미 내용을 둘러싼 말들은 시공간의 차이, 특히 역사적 맥락에 따라 어지럽게 어긋나 있었다. 이들 논의의 공통점을 정리하면, 첫째, 여성이라는 주체 혹은 여성 필자의 승인을 둘러싼 논의라는 것, 둘째, 이때 '히라쓰카 라이초'와 '세이토'가 '이치요'와 동일한 선상에 놓여 있지 않다는 점이다. 여기에는 '주체의 승인'을 둘러싼 투쟁에 더하여 '여성이라는 주체' 및 '여성필자'의 대리-표상, 그리고 그 기원에 대한 투쟁이 자리한다. 그렇다면 2004년 '(비)정치적' '일본문화'로서 지폐의 초상이 된 '이치요'와 그녀가 부상하게 된 것은 무엇을 의미할까?

'역사'를 둘러싼 첨예한 대립 속에서 한국과 일본의 정권은 상반된 언

---

9   成田龍一, 「新聞を読む一葉」, 季刊『文学』, 岩波書店, 1999冬.

10   菅聡子, 『女が国家を裏切るとき－女学生, 一葉, 吉屋信子』, 岩波書店, 2011.

11   小平麻衣子, 앞의 책.

어로 식민지지배/피지배의 '기억'을 편성했다. 그리고 그 '기억'과 연동하면서 한국과 일본을 대표하는 '여성상'이 지폐의 얼굴로 선정되었다. 이때, 서로 대립하는 듯 보이지만 공히 신자유주의를 정책으로 내건 고이즈미 준이치로와 노무현 정권의 의도가 다분히 개입되었다는 사실은 주의를 요한다. 이 점을 염두에 두면서 '(비)정치적' '여성작가', '일본문화'라는 말에 대해 좀더 가깝게 다가가 보자.

2. 여성 최초 '국민작가'의 탄생

히구치 이치요에 대한 평가는 앞서 말했듯『이치요 일기』가 중심이 되는 경우가 많았다. 궁핍함 속에서도 작품활동을 이어갔고 독신으로 살아간 것, 1888년 당시로서는 드물게 여성 호주로서 어머니와 여동생을 부양한 일화 등에 관심이 집중됐다. 그러나『이치요 일기』를 둘러싼 해석과 그것에 의해 만들어진 '이치요' 상은 각 시대마다 달랐다. 예를 들면 프롤레타리아 운동 전성기인 1926년에 발표된 유치 다카시湯地孝의『히구치 이치요론』에서는 싸우는 프롤레타리아의 딸 '이치요' 상이 제시된다. 또한, 1942년에 연이어 간행된 이타가키 나오코板垣直子의『평전 히구치 이치요』와 와다 요시에和田芳恵의『히구치 이치요 연구』, 그리고 1950년에 발표된 다나베 나쓰코田辺夏子・미야케 가호三宅花圃의『이치요의 추억一葉の憶ひ出』 등은 전쟁 중이거나, 패전 직후에 간행된 것으로 모두 궁핍하게 살아가는 '이치요' 상을 등장시켰다. 한편, 1982년에 간행된 오카 야스오岡

保生의『히구치 이치요─박복한 재원薄倖の才媛』에서는 요절한 여성작가라는 점이 부각된다.『이치요 일기』라는 텍스트가 그녀 생전에 타인에게어머니와 여동생을 제외하고 공개된 적이 없었음을 상기하면, 사후 10년 되던 해에 출판된『이치요 일기』는 아마도 상품으로 유통되면서 그 의미가 변화해간 것으로 보인다.

이다 유코飯田祐子는 1970년대에 시작된 서구 페미니즘 비평이 일본에서 본격적으로 다루어지는 것은 1986년 이후라고 말한다. 이를 거칠게 나누면, 첫째 남성작가 작품에 대한 비판, 둘째 '여성시점'에서 여성작가에 대한 비평, 셋째 여성적 에크리튀르 분석 등의 흐름으로 이어졌다고 한다. 특히 두 번째 연구에서 주로 다룬 작가가 히구치 이치요였다고 지적한다.[12] 페미니즘 비평이 본격화한 1986년은 히라쓰카 라이초가 태어난 지 100주년이 되는 해이기도 했다. 그해 5월 10일에 '히라쓰카 라이초 탄생 100주년 기념제'가 열렸고, 히데코 마루오카丸岡秀子가『세이토』에서 국제여성의 해로『青鞜』から国際婦人の年へ'라는 제목의 강연을 한다.[13]

1975년 6월, 멕시코에서는 제1회 국제여성의 해 행사가 열렸다. 그때 주석 대표였던 후지타 다키藤田たき가 인사말 서두에서 히라쓰카의 "본래 여성은 태양이었다元始, 女性は太陽であった"라는 말을 인용한 일은 당시 언론도 보도한 바 있다.

---

12   飯田祐子,『彼らの物語─日本近代文学とジェンダー』, 名古屋大学出版会, 1998.
13   그때의 강연과 라이초에 관한 글을 함께 수록한『히라쓰카 라이초와 일본의 근대(平塚りあてうと日本の近代)』가 같은 해 7월에 이와나미(岩波ブックレット, NO.67)에서 간행되었다.

또한 10년간 이어진 여성의 해는 작년 1985년 7월 폐막되었는데, 개최장소는 케냐 나이로비였다. 그때 주석대표였던 모리야마 마유미森山真弓는 요사노 아키코의 시「산이 움직이는 날이 온다」를 낭독하며 개회사를 시작했다. (…중략…) 국제여성의 해는『세이토』로부터 원류를 발견하고자 한다.

우먼리브운동이 본격화한 것과 무관치 않은 이 대회는 1972년 제27회 유엔 총회에서 결의되었다. 우먼리브운동으로 변화하는 여성운동의 방향성을 제시한 유엔 주도의 이 대회에서 내셔널 아이덴티티의 전경화는 불가피했다. 일본 정부는 여성문제 기업추진본부를 1975년 9월에 설치했고, 그해 '유엔여성대회 10년'과 연동한 정부·지자체의 여성 시책이 1985년까지 이어진다. 이에 가장 깊이 관련된 것이 '국제여성의 해 일본대회의 결의를 실현하기 위한 연결회'이하, 연결회로 칭함이다. 이 기념비적인 제1회 대회에서 '일본 대표'가 인용한 것은『세이토』창간호에 실린 히라쓰카 라이초의 "본래 여성은 태양이었다"라는 글귀다. 마지막 대회에서도 이 시가 인용되었다.

운동의 다양성을 감안할 때 이를 거칠게 정리하는 것은 유의해야겠지만, 우먼리브운동 내에서의 반발도 만만치 않았던 연결회 활동은 "기존 시스템 내에서 여성 권리 확장을 요구하는 '페미니즘'"이었다고 평가되기도 한다.[14] '세이토'라는 말, 특히 히라쓰카 라이초의 "본래 여성은 태양이었다"라는 말은, 일부 우먼리브운동 측이나 연결회에 의해서 주체 승

---

14 牟田和恵,「フェミニズムの歴史からみる社会運動の可能性」,『社会学評論』226号, 2006.

인과 관련된 논의의 장에 동원된 것이다.

예컨대, 1977년에 창간된 잡지 『페미니스트フェミニスト』는 "새로운 '세이토'"라는 부제를 붙여 발행되었다. 「창간에 부쳐」에는 "히라쓰카 라이초가 '세이토'지에서 '본래 여성은 태양이었다'라는 말로 여성의 정신적 자립을 선언한지 66년이 되었다. 오늘날 그에 대한 비판은 있지만 우리는 세계의 흐름 속 이데올로기를 넘어서, 부재하는 여성 존재의 회복을 위해 일본 입장에서 '세이토'의 정신을 계승하고자 한다"는 각오가 담겨있다. 이 잡지에서 '세계'란 주로 미국 여성운동과의 연대를 의식한 말이다. 한편, 국제여성의 해를 마무리하는 1985년, 에하라 유미코江原由美子는 1970년대 우먼리브운동에 대한 미디어의 '말장난'이나 '조소'가 "영국, 미국에서 과격하지 않았던 여성참정권 운동과 일본의 세이토 운동 모두에" 공통적이었다면서[15] 영국-미국-세이토-리브운동을 연결시켜 본인다.

즉, 국제여성의 해가 종료된 1985년 '여성시점'에서 발견된 일본에서의 '운동의 기원'은 '세이토'에 다름 아니며, 그 벡터는 미국을 비롯한 서구 페미니즘을 향했던 것이다.[16] 앞서 이다 유코가 지적했듯, 1986년 전후로 본격화하는 페미니즘 비평, 특히 앞서 언급한 두 번째의 입장은 히

---

15   江原由美子, 『女性解放という思想』, 勁草書房, 1985.

16   센다 유키(千田有紀)의 「제국주의와 젠더-『자료 일본우먼리브사』(帝国主義とジェンダー『資料 日本ウーマン・リブ史』)」(『리브라는 '혁명'(リブという〈革命〉)』, インパクト出版会, 2003)에서는 이지마 아이코(飯島愛子)를 중심으로 한 '침략=차별과 싸우는 아시아 여성회의'를 사례로 다루면서 우먼리브운동이 이미 부락, 오키나와, 재일조선인, 아시아 문제에 대한 시점을 획득했다고 한다. 하지만 이 운동체가 모든 우먼리브운동의 아이덴티티 문제를 설명할 수 있을지는 의문이다.

구치 이치요에 초점이 맞춰진다. 그리고 1992년부터 1994년에는 이치요 관련 연구서가 연이어 발간된다. 예컨대, 1992년에 나온 세키 레이코関礼子의 『히구치 이치요를 읽다樋口—葉をよむ』는 "천재·가난·요절'이라는 부정적 이미지로 견고하게 굳어진 이치요상을 불식시키고, 신시가지를 활보하며 약동하는 새로운 여자의 모습을 떠올리게"한다는 문구를 넣어 광고했다. 1994년 신페미니즘 비평 모임이 간행한 『히구치 이치요를 다시 읽다樋口—葉を読みなおす』의 경우는, "여성작가 히구치 이치요가 '성차의 규범'을 극복하려 한 모든 시도들을 '여성시점'에서 파악한 획기적 논집"이라고 선전했다.

이처럼 1990년대 초반 이치요를 다룬 연구서의 광고는 '여성시점'이라는 문제와 관련이 있으며 '여성작가에 대한 평가'를 전경화하는 것이었다. 그 과정에서 메이지 시대에 드물게 '상속호주'가 되고, 어머니와 여동생을 부양하면서도 훌륭한 작품을 쓰고, 젠더규범을 극복하고자 노력한 강한 여성이라는 점이 부각된 '이치요'상이 만들어졌다. 아이러니하게도 이같은 1990년대의 이치요 연구가 2002년 일본 지폐의 얼굴로 이치요가 선정되는 데 기여한다. 그리하여 이치요는 5천 엔권에 초상이 실리고, '국민작가'의 반열에 오르게 되었다.

3. 제국의 소설가 하야시 후미코의 전선戰線

이치요가 일본의 얼굴이 될 수 있었던 것은 그녀가 청일전쟁1894~1895
이듬해에 폐결핵으로 사망했기 때문이다. 그녀가 작가로 활약한 것은 불
과 2년 정도였다. 그것은 공교롭게도 청일전쟁 기간과 겹친다. 그러나 24
세에 요절했기 때문에 조선 등 식민지에 대한 차별적 시선, 중국을 비롯
한 아시아 침략전쟁에 대한 협력, 혹은 사상전향 등의 문제에서 자유로
울 수 있었다. 일본제국의 죄를 짊어지지 않고 일본의 얼굴지폐이 되었기
에 미국이나 아시아에서도 침묵할만큼 이치요는 무결점의 완벽한 여성
작가로 인식되었다. 그와 멀리 떨어진 곳에 자리하고 있는, 그러면서 일
본문학사에서 이치요 못지 않게 주목 받고 있는 또 한 명의 여성작가가
있다. 바로 하야시 후미코1903~1951다.

하야시 후미코는 "언론보국 분야에서도 '보고보국報告報国'의 일인자"[17]
라고 불릴 만큼 중일전쟁과 문학의 문제를 이야기할 때 빼놓을 수 없는
중요한 존재다. 하야시 후미코는 1938년 펜부대 육군반의 일원으로 항
커우漢口 공략전에 동행해 『아사히朝日신문』에 몇 편의 기사를 연재한 후,
『전선戰線』서간체, 『북안부대北岸部隊』일기체, 『부인공론婦人公論』1939년 1월에 게재 후, 중앙공
론사에서 출판 두 편의 종군기를 발표했다.

당시 후미코가 주목받은 것은 여러 논자의 지적대로 『마이니치每日신
문』이나 『아사히신문』 등이 앞다퉈 보도한 전승의 장에 '가장 먼저 도착'

17　佐藤卓己, 「林芙美子の「戰線」と「植民地」－朝日新聞社の報国と陸軍省の報道と」(林
　　芙美子, 『戰線』, 中公文庫, 2006), 246쪽.

했다는 내용의 기사였다. 예를 들어 도쿄니치니치東京日日신문사, 오사카마이니치大阪每日신문사 특파원으로 난징南京에 파견되었을 때에는 「하야시 후미코 여사 난징에 제일 먼저 도착하다－일본 일색의 상하이 신풍경 林芙美子女史 南京一番乗り－日本一色の上海新風景」『도쿄니치니치신문』, 1938.1.6이라는 제목의 기사가 등장했다. 또한, 펜부대의 일원으로 전장에 파견되었을 때는 이미 아사히신문사와 계약을 맺은 상태였다. 전선에서는 아사히신문사의 트럭을 타고 펜부대와 따로 행동했고, 1938년 10월 26일 항커우가 함락된지 불과 이틀 만에 그곳에 들어갔다고 한다. 그때 역시 「펜부대의 여장부 항커우에 제일 먼저 도착ペン部隊の女丈夫 漢口へ一番乗り」『오사카아사히신문』, 1938.10.29이라는 제목으로 대서특필된다. 이 시기 후미코나 그녀의 우한武漢작전 종군기『전선』을 아사히신문사가 전적으로 지원한 사정은 사토 다쿠미佐藤卓己의 중앙문고판『전선』해설 「하야시 후미코의 '전선'과 '식민지'－아사히신문사의 보국과 육군성의 보도林芙美子の「戦線」と「植民地」－朝日新聞社の報国と陸軍省の報道と」에 자세히 나와있다. 당시 하야시 후미코가 최고의 발행 부수를 자랑하던 두 신문사와 연이어 특파원 계약을 맺은 것도 미디어 측에서 그녀에게 기대한 바를 짐작케 한다.

그렇다면 이러한 미디어 이벤트는 식민지 조선과는 무관한 것이었을까. 『조선출판경찰개요 쇼와14년朝鮮出版警察概要 昭和十四年』에 따르면 『오사카마이니치신문』의 이입부수 83,339부 중에서 조선인 구독부수는 14,319부였다. 『오사카마이니치신문』은 73,859부 중 조선인 구매부수가 12,527부였다.[18] 신문들 사이를 환승하면서 화려하게 연출된 하야시 후미코가 난징과 항커우에 "가장 먼저 도착"했다는 문구는, 일본어 그대로 식민지 조선에도 닿았던 것이다.

중일전쟁 개전 후의 전쟁 관련 말들을 생각할 때, 정보통제뿐 아니라 그 말들을 확산-이동시키는 미디어와 필자의 움직임, 그리고 그러한 정보에 적극 반응하는 제국 안팎의 수용 문제를 주목해야 한다. 식민지 조선에서도 많은 독자를 확보한 부인잡지 『부인공론婦人公論』, 『주부의 벗主婦の友』, 『부인구락부婦人倶楽部』, 『신여원新女苑』 등은 중일전쟁을 계기로 시국을 강하게 의식하는 내용으로 바뀐다. 와카쿠와 미도리若桑みどり가 부인잡지에서 활약하던 여성들을 전쟁의 '치어리더'였다고 비판할 정도로 동시대 부인잡지들은 적극적이고 자발적으로 전쟁에 협력했다.[19] 이런 경향은 "애국부인회나 국방부인회에 참여하기는 싫고, 그렇다고 여성참정권 운동이나 각종 실천 운동 단체에서 활동하는 것도 꺼린 문학 애호 인텔리 여성들의 거처"[20]였던 잡지 『가가야쿠輝ク』에서도 엿볼 수 있다.[21] 이 잡지의 전시협력은 「황군위문호皇軍慰問号」1937.10에서 시작되었는데, 1939년에 "부인의 입장에서 시국을 인식시키고 국책에 따라 부인향상 보급 국가봉사의 현실에 노력"[22]할 여성작가 112명이 참가한 '가가야

---

18 조선총독부경무국, 『조선출판경찰개요 쇼와14년』, 1940.5, 200쪽.

19 若桑みどり, 『戦争がつくる女性像』, ちくま学芸文庫, 2000, 112쪽.

20 尾形明子, 『「輝ク」の時代－長谷川時雨とその周辺』, ドメス出版, 1993; 『가가야쿠』는 『여인예술(女人芸術)』의 후속지로, 월간 리플릿 형식으로 1933년 4월에 창간되었고 하세가와 시구레의 사망으로 1941년 11월에 폐간했다.

21 金井景子, 「「前線」と「銃後」のジェンダー編成をめぐって－投稿雑誌『兵隊』とリーフレット『輝ク』を中心に－」, 『岩波講座 アジア・太平洋戦争3 動員・抵抗・翼賛』, 岩波書店, 2006, 109쪽.

22 「輝ク部隊趣意書」(『輝ク』, 1939.6) 「황군위문호」에 비판적이었던 미야모토 유리코(宮本百合子), 사타 이네코(佐多 [窪川] 稲子)는 참여했지만, 요사노 아키코, 히라바야

쿠 부대'를 결성하며 본격화했다. '가가야쿠 부대'의 평의원들은 해군과 연계하여 해외위문을 다녔다. 이것은 1937년에 부인단체가 국민정신총 동원 중앙연맹에 포섭되고, 조직적으로 여성의 전쟁 협력이 확대되는 과 정과 맞물린다. 하세가와 시구레長谷川時雨가 주도한 소위 '여성문단총동 원'[23] 활동은 앞서 언급한 부인잡지들과도 관련이 있다. '가가야쿠 부대' 의 리더격인 하세가와는 "어머니인 여성"이라는 말을 내세웠고 여성들 에게 "각자 상황에서 자기 활동을 나라를 위해서 바치자"라며, 여성의 전 쟁 협력을 촉구했다.[24]

그러나 잡지 『가가야쿠』의 멤버가 모두 같은 위치에서 발언한 것은 아 니다. 대표인 하세가와 시구레는 스스로를 병사들을 전장으로 내보낸 총 후銃後의 위치에 두었다. 하지만 하야시 후미코는 그와 달리 "간호부든 뭐 든 괜찮으니 전장에 가고싶다"「감상(感想)」 1937.9고 말한다. 일본제국은 전쟁 내내 여성을 병력으로 동원하지 않고 후방 지원에 한정시키는 젠더 분리 정책을 취했다. 그렇기에 여성은 전사하여 '군신軍神'이 되는 '영광'에서는 배제되었지만, 예외적으로 종군간호부로 순직하면 야스쿠니 신사에 안 장될 수 있었다.[25] 이에 대해 가나이 게이코金井景子는 종군한 여성작가도 "야스쿠니에 합사될 수 있었던 아주 드문" 예외적 케이스였다고 말한다. 그녀는 총력전 체제의 젠더 편성에 있어서 "여성에게 부여된 '지정석'은 '야스쿠니의 어머니'라는 호칭에 할당되었고, 전장의 현지보고로 보국한

시 다이코(平林たい子), 노가미 야에코(野上弥生子)는 참여하지 않았다.
23 金井景子, 앞의 글, 2006.
24 長谷川時雨, 「女性知識人に求める活動－輝ク部隊について」, 『新女苑』, 1939.3.
25 上野千鶴子, 『ナショナリズムとジェンダー』, 青土社, 1998.

여성작가는 전사하면 군신이 될 수 있었던 아주 특권적인 존재였다"[26]고 지적한다. 여성종군작가로서의 '나'를 이야기하는 후미코는, 자신을 '어머니'의 자리에 두지 않았다. 앞서 언급했듯 하세가와를 비롯한 '가가야쿠' 멤버가 모든 여성을 과거/현재/미래의 '어머니'로 묶는 태도는 인정하면서도, 후미코 자신은 그것과 거리를 두는 전략을 취했다.

내각정보부는 1938년 8월 23일 "문단을 동원하고 장기전을 염두에 둔 민론 앙양"을 위해 '항커우 함락 묘사와 문예진 동원령'『아사히신문』1938.8.24을 내보냈다. 다음날『아사히신문』에는 "예정 인원을 초과"할 정도로 "작가들의 적극적 참가희망"이 이어졌고, 기쿠치 간菊池寬이 인선에 고민한다는 모습이 전해진다. 이 기사에서 후미코는 "꼭 가고 싶다, 자비로라도 가고 싶다 (…중략…) 여성이 쓸 것이 너무 많다"[27]며 전장에 가겠다는 결의를 강하게 어필한다. 그리고 후미코는 총성이 오가는 전장에서 병사와 보조를 맞춘 일을 귀국 후 강연이나 글로 거침없이 표현했다.

아사히신문사가 주최한 위문부인의 좌담회「우리는 무엇을 느꼈나? 私達は何を感じたか?」에서는 전선에서 "병사들과 부대끼며 생활했다"며[28] 병사들과 '나-후미코'의 가까움을 강조하고 병사들이 '아이·여성·어머니'에게 바라는 것을 '병사'의 마음을 대신해서 독자들에게 전달한다.[29] 한

---

26 金井景子,「報告が報国になるとき－林芙美子『戦線』,『北岸部隊』が教えてくれること」,『国文学解釈と鑑賞』, 別冊「女性作家≪現在≫」, 至文堂, 2004.3, 83쪽.

27 「何を考へ何を書く?漢口戦従軍の文壇人」,『朝日新聞』朝刊, 1938.8.25.

28 「戦塵をあびて 慰問婦人の座談会「私達は何を感じたか?」竹輪のお土産 気軽な銀座姿で南京まで」(2),『朝日新聞』, 1938.1.20.

29 「同座談会 女·子供は大切 小学生の作文に泣いて感激」(6),『朝日新聞』朝刊, 1939.1.25.

마디로 표현하면 '사랑에 굶주린 병사들'에 대한 이야기다. 후미코는 병사가 "어머니의 사랑, 아이의 사랑, 특히 고국 여성의 사랑을 얼마나 바라는지 절실하게 느꼈다"면서 위문주머니보다는 편지를 보내달라고 말한다. 이같은 하야시 후미코의 목소리는 내지의 여성들에게만 전달된 것이 아니다. 소설가 하야시 후미코는 일본어를 읽고 쓸 줄 아는 식민지 조선의 여성들, 즉 중산계급 이상의 교양있는 여성 혹은 상승지향 여성들의 기대를 짊어진 기호이기도 했던 것이다.

4. 여성들의 내선일체

하야시 후미코가 조선 독자 앞에 처음 직접 모습을 드러낸 것은 문예총후 운동 강연회에서다. 그녀는 고바야시 히데오小林秀雄, 가와카미 데쓰타로河上徹太郎, 니이 이타로新居格와 함께, 1941년 10월 20일부터 11월 3일까지 대전, 경성, 평양, 함흥, 청진을 순회했다. 후미코는 '원조 방랑자'[30]라는 별명이 붙을 정도로 이곳저곳으로 이동이 잦았다. 그 경험에서 탄생한 『방랑기放浪記』改造社, 1930와 『속続 방랑기』改造社, 1930는 나란히 베스트셀러가 되었고 후미코는 그 인세를 받아 내지 바깥으로 이동범위를 넓혀갔다. 그녀가 가장 좋아한 여행지는 중국이었고, 그 중국은 펜부대나 미디어 계약을 통해 경험한 전장이기도 했다. 또한 그녀는 같은 방식으로

---

30 角田光代·橋本由紀子, 『女のひとり旅』, 新潮社, 2010, 7쪽.

1942년 10월부터 1년 동안 육군보도부 보도반원으로 싱가포르, 자바, 보르네오에 체류했다.

하지만 그녀는 대만이나 조선 등의 식민지에는 관심이 없었는지 방문한 기록이 눈에 띄지 않는다. 대만의 경우, 1930년 1월 대만총독부 초청으로 마이니치 신문사 주최의 '부인문화강연회'에 참여했고, 그 후 1943년 5월 남방에서 돌아올 때 하룻밤만 머물렀다. 조선의 경우도 1931년 4월 파리로 갈 때와 1940년 북만주로 향하는 길에 잠시 경유하거나, 1941년 고바야시 히데오 등과 문예총후운동 강연 차 들렀을 뿐이다. 대만 방문과 관련해서는 에세이 몇 편과 소설을 남겼지만, 조선에 관한 글은 거의 남기지 않은 것으로 보아 조선은 아예 관심 밖이었던 듯하다.[31]

그러나 이러한 사정과 별개로 식민지 조선에서의 후미코의 인기는 높았다. 그녀의 소설이나 에세이가 한국어로 번역되지는 않았지만, 하야시 후미코는 잡지『삼천리』특집호에서 이화여전 학생들이 가장 좋아하는 작가로 꼽히기도 했다. 하야시 후미코와 함께 펜부대로 파견되었던 요시야 노부코吉屋信子도 여학생들 사이에 인기가 높았다.[32] 1930년대 후반이 되면 잡지『여성』에 "도쿄의 유학생은 물론이고 요즘 조선 내의 중학생도 조선의 책은 읽지 않고 시시한 것이라고 여긴다"는 말도 심심찮게 들렸다.[33] 내지로부터 들어온 일본어 단행본, 신문, 잡지가 신간, 고본, 도서

---

31   山下聖美,「林芙美子における台湾, 中国, 満州, 朝鮮－基礎資料の提示と今後の研究課題」,『日本大学芸術学部紀要』56号, 2012.9.

32   「이화여전 나오는 꽃 같은 신부들, 이화여자전문생의 학원생활」,『삼천리』제13권 제3호, 1941.3.1.

33   『여성』, 1939.11, 23쪽. 이러한 분위기는 고등교육을 받은 엘리트 여성들에게 한정되

관, 윤독돌려읽기 등의 다양한 경로로 식민 공간에 확산된 것이다.[34]

하야시 후미코가 처음 경성에 모습을 드러낸 문예총후 운동의 경성 강연회[1941.10.24]는 대성황을 이루었다. 이날의 상황에 대해 소설가 이석훈은 목양牧洋이라는 창씨명으로 다음과 같이 전한다.

> 도쿄의 문인들의 문예총후 운동이 개최한 경성 강연회에 갔다. 강사는 고바야시 히데오, 가와카미 데쓰타로, 하야시 후미코, 니이 이타로 같은 분들이었고, 그들이 일본문단의 중견이라는 이유만으로 부민관은 시작 전부터 북새통을 이루었다. 청중은 학생을 비롯한 인텔리가 대부분이었고 젊은 여성들이 매우 많았는데 그것은 「방랑기」나 「성빈의 서聖貧の書」의 작가 하야시 후미코의 영향이 아니었을까 한다. 그녀들의 거사에 경의를 표한다.[35]

이 글은 경성제국대학 교원인 쓰다 사카에津田栄가 만든 녹기연맹綠旗連盟이 간행한 일본어 잡지 『녹기』에 실렸다. 재조일본인뿐 아니라 직접 일본어로 『방랑기』를 읽은 조선인 독자도 다수였을 강연회에서 후미코는 '총후부인문제'라는 제목으로 『전선』, 『북안부대』에 실었던 종군경험을 이야기한다. 하야시 후미코를 내세운 아사히신문사의 이벤트는 조선의 독자들에게도 크게 어필했던 것이다.

1938년에 접어들면서 여성잡지의 전시색은 점점 짙어졌지만 식민지

지 않았다.

34　천정환, 「일제말기의 독서문화와 근대적 대중독자의 재구성(1) ─ 일본어 책 읽기와 여성독자의 확장」, 『현대문학연구 연구』 제40권 제40호, 2010.

35　「文芸銃後運動講演会をきく」, 『綠旗』, 1941.11.

조선에서의 인기는 식을 줄 몰랐고 오히려 이입 부수가 증가한다. 단, 내지에서 합법적인 출판물이었다 해도 사상이나 풍속에 관련된 글은 조선에서 다른 의미를 지닐 가능성이 있었기에 조선 이입이 쉽지 않았다.[36] 즉, 식민지 독자들에게 내지의 출판물은 이런 통제 시스템에 의해 들어오는 상황이었다. 그럼에도 일본어 미디어에서 연일 화제였던 '하야시 후미코'라는 이름은 통제하는 측에서조차 결코 무시할 수 없는 기호였다.

일본에서는 어머니의 역할이 '군국의 어머니' 같은 말로 사회적으로 확대되었지만, 조선에서는 '광신적인 모성 예찬'의 모습은 보이지 않았다. 그 이유에 대해 가와모토 아야川本綾는 "모성예찬이 아시아의 선두인 일본민족의 우수성을 보여주는 식으로 이용되었기 때문에 식민지 조선에서는 그것을 기피했을 것"이라고 지적한 바 있다. 이에 대해서는 상세한 검토가 필요하겠지만, 조선의 황민화 정책이 일본 여성을 모방하는 형태로 내선일체를 진행한 것은 틀림없다.[37] 그 좋은 사례가 최정희다. 그는 하야시 후미코라는 이름을 이용해 자신의 입지를 확고히 한다.

최정희와 후미코는 후미코가 문예총후 운동 강연회 일로 경성에 방문했을 때 처음 만났다. 1930년대 들어서부터 여성해방을 강하게 주장하는 신여성 세력은 약해져갔고, 여성작가들은 "보다 현실적인 방법으로 사회 제도 안에서 자기 자리를 찾으려고 했다. 그 과정에서 등장한 것이 모성담

---

36 손성준·박헌호, 「한국 근대문학 검열연구의 통계적 접근을 위한 시론-『조선출판경찰월보』의 식민지 조선의 구텐베르크 은하계」, 『외국문학연구』 제38호, 한국외대 외국문학연구소, 2010, 206쪽.

37 川本綾, 「朝鮮と日本における良妻賢母思想に関する比較研究-開国期から1940年代前半を中心に」, 『市大社会学』第11号, 大阪市立大学, 2010, 62쪽.

론"이고 그것에 앞장선 이가 사회주의 계열의 소설을 쓰다가 심적 변화를 보이는 최정희이다. 1930~40년대에 가시화되는 최정희 문학의 불연속 성은, 1940년대부터의 전쟁협력적 문학 활동으로 더욱 심화된다.[38] 현재, 최정희에 대해서는 "가장 '여류다운 여류'"이면서 또 한편으로 "남성을 연 상시키는 '여성스럽지 않은' 작가의 대명사"라는 극단적 평가로 나뉜다.[39] 이것은 그녀의 작품 경향이 달라진 것과도 관련이 깊다.

최정희가 하야시 후미코와 만난 것은 일본어 소설을 본격적으로 쓰기 시작하기 반년 전이었다. 후미코와 처음 만난 날의 감상을 최정희는 「하야 시 후미코와 나林芙美子と私」라는 제목의 일본어 글을 발표한다.[40] 최정희가 언제부터 후미코의 작품을 읽었는지는 알 수 없다. 『방랑기』가 조선에서 도 널리 읽힌 것을 생각하면 조선에 들어온 하야시 후미코의 글은 '무엇이 든' 읽었을 듯하다. 그녀가 스스로를 '조선의 후미코'라 자처한 것은 두 사 람의 개인사에 '가난'이라는 말이 공유되었기 때문일 터다. 최정희는 가난 했을 때의 후미코를 좋아한다고 말하기도 했다. 또한 최정희가 황민화 정 책에 협력적이었음을 상기할 때 그녀가 후미코의 문예총후운동 강연을 호의적으로 바라본 것은 자연스러운 일이다.

여기에서 주목하고 싶은 것은 최정희의 글에 하야시 후미코의 초상화 가 사용되었다는 점이다. 이 그림은 후미코의 종군기 『전선』에 수록되었

---

38 허윤, 「신체제기 최정희의 모성담론과 국가주의」, 『차세대 인문사회연구』 제3권, 동서 대 일본연구센터, 2007, 432쪽.
39 공임순, 「최정희의 해방 전/후와 '부역'의 젠더 정치」, 『여성문학연구』 제46호, 2019.4, 7쪽.
40 崔貞熙, 「林芙美子と私」, 『三千里』第13券第3号, 1941.12.

（──史女子美英林）
（チッケスの氏治嗣田藤）

하야시 후미코 초상(후지타 쓰구하루 그림)

던 것으로, 전장에서 우연히 만난 후지타 쓰구하루藤田嗣治가 그린 것이다. 최정희는 여기서 후미코의 『전선』이나 종군기에 대해 아무런 언급도 하지 않는다. 그러나 최정희가 스스로를 '조선의 하야시 후미코'로 자리매김하는 글에는 격렬한 전투가 벌어졌던 전장에서 그려진 후미코의 초상이 실려 있다. 이 배치는 최정희의 이후 행보를 예고하는 듯하다. 두 사람의 만남은 식민지 조선으로 향했고, 내지와 식민지 조선을 대표하는 여성소설가를 연결하는 식으로 연출되었다. 이렇게 볼 때, 후미코의 초상화는 최정희 자신이 '조선의 하야시 후미코'라는 것을 입증하기 위한 기호이자 내선일체를 상징하는 기호로도 읽힌다.

후미코는 1942년 남양으로 건너갔고, 내선일체를 설파하는 자리에 두 번 다시 나타나지 않았다. 한편 최정희는 모성을 전면에 내세운 소설을 썼고 내선일체 이념을 이야기할 때 빼놓을 수 없는 작가로 자리매김되었다. 다만, 최정희의 소설이 여성규범에 의해 강제된 모성을 그대로 받아들인 것은 아니었기에 그의 소설을 뭉뚱그려 비판하는 것은 위험하다.

하지만 정작 후미코는 관심을 갖지 않았던 식민지 조선 땅에서 그의 소설 『전선』이 인기를 구가했다는 사실, 요컨대 최정희에 의해 하야시 후미코가 새롭게 번역-변주되고 있음은 주의를 요한다.

5. 동아시아라는 원근법

2021년 7월 19일, NHK 뉴스에서는 「일본펜클럽 여성 최초 회장인 기리노 나쓰오桐野夏生 반동 및 차별과 싸운다」라는 제목으로 일본 펜클럽 신임 회장 기리노 나쓰오의 기자회견 모습을 전했다. 기리노는 1999년 『부드러운 뺨柔らかな頬』으로 나오키상을 수상했지만 대중문학의 틀에만 머무르지 않는 작가다. 문학 시장에서도 인기가 높으며 작품도 좋은 평가를 받아왔다. 문학 분야에 지면을 할애하지 않기로 유명한 잡지 『사상思想』이와나미, 2020.11에 '기리노 나쓰오의 소설세계' 특집이 꾸려지고 잡지 전체가 그녀의 소설로 도배되기도 했다. 기리노의 활약상은 대중문학과 순문학의 경계가 무의미함을 잘 보여준다.

이는 그녀의 소설 주제와도 관련이 있다. 기리노 스스로도 말하듯 그녀는 "지금 시대를 사는 사람들에 대해 생생하게" 쓰고 있다. 즉 '시대를 쓰는' 일을 고집하고 있으며 거기에는 늘 여자들의 삶이 깊게 새겨져 있다. 기리노는 최근 실제 인물이나 사실을 모델로 하고, 사소설을 중첩시키는 작품활동을 하고 있다. 『그로테스크グロテスク』, 『잔학기殘虐記』, 『IN』, 『무언가 있다ナニカアル』와 같이 허구/실재를 의도적으로 교란시키는 작품

을 써왔다. 특히『무언가 있다』新潮社, 2010는 하야시 후미코의 의사擬似 평전으로 큰 화제를 불러일으켰고, 이 작품으로 요미우리 문학상을 수상한다. 잡지『사상』에서도 물론 다루어졌다.

기리노는 후미코의 작품을 좋아했다고 고백한 바 있다.『무언가 있다』를 쓰게 된 동기도 후미코의 파란만장한 삶에 공감했고, 후미코에 대한 문단 내 평가가 좋지 않은 이유를 알고 싶었기 때문이라고 말한다. 여기서 좋지 않은 평가란 바로 '전쟁찬양·협력' 문제와 관련된다. 후미코에 대한 소설을 쓰는 일은 전쟁에 대해서뿐 아니라, 전쟁을 '어떤 입장에서 어떻게 관련시킬지'[41] 사고하는 일이기도 했다. 이것은 최근의 후미코에 대한 평가를 비롯해 '전쟁협력'이나 '전쟁반대'의 구도에서는 결코 찾아볼 수 없는 접근 방식이다.[42] 그것은 단순히 후미코와 같이 전쟁에 협력한 수많은 여성작가들에 대한 평가에 한정되지 않고, 일본의 침략전쟁을 어떻게 역사화할 것인가의 문제와도 맞닿아 있다. 최근 평범한 일본인(권력과 무관한 사람들)뿐 아니라 국가로서의 일본이 '전쟁에 휩쓸린' 측면은 부정될 수 없다는[43] 수동적 연쇄의 측면에서 사유할 필요가 있다.

주의할 것은 기리노의『무언가 있다』의 공간적 배경이 앞서 말한 종군기가 아니라 전쟁 이후에 쓰인『뜬구름浮雲』六興出版社, 1951과 동일하다는 것

---

41 佐々木敦,『小説家の饒舌』, メディア総合研究所, 2011.

42 예를 들면 이다 유코는 후미코의 "종군기의 유독성을 밝혔다"고 평가하면서도 종군기에서 "화자의 위치에 대한 망설임"을 간과해서는 안 된다고 지적한다.—飯田祐子,『彼女たちの文学』, 名古屋大学出版会, 2016.

43 加藤陽子,『天皇と軍隊の近代史』, 勁草書房, 2019;『それでも, 日本人は「戦争」を選んだ』, 朝日出版社, 2009.

이다. 후미코의 화려한 전쟁협력을 상징하는 베스트셀러『전선』,『북안부대』는, 그녀의 사후 간행된『하야시 후미코 전집』新潮社, 1951~1953에도, 1977년 문천당文泉堂 전집에도 실리지 않았으며, 2006년 중앙문고판으로 복간될 때까지 재수록되는 일도 없었다. 대신 그녀의 대표작이 된 것은 1951년에 발표된『뜬구름』이다. 이 작품은 1942년 10월부터 다음 해 5월까지 후미코가 군 촉탁으로 남방에 파견된 경험이 생생하게 녹아 들어있으며, 후미코의 작가 생애 최고의 작품으로 여겨질 뿐 아니라, 명실공히 일본문학의 대표작품으로 거론되고 있다. 특히 여성이 경험한 전시 성폭력, 일본군 위안부 문제를 논할 때 빼 놓을 수 없는 명작으로 손꼽힌다.[44]

  일본 펜클럽 회장 취임 기자회견에서 기리노 나쓰오는 지금 지금 "젠더 관점이 필수적인 때"이고 그 "반동이나 차별"과 싸우겠다고 선언한다. 이는 그녀의 작품이 실천해온 것이며, 하야시 후미코를 모델로 한 소설도 그 싸움의 일환이라고 봐야 한다. 이에 대해 문단, 평론가, 연구자들은 강한 공감을 표한다. 이러한 흐름을 식민지의 전쟁 협력 문제, 이를테면 스스로를 '조선의 하야시 후미코'라고 자처한 최정희에 대한 평가와 겹쳐 본다면 한국에서의 반응은 어떨까? 이 글의 제목이기도 한 '동아시아를 매개'로 생각한다는 것은 동시대를 쌍방향적으로 생각해보자는 시도이다. 그리고 분명히 말할 수 있는 것은, 하야시 후미코와 같은 존재가 역사문제의 논의 자리, 특히 외교 협상의 장에서는 전경화되지 않는다는 사실이다.

---

44 이에 관한 최근의 논의로는, 나이토 지즈코(内藤千珠子)의『'아이돌 나라'의 성폭력(「アイドルの国」の性暴力)』(新曜社, 2021)이 있다.

'니뽄일본의 얼굴'로 이치요를 선택할 당시 재무대신 시오카와 마사주로塩川正十郎는 지폐가 "한 나라의 역사, 문화와 전통을 반영해야 하고 국민에게 사랑받고 친숙한 이미지여야 한다"고 강조했다. 나아가 시오카와는 이치요를 선택한 이유에 대해 "남녀 공동 참여 사회가 실현되는 것이 중요"한데 히구치 이치요야말로 "여성 사회 진출의 선구자로 21세기 일본 사회의 방향성을 제시한 인물"이라고 말한다. 재무성 홈페이지에도 같은 내용이 기록되어있다. 이처럼 재무대신과 재무성은 이치요를 '여성 사회 진출의 선구자'로 자리매김하고 있음을 주목해야 한다. 왜냐하면 이와 완전히 똑같은 수사레토릭가 5천 엔권 인물로 이치요가 결정되기 반년 전에 태어난 아이코愛子, 황태자 부부의 장녀, 2001년 12월 1일생의 여성 천황 가능성을 점치는 데에도 사용되었기 때문이다.

예를 들어, 아이코가 태어난 다음날 『아사히신문』에는 자민당의 노나카 히로무野中広務 전 간사장의 발언이 실렸다. 거기에서 노나카는 황실 전범典範 개정론이 나오는 분위기에 대해 "일본도 남녀가 함께 하는 사회를 목표로 하고 있고 외국에도 사례가 있다. 당연히 개정할 수 있다"라고 발언한다. 같은 날 『아사히신문』은 「여야에서 여제론 재부상 황실 전범 개정을 요구하는 목소리」라는 제목으로 자민당 나카소네 야스히로中曽根康弘 전 총리의 발언을 실었는데, 노나카가 말한 것과 같은 수사가 반복되고 있다. 즉, 황실 전범 '제1조 황위皇位는 황통皇統에 속하는 남자쪽男系의 남자아이가 이를 계승한다'는 문구의 개정을 논의할 때 '남녀가 함께 하는 사회'라는 말이 사용되었고, 그러한 문맥에서 '일본의 얼굴'로 이치요가 선정된 것이다. 이것은 90년대 페미니즘 연구에 의해 아버지로부터 상속 호주를

'계승'해 강하게 살아가는 '이치요'가 발견되고, 그것이 기호화하여 결과적으로 5천 엔 초상을 매개로 한 여성의 황위 계승 논의로 전유되는 회로가 만들어졌음을 환기하는 사건이었다.[45]

이 예상치 못한 공범 관계가 본격적으로 논의되지는 않지만, 일본문학계의 당혹감을 이치요 붐을 다룬 수많은 잡지 특별판[46]에서 엿볼 수 있다. 여성 연구자들의 「좌담회 히구치 이치요−현재와 미래」『国文学解釈と鑑賞』, 2003.5에서 야부 데이코藪禎子가 "이치요 연구 속에서 여성을 너무 강조하는 최근의 분위기는 조금 의아합니다. 이치요가 시대와 남녀를 불문하고 독자에게 어필하는 이유가 여성이라는 말만으로 설명될 것 같지는 않습니다"라고 발언한 것은 그 좋은 예이다. 한편, 사에키 준코佐伯順子는 이치요가 "'명예남성'으로 사회에 통용되었고, 이후에는 '여성성'을 부여받는 왜곡이 있었습니다. (…중략…) 앞으로의 평가는 페미니즘 비평이나 젠더론의 구조를 벗겨냈을 때, 남녀 문제를 떠나 무엇을 말할 수 있을지 문제 삼아야 합니다"라고 주장한다. 또한 간 사토코는 이치요의 "여성이라는 측면을 부각시켜 보이거나, 여성이라는 이유로 면죄부를 부여해왔던 국민국가 혹은 여성의 국민화, 국가에 의한 여성의 성 관리 등에 대해 최근 새로운 논의가 계속해서 나오고 있다"고 말한다.

---

45 藤木直美, 「一葉の〈肖像〉−新紙幣にいたる一葉イメージの機構」, 『女性史学』第15号, 2005.

46 예컨대, 『국문학 해석과 감상(国文学解釈と鑑賞)』「특집 : 히구치 이치요−현재와 미래 (特集=樋口一葉−これまでの, そしてこれからの)」, 2003.5; 『국문학(国文学)』「특집 : 히구치 이치요−일기의 분류/창작의 장(特集 : 樋口一葉−日記の領分/創作の場)」, 2004.8 등이 있다.

페미니즘 연구는 근대 국민국가 시스템에 내재된 젠더 규범에 저항해 왔지만, 본질주의 방식으로 '여성작가 주체'를 만들어는 과정에서, 이것이 내셔널리즘 형성에 기여하게 된 예상치 못한 상황에 부딪힌듯 하다. 이때 오다이라 마이코가 지적했듯 젠더 개념의 일반화가 "여성이 연대하여 남성중심주의에 저항하던 과거에 비해 좀더 복잡한 권력관계를 출현" 시켰지만, 그 "중립적 포지션으로 인해, 혹은 여성을 재생산하는 것에 대한 저항으로 인해 다시금 페미니스트를 자임하는 일이 곤란해진"[47] 상황도 간과해서는 안 된다. 그렇다면 이런 공범 관계를 해체·유보하는 길은 어떻게 찾아야 할까.

2006년 9월, 아키시노 노미야秋篠宮 집안의 장남 히사히토悠仁가 태어나자 여성 천황 논쟁은 사그라들었다. 여성 천황을 탄생시키기 위해 황실 전범을 개정하는 것과 남녀평등은 큰 관련이 없다는 것도 확실해졌다. 왜냐하면 천황제 자체에 내재하는 젠더·섹슈얼리티·에스닉 아이덴티티를 둘러싼 근대적 차별 구도는 그대로 온존되고 용인되는 것이 분명해졌기 때문이다. 또한 남녀가 함께 하는 사회를 추진하고, 황실 전범의 개정을 시도한 고이즈미 정권하에서 젠더 블라인드가 거세게 비난받은 바 있다는 사실도 기억해야 한다.

야마구치 도모미山口智美에 따르면 '남녀가 함께 하는 조례' 운동이 '젠더프리' 확대에 큰 역할을 했는데, 이것은 도쿄도를 위시한 '행정과 학계의 밀착 관계에서 만들어진' 것이라 한다. 그렇기 때문에 '젠더프리' 개념

---

47 小平麻衣子, 「ジェンダー研究とフェミニズムの危うい関係ー近年のジェンダー研究書からー」 『日本近代文学』第60集, 日本近代文学会, 1999.5.

을 둘러싼 싸움이 '성차별 고발, 철폐'에서 '젠더 프리'로, 그리고 '여성단체의 운동에서 행정, 여성학 주체의 운동'으로 옮겨갔다고 한다.[48] 그러나『일본시사평론日本時事評論』등 보수 성향 매체와 연동하여, 이후 도쿄도는 행정적으로 '젠더프리'라는 용어 사용을 금지한다. 이것은 아이코가 태어나고, 이치요가 '일본의 얼굴'이 되는 과정과 겹친다. 그리고 고이즈미의 야스쿠니 참배를 지지하는 이유와도 겹친다. 바로 여기에서 (앞서 말한) 야스쿠니 참배라는 더 없이 '정치적'인 '일본문화'와 이치요의 5천 엔권이라는 '비정치적'인 '일본문화'의 인접 구조가 드러나는 것이다.

그렇다면 1970년대 여성운동에 의해 발견된 '세이토'나 '히라쓰카 라이초' 등이 '국가의 얼굴'로 소환된 것은 괜찮은 것일까. 이쯤에서 생각해야 할 것은, 국가 이데올로기가 강하게 작동하는 지폐의 '얼굴'에 굳이 새로운 여성상을 찾을 필요가 있었는지, 혹은 '이치요'가 '국민문학'으로 부상하면서 '정치적'인 '일본문화'에 공헌하게 된 것은 아닌지 등의 문제이다.

동아시아를 매개로 여성문학을 생각할 때, 특정 작가나 작품에 새로운 평가를 부여하는 것은 중요하다. 하지만 우리가 정전canon이 어떤 관계와 구도에서 위계를 만들어 왔는지에 대해서도 생각할 필요가 있다. 이 글은 이러한 작업을 위한 첫걸음이다.

---

48 또한 야마구치는 우에노 지즈코의『래디컬하게 이야기하면(ラディカルに語れば)』(2001, 平凡社)을 근거로 이 시기 "행정심의회와는 관련 없는 우에노 지즈코 계통의 여성학과, 오사와 마리(大沢真里) 등의 행정 중심의 여성학 모두 '남녀 공동 참여' '젠더프리'에 관해 비슷한 방향성을 보였다"고 지적한다. 山下聖美,「『ジェンダー・フリー』論争とフェミニズム運動の失われた一〇年」,『バックラッシュ!』, 双風舎, 2006.

동아시아라는 창-너머로 오키나와 여성서사 읽기
손지연

재일여성문학을 교차하는 경계들
이산과 식민체험, 가부장제, 마이너리티
윤송아

대만여성문학과 2000년대 역사소설
스수칭의 『대만삼부곡』을 중심으로
최말순

동아시아라는 창-너머로
오키나와 여성서사 읽기

손지연

1. 들어가며

오키나와는 그 어느 국가나 지역보다 문화적으로나 지정학적으로나 동아시아와 분리해서 생각하기 어려울 만큼 밀접한 관련이 있다. 그 명칭만 보더라도 1879년 이른바 '류큐처분琉球処分' 이후 일본에 의해 '오키나와'라고 명명되었고, 그 이전 1429년 성립한 왕부도 중국의 사서史書에 등장하는 '류큐'라는 용어에서 빌려왔다고 한다. 더 나아가 명나라, 청나라를 종주국으로 하여 15세기 후반부터 16세기 후반 무렵까지 동남아시아와 스페인 등을 중계하는 무역이 성행했는데, 이 시절이 류큐왕국의 황금시대라 일컬어진다. 당시 중국에서 유래한 대륙문화의 흔적은 지금도 오키나와 곳곳에 뿌리 깊게 남아 있다. 예컨대, 중국에서 유래한 이시간토石敢當：악귀를 쫓는 돌비석 풍습이나 오나리신オナリ神：자매라는 의미로 여성의 영력을 가리킴 신앙, 영적인 세계와 교신하는 여성 사제 노로ノロ의 존재 역시 동아시아나 중국 소수민족의 민속, 풍속과 깊은 관련이 있는 것으로 보인다.

오나리신 신앙이나 노로 모두 현재까지 오키나와 민간신앙의 근간을 이루는 여성 고유의 영역이지만, 이것이 오키나와 여성의 사회적 우위를 의미하는 것은 아니다. 오늘날의 오키나와 여성의 이미지는 일본 NHK 아침 드라마로 큰 인기를 끌었던 〈추라상ちゅらさん〉2001의 여주인공처럼 순수하고 생활력 강한 여성이나 〈히메유리 탑ひめゆりの塔〉 시리즈물처럼 순국미담·반전평화를 앞세운 씩씩하고 용감한 여전사라는 스테레오타입 안에 갇혀 왔던 것이 사실이다. 그것은 오키나와 여성을 바라보는 시선을 일본 본토와의 관계에 한정하고 '동아시아'라는 시야를 완전하게 소거함으로써 가능했을 것이다.

오키나와 여성과 동아시아의 관련성을 엿볼 수 있는 장면 중 하나는, 이른바 '소철지옥蘇鉄地獄'으로 상징되는 1920년을 전후한 시기이다. 당시의 오키나와인들은 극심한 빈곤의 섬을 벗어나 일본 본토, 타이완 등지로 일을 찾아 이주해가기 시작하는데, 여성들의 경우 주로 일본인 가정에서 식모살이를 하거나 드물게는 일본인 관료 가족을 따라 식민지 하 타이완으로 이주하기도 했다.[1] 근대 오키나와 사상가로 잘 알려진 이하

---

1   오키나와 여성과 동아시아의 관련성에 대해서는 사카모토 히로코(坂元ひろ子)의 연구가 참고가 된다. 사카모토는, 1920년을 전후한 시기의 오키나와 여성의 삶의 한 단면을 살펴볼 수 있는 여러 사례를 소개하면서, 야에야마(八重山) 다케토미(竹富) 출신 여성이 타이완 일반 사회로부터 완벽하게 격리되어 관료 중심의 '일본 본토=야마토' 커뮤니티로부터 철저히 차별받는 존재였다는 점을 지적한다. 아울러 이들 여성이 식민지하 타이완의 경제력, 근대화 밖으로 내몰렸을 뿐만 아니라, 본섬으로부터도 멀리 떨어져 오키나와 내부에서도 차별의 대상이 되었던 점은 주의를 요한다. 坂元ひろ子, 「沖縄と東アジア社会をジェンダーの視点で読む一移住, 戦争, 「語ることができる/できない」記憶の問いかけ」; 新城郁夫, 『錯乱する島一ジェンダー的視点』, 社会評論社, 2008, 82~84쪽.

후유伊波普猷가 오키나와 여성의 특징 가운데 하나로 '이주욕망移住欲'[2]을 들고 있는 것도 이러한 사정이 자리한다.

이하 후유는 자신의 저서 『오키나와 여성사』小澤書店, 1919에서 "여자는 태어나는 것은 주쿠니一國, 자라는 것은 나나쿠니七國"[3]라고 하여 오키나와 여성은 예로부터 태어난 고향을 떠나 바다를 건너 여러 나라들로 씩씩하게 뿌리를 내리며 뻗어나갔음을 강조하였다. 가쓰카타 이나후쿠 게이코勝方=稲福恵子의 지적처럼, 이하 후유가 고古류큐 여성의 지위를 논하면서 여성의 '이주욕망'을 강조한 것은 한국이나 중국, 일본 등 동아시아 여러 나라와 마찬가지로 오키나와에도 침투했던 삼종지도, 칠거지악과 같이 여성을 억압하는 유교적 덕목을 의도적으로 전복시키기 위한 전략적 선택이었던 것으로 보인다.[4] 아직 유교사상이 침투하지 않은 '쓰마도이콘妻問婚 : 남편이 아내가 있는 곳에 터전을 잡는 결혼 형태로, 여계제 전통과 강한 모권을 상징'과 같은 토착문화에 착안하여 이를 유교적 봉건시대 이전의 고류큐 시대의 주체적인 여성상으로 호명하는 동시에 근대 여성의 바람직한 이상형으로 삼고자 한 것이다. 실제로 해외 원정 성매매 여성을 가리키는 가라유키상からゆきさん을 비롯해 해외개척을 위한 이민, 단체취업, 밀무역, 정치적 망명 등의 이유로 바다를 건넜던 여성들이 다수 존재했다. 이렇듯 '국경' 없는 '대항해 시대'를 살아간 오키나와 여성들. 그녀들이 향한 곳은 대체 어디였을까?

---

2   勝方=稲福恵子, 『おきなわ女性学事始』, 新宿書店, 2006, 19쪽.
3   伊波普猷, 『沖縄女性史』, 小澤書店, 1919; 伊波普猷, 『伊波普猷 沖縄女性史』, 平凡社, 2000, 77쪽.
4   勝方=稲福恵子, 앞의 책, 16~17쪽.

2. '오키나와 여성사'라는 구분

동아시아에 가깝고 일본 여성사와 변별되는 지점

이렇듯 '국경'이 없는 '대항해 시대'를 살아간 오키나와 여성의 주체적인 움직임을 가쓰카타 이나후쿠 역시 높이 평가하는 듯하다. 류큐 여성 통역사나 주리尾類: 오키나와의 유녀, 『조선연안 및 대류큐도항해탐험기朝鮮沿岸及び大琉球島航海探検記』1816 등에 그려진 '이異문화'에 두려움 없이 '접촉'하고 '월경'하는 씩씩한 류큐 여성의 사례를 비중 있게 소개한 것도 그런 맥락일 터다.[5]

1919년 이하 후유가 오키나와 여성사를 집필한 이래 이렇다 할만한 여성사는 나오지 않았다. 그러다가 1960년대에 들어서 처음으로 오키나와 여성사 집필의 필요성이 제기되고, 미야기 에이쇼宮城栄昌에 의해 1966년 2월 25일부터 101회에 걸쳐 『오키나와타임스沖縄タイムス』에 연재되었다. 그것을 엮어 단행본 『오키나와 여성사』로 간행하는 것은 1973년의 일이다.

20세기 초, 오키나와 최초의 여성사를 집필한 이하 후유는, 오키나와를 '월경'하여 동아시아 이곳저곳으로 뻗어 가는 '이주욕망'에서 오키나와 여성사의 특수한 성격을 발견한다. 그렇다면 전쟁 후 오키나와 여성사의 집필 방향은 어떻게 달라졌을까. 물론 이하 후유의 논의는 「고류큐 여성의 지위古琉球に於ける女子の地位」와 「주리의 역사尾類の歴史」 두 챕터에

---

5   勝方=稲福恵子, 위의 책, 21쪽.

그치고 있고, 그사이 발표한 글들도 「유타의 역사적 연구ユタの歴史的研究」, 「류큐 여인의 피복琉球女人の被服」과 같이 특정 주제와 시기를 대상으로 하기 때문에 전쟁 이전과 이후의 집필 방향성을 같은 무게로 가늠하는 것은 불가능하다. 중요한 것은, 오키나와 여성사를 일본 여성사와 구분해서 기술해야 할 필요성이 두 시기 모두 요청되었다는 사실이다.

야마토에서의 본격적인 여성사의 출현은 1938년 다카무레 이쓰에高群逸枝의 『대일본여성사大日本女性史』 제1권 「모계제 연구」를 기다리지 않으면 안 된다. 이하의 『오키나와 여성사』는 이보다 19년이나 앞선 1919년에 간행되었다. 그런데 왜 오키나와가 앞서 간행했느냐고 묻는다면, 그것은 아마도 야마토본토와 오키나와를 선진-후진이라는 틀로 보는 고정관념에 사로잡혀있었기 때문이리라. 『오키나와 여성사』는 오키나와 회복을 향한 강한 의지를 원동력으로 삼아 오키나와임에도 불구하고, 아니, 오키나와이기에 가능한 저작이다.[6]

오키나와타임스사로부터 오키나와 여성사 집필 의뢰가 있었던 것은 1960년쇼와35 여름의 일이었다. 당시 마침 오키나와의 노로ノロ 조사를 시작하면서 오키나와 여성의 특이한 지점에 흥미를 느끼던 참이었고, 필자가 중심이 되어 요시카와고분칸吉川弘文館에서 간행한 일본 여성사가 예상 밖으로 인기를 끌어 기분 좋게 집필을 약속했다. (…중략…) 사료를 해석하고 비판함에 있어, 오키나와 여성을 역사라는 학문 위에서 파악하고자 시종 주의했다. 그 역사

---

6   鹿野政直, 解説「沖縄回復への志と女性史」, 伊波普猷, 『沖縄女性史』, 平凡社, 2000, 320~321쪽,

란, 오키나와 역사를 성립시키는 여성사가 아니면 안 되고, 또한 오키나와 역사가 일본 역사의 지방사이며, 따라서 오키나와 여성사는 일본 여성사 내용의 일부라는 입장을 고수해야 한다는 생각을 관철하고자 했다. (…중략…) 오키나와는 분명 빈곤했다. 그렇기 때문에 남자도 여자도 고통을 맛보았다. 그런 만큼 오키나와 여성은 일본 여성에 비해 더없이 밝고 더없이 많은 자유를 갖고 있다. 그것은 일본 여성사는 갖지 못한 오키나와 여성사만의 개성이며, 오키나와 여성사 연구에서 깊은 의미가 있는 일면이다.[7]

첫 번째 인용문은, 2000년 헤이본사平凡社에서 이하 후유의 여성사 관련 글을 단행본으로 묶어 내면서 가노 마사나오鹿野政直가 쓴 해설이고, 다음 글은 앞서 언급한 미야기 에이쇼의 오키나와타임스사 판 『오키나와 여성사』의 서문이다. 일본 여성사와 다른 오키나와 여성사만의 특수성을 발견하고 이를 부각시키려는 점은 동일하지만 그 방향성에 있어서는 서로 극명하게 나뉘는 지점이 흥미롭다. 하나는 일본 여성사와의 철저한 거리두기를, 다른 하나는 오키나와의 역사가 일본 지방사의 일부이듯 오키나와 여성사 또한 어디까지나 일본 여성사의 일부라는 입장을 강조하고 있다. 어찌되었든 '일본 여성사'와 구분되는 '오키나와 여성사'를 발견하지 않으면 안 되었던 사정이 이하 후유뿐만이 아니라 전후의 가노 마사나오나 미야기 에이쇼 모두에게 자리했던 것은 분명해 보인다.

1980년대부터 전후 현대 부분이 수록된 본격적인 여성사 집필이 시

---

7   宮城栄昌, 『沖縄女性史』, 沖縄タイムス社, 1973, 1~2쪽.

작되었다. 오키나와 전후 여성해방운동사의 궤적을 일목요연하게 정리한 『오키나와·여자들의 전후─불타버린 땅에서의 출발』[1986], '오키나와 여성사를 생각하는 모임沖繩女性史を考える会'에서 간행한 『오키나와·여자들의 '쇼와'─제3기 여성사 강좌 기록』[1989], 류큐왕국에서 현대에 이르기까지 오키나와 여성을 대표하는 인물을 개괄한 『시대를 수놓은 여자들─근대 오키나와 여성사』[1996], 『나하·여성의 발자취 나하 여성사(근대편)』[1998], 『나하·여성의 발자취 나하 여성사(전후편)』[2001], 가쓰카타 이나후쿠 게이코의 『오키나와 여성학 사시事始』[2006] 등이 있다.[8] 80년대에 들어서면서부터 여성사를 집필하는 저자들이 여성들로 바뀌는 점도 주목할 만하다.

오키나와 여성사를 동아시아적 맥락 속에서, 그리고 전후 오키나와 여성사 집필의 의미를 생각할 때에 빼놓을 수 없는 것은 미군의 점령과 군사기지화로 인해 파생되는 여성의 (성적性的) 위기 문제이다. 일본 본토와 달리 미군의 오키나와 점령은 무려 27년이나 이어졌다. 이 짧지 않은 기간 동안 미군의 대對 오키나와 점령정책 또한 여러 차례의 변화와 조정이 불가피했다. 오키나와 주민들 또한 1956년의 '섬 전체 투쟁島ぐるみ鬪爭'으로 대표되듯 미군의 무차별적 수탈에 역동적으로 대응해 나간다. 유탄

---

8   차례로, 沖繩婦人運動史研究会 著, 宮里悦 編, 『沖繩·女たちの戰後-焼土からの出発』, ひるぎ社, 1986, 沖繩女性史を考える会·那覇市首里公民館, 『沖繩·女たちの昭和』-第三期女性史講座記録』, 1989, 琉球新報社 編, 『時代を彩った女たち 近代沖繩女性史』, ニライ社, 1996, 那覇市総務部女性室那覇女性史編集委員会 編, 『なは·女のあしあと 那覇女性史(近代編)』, 琉球新報社, 1998, 那覇市総務部女性室那覇女性史編集委員会 編, 『なは·女のあしあと 那覇女性史(戰後編)』, 琉球新報社, 2001, 勝方=稲福恵子, 『おきなわ女性学事始』, 新宿書房. 2006. 이 외에도 1972년에 간행된 『오키나와 여성이야기(沖繩女性物語)』(風土記社)가 있다.

과 전투기 소음, 생태계 파괴, 강간 등 미군의 범죄에 대한 오키나와 주민들의 염증, 반기지운동은 여전히 붙여쓰기이다. 다른 한편에서는 반미감정과 맞물려 일본 본토로의 복귀 염원이 고조되었지만, 현실적으로는 이방의 권력 미군과 미국식 문화와 밀도 높은 접촉을 할 수밖에 없었다. '점령 하' '군사기지화'라는 현실은 일본 본토를 비롯한 동아시아 여러 나라가 그러하듯 오키나와의 경우 역시 여성의 (성적) 위기를 통해 부각되어 나타난다. 1955년 6세 소녀 유미코가 미군에 의해 강간 살해당한 이른바 '유미코由美子ちゃん 사건', 그로부터 정확히 30년 후인 1995년 미군이 12세 소녀를 집단 강간한 사건은 그 대표적인 사례이다. 분노한 오키나와 주민들은 기지 축소와 미일 지위협정의 재고를 요구하며 대규모의 현민 집회를 열어 무려 8만 5천 명이 집결했다.

미군의 성범죄와 함께 미군을 상대로 한 매매춘 문제도 전후 오키나와 사회 수면 위로 드러나게 된다. 전후 유곽제도는 폐지되었으나 매춘부를 의미하는 '특수부인特殊婦人'의 수는 오히려 급증했고,[9] 싫든 좋든 오

---

9 미야기 에이쇼의 『오키나와 여성사』에 따르면, 전시에 유곽은 폐지되었으나, 전후 얼마 되지 않아 요정(料亭)을 만들고 그 한편에서 매춘업(매춘 여성은 주로 주리[尾類])을 했다고 한다. 나하의 쓰지(辻), 사쿠라자카(桜坂), 고자시(コザ市)의 센터, 미사토(美里)의 요사와라(吉原), 긴(金武)에 특음가(特飲街)가 형성되었고, 원색의 페인트 칠을 한 조립식 주택(プレハブ)이 매춘 여성들의 집합 지대였다고 한다. 외국인만 상대하는 온리(オンリー)도 급증한다. 전후 상당 기간 매춘 여성의 수를 정확히 집계하지 않았던 탓에 1만, 2만, 혹은 3만까지 추산되기도 한다. 1969년(쇼와44) 3월에 풍속영업, 음식점, 여관을 대상으로 실시한 조사에 따르면, 영업소가 5,114, 종업원 수 15,570, 매춘 여성(특수부인)으로 추정되는 이가 7,362명이라고 한다. 또, '오키나와 매춘문제 개선회(沖縄売春問題ととりくむ会)'에서 발표한 수치는, 매춘 여성 7천 명, 관리매춘영업소 630여 개소, 전차금(前借金)이 1인 평균 1천 달러에서 8백 달러라고 추산했다. 한편, 일본 본토에서는 1958년 4월 1일부터 매춘방지법이 전국적으로 시행

키나와 사회의 기지경제를 지탱하는 중요한 산업 중 하나로 성산업이 부상하게 된 것이다. 무엇보다 전후 오키나와 여성들에게 일어난 가장 큰 변화는 GHQ^{연합군총사령부}의 개입으로 인한 여성정책, 제도의 변화를 들 수 있다. 미군으로부터 선물처럼 여성참정권이 주어졌고, 1945년 9월 16일 오키나와에서도 처음으로 여성 유권자들의 투표권이 행사되었다. 본토에서는 같은 해 10월 11일에 실시되었으니 여성참정권의 역사는 본토보다 앞선 것이 된다.[10]

전후 여성사, 혹은 미 점령 하 여성사의 전개는 패전과 미 점령기라는 격동의 시대를 살아간 여성이라는 점에서 표면적으로는 오키나와나 일본 본토나 크게 다르지 않은 것처럼 보인다. 그러나 점령 기간의 현격한 차이만큼이나 일상생활의 장場 안에 기지가 깊숙이 파고든 오키나와 여성의 삶의 형태는 본토의 경우와 구분될 수밖에 없다.

그렇다면 오키나와 여성문학자들은 1945년 패전과 함께 일본과 분리되어 '오키나와' '여성'으로서 맞게 된 전후의 상황을 어떻게 묘사하고 있을까?

그 수가 많지는 않지만 착실하게 다져온 오키나와 여성사 영역의 연구성과와 달리 오키나와 여성문학을 한 권으로 엮은 것은 전무하다. 그

되었고, 매춘 천국이라고 일컬어지던 오키나와에는 1971년에 방지법이 입법되고 이듬해 72년에 시행되었다고 한다. 宮城栄昌, 앞의 책, 368~370쪽.

10 선거권이 주어졌지만 정치에 대한 관심이나 참여도는 매우 낮았다고 한다. 이에 '오키나와부인연합회(沖縄婦人連合会)'에서 1949년 계몽운동을 벌여 같은 해 오키나와의회 해산을 계기로 연합회장을 맡고 있던 다케토미 세쓰(武富セツ)가 군 임명으로 민정의원에 선출되어 오키나와 최초의 여성 현의원이 탄생하게 된다. 宮城栄昌, 앞의 책, 342쪽.

러나 오키나와 문학사 전체를 놓고 볼 때 굵직한 여성작가가 존재한다. 우선 1930년대를 대표하는 작가로 구시 후사코久志富佐子를 들 수 있는데, 1932년 6월『부인공론婦人公論』에 게재된「멸망해가는 류큐 여인의 수기滅びゆく琉球女の手記」는 오키나와 여성이 직면한 시대적 위기감과 고뇌를 성찰적이고 예리하게 간파한 문제작이다. 근대 일본 제국에 병합된 이후 위기에 빠진 오키나와를 본토와의 대비에 그치지 않고 조선이나 타이완이라는 '피억압 민족'을 폭넓게 시야에 넣어 사유하며, 그 위에 '여성'이라는 위치를 포개 넣음으로써 이중삼중으로 피차별의 위치로 내몰린 사태를 비판적으로 조망한다. 오키나와 남성 지식인='류큐 인텔리' 계층이 무비판적인 동화주의를 향해 내달리던 30년대라는 점에서 구시의 성찰력은 더욱 빛을 발한다.

구시 후사코 이후 주목할 만한 여성작가로 야마다 미도리山田みどり가 있다. 야마다 미도리의「고향ふるさと」이라는 작품은 1950년 4월『우루마 춘추うるま春秋』창간을 기념한 '1만 엔 현상창작모집' 입선작이다. 미 점령 초기에 해당하는 1950년 무렵의 오키나와 북부 산간 지방을 배경으로 하여 20대 초반 여성들의 사랑과 연애, 결혼에 대한 내용을 담고 있다. 동시대 여성의 꾸미지 않은 내면을 엿볼 수 있어 흥미로운데, 오카야마岡山, 고베神戸 등지의 본토로부터 '귀환引揚'하여 한 목소리로 '고향' '오키나와'의 후진성을 토로하고, 오키나와 현지 남성에 대한 노골적인 무시와 경멸을 피력하는 형태로 그려진다. 오키나와 밖을 벗어나 본 적이 없는 현지 남성은 애초부터 철저히 배제되고, 그나마 타이완에서 사업을 하다 귀환했다는 쇼이치昌一라는 남성에게 여성들의 관심이 집중된다. 이것은

전후 50년대 오키나와 사회에 본토는 물론 타이완 등 '외지'보다 훨씬 후진적이라는 인식이 팽배해 있었음을 의미한다. 더 나아가, 근대화, 문명화의 정도가 가부장제를 근간으로 하는 남녀의 위계질서는 물론 식민지 질서까지 전복시킬 만큼 강한 힘을 발휘했음도 엿볼 수 있다. 실제로 여성에 대한 멸시나 가정폭력, 고부간의 갈등 등 가부장제에 신음하는 여성들에 대한 묘사는 일본 본토나 한국, 중국, 재일 여성작가의 작품의 단골 소재라고 할 수 있는데 오키나와의 경우는 조금 다른 듯하다.

시대를 80년대로 앞당겨 보면 작가와 주제가 좀더 다양해진다. 우선, 여성작가의 수가 80년대에 눈에 띄게 늘어난다. 그 배경에는 오키나와타임스사에서 주관하는 신오키나와문학상, 류큐신보사에서 주관하는 류큐신보단편소설상, 규슈九州예술제문학상 등 각종 문학상이 제정되는 등 여성작가들의 배출 구조가 확대된 것과 관련이 있을 것이다. 주요 작가와 작품을 대략적으로 열거해 보면, 나카와카 나오코仲若直子의 「귀성 이유帰省の理由」1979, 기샤바 나오코喜舎場直子의 「어머니들과 딸들母たち女たち」1982, 요시다 스에코吉田スエ子의 「가라마 정사嘉間良心中」1984, 나칸다카리 하쓰仲村渠ハツ의 「여자 능직공의 노래女綾織唄」1985, 시라이시 야요이白石弥生의 「일흔 두 번째 생일잔치生年祝」1986, 다바 미쓰코田場美津子의 「가면실仮眠室」1985, 나카와카 나오코仲若直子의 「바다 달리다海走る」1980, 야마노하 노부코山入端信子의 「도깨비불鬼火」1984 • 「허공야차虚空夜叉」1984, 가와이 다미코河合民子의 「하지치[류큐 여성들의 문신]를 하는 여자針突をする女」1993 • 「청명 무렵清明の頃」2002, 가바무라 아스카香葉村あすか의 「병문안見舞い」1987, 다마시로 준코玉城淳子의 「윈케데비루ウンケーでーびる」1994, 고토 리에코後藤利衣子의 「에그エッグ」1995,

이레이 가즈코伊禮和子의 「출관까지出棺まで」1996・「결별訣別」2001, 모리오 미즈키もりおみずき의 「우편마차 마부郵便馬車の馭者」2005, 이하 마사코伊波雅子의 「기저귀당 달린다オムツ党走る」2011, 사토 모니카佐藤モニカ의 「카디건カーディガン」2014 등을 들 수 있다. 현대 오키나와 사회의 병폐, 인간소외, 고독, 불안, 불신, 생활고, 여성의 삶, 노년의 삶 등이 이들 작품을 관통하는 공통 키워드라고 할 수 있다.

필자는 이전 논문에서 80년대 오키나와를 배경으로 한 여성작가의 작품을 분석한 바 있다. 위에서 언급한 「어머니들과 딸들」, 「여자 능직공의 노래」, 「일흔 두 번째 생일잔치」가 그것인데, 그 결과 몇몇 흥미로운 지점을 발견할 수 있었다. 요컨대, 사회적 병폐에 가장 직접적으로 노출되는 것은 여성이라는 점이며, 이때 남성의 존재는 야마다 미도리의 「고향」에서처럼 부정적인 것도 긍정적인 것도 아닌, 존재 자체가 드러나지 않는다는 점이다. '복귀' 이후 새롭게 등장하기 시작한 본토 남성 역시 긍정적이지 않으며 속을 알 수 없거나 사기꾼의 이미지로 묘사되고 있다. 무엇보다 문제적인 것은, 시라이시 야요이와 같이 본토 출신 여성작가가 그리는 오키나와 여성의 이미지다. 본토 여성의 차별적 시선오리엔탈리즘 속에 나포되어 오키나와 여성을 표피적인 이미지만 전경화하고 있는 한계가 명확히 보인다.[11] 이 외에도 젊은 미군 병사와 늙은 오키나와인 창부의 정사라는 독특한 소재의 요시다 스에코의 「가라마 정사」류의 소설도 오키나와이기에 가능했을 터다.

---

11   손지연, 『전후 오키나와문학을 사유하는 방법 – 젠더, 에스닉 그리고 내셔널 아이덴티티』, 소명출판, 2020, 173~266쪽(제3부) 참조.

오키나와 여성작가의 작품에서 무엇보다 흥미로운 것은 일본 본토, 조선, 타이완, 미국米軍 등 전전, 전시, 전후를 관통하는 동아시아의 맥락이 너무도 자연스럽게 그리고 깊숙이 침투되어 있다는 점이다.

3. 동아시아 접촉의 장場으로서 오키나와, 그리고 여성

일본 제국의 식민지 지배하에 놓이게 되면서 오키나와 역시 남양군도, 타이완 등지로 극심한 빈곤으로부터 탈출하기 위해, 혹은 (강제) 노동을 위해, 전쟁을 수행하기 위해 오키나와 밖으로 이동하는 일이 잦았다. 또 같은 이유로 조선, 타이완 등지에서 오키나와 안으로 유입되어 오는 경우도 빈번했다. 제국주의의 폭력이 오키나와에만 미쳤던 것이 아니라, 한국, 타이완, 남양군도에 이르기까지 동아시아 전역으로 파급되어 갔음을 의미한다.

지금부터 살펴볼 「멸망해 가는 류큐 여인의 수기」와 「고향」에도 '조선인'을 비롯한 마이너리티 민족들의 흔적을 확인할 수 있으며, 「고향」의 경우는 같은 오키나와 출신이더라도 본토와 타이완을 경험한 오키나와인과 그렇지 못한 오키나와인을 구분하고 차이를 둠으로써 제국이 구축한 문명의 위계를 보다 공고히 한다. 두 작품 모두 경제적 궁핍으로 피폐해진 생활, 오키나와 밖으로의 노동력 이주, 류큐 고유의 풍속과 관습을 야만시하는 실상이 피력되어 있다. 그런데 두 작품의 전개 양상은 확연한 차이를 보인다. 그것은 문명화와 젠더 위계에 비판적·자각적인가 아닌가의 문제와도 맞닿아 있다.

먼저, 「고향」에 등장하는 20대 초반의 여성 등장인물 '아키코明子'와 '지에千枝'의 시선에 포착된 '고향' '오키나와'의 모습을 들여다보자.

고향이라고는 해도 사람들의 말이나 행동, 옷차림 등 모든 생활양식이 지에 가족과는 완전히 달랐다. 그들의 옷차림은 낡아서 더러워진 바지나 윗도리, 무릎까지 밖에 없는 듯한 기모노, 거기다 맨발이었다. 그리고 남자나 여자나 똑같은 행동거지, 똑같은 말투, 그 아름다운 주변 경관과는 딴판이다. 그런 거칠고 세련되지 못한 사람들 중에, 할머니라든지 숙부, 숙모, 사촌오빠라는 사람들이 있었다. 그들은 돌아온 아키코 가족들을 향해 제각각 인사를 건넸는데 그 목소리는 꽥꽥거리는 기러기의 울음소리를 닮았다.[12]

타이완에서 무슨 사업인가를 한다고 하는데 술만 마시면 타이완에서 살았던 이야기를 했다. 종전 후 많은 일본인이 생활에 곤란을 겪었는데 자신은 많은 사람들을 거만한 태도로 부리고 사치스럽게 살았다고 말하곤 했다.

(…중략…)

내 눈에는 쇼이치는 그저 하찮은 사람이지만 지금의 아키코에게는 최고의 존재일지도 몰라. 그래도 아키코가 고통스러운 이 마을에서 평생을 살아갈 생각이라면 쇼이치와 함께 하는 것이 훨씬 좋을 거야. 적어도 그는 이 마을 일반 청년들보다 훨씬 레벨이 높으니까.22·32쪽

---

12 山田みどり, 「ふるさと」, 『うるま春秋』(1950.4); 沖縄文学全集編集委員会, 『沖縄文学全集』第7卷, 図書刊行会, 1990, 18쪽. 이하, 쪽수만 표기함.

오키나와 밖을 벗어나 본 적이 없는 현지 남성은 애초부터 철저히 여성들의 관심에서 배제되고 그나마 타이완에서 사업을 하다 귀환했다는 쇼이치라는 남성에게 여성들의 관심이 집중된다. 이 때 오카야마, 고베 등 본토 체류 경험은 낙후된 고향을 '발견'하는 계기로 작동하며, 문명화된 제국에서 멀리 떨어질수록 그리고 식민지이지만 제국의 문명의 세례를 받은 도시에서 멀리 떨어질수록 부負의 개념으로 부정되고 비판의 대상이 된다. 타이완 외유 경험이 있는 쇼이치가 본토 남성들만큼은 아니지만 현지 남성들보다 훨씬 매력적으로 어필되는 이유이다. 일본/오키나와, 본토/고향, 도시/지방의 차이가 아무런 위화감 없이 일본 → 타이완 → 오키나와라는 수순의, 또 하나의 위계질서로 연동되어 가는 것은 주의를 요한다.

그런데 구시 후사코는 1930년대라는 매우 이른 시기에 이미 이러한 우려를 간파하고 있었던 듯하다. 이 소설은 '멸망해가는 류큐 여인의 수기'라는 제목에서도 알 수 있듯 에세이 풍의 자전적 내용으로 이루어져 있다. '나'는 오키나와 출신임을 숨기고 '내지內地'에서 성공한 숙부와, 아직도 궁핍한 생활에서 벗어나지 못하고 입신출세한 숙부를 동경하는 고향 친척들의 모습을 떠올리면서 몰락해 가는 '류큐인'에 대한 감회를 토로한다. 여기서는 야마다 미도리의 「고향」에서 보았던 일본 → 타이완 → 오키나와라는 위계 구도는 성립하지 않는다. 조선인이나 오키나와인 모두 일본 제국의 피차별 민족이라는 사실에 자각적이다. 다만, 조선인이나 타이완인과 달리 자신들의 풍속이나 관습을 있는 그대로 대담하게 드러내지 못하는 '류큐 인텔리들'에게서 깊은 비애를 감지한다.

조선인이나 타이완인처럼 자신들의 풍속습관을 있는 그대로 드러내면서 내지에서 생활할 수 있는 대담함을 류큐 인텔리들에게선 찾아볼 수 없다. 항상 버섯처럼 한곳에 모여 있으려고 한다. 류큐의 많은 노래 안에는 비통한 마음을 쥐어짜는 애조哀調가 서려 있다. 그렇지 않으면 난센스한 가사와 자포자기한 재즈를 닮은 가사가 조화를 이루어 완성된다. 몇 백 년 이래의 피억압민족에게 쌓였던 감정이 이러한 예술을 만들어 낸 것일지 모른다. 나는 이런 석양이 지는 풍경을 좋아한다. 이 몰락의 미美를 닮은 내 마음속에 침잠되어 있는 그 어떤 것을 동경한다.

「멸망해가는 류큐 여인의 수기」, 『부인공론』1930.6

같은 피억압 민족인 조선이나 타이완, 아이누와 애써 거리를 두고 싶어 했던 당시 오키나와 지식인들의 이중적 인식을 에둘러 비판한 것으로 이 소설에서 가장 빛나는 장면이다. 그런데 소설이 발표되자 재경在京 오키나와현 학생회 대표와 현인회, 작품의 실제 모델인 숙부의 항의가 빗발쳐 구시 후사코는 이듬해 7월 '석명문'『滅びゆく琉球女の手記』についての釋明文을 발표하기에 이른다. 그 과정에서 자신이 본토의 차별에 더하여 오키나와 내부의 위계, 거기다 '여성'이라는 데에서 오는 젠더 위계까지 감수해야 하는 이중삼중의 마이너리티라는 것을 실감하는데, 이러한 시대를 앞서간 구시 후사코의 성찰력은 '동아시아' '여성'의 연대 가능성을 상상하기에 부족함이 없어 보인다.

이야기를 지금 우리가 놓인 시공간으로 옮겨 보면, 사키야마 다미崎山多美라는 걸출한 작가와 만날 수 있다. 사키야마 다미는 『달은 아니다月や、あ

ら ん』2012, 『운주가 나사키うんじゅが、ナサキ』2016[13] 등의 작품에서 꾸준히 여성을 말하고, 한국과 오키나와의 관련성을 이야기하면서 여성으로서, 마이너리티로서 깊은 공감을 표해왔다. 그 대표적인 예로 전쟁 체험자인 자신의 어머니로부터 전해들은 일본군 '위안부', '조선인 여성'을 그리는 그녀만의 방식을 들 수 있다.

『운주가 나사키』는 총 7개의 에피소드로 이루어져 있으며, 홀로 사는 직장 여성인 '나'에게 의문의 파일이 전달되면서 이야기가 시작된다. 그 가운데 「기록y」, 「기록z」, 「기록Q」에 관한 의문을 풀어가는 과정이 차례로 그려진다. '나'는 집안에 혼자 있을 때면 어김없이 시마고토바シマコトバ 섬말로 말을 건네는 (모습은 없고 소리만 있는) 정체 모를 목소리에 떠밀려 출근도 포기하고 파일에 기록된 '묘지'를 찾아 길을 나선다. 그 과정에서 오키나와 전투沖縄戦에서 억울하게 죽어간 이들과 만나고 이들을 위로하는

---

13 한국어 번역본으로는, 『달은, 아니다』(조정민 역, 글누림, 2018)와 『일본근현대여성문학선집 17 ─사키야마 다미』(손지연·임다함 역, 어문학사, 2019)가 있다. 인용은 모두 이 두 권에 따랐다. 이하, 쪽수만 표기함.

의식을 행한다. 전쟁의 기억이 응축된 역사의 증인들의 뼈에서 생성된다는 'Qmr세포'의 존재는 작가의 상상력이 돋보이는 부분이다. 역사와 시대의 편견에 물들지 않은 온전한 기억의 진실만을 추출한 이 'Qmr세포'를 현재를 살아가는 사람들의 의식에 주입한다는 상상력은 지난 전쟁을 기억하고 계승해가고자 하는 작가의 강한 의지를 반영한 것이다.

이 작품에서 특히 두드러지는 것은 표준일본어에 저항하는 오키나와어를 비롯한 동시대 마이너리티 민족 언어가 갖는 힘이다. 사키야마는 표준일본어가 아닌 마이너리티 언어 사용자가 차별에 일상적으로 노출되어 왔음을 표준일본어를 상징하는 '질서정연한 N어의 세계'와 오키나와어를 상징하는 '야비하고 케케묵은 옛 Q마을 말'에 빗대어 폭로한다.

이처럼 사키야마 다미의 소설은 질서정연한 표준일본어 사용을 거부하고, 시마고토바, 그것도 오키나와 안에서도 통용되기 어려운 이도離島의 시마고토바를 사용하여 전전, 전시, 전후를 관통하며 형성되어온 견고한 언어체계에 균열을 낸다. 이 같은 방식은 사키야마 다미 특유의 문학적 색채를 결정짓는 요소라고 할 수 있다. 여기에 고마워コマオー, 괜찮아ケンチャナ, 많이많이マニマニ, 기쁘다キップタ 등의 가타카나로 표기된 한국어까지 섞이면서 작품 속 언어체계는 한층 더 어지럽게 흐트러진다.

자, 보세요. 조금 있으면, 저 커다란 태양은 바다 깊숙이 가라앉아 버려요. 아이고アイエナ 이렇게 보고 있는 사이에도, 보글보글보글보글, 가라앉고 있지 않나요. 지상도 이제부터 새까맣게 새─까맣게 어둠의 세계시케에 들어가게 된다는 말이에요. 아아, 그렇다고 해서 당신, 그렇게 비관할 필요는, 전혀, 없으니까요. 걱정하지 말아요, 괜찮아ケンチャナ, 괜찮아ケンチャナ, 괜찮다니까. 쓸데 없는 걱정으로 마음 상하거나 두려워할 필요도 전혀 없어요. 그래, 그래, 그렇지, 지금 여기에서 어둠의 세계를 맞이하는 건, 걱정할 것이 아니라 오히려 푸랏카사ブラッカサー, 기쁘다キップタ, 고 해야 할 일.130쪽

사키야마는 작품에 인용한 위의 단어들이 자신이 구사할 수 있는 몇 안되는 한국어 가운데 특히 좋아하는 단어들이라고 직접 밝힌 바 있는데, 우리에게 낯선 시마고토바와 한국어가 아무런 위화감 없이 작품 속에 자연스럽게 녹아들고 있는 점이 놀랍다. 실제로 오키나와인들이 전쟁 전이나 전시에 오키나와에 동원된 일본군 '위안부'나 군부 등 조선인들과 일상에서 마주할 기회가 적지 않았음을 상기할 때, 시마고토바와 조선어, 그리고 표준일본어가 뒤섞이는 상황은 상상하기 어렵지 않을 것이다.

사키야마의 대표작 가운데 하나인 『달은 아니다』는 조선 출신 일본군 '위안부' 문제를 다루고 있다. 소설은 화자인 '나'와 '나'의 친구 다카미자와 료코高見沢了子의 이야기가 복잡하게 얽힌 형태로 전개된다. 다카미자와 료코는 '세 여자ミドゥンミッチャイ, 미둥밋차이'라는 이름의 편집공방을 운영하는 인물로 한 젊은 남성 작가가 일본군 '위안부' 할머니를 직접 취재해 썼다는 『진흙 바닥으로부터—어느 할머니의 외침泥土の底から—あるハルモニの叫び』이라는 논픽션 원고를 접하고 그 진위를 쫓다가 '나'에게 뒷일을 부탁하고 돌연 잠적한다. 이후 '나'는 다카미자와가 남긴 육성 녹음에 기대어 그녀가 논픽션 다큐멘터리를 접하게 된 계기, 옛 일본군 '위안부' 할머니와의 만남, 방대한 양의 두루마리 원고와 씨름하게 된 경위들을 파헤

쳐간다. 그 사이사이 죽은 혼령들과 만나기도 하면서 일본군 '위안부'의 기억과 기록이 어지럽게 흐트러진다.

다카미자와의 몸은 논픽션 다큐멘터리를 접하고 격한 이명과 구토를 동반한 '노이즈'를 경험하는데, '진실 같은 거짓 문체'와 조우했을 때 신경을 자극해 '큐히히-' '큐햐햐아' '큐시시-큐시-시-' '큐헤-, 큐헤, 흥시시-'와 같은 불규칙한 리듬을 가진 소리노이즈로 반응한다. 그 원인 중 하나는 빈번하게 삽입된 인물의 실명과 체험자가 자신의 무참한 체험을 직접 진술할 때 스스로를 멸시하듯 '삐-ピ-'라고 칭하는 문자 언어 사이에 어떤 불쾌한 불연속감을 느꼈기 때문이다. 남자의 정력적인 취재와 역사적 검증을 통해 '빈틈없이 짜인 다큐멘트'가 어쩌면 당사자의 증언을 이리저리 편취해 사후적으로 만들진 것일지 모른다는 심증을 갖게 한다.

어찌되었든 다카미자와는 과거 '삐-'였던 자신의 치부를 실명을 드러내면서까지 폭로한 당사자를 직접 만나보기로 한다. '빈틈없이 짜인 다큐멘트'의 실제 인물은 여든이 다 된 몸으로 지금은 중증의 정신병으로 병원에 장기 입원한 상태다. 수시로 울부짖거나 날뛰는 이상 증세를 보이는데 특정 시간이 되면 의미를 알 수 없는 신음소리와 혼잣말, 중얼거림을 토해낸다. 다카미자와는 할머니와 대면한 순간 '큐히히-'라는 노이즈가 '진실 같은 거짓 문체'임을 나타내는 명확한 신호였음을 확신한다.

> 그 두 마디란 말이야. 잘 들어 봐, 너희들. 숨을 깊게 들이쉬는 모양
> "조선 삐, 조선 삐, 바보취급 하지 마쵸오세-엔, 삐-, 쵸오-센, 삐- 빠가니, 시루낫 "
> "너, 류큐 토인, 더욱 더럽다호마에-, 류우츄우 도-진, 모호-옷또 기-타나잇 "282~283쪽

죽음에 임박한 그녀가 마지막 혼신의 힘을 다해 쏟아낸 말은 균질한 표준어도 그렇다고 오키나와 방언도 아니다. 그것은 일본 제국과 그 제국의 마이너리티의 위치에 있던 오키나와ㆍ류큐인들로부터도 차별 받았던 '조선인', '위안부', '여성'의 또 하나의 마이너리티의 기억이자 국가폭력에 정면으로 맞서 이의를 제기하는 외침이다. 그 안에는 다카미자와 료코 자신을 포함해 '위안부' 서사를 이리저리 편취해 이용하려는 자들에 대한 경각심도 내포되어 있다.

"뭐, 이런 내가 토인이 될 수 있을지 없을지, 토인이 된다는 것은 대체 어떤 것인지, 이제 와 정체성 찾기 같은 촌스러운 주제는 차치하고라도 '너 더럽다'라는 나에 대한 할머니의 지탄은 적어도 분명하게 받아들여야 한다고 생각했어. 실제로 내가 할머니를 대상으로 하고 있는 행위란 그 할머니의 음부를 파헤쳐서 증거라는 둥 언질이라는 둥 하며 책을 꾸며내 결국 돈을 벌려고 하는 것이니까~~~"283~284쪽라는 다카미자와 료코(혹은 사키야마 다미 자신)의 뼈있는 일침은 일본군 '위안부'를 둘러싼 크고 작은 파열음이 끊이지 않는 작금의 사태를 성찰적으로 돌아보게 한다.

4. 질서정연한 언어를 파괴하는 '그녀들의 말'이 향하는 곳

이 글을 착안하게 된 것은 '전후 동아시아 여성서사는 어떻게 만날까-한국, 중국, 일본, 오키나와, 재일'이라는 테마로 개최된 한 학술대회한국일본학회 산하 한국일본문학회, 2019.12.20에서의 발표가 계기가 되었다. 이 자리는 한국, 일본 연구자들이 자리를 함께 하여 역동적인 동아시아 여성문학(사)의 과거, 현재, 미래를 가늠해 보자는 의도에서 마련된 것이었다. 5개 지역의 여성문학(사)을 한 자리에서 발표한다는 기획이 흔치 않은 만큼 다소 범박한 키워드지만 '전후', '동아시아', '여성'에 집약시켜 논의해 보기로 했다.

여기서 필자가 담당한 역할은 오키나와 여성문학(사)을 동아시아적 맥락에서 살펴보는 것이었다. 한국을 비롯한 여타 지역의 여성서사와 변별되는 '오키나와 여성서사'라는 구분 혹은 특징은 '동아시아에 가깝고 일본 여성서사와 변별되는 지점'에서 찾을 수 있었다. 전시 구시 후사코나 전후 야마다 미도리, 현재 가장 활발하게 활동하고 있는 사키야마 다미 등 오키나와 여성작가들에게서 공통적으로 보이는 요소 가운데 하나는 '오키나와인'이면서 '여성', 그리고 더 나아가 '동아시아'라는 역사적 맥락을 매우 민감하게 포착하고 있다는 것이다. 여기에 더하여 기지촌, 양공주, 팡팡, 혼혈아 문제 등으로 대표되는 신식민지 시대의 미군^{미국}의 존재가 동아시아 여성서사를 관통하는 중요한 키워드라는 점, 그리고 재일, 오키나와 여성서사에 두드러져 보이는 특수한 언어, 말의 문제도 엿볼 수 있었다.

이 가운데 '사소설私小說'이 '일본문학'을 대표하는 것으로 알려져 있지만 유미리의 『8월의 저편』의 경우 그것을 멀리 빗겨가 아시아로 시선이 향하고 있다는 이다 유코의 지적은 오키나와 여성문학을 사유하는 데에도 유효할 것이다.

무엇보다 유미리로 하여금 한국어와 일본어가 뒤섞인 형태의 글쓰기로 이끌어 간 것은 '재일'이라는 경계의 위치, 디아스포라성에 기인한다. 유미리의 글쓰기 방식은 기왕의 소설 형식을 뛰어넘는 다층적이고 혼성적인 문제로 많은 이들로부터 높은 평가를 받기도 했지만, 다른 한편으로는 일본어 독자로 하여금 읽기 어렵다는 비판적 평가가 공존한 데에서 오키나와의 사키야마 다미를 떠올리지 않을 수 없을 것이다. 이렇듯 질서정연한 언어, 표준일본어를 파괴하는 '그녀들의 말'이 나란히 동아시아로 향하고 있음은 동아시아에 잠재하고 있는 트라우마의 기억을, 또 여성들의 경험을 동아시아라는 사유의 틀 안에서 함께 고민하고 사유할 필요가 있음을 강하게 환기시킨다.

재일여성문학을 교차하는 경계들

이산과 식민체험, 가부장제, 마이너리티

윤송아

1. 재일여성문학이라는 접근성

흔히 일본에서 대중적으로 처음 알려진 재일조선인 '여성'작가라고 하면 1989년『유희由熙』로 제100회 아쿠타가와상을 수상한 이양지李良枝를 들 수 있다. 이양지 이후에도 유미리柳美里, 사기사와 메구무鷺沢萠 등 재일문학을 대표하는 작가로서 유수한 '여성'작가들이 거론된다. 여기에서 필자가 굳이 '여성'을 구별해서 표시한 이유는 재일조선인 작가를 구획하는 테두리의 기준이 '여성'보다는 '재일'에 초점이 맞춰져왔음을 강조하기 위해서다. '재일'이라는 특수성이 일본과 한국, 재일조선인사회에서 그 문학을 규정짓는 일차적인 입장이므로, 재일조선인 작가의 계보에서 '여성'작가라는 범주를 특화하려는 시도는 어쩌면 그리 유효하지 않았을지도 모른다. '여성'작가의 여성주의적 관점, 여성 경험에 기반한 문학적 형상화가 '재일'이라는 역사적 맥락으로 환원됨으로써, '재일', '여성'이라는 이중의 매듭을 하나의 중심서사 안에 수렴시켜버리고 또 하나의 공통

서사로서의 '여성'문학의 가능성은 간과해버린 것이 아닐까 하는 문제의
식이 이 글의 출발점이다.

　그러나 한편으로는 흔히 여성문학, 여성작가들의 작품에서 주요하게
드러나는 성性과 신체, 가부장제, 가족, 여성의 고난과 저항, 생애사 등의
주제는, 재일남성작가들의 작품에서도 비중 있게 다뤄질 만큼 재일조선
인문학의 보편적 주제의식과 밀접히 연동한다는 점에서, 재일여성문학
에서 '재일'의 메타포를 투명하게 제거하는 것 또한 일면적 고찰의 위험
성을 내포한다. 따라서 이 글에서는 재일여성문학에 내재한 독자적이고
고유한 특징과 범주를 아우르는 통합적 재일여성문학(사)의 전모를 고찰
하기 위한 선행 작업으로서, 기왕의 재일조선인문학을 바라보는 주요 접
근방식인 '이산과 식민체험', '가부장제', '마이너리티'라는 몇 개의 키워
드를 중심으로 재일여성문학의 특징과 경향을 간략히 도출해보고자 한
다. 이산과 남북분단으로 인한 고향/조국과의 단절, 해방 이후에도 지속
되는 피식민자로서의 체험은 '재일'여성이라는 존재를 구성하는 근본 요
인이며, 가부장적 장소인 일본사회와 '재일가족' 내부에서 여성이 놓인
중층적 위치, 그리고 차별과 혐오, 은폐와 배제의 논리에 구속당하는 소
수민족 여성으로서의 마이너리티성이 재일여성문학을 통찰하는 유효
한 관점을 제공하기 때문이다. '재일'을 살아가는 여성들이 자신들의 세
계를 바라보는, 혹은 세계와 맞서는 태도와 감각의 차이, 작품 안에서 이
러한 형상과 주제를 드러내는 내밀한 방식, 재일여성만의 특별한 경험이
재일조선인문학을 환기시키는 지점 등을 각 주제별로 몇몇 작가의 작품
을 통해 검증해보고자 한다.

개별 작품 분석에 앞서 각 여성작가들과 작품들이 놓인 시대적 위치를 점검하는 시도로서, 해방 이후 현재에 이르기까지의 주요 여성문학자들의 등장과 면모를 간략히 일별함으로써 재일여성문학의 계보와 명맥의 흔적을 전경화해보고자 한다. 사실상 '재일조선인문학'이라는 범주조차도 국민국가의 테두리 너머에 존재하는, 사史적으로 구획해내기 어려운 복합적 산물로서, 일목요연하게 정리된 '통사적이며 망라된' 재일조선인문학사는 아직 존재하지 않는다. 당연히 '재일여성문학'의 사적 흐름을 개괄한다는 것 또한 상당히 요원한 일이다. 따라서 이 글에서는 몇몇 관련 연구성과들을 검토, 요약하는 방식으로 재일여성문학(사)의 성긴 줄기를 엮어내어 그 편린을 제시해보고자 한다.

2. 재일여성문학의 역사적 흐름

1) 해방 이후 1960년대까지 재일여성문학의 흐름

현재 '문학사'라는 타이틀로 재일조선인문학을 고찰하고 있는 연구서로는 임전혜의 『일본에서의 조선인 문학의 역사―1945년까지』[1]와 송혜원의 『'재일조선인 문학사'를 위하여』[2]가 있다.[3] 이 중에서 임전혜의 문

---

1 任展慧, 『日本における朝鮮人の文学の歴史―1945年まで』, 法政大学出版局, 1994.
2 송혜원, 『'재일조선인 문학사'를 위하여―소리 없는 목소리의 폴리포니』, 소명출판, 2019.(宋惠媛, 『『在日朝鮮人文學史』のために―聲なき聲のポリルフォニー』, 岩波書店, 2014.)
3 문학사는 아니지만 재일여성문학을 시기별·주제별로 집중적으로 고찰한 연구서로는

학사는 1880년대부터 1945년까지 일본에서 활동했던 '조선인' 문학자들의 조선어, 한문, 일본어 문학활동을 폭넓게 다루고 있는, 재일조선인 문학의 전사前史에 해당하며, 송혜원의 문학사는 해방 이후 본격적으로 이루어지는 '재일조선인' 문학자들의 문학활동을 다루고 있다. 송혜원은 1945년부터 1970년까지의 시기를 "일본어와 조선어가 뒤섞여 난무하던 탈식민지화의 언어 공간"[4]으로 상정하면서 재일조선인문학이 '식민지 엘리트 남성의 일본어 문학'에서 발원되었다는 기존의 전형적 인식을 허물고, 포괄적이고 새로운 문학사의 기준점들을 제시하면서, 언어, 성별, 국적, 이주시기, 발표매체, 장르를 아우르는 통합적인 재일조선인문학사 기술의 가능성을 타진한다.

송혜원의 문학사에서 가장 첫머리에 놓이는 창작주체는 바로 '여성'이다. 송혜원은 1장 「원류로서의 '여성문학사'」에서, '해방 당시 여성들의 문해율이 10퍼센트 정도밖에 안 되고, 유교적 질서와 빈곤으로 여성들이 교육의 기회를 빼앗김으로써 1970년 이전에는 여성들의 본격적인 문학활동이 전무한 것처럼 인식되어왔으나, 일본출판사에서의 간행물이 거의 존재하지 않는 재일조선여성문학사를 더듬는다는 것, 그것이 재일조선인문학이란 무엇인가를 탐색하는 단서가 될 것'[5]이라고 단언하면서 해방 이후 간행된 다양한 재일잡지, 기관지 등의 자료를 발굴, 분석하여 여성들의 초기 문학·문필활동을 정치하게 가시화해나간다. 송혜원에

金壎我, 『在日朝鮮人女性文學論』(作品社, 2004)이 있다. 김훈아는 이 책에서 종추월, 이정자, 이양지, 후카사와 가이, 김마스미, 유미리를 다루고 있다.

4   송혜원, 앞의 책, 25쪽.
5   위의 책, 65~66쪽 참조.

의하면, 여성들의 문해교육은 해방 이후 재일조선인 조직에 의해 건설된 조선어강습소나 조선어학교를 통해 비로소 이루어졌으며, 조련 부녀부를 이어 1947년 결성된 재일본조선민주여성동맹여맹을 중심으로 야간강습회와 『여맹시보』 간행, '생활학교문해교육학교' 등이 이루어지면서 성인여성의 조선어 교육, 민족교육, 계몽교육 등이 수행된다. '문맹퇴치'와 생활개혁, 봉건적 가부장제에 대한 비판을 중심으로 진행되었던 여성들의 문자 획득 과정은 1955년 총련의 결성과 더불어 질적으로 비약하게 되며, 여맹의 기념문예작품 모집, 기관지 『조선여성』, 총련기관지 『조선신보』 등은 여성들에게 수기, 일기, 독후감, 수필, 작문, 시와 가사 등의 문예작품을 발표하는 글쓰기의 장을 제공했다. 1960년대 종반終盤부터 일본의 야간학교에서 일본어 문해교육을 실시함으로써 1세 여성들의 일본어 글쓰기도 가능해졌다.[6]

'문맹퇴치', 문해교육으로부터 시작된 재일여성들의 글쓰기는 2세대 여성들에 이르러 시, 소설, 수필 등의 본격적인 문학작품을 산출하는 단계로 나아간다. 재일여성작가의 선구자는 1940년대 후반부터 시를 발표하기 시작한 리금옥李錦玉이다.[7] 1929년 미에현 태생인 리금옥은 1948년 결성된 재일조선문학회의 몇 안 되는 여성회원의 한 사람이었으며, 조선학교 교원으로 일하면서 일본어와 조선어의 이중언어로 시를 발표한 최초의 여성시인이다. 1950년 7월 『민주조선』 종간호에 실린 「바람」과 「강

---

6   윤송아, 「이언어(二言語)의 장(場)에서 끌어올린 목소리들의 향연-宋惠媛, 『「在日朝鮮人文學史」のために-聲なき聲のポリフォ二ー』」, 『일본학』 42, 동국대 일본학연구소, 2016, 245~246쪽 참조.
7   송혜원, 앞의 책, 109쪽.

연회」 발표를 시작으로, 『조선총련』, 『조선시보』, 『조선신보』, 『문학예술』 등에 조선 풍물, 어린이, 조선학교에 관련한 다수의 일본어, 조선어 시를 발표했다. '정치 정세나 외압에 대한 비판의 눈과 생명에 대한 자애의 정이 융합하고 있는 점이 1970년대 이전 리금옥 시의 고유의 맛'이라고 송혜원은 평한다.[8]

1950년대에 들어서 다수의 여성이 오사카 재일조선인 시지詩誌 『진달래ヂンダレ』에 작품을 발표한다. 1953년 2월부터 1958년 10월까지 20호가 간행된 『진달래』에는 이정자李靜子, 안휘자, 송재랑, 강순희, 강청자 등의 시와 원영애의 산문 등, 15명 정도 여성들의 50여 편에 이르는 작품들이 실려 있다.[9] 특히 5호에 '여성 4인집 특집'송재랑, 이정자, 강순희, 김숙희, 14호에 '이정자 작품 특집'을 구성하는 등 여성들의 문필활동이 적극적으로 개진되고 있다. 이들 여성들은 여성주체로서의 각성, 가부장제에 대한 비판, 능동적인 자유연애, 결혼과 여성문제, 생활과 노동의 보람, 정전停戰 염원과 이산의 아픔 등 재일조선인 여성으로서 겪는 삶의 제반 조건들을 타개하거나 문제제기하려는 적극적인 시적 발화들을 수행하고 있다. 특히 이정자의 시 「모자의 노래」6호나 원영애의 산문 「아버지의 파쇼」11호 등은 당시 재일여성들이 겪었던 가족과 결혼제도 안에서의 봉건적 인식과 가부장적 억압·차별, 모성과 경력 단절 등의 문제를 때론 은유적으로 때론 직설적인 언어로 활발하게 개진하고 있다는 점에서 주목할 만하다.

---

8   위의 책, 110~118쪽 참조.
9   재일에스닉잡지연구회 역, 『진달래 가리온-오사카 재일조선인 시지』 1~5권, 지식과 교양, 2016. 참조.

『진달래』를 기반으로 일본어 여성시가 배태되었다면 총련의 민족교육과 연동하여 1950년대 후반부터 최설미, 황보옥자, 정춘자 등의 조선어 시 창작도 싹을 틔우게 된다.[10]

1950년대부터 60년대에 걸쳐 소설 창작을 했던 여성작가로는 윤영자, 안후키코, 유묘달이 있다.[11] '재일조선여성 최초의 소설로 추측되는' 윤영자의 조선어 단편소설 「아버지와 나」[1957]는 총련 산하 재일본조선민주청년동맹[민청] 창립 10주년 기념 문예작품 모집에서 소설부문 일등에 뽑힌 작품으로, 민족학급 교원으로서 가족의 생계를 책임지고 있는 딸 옥희가 무기력한 지식인 아버지와 마주하며 겪는 심리적 갈등과 비애를 그려낸 소설이다. 1957년 '백엽동인회'에 의해 창간된 종합잡지 『백엽』의 제1회 백엽문학상 준입선작에 「뒤늪裏沼」[1959]가 당선되어 등단한 안후키코安福基子는 재일2세들의 암울하고 폐색된 현실상황을 핍진하게 묘사한 「뒤늪」을 위시하여, 일본 어촌에서 벌어진 재일조선인과 일본인 간의 마찰을 그린 「현해탄」[1960~1962], 부실한 조선인 남편에게 괴롭힘을 당한 끝에 이혼을 결단하는 재일여성이 등장하는 「무궁화」[1961], 관동대지진으로 죽은 조선인들의 혼령이 붙은 집을 무대로 한 「학살의 영령」[1964] 등을 남겼다. 『이조추초李朝秋草』[1990], 『이조백자李朝白磁』[1992] 등의 시집을 상재한 시인으로 알려진 유묘달庾妙達은 1961년 소설 「어머니」로 제2회 백엽문학상을 수상하며 소설로 먼저 문단에 나온 여성이다. 「어머니」는 평생 딸들을 교육시키느라 애쓴 어머니가 남편 사후에 일곱

---

10   송혜원, 앞의 책, 128~133쪽 참조.
11   윤영자, 안후키코, 유묘달에 대한 설명은, 위의 책, 133~151쪽 참조.

명의 딸들과 함께 주체적인 여성으로 더불어 성장해가는 과정을 희망적으로 그린 소설이다. 세 여성작가들의 작품은 아버지와 아들을 중심에 놓고 재일가족의 이야기를 풀어나갔던 60년대 이후의 재일남성작가들과는 변별되게, 여성적 관점과 관계를 중심으로 가족의 문제, 재일의 문제에 접근하고 있다는 점에서 재일여성문학의 경향과 특징을 가늠할 중요한 문학적 단서라 할 수 있다. 이밖에도 앞서 언급한 일본에서의 조선어 문학 및 장혁주 등의 친일문학을 연구한 문학연구자 임전혜나 고마쓰가와사건의 이진우와의 서간집 『죄와 죽음과 사랑과』1963로 잘 알려진 저널리스트 박수남朴壽南도 70년대 이전부터 전방위적 문필활동을 주도해간 재일여성들이다.[12]

2) 1970년대 이후 재일여성문학의 흐름

1970년대에 이르면 이전까지의 여성작가, 시인들의 단속적인 창작 활동을 뛰어넘어 서서히 재일여성문학의 계보가 형성된다. 70년대에 간행된 여성 작품집으로는 종추월의 『종추월 시집』1971, 성율자의 소설 『이국의 청춘』1976, 이명숙의 시집 『어머니─까아짱에게』1979, 최일혜의 시집 『내 이름』1979 등이 있다.[13] 종추월宗秋月은 대표적인 초기 재일여성작가로, 작품으로는 『종추월 시집』 외에 시집 『이카이노·여자·사랑·노래』

---

12 위의 책, 151~160쪽 참조.
13 이소가이 지로(磯貝治良), 「재일문학의 여성작가·시가인(詩歌人)」, 재일디아스포라 문학의 글로컬리즘과 문화정치학 연구팀 편역, 『재일디아스포라 문학선집』 4(평론), 소명출판, 2017, 531~532쪽; 김훈아, 「종추월(宗秋月)의 시와 '재일조선인어'」, 『일본근대문학─연구와 비평』 4, 한국일본근대문학회, 2005, 231쪽 참조.

1984, 수필집『이카이노 타령』1986,『사랑해』1987, 재일문예지『민도』에 발표한 단편소설「이카이노의 태평스런 안경」1987,「불꽃」1990 등이 있다.[14] "오사카 사투리와 제주도 말투가 만들어낸 변방"[15]의 언어, "재일조선인들 삶 속에 실재하는 민중의 소리, '육체를 여과해 나온 이카이노어'"[16]를 바탕으로 강인하고 헌신적이며 생명력 넘치는 재일의 어머니상을 주조해낸 종추월은 재일 여성들의 이산과 고난의 삶을 활력 넘치는 육체적 언어, 생활과 노동에 기반한 해학적 언어로 새롭게 재구성해내고 있다. 1970년대에 소설을 발표한 최초의, 그리고 유일한 여성작가[17]인 성율자成律子는 데뷔작인『이국의 청춘』에 이어『이국으로의 여행』1979,『흰꽃그림자』1982 등을 상재했다. 이소가이 지로는 성율자의 작품에는 "사랑의 정감, 유교적 가치관 속에서 강요되는 여성멸시에 대한 저항 등이 묘사"되며, "이국의 삶 속에서 '조선 감추기'를 하지 않으면 안 되는 주인공의 민족적 갈등"과 "민족적 자각과 인간적인 자립에 대한 통과의례가 여성적 시점에서 이야기 된다"고 분석한다.[18]

70년대를 거쳐 1980년대에 이르면 앞서 언급한 이양지를 비롯하여 김창생金蒼生, 이정자李正子 등의 주요 여성작가들이 본격적으로 재일여성문학의 토대를 다져가기 시작한다. 먼저 양립하는 모어와 모국어의 간

---

14 김훈아, 위의 글, 232쪽.
15 김응교,「1980년대 자이니치 시인 연구-종추월, 최화국, 김학렬을 중심으로」,『민족문학사연구』39, 민족문학사학회, 2009, 240쪽.
16 김훈아, 앞의 글, 243쪽.
17 이소가이 지로, 앞의 글, 543쪽.
18 위의 글, 543쪽.

극 사이에서 교란되는 내면의 분열 양상을 탁월하게 묘파한 『유희』1988로 제100회 아쿠타가와상을 수상하면서 일본문단에 이름을 알린 이양지는 재일조선인문학사에 있어서도 중요한 족적을 남긴 재일여성작가이다. 부모의 불화와 이혼 소송, 아버지와의 대립과 갈등, 두 오빠의 죽음, 한국 유학 등 작가의 자전적 사건을 배경으로, 한 여성의 실존적 성장과정을 묘파한 등단작 「나비타령」『군상』, 1982.11.을 시작으로 「해녀」1983, 「각」1984, 「유희」1988, 『돌의 소리』1992, 미완의 유고작 등 10편의 소설과 다수의 산문, 시를 발표했다. 재일조선인의 경계적 위치, 혹은 이중적 타자의 위치를 문학 작품을 통해 적나라하게 표출해내고 있는 이양지는, 한국 유학이라는 작가의 모국 체험을 기반으로 일본뿐 아니라 한국 안에서 재일조선인이 겪는 정체성의 혼란과 긴장관계를 가감 없이 드러내고 있으며, 이분법적이고 단일한 민족 정체성 논리를 뛰어넘어 중층적이고 모순적이며 경계에 직면한 자아의 복합적 내면을 폭로하는 예리한 관찰자이자 경험자로서의 시선을 보여준다.[19]

이카이노 출신의 여성작가인 김창생은 최초의 단행본 『나의 이카이노 —재일2세에 있어서의 조국과 이국』1982에서 재일 1세 어머니와 이카이노의 여성들을 통해 자신이 조국과 여성주체에 대한 자각을 키워나갔음을 밝힌다. 김창생에게 어머니는 "이국의 삶을 살아 견딘 조선 여인의 원초이자 재일 2세의 작가에게 있어 피부로 접할 수 있는 조선 그 자체"로서 "여자로서의 자립과 민족의 동일성"을 동일선상에서 추구하게 한 동

---

19   윤송아, 『재일조선인 문학의 주체 서사 연구—가족·신체·민족의 상관성을 중심으로』, 어문사, 2012, 249~250쪽.

력이었다.[20] 이러한 여성적·민족적 자의식에 바탕하여 김창생은 이후 「붉은 열매」1988, 「세 자매」1990, 「피크닉」1995 등의 단편소설을 발표하면서 가부장적 가족제도에서 벗어나 독립적인 여성주체로서의 생활감각과 자율적인 목소리를 생성해가는 여성들의 입장을 간결하고 분명한 어조로 대변해낸다. 김환기는 김창생이 "남성 중심의 가부장적 사고를 수용하면서도 관념적인 틀을 과감하게 벗겨내려 한다는 점, 현실주의적 시좌로 독립된 여성의 주체성을 강조한다는 점에서 기존의 재일 코리안 문학과는 다른 세계관을 보여주고 있"[21]다고 평가한다.

"일본의 서정성의 상징을 가장 잘 드러내는 전통문학 표현양식인 단카短歌로써 자신의 민족적 정체성과 일본사회의 부조리한 차별과 배제를 알리는 작업을 계속 해오고"[22] 있는 가인歌人 이정자는 『봉선화의 노래』를 시작으로 가집 『나그네 타령─영원한 여행자』1991, 『잎이 나기 시작한 벚나무葉櫻』1997, 수필집 『뒤돌아보면 일본』1994 등을 상재했다.[23] 치마저고리를 통해 조선인으로서의 민족적 자각을 깨우쳤던 순간을 단카로 처음 노래했던 이정자는 이후 조선인으로서 당하는 민족차별, 재일 1세들의 고난의 삶, 일본 남성과의 사랑과 이별의 아픔, 디아스포라로서의 나그네 의식 등을 가장 일본적인 시 형식인 단카를 통해 역설적으로 풀어

---

20 이소가이 지로, 앞의 글, 554쪽 참조.

21 김환기, 「재일 코리언 문학에 나타난 '女性像' 고찰」, 『일본학보』 80, 한국일본학회, 2009, 132쪽.

22 마경옥, 「재일여성작가 이정자의 단카세계」, 『일어일문학』 60, 대한일어일문학회, 2013, 182쪽.

23 김훈아, 「재일조선인 李正子의 '短歌'考」, 『국제한인문학연구』 1, 국제한인문학회, 2004, 185쪽.

냄으로써 그 주제의식의 밀도를 더욱 증폭시킨다.

이처럼 일정한 문학적 성과를 축적해가던 재일여성문학은 1990년대 이후 비약적인 성장을 보인다. 유미리, 사기사와 메구무, 후카사와 가이, 김마스미를 비롯하여 박경남, 이상금, 김연화, 박명미, 김유정김계자, 후카자와 우시오, 이방세, 나쓰야마 나오미夏山直美, 김리자, 김수선, 전미혜, 이승순, 이미자, 박정화, 김영자 등의 작가, 시인, 아동문학가, 논픽션작가 등이 유수한 문학상 수상을 통해 일본문단에 등장하거나 단행본을 간행하며 작품 활동을 이어간다.[24]

이들 중 1987년 18세의 나이에 「강변길」로 제64회 문학계신인상을 최연소 수상하며 등단한 사기사와 메구무는 추후 자신이 재일조선인 친할머니의 피를 이어받은 '쿼터'의 재일조선인임을 자각하면서, 1990년대 이후에 본격적으로 「진짜 여름」1992, 『개나리도 꽃 사쿠라도 꽃』1994, 『그대는 이 나라를 사랑하는가』1997, 「고향의 봄」2001, 「안경 너머로 본 하늘」2004 등의 재일의식을 드러낸 작품을 발표한다. 유미리는 희곡 『물고기의 축제』1993 이후 『돌에서 헤엄치는 물고기』1994 『풀하우스』1996, 『가족시네마』1997, 『골드러시』1998, 『8월의 저편』2004 등의 소설과 『물가의 요람』1997, 『생명』2000, 『평양의 여름휴가-내가 본 북조선』2011 등의 수필집을 상재했으며, 『가족시네마』로 제116회 아쿠타가와상을 수상하는 등 일본 문단 내에서도 상당한 공력과 대중성을 지닌 작가로 각광받고 있는 재일여성작가이다. '재일가족' 및 병리적 자본주의 사회에 노출된 현대가족의

---

24 이소가이 지로, 앞의 글, 537~538쪽 참조.

인간 소외와 소통 단절 문제를 다루고 있으며, 『8월의 저편』에서는 고통과 수난의 역사를 살아온 기층민중과 일본군 위안부 등의 여성을, 『우에 노역 공원출구』2014에서는 소외되고 빈곤한 노숙자 등의 삶에 주목함으로써 역사적·사회적 타자의 이름을 복원하고 환대하는 글쓰기를 지속하고 있다. 「불타는 초가」1997, 「로스앤젤레스의 하늘」2001 등을 통해 한국과 일본이 아닌 제3의 공간, 로스앤젤레스에서의 재일조선인의 위치성을 고찰한 김마스미는 '동화'와 '귀화'라는 재일 현세대들의 현실적 귀속 지점에서 벗어나 유동적이고 탈경계적인 혼종적 삶의 형식과 다국가적 정체성을 천착한다.[25] 단일한 민족·국가정체성을 탈피하여 "'재일'만이 내재 가능한 문화 양의성, 정체성의 다양성을 기반으로 한 새로운 정체성 생성이야말로 그들의 보편인 삶의 통로로 작용되는 것"[26]임을 밝히고 있으며, '열등한 신체성'이라는 재일조선인에 대한 식민주의적 시선을 흑인에 대한 인종주의와 연동시킴으로써 그 허구성과 차별성을 폭로한다.

이밖에도 1991년 1월 창간하여 2013년 9월 휴간 때까지 27호를 발간한 재일여성동인지 『봉선화鳳仙花』와 재일여성문예협회가 2006년부터 2010년까지 5호를 발행한 재일여성문예지 『땅에서 배를 저어라地に舟をこげ』는 재일여성들의 다양하고 독자적인 목소리를 적극적으로 전경화하고 활발한 문학·문필활동들을 뒷받침한 여성매체로서 중요한 역할을 수행해왔다. 이처럼 해방 이후 최근까지 재일조선인 문학장 안에서는 무수한

---

25 윤송아, 「재일 한인 문학의 탈경계성과 수행성 연구」, 『동남어문논집』 38, 동남어문학회, 2014, 281쪽.

26 최순애, 「김 마스미(金真須美)의 『LosAngeles의 하늘(羅聖の空)』에 나타난 '재일' 3세의 정체성의 변용」, 『한일민족문제연구』 24, 한일민족문제학회, 2013, 226쪽.

여성문학자들이 배출되었으며, 이들은 디아스포라이자 마이너리티로서의 재일여성이라는 중층적 정체성에 발 딛고 자신들의 영역을 충실히 확보해나가면서 재일조선인문학의 다채로운 확장과 변용을 꾀하고 있다.

3. 주요 여성작가의 작품을 통해 본 재일여성문학의 주제의식

일본문단 안에서 일정한 성과를 거둔 이양지, 유미리, 사기사와 메구무 등의 작품은 한국에서도 상당한 분량의 번역본이 출간되었다. 하지만 그 외 재일여성작가의 경우에는 작가별 작품집이나 시집이 번역 출간된 적이 거의 없다. 연구 영역에서도 이양지, 유미리, 사기사와 메구무 등의 경우 수십 편에서 백여 편에 가까운 학위·학술논문이 산출된 것에 비해 그 외 여성작가들에 대한 연구는 종추월, 이정자, 김창생, 김마스미, 후카자와 우시오, 최실 등에 대한 몇 편씩의 연구 작업이 고작이다. 이는 비단 여성작가에 국한된 현상만은 아니며, 재일조선인문학에 대한 한국사회의 인식 정도 및 접근 경향과 연동하는 것이다. 이 글에서는 미흡하나마 국내에 번역·소개된 재일여성작가의 작품을 중심으로 재일여성문학의 몇 가지 주제의식을 고찰해보고자 한다.

1) 식민주의 국가폭력과 이산/분단의 재생산

1940년대 일본을 무대로 일본 학교에 다니는 조선인 소녀들의 모습을 생생하게 그리고 있는 성율자의 『이국으로의 여행』1979에는 고된 가사노동에 시달리느라 학교생활에 적응하지 못하거나 조선인이라는 이유로 일본인 학생들에게 집단 따돌림과 강간을 당하는 조선인 소녀들이 등장한다.[27] 일제강점기, "민족과 젠더라는 이중의 식민지화"[28]에 고통당했던 조선인 여성들은 해방 이후에도 일본사회 안에서 지속적으로 증폭·재생산된 성차별, 민족차별에 노출되어 왔으며 이러한 식민주의 국가폭력의 현장, 재일사회에 드리워진 식민 잔재의 폭력성은 여러 여성작가들에 의해 지속적으로 재현되어왔다. 최근 간행된 최실의 『지니의 퍼즐』2016에는 북한의 미사일 발사 실험 직후 치마저고리를 입고 등교하던 중학생 지니가 일본인 남성들에게 "애초에 조센진은 더러운 생물"[29]이라며 무단폭행과 성폭행을 당하는 장면이 등장하는바, 기존의 식민주의적 국가폭력이 북한과 연계된 조선학교, 재일조선인에 대한 혐오차별과 폭력으로 확대·재생산되는 현시점을 적나라하게 보여준다. 대표적인 재일 여성작가인 이양지의 「나비타령」과 「해녀」, 유미리의 『8월의 저편』 등에도 이와 관련한 첨예한 주제의식이 드러난다.

이양지는 등단작 「나비타령」을 통해 '일본적인' 아버지와 대척되는 열등하고 차별적인 기표로서의 '조선적인' 어머니와 자신을 동일시하면서 끊임없이 자기부정과 강박적인 분열 증상에 시달리는 재일여성을 형상화한다. 작가의 분신이기도 한 주인공 아이코는 재일조선인에 대한 차별과 억압이 노골적으로 표면화되고 이들의 안위가 위협당하며 축출되는

---

27 송혜원, 앞의 책, 72~73쪽.
28 위의 책, 65쪽.
29 최실, 정수윤 역, 『지니의 퍼즐』, 은행나무, 2018, 115쪽.

폐쇄적인 일본사회 안에서 불안정하고 혼돈스러운 공황 상태에 직면하게 되며 일본인에 의한 피살 공포와 살해 충동을 동시에 경험한다. 식민주의 잔재가 편재화된 일본의 일상공간은 아이코의 '조선적인 것', '재일성'을 감시하고 배제하며 내면화된 차별성을 강화하는 공포의 지대로 기능한다. 이러한 일본사회에 대한 강박적인 두려움과 자기 파괴/부정의 표출양상은 「해녀」에 이르면 더욱 심화된다. 「해녀」는 재일조선인인 '그녀'가 일본인 의붓아버지의 집에서 일상적인 가정폭력, 두 의붓오빠에 의한 상습적 성폭행, 재일조선인에 대한 노골적인 멸시와 차별의 시선에 노출되면서, 학살에 대한 공포와 고문의 환각, 왜곡된 자학행위에 시달리다 결국 자살에 이르는 과정을 핍진하게 그리고 있다. 가정폭력, 근친에 의한 성폭력이 일상화되는 근본적 배경에는 그녀가 재일조선인이라는 존재적 부성이 자리하며, 이러한 재일조선인의 열등성, 차별성을 강화하는 일본사회 내의 폭력적 순환논리가 내재한다. 무수한 조선인들이 유언비어에 의해 무차별적으로 살해당했던 1923년 '관동대지진 사건'은 '그녀'의 극단적인 학살 공포를 뒷받침하는 식민주의 국가폭력의 맨얼굴이며, 이러한 역사적 추체험은 가정폭력, 성폭력, 재일차별 등의 복합적 요소와 한패를 이루어 자기부정과 자기 파괴로 확대·재생산되는 고통의 근원이 된다.[30]

이처럼 현세대 재일여성이 겪은 차별과 자기부정의 서사는 유미리의 『8월의 저편』에 이르러 더욱 폭넓고 정치한 접근방식으로 식민주의 국

---

30 이양지의 「나비타령」, 「해녀」에 대한 자세한 논고는 윤송아, 앞의 책, 248~317쪽 참조.

가폭력의 기원과 실상을 폭로하는 단계로 나아간다. 자신의 외할아버지인 마라토너 양임득이우철을 모델로, 일제강점기에서 한국전쟁기에 이르는, 4대에 걸친 가족사를 방대한 분량으로 재현해내고 있는 『8월의 저편』은 그 당시 역사의 가장 낮은 곳에서 고통받고 사상되어 간 민초들의 미시적 목소리에 주목하고, 그 희생되고 박탈당한 역사적 타자의 이름을 호명하고 복원함으로써 진정한 '집합기억'으로서의 민중의 서사를 기술해낸다. 특히 소설의 프롤로그와 에필로그에는 공산주의자로 몰려 생매장당한 이우철의 동생 이우근과 일본군 성노예로 끌려간 김영희의 영혼결혼식 및 그들의 억울한 넋을 위로하는 씻김굿이 등장하는데, 이는 치밀한 자료 고증에 의해 재구성된 '일본군 성노예' 김영희의 일대기 ─ 일본인 민간업자의 취업알선 제안에 속아 중국 무한으로 끌려가기까지의 여정, 일본군 위안소 '낙원'에서의 처참한 '일본군 성노예' 착취 과정, 해방 후 귀향과 죽음을 선택하기까지의 과정 ─ 재현과 함께 작가가 일제 강점기 국가폭력에 의해 희생된 조선인/조선여성을 환대하고 위무하는 윤리적·문학적 실천을 핍진하게 수행하고 있음을 보여준다.[31]

위의 작품 외에도 이양지나 유미리가 분열된 자기정체성을 껴안고 끊임없이 부유하고 고뇌하면서 '버림받은 자', '난민'으로서의 이미지를 작품 안에 주조하고 있다는 점에서, 식민주의 국가폭력이 배태한 재일조선인의 디아스포라성을 다시금 환기할 수 있다. 일제강점기 이후 재일조선인을 규정짓는 근원적 토대는 강제된 이산離散과 이주, 고향 박탈의 경험

---

31 유미리의 『8월의 저편』에 대한 자세한 논고는 위의 책, 463~473·531~560쪽 참조.

이며, 이는 한반도 분단이라는 새로운 이산 구도에 의해 중층적으로 증폭되어왔다. 일제강점기와 해방 직후 재일조선인들의 이산 및 재일경험이 식민지 조선과 일본 간에 이루어진 일차적 이산의 소산이라면, 남북분단과 한국전쟁 이후 재일 1세를 포함한 이후 세대의 이산 감각은 남한과 북한, 일본이라는 이중, 삼중의 이산 구도 안에서 단절되고 중층결정된 지점에 놓여있다. 국적이라는 국민국가 시스템에 포박되어 남북한 조국으로의 자유로운 왕래가 막혀버린 재일조선인들, 북한의 '귀국사업'으로 조국에 돌아간 후 일본으로 다시 돌아오지 못한 무수한 재일가족 등, 식민의 결과로서 고향을 떠나 뿔뿔이 흩어진 동포·가족들은 남북분단과 이데올로기의 대립, 북한-일본의 국교단절과 경색국면에 기원한 몇 겹의 경계선에 가로막혀 새로운 이산/분단의 재생산 구도에 얽매이게 된다. 여기에서는 이러한 중복된 이산과 단절의 경험을 다각적으로 천착하고 있는 후카사와 가이의 「파랑새」2008, 후카자와 우시오의 「가나에 아줌마」2012, 김창생의 「세 자매」 등을 간략히 살펴보고자 한다.

후카사와 가이의 「파랑새」는 일제강점기에서부터 현재에 이르기까지 남북한과 일본을 둘러싼 동아시아의 복잡한 정세 속에서 착종되고 중첩된 이산의 역사와 개인의 경험을 밀도 있게 천착하고 있다. 주인공인 50대 여성 신자와 주변 인물들의 생애 및 사건을 중심으로 개인사이자 공통의 시대경험으로서의 이산과 해후의 현대사를 짚어낸다. 「파랑새」에서 가장 중요한 비중을 차지하는 인물은 신자의 외사촌언니인 복자이다. 60대 중반인 복자는 40년 전 귀국사업이 한창이던 시기, 부모와 오빠 부부, 어린 조카와 함께 북한으로 귀국하기로 했으나 급작스런 결혼을 빌미로 귀국 직전 혼자 일본에 남으면서 가족들과 생이별을 하게 된다. 이후 복자는 결혼과 재혼, 파혼을 거듭하며 결국 혼자 생활을 꾸려가는 신세가 되고 친척들의 '민폐'이자 천덕꾸러기로 전락하지만, 배신의 아픈 기억과 죄책감, 불우한 삶을 딛고 마침내 40년 만에 북한을 방문하여 오빠 일가를 만남으로써 "너무 가난해서 애달프기는 해도 역시 가족은 보물"[32]이라는 복잡한 '행복'과 마주하게 된다. 신자의 어머니 또한 부모의 중매로 17세에 고베로 건너와 아버지와 결혼한 후 오랜 세월 한국의 가족들과 떨어져 소식도 끊긴 채 지내다가 신자의 주선으로 고국을 떠난 지 40여 년 만에 부산의 큰언니와 조카들을 방문한다. 신자의 오랜 벗인 오오시마 사토시는 조선인 아버지와 일본인 어머니 사이에 일본 통치하의 '경성'에서 태어난 인물로, 해방과 한국전쟁 이후 14살 때 어머니, 동생들과 일본으로 건너왔으며 이때 홀로 한국에 남은 누나와 헤어지게 된다. 이처럼 일제강점기를 거쳐 '귀국사업'에 이르기까지 한 가족이 남북한과 일본으로 찢어져 생이별을 하게 된 개개인의 이산 경험은 2002년 9월 17일 고이즈미 수상이 방북하여 일본인 납치생존자의 존재를 확인하고 이들을 '일시귀국'시킨 사건과 얽히면서 또 다른 국면의 역사적 '이산' 현장과 중첩된다. 그러나 작가는 단순히 이산과 단절의 고통, 해후의 기쁨, 귀향의 당위성에만 주목하기보다는 오랜 세월 메꾸지 못한 육친에 대한 감정적 무게와 문화적 차이에 대한 신중한 접근, 각자의 자리에서 세워온 충실한 삶에 대한 존중을 바탕으로 이러한 이산과 단절의 시간들

---

32 후카사와 가이, 「파랑새」, 『재일디아스포라 문학선집』 3(소설2), 소명출판, 2017, 468쪽.

을 충분히 보듬어가야 함을 역설함으로써 균형 잡힌 관용의 시선으로 이산과 이산 이후의 역사를 마주할 것을 시사하고 있다.

후카자와 우시오의 「가나에 아줌마」에는 "30년 전부터 조총련 부인회 인맥을 살려 인연을 맺어주는 '중매쟁이 아줌마'로 일을 시작"[33]한 이래 200쌍이 넘는 동포 남녀의 혼담을 성사시키며 동포 사회에서 알아주는 '매파'로 활약해온 재일 2세 가나에 후쿠^{이복선}와 말단의 총련 일꾼으로 일해왔던 남편 가나에 데쓰오^{김철태} 가족에 얽힌 이산 경험이 제시된다. 후쿠의 중매알선료는 가나에 부부의 생활비뿐 아니라 일본인 남편과 아들을 부양하며 근근이 생계를 꾸려가는 딸 게이코를 돕거나, 40년 전 조선고급학교를 졸업하고 18세의 나이에 북한으로 귀국한 아들 고이치에게 송금하는 비용으로 대부분 쓰인다. 총련 일꾼이라는 이유로 아들의 북한행을 말리지 못했고 또 귀국동포의 가족으로서 오랫동안 조직에 매여 있을 수밖에 없었던 데쓰오와 후쿠 부부는 입국 허가가 나지 않아 한 번도 북한을 방문하지 못했지만, 이제는 생사조차 알 수 없는 아들을 위해 조금이라도 더 많은 돈을 보내려는 일념으로 동포들의 혼담 성사에 매진한다. "민단도 조총련도 상관없다. 한국이든 북한이든 아무렴 어떠랴. 목숨이 붙어 있는 한 동포들의 혼담을 하나라도 더 성사시키고 싶다. 그렇게라도 고이치와의 인연을 꼭 붙들어 두고 싶다"[34]는 후쿠의 간절한 염원은 '우리나라 만세'를 부르는 피로연장에서 의미 없이 양팔을 올렸다 내렸다 하는 후쿠의 모습과 연결되면서 그 비극적인 상황이 더욱 극적으로 재현된다. 민족이

---

33 후카자와 우시오, 김민정 역, 「가나에 아줌마」, 『가나에 아줌마』, 아르띠잔, 2019, 24쪽.
34 위의 책, 53쪽.

나 조국, 이념적 소신에 앞서 가족의 생사와 안위를 지키는 일이 더욱 절실한 생활의 추동력이자 과제가 되어버린 '귀포' 가족들의 오랜 일상은 식민의 역사를 제대로 청산하지 못한 채 남북으로 갈라져 반목하는 '조국'의 현실이 배태한 또 하나의 국가폭력으로 자리한다.

조국으로 돌아가지 못하는 현실이 북한-일본의 관계에만 존재하는 것은 아니다. 후쿠의 남편 가나에 데쓰오 또한 서울에서 일본으로 건너와 60년 동안 한 번도 고향인 한국에 가보지 못한 인물이다.[35] 북한에 가족을 둔 총련 일꾼이라는 배경은 반공이데올로기가 국시였던 한국사회에서는 또 하나의 금기였던 것이다. '조선적朝鮮籍' 동포들의 한국방문 또한 최근까지도 요원한 일이었다. 김창생의 「세 자매」에는 제주도에 조성한 부모의 산소에 성묘조차 가지 못하는 재일조선인 자매들의 회한이 담담하게 그려져 있다. 남편과 이혼 후 어린 딸 주향을 홀로 키우며 생활하고 있는 화선은 쉬는 일요일에 오랜만에 만난 언니 화덕, 화순과 함께 T역 근처의 조선사로 부모님의 성묘를 하러 간다. 그러나 부모님의 유골은 작년에 장남인 천수 오빠가 부모님의 고향인 제주도로 이장했기 때문에 일본에는 빈 유골함만 남아있다. "협정영주권을 가지기 위해 한국으로 국적을 새로 바꾼 천수와, 일본인과 결혼해서 아이들을 낳고 귀화한 후 몇 년 동안이나 행방이 묘연한 차남 길수를 제외하고는 모두가 조선국적"[36]인 화선의 형제자매들은 부모의 유골은 고향에 모셨으되 직접 성묘는 갈 수 없는 처지이다. 부모의 묘를 돌봐주기로 한 묘지기 부부에

---

35 「사주팔자」, 위의 책, 103쪽.
36 김창생, 「세자매」, 양석일 외 5인, 이한창 역, 『在日동포작가 단편선』, 소화, 1996, 203쪽.

게 서툰 한국어 편지와 소액의 향촉대를 부친 것이 화근이 되어 묘지기가 형사들에게 며칠간의 심문을 당한 이후 부모님 묘지의 관리비조차 보낼 수 없게 된다. 조선학교에 다니고 민족교원이 된 조카들, 화선이 총련에서 일했던 경력 등은 80년대 후반 한국사회에서는 받아들여지지 않는 금기의 영역이었다. 부모는 평생동안 가보지 못한 제주도 고향땅에 유골로라도 묻혔으나 이 과정에서 돌아가신 부모님과 자식들이 단절되는 반복된 이산의 아픔을 겪게 된 것이다. 이처럼 재일조선인의 이산의 역사는 조선에서 일본으로, 일본에서 북한으로, 일본에서 한국으로, 끊임없이 교차하고 어긋나면서 새로운 이산의 경험을 재생산해낸다.

2) 가부장적 질서에 균열을 내는 여성의 자립과 연대

해방 이후에도 조국에 돌아가지 못한 재일조선인들은 민족차별이 만연한 일본사회에서 살아남기 위해 불가피하게 '국가' 대신 민족공동체로의 결집을 강화하게 되며 이는 가족단위를 중심으로 더욱 공고하게 유지된다. 식민주의 폭력이 재생산되는 일본사회와의 대결 및 내부적 결속이 일차적인 과제로 제기되는 상황에서 재일조선인사회는 민족의 언어와 문화, 전통 등을 더욱 철저하게 계승하고 지켜나가면서 민족적 정체성과 자존감을 획득해갔으며, 이는 현재까지도 재일조선인사회를 유지하는 가장 큰 동력이 되고 있다. 그러나 재일조선인사회가 이러한 사회·역사적 차별과 모순을 타개해나가는 이면에는 그 공동체 내부의 중층적 모순과 갈등이라는 해결과제가 함께 존재하며 이 중에서 지속적으로 제기되었던 문제의식은 공동체 내 가부장적 질서에 대한 비판과 이를 타개해나가려는 재일여성 내부의 움직임들이다. 해방 이후 문해교육과 함께 봉건적 가부장제를 극복하려는 노력들이 활발히 이루어졌으며, 재일여성문학 안에서도 가장 중요한 이슈 중 하나로서 제기되어 왔다. 일례로 『진달래』에 수록된 원영애의 산문 「수폭과 여성」 1954.6, 「아버지의 파쇼」 1954.12 등에는 가부장제에 대한 근본적인 비판이 제기되고 있는데, 이는 "여성의 현실을 아버지-가족제도-근대국가시스템으로 이어지는 구조적인 관계에서 포착"[37]함으로써 재일여성 개개인이 당면한 부조리한 상황을 개별적 체험이 아닌 가부장제의 구조적 성차별의 맥락 안에서 고찰하려는 공통인식을 보여준다. 앞서 살펴본 윤영자, 유묘달의 작품 또한 여성의 관점에서 가족의 문제를 주체적으로 풀어나가려는 의지를 피력하고 있으며, 종추월, 이양지, 김창생, 유미리 또한 강인하고 활력 넘치는 여성적 힘의 가능성과 여성 연대의 모색, 근대적 가부장 질서를 교란하고 해체하려는 문학적 시도들을 적극적으로 수행한다. 여기에서는 김창생의 「붉은 열매」와 「세 자매」를 통해 기존의 가부장적 질서를 극복하는 재일여성의 자립과 연대의 가능성을 중점적으로 살펴보고자 한다.

김창생의 소설은 가부장제에 대한 냉철한 비판이나 여성해방의 의지를 극적으로 드러내지는 않는다. 하지만 가부장 질서에 길들여진 기존 가족 안에서 고뇌하고 갈등하는 여성의 내밀한 심리구조와 변모 과정을 담담하게 그려냄으로써 그 핍진한 성장의 서사에 진정성을 불어넣는다.

남편과 이혼한 지 1년이 넘은 옥녀는 다방 점원으로 일하면서 조선초

---

37   이승진, 「문예지 『진달래(ヂンダレ)』와 재일여성문학의 발현」, 『일본어문학』 63, 한국일본어문학회, 2014, 494쪽.

급학교 1년생인 딸 진아와 함께 허름한 아파트에서 근근이 생활한다. 스무 살의 어린 나이에 8살 연상의 남편 양호와 결혼한 옥녀는 자기중심적이며 권위적인 남편에 대한 거부감과, 가정폭력에 시달리던 재일 1세 여성들의 고통스러운 삶에 대한 연민 사이에서 갈등한다. 연로한 어머니에 대한 부채감으로 이른 나이에 홀어머니의 외아들인 양호와 결혼한 옥녀는 딸인 진아를 낳은 후에도 대를 이를 아들을 출산해야 한다는 노골적인 압력에 시달린다. 또한 옥녀는 마치 재일 1세대 아버지처럼 권위적 힘만을 내세우면서 "한 집에 머리는 하나면 족해. 나는 철학하는 여자는 필요 없어"[38]라며 여성의 무조건적인 복종만 강요하는, 온기 없는 남편과의 결혼생활 속에서 병든 새처럼 시들어간다. 이런 옥녀의 체념적 삶에 하나의 긍정적 의미를 부여하는 것이 시어머니의 존재이다. 남편에게 버림받고 평생 홀로 아들을 키워온 시어머니는 옥녀에게 더할 나위 없는 사랑과 정성을 베푼다. 시어머니의 온화한 사랑에 옥녀는 매번 '다시 시작해 보자'고 다짐하며 "서로 소리치고, 움켜쥐고, 욕해도 결과적으로는 마지막까지 백년해로한 1세대들과 같은 부부가 되자고"[39] 결심한다. 하지만 옥녀는 그 시어머니의 신세타령과 극진한 사랑 속에 숨겨진 '진실' — 집안을 이을 남자아이에 대한 염원 — 과 비로소 마주함으로써, 시어머니의 사랑에 부응하는 것이 궁극적으로는 한 여성주체로서의 자기 존재를 부정하고 가부장 질서를 유지하는 하나의 도구로 전락하는 과정임을 인식하게 된다. 결국 옥녀의 이혼은 자신을 하나의 온전한 인간 존재

---

38   김창생, 「붉은 열매」, 『재일디아스포라 문학선집』 2(소설1), 413쪽.

39   위의 책, 424쪽.

로서 존중하지 않는 사랑 없는 남편과의 결별임과 동시에, 남성 자손을 희구함으로써 은연중 가부장 질서를 공고히 구축해나가는 시어머니 — 재일 1세 여성의 삶에서도 분리되어가는 이중의 해방과 독립의 과정이라 할 수 있다. 소설의 말미에서 옥녀는 남편과 시어머니의 사진을 모두 불태움으로써 물리적, 법적 독립뿐 아니라 심리적 독립까지 완수한다. 또한 남편과의 결혼사진에서 자신의 '가장 젊고 예뻤을 때의 사진'만은 오려서 남겨둠으로써 암울한 과거를 통과해 온전한 여성주체로 이 자리에 선 자기 자신을 격려하고, 언젠가는 인생의 아름다운 '붉은 열매'를 맺을 수 있으리라는 희망을 품는다.

물론 작가는 가부장 사회 안에서 여성이 홀로 아이를 키우며 독립적인 주체로 삶을 꾸려나가는 것이 얼마나 어렵고 지난한 과정인가를 간과하지 않는다. 「붉은 열매」에서 옥녀가 어린 딸을 늦은 시간까지 혼자 남겨둔 채 직장생활을 이어갔던 것처럼, 「붉은 열매」의 연작이라 할 수 있는 「세 자매」에서도 유사하게 남편과 이혼하고 어린 딸 주향을 키우며 다방 직원으로 근무하는 화선이 등장한다. 월요일 아침부터 일주일 내내 다방에서 일하는 화선은 쉬는 일요일만을 기다리며 딸 주향도 제대로 챙기지 못한 채 "아이를 기른다는 것은 굶기지 않는 것이라고 믿어 의심치 않던 동포 1세들과 조금도 다를 바 없는 생활"[40]을 이어간다. 이러한 화선에게는 나이 차가 많은 두 언니가 있다. 부모님 성묘를 계기로 세 자매는 어느 일요일 함께 모여 음식을 나누며 서로의 신산한 삶을 공유한다.

---

40 김창생, 「세 자매」, 앞의 책, 177쪽.

화선과 스무 살 가까이 나이 차가 나는 장녀 화덕은 화선이 중학생 때 남편의 주벽을 피해 다섯 아이를 데리고 도망쳐 친정 근처 셋집으로 이사온 후 온갖 고생을 다 하며 혼자 힘으로 아이들을 모두 어엿한 어른들로 키워냈다. 화선과 십 년 이상 나이 차가 나는 화순은 코리안 클럽의 호스티스로, 어렸을 적 결핵을 앓고 두 차례의 자살미수를 겪는 등 역시 순탄치 않은 삶을 살아왔으나 늘 어린 조카인 주향을 따뜻하게 챙기는 정 많은 언니이다. "이것으로 고 씨 집안의 세 자매 전멸이네"[41]라는 화순의 자조 어린 말처럼 세 자매 모두 남편 없이 홀로 살아가는 처지지만, 작가가 세 자매의 만남을 통해 보여주고자 하는 것은 가난한 재일가족들의 삶을 지탱하고 보듬어내는 돌봄과 연대의 가능성이다. 이는 우선적으로 세 자매를 중심으로 한 가족애라는 범주 안에서 발흥하지만 궁극적으로는 이러한 여성적 돌봄과 공감의 확장이 남성 중심의 가부장적 가족질서의 외부에 위치한다는 점에서 새로운 여성가족의 구성과 연대를 암시한다고도 볼 수 있다. 어린 시절, 화덕이 화순을 돌보고, 화순이 화선을 돌봤던 돌봄의 순환구조는 수십 년이 지난 현재까지도 서로의 상처를 공유하고 보듬으며 각자의 삶을 추동하는 환대의 기제가 된다는 점에서, 「세 자매」가 보여주는 잔잔한 '자매애'는 돌봄의 가치가 가부장적 여성노동의 한 형태에만 머무는 것이 아니라 여성 연대의 기반이자 산물로서 전유되고 있음을 보여준다. 또한 세 자매 모두 가족과 본인의 삶을 스스로 책임지는 여성 가장으로서 독립된 여성주체의 지위를 가지고 있다는 점에서 이

---

41 위의 책, 193쪽.

러한 돌봄의 순환성은 궁극적으로 수직적인 가부장적 가족제도에 균열을 내는 수평적이고 동등한 연대의식과 맞물린다.

3) 차별과 혐오를 비트는 여성 마이너리티의 전략

재일여성에게 드리워진 민족차별, 성차별은 계급적, 인종적으로 소외된 여성 마이너리티의 정체성과 상호 교차되고 중첩되면서 더욱 첨예한 차별과 혐오 현상을 강화한다. 앞서 살펴본 재일여성작가들의 작품들은 가난의 고통에 시달리며 가족을 부양하기 위해 변방의 노동자로 살아가는 여성들을 전경화하고 있으며, '재일조선인', '여성', '노동자'라는 중층적 마이너리티의 위치를 감내해야 하는 불가피성에 주목하고 있다. 그러나 이러한 복합적 억압구조 아래 놓인 재일여성들을 재현하는 여성작가들의 시선은 그 부당성을 폭로하는 데에만 머물지 않는다. 의욕적으로 그 차별과 혐오의 시선을 응시하고 전유하면서 전복하는 단계로까지 나아간다. 재일 1세로부터 현재까지 이어지는 재일여성들의 강인한 생명력과 삶의 의지는 비단 여성작가들뿐만 아니라 원수일의 『이카이노 이야기』 등에서도 주요하게 다뤄질 만큼 재일조선인사회의 근간을 이루는 기본 서사이다. 이러한 보편적인 서사구조에 기반하면서도 여성작가들은 이를 민족과 가족이라는 정형화된 틀 안으로 수렴하기보다는 이를 와해해 새로운 구도 안에서 사유하려는 다양한 시도들을 보여준다. 여기에서는 김유정의 「검은 감」[2007]을 중심으로 이러한 서사 전략의 단초를 살펴보고자 한다.

김유정의 「검은 감」은 일본사회의 하위계층을 형성하고 있는 재일/

이주여성들의 고단한 삶의 현장과 불평등한 사회구조, 그리고 이에 굴하지 않고 다시 일어서는 재일여성들의 끈질긴 생명력을 힘 있게 묘파한다. 오사카 조선시장 변두리 먹감나무 집 한쪽에서 김치장사를 하는 경상도 출신의 갑순이 할머니는 점점 불어나는 손님에 일손이 부족해지자 제주도에서 이주한 뉴커머 출신의 성미를 고용한다. 성미는 일본에 건너와 돈을 벌겠다는 일념으로 재일동포인 잇페이ᅳ푸와 맞선결혼을 하고 일본에 건너왔다. 하지만 남편이 결혼 전 교통사고를 당해 기억상실증과 우울증을 앓고 있으며 제대로 일상생활을 유지하지 못한다는 것을 뒤늦게 알게 된 성미는 이후 10년 간 홀로 남편과 아이를 부양하는 동시에 제주도에 있는 가족들의 빚도 책임지는 가장의 역할을 맡게 된다. 갑순이 할머니 또한 서른다섯 살 때부터 김치가게에서 허드렛일을 해가며 생계를 유지해온 재일여성으로, 한국전쟁 때 생이별했다가 뒤늦게 찾은 외아들이 술주정과 도박으로 집안의 돈을 탕진하며 살아가도 묵묵히 뒷바라지를 감내하는 인물이다. 문맹인 갑순이 할머니를 대신해서 택배 주문과 은행 업무 등을 도맡아하며 가게의 중추적 역할을 맡게 된 성미는 가게의 수입이 점점 늘어나자 자신 명의의 가짜 계좌를 만들어 김치가게의 수입을 빼돌리기 시작한다. 그러나 "3,000만 엔을 목표로 돈을 모으고, 김치가게를 열 수 있는 가게를 사서……"[42]라는 성미의 꿈은, 김치가게가 세금 탈세 혐의로 국세청의 조사를 받게 되고 성미의 통장이 압류되면서 한낱 물거품으로 끝나고 만다. "부모, 형제, 남편, 자식…… 발버

---

42   김유정, 「검은 감」, 『재일디아스포라 문학선집』 3(소설2), 502쪽.

둥 쳐도, 발버둥 쳐도 이 굴레에서 벗어날 수 없"[43]는 악순환의 고리, "갑순이 할머니의 아들은 단지 혈육이라는 이유만으로 당연하다는 듯 돈을 훔"[44]쳐 가는데, 온종일을 뼈 빠지게 일해도 자신은 '보험도 퇴직금도 없는' 한낱 종업원에 불과할 뿐이라는 부조리한 현실인식이 성미의 부정한 행위와 뒤얽혀 마이너리티 재일여성의 복잡한 삶의 맥락을 가시화한다. 한편 갑순이 할머니가 국세청 직원들의 '국민' 발언에 의문을 제기하는 대목은 국민과 비국민을 편의에 따라 자의적으로 해석하면서 불평등한 민족차별을 자행해온 일본사회의 부조리성을 확인시킨다.

국민? 국가? 그녀는 자신을 향해 국민이라고 말하는 건가? 의아해하며 고개를 갸웃거렸다. 나는 조선인으로 태어나 일본인이 되었고 일본이 전쟁에 지자 조선인으로 되돌려져 한국인이 되었는데 이제 와 또 다시 일본국민이 되었다고? 아니 국민이라지만 세금을 낼 때만 그렇게 불린다는 사실을 순간 깨달았다. 그녀는 더 이상 부인하기는 어렵다고 생각하면서도 "언제부터 지가 일본국민이 되었단 말이예?" 그렇게 반문하는 것이 고작이었다.[45]

그러나 이처럼 정당한 권리 없이 가족 부양과 국가 부양세금 납부이라는 의무만을 부여받은 하층노동자이자 비국민으로서 마이너리티 재일여성들은 역설적으로 자신들의 차별적 삶을 포기하지 않고 끝내 살아냄으로

---

43   위의 책, 504~505쪽.
44   위의 책, 503쪽.
45   위의 책, 505쪽.

써 이 부조리한 체제에 저항한다. 국세청의 세무 조사가 있던 다음 날 갑순이 할머니는 변함없이 김치를 절이기 시작한다. 성미도 어느 날부터 오사카 시장의 또 다른 먹감나무 아래서 작은 놋대야를 늘어놓고 김치와 나물을 팔기 시작한다. 작가는 먹감나무처럼 오랜 시련 속에서도 변함없이 그 자리를 지켜내는 재일여성들의 생존전략이야말로 가장 강인한 저항의식이며 차별적 사회를 교란하는 중추적 힘임을 암시적으로 보여주고 있다. 자신의 마이너리티성을 하나의 생존전략으로 전유함으로써 그 부조리성을 증폭시키고 일본사회 안에 일상화된 뿌리 깊은 차별 기제들을 표면화하는 작업을 통해 재일여성들은 스스로에게 존재성을 부여하는 것이다. 이러한 차별과 혐오, 배제의 논리를 전복시키는 마이너리티의 전략은 지속적으로 재일여성작가들의 주요한 문학적 모티브가 되는 바, 앞서 살펴본 김마스미의 「불타는 초가」, 「로스앤젤레스의 하늘」처럼 인종주의와 민족주의의 경계를 허무는 마이너리티의 다중정체성 모색과 존재의 확장으로 나아가기도 하고, 유미리의 『우에노역 공원출구』와 후카자와 우시오의 『애매한 사이』처럼 노숙자, 비정규직 일용 노동자, 외국인 노동자, 기초생활수급자 등 일본 내부의 마이너리티들을 호명하고 긴밀한 연대의 지점들을 마련함으로써 재일여성의 범주를 뛰어넘는 증폭된 환대의 상상력을 보여주기도 한다.

4. 연대와 해방의 자리에서 재일여성문학의 전망

지금까지 살펴본 바와 같이 재일여성문학은 독립된 여성주체의 정체성 회복 및 차별과 억압적 현실을 타개하는 강인한 생명력과 생존투쟁을 통한 가족 및 재일공동체의 구현을 넘어 민족적, 인종적, 계급적 마이너리티들이 함께 연대하고 서로를 환대함으로써 공존과 해방의 전망을 구축해나가는 일련의 윤리적 과정들을 보여준다. 또한 이러한 연대와 해방의 서사는 개인과 자기공동체의 경계를 넘어, 혹은 문학의 자장을 뛰어넘어 그 역사적, 인류사적 시야를 풍부하게 확장해내고 있다는 점에서 고무적이다. 여성주체의 독립성과 돌봄의 '자매애'를 피력했던 작가 김창생은 2010년 일본을 떠나 부모님의 고향인 제주도로 이주한 후 4·3 항쟁을 위시한 한반도의 뼈아픈 현대사와 재일조선인에 대한 다각적 사유를 이어가고 있다.[46] 또한 현대의 가족문제로부터 출발하여 사회와 역사의 환부를 정치하게 천착해왔던 작가 유미리는 3·11 동일본 대지진 이후 원전이 폭발한 후쿠시마현 미나미소마시로 이주해 재해지역의 주민들과 직접 만나고 그들의 고통과 마주하면서, 미나미소마시 오다카역에 서점 '풀하우스'를 열어 후쿠시마 주민들의 '마음의 부흥'을 위해 애쓰며 원전 반대와 헤이트스피치 비판의 목소리도 꾸준히 내고 있다.[47] 세대

---

46   김창생, 「제주도의 흙이 된다는 것 – 재일 2세 김창생 에세이」, 앞의 책; 「삶과 관련 문제 응시하다」, 『제주新보』, 2018.3.29.(http://www.jejunews.com/news/articleView. html?idxno=2033928) 참조.

47   「유미리 씨 "황폐해진 삶의 터전에 '마음의 부흥' 위한 책방 열고 싶었죠"」, 『동아일보』 2018.8.18.(http://www.donga.com/news/article/all/20180818/91561476/1) 참조.

를 아우르는 재일조선인의 다양한 삶의 현장을 가감 없이 형상화하면서 활발히 작품활동을 하고 있는 후카자와 우시오도 최근 혐한 기사를 다룬 잡지 '포스토'의 차별 선동을 강도 높게 비판하며, 발행출판사인 '쇼가쿠칸小學館'에서의 릴레이 소설 연재를 중단하겠다고 선언한 바 있다.[48]

재일여성문학자들에 의해 천착되었던 '재일', '여성', '마이너리티'라는 복합적 존재성은 이제 개별적 해방을 추구하는 단계를 훌쩍 뛰어넘어 역사적 고난과 유린당한 타자에 주목하고, 전쟁과 문명의 이기에 저항하며 혐오와 차별의 구조를 타개하는 투쟁의 현장에 적극적으로 동참함으로써, 그 의미망을 한층 증폭시켜나가고 있다. 한반도와 동아시아를 둘러싼 식민의 역사를 가장 첨예하게 경험하고 끊임없이 극복해나간 재일조선인사회의 기층으로서, 문학을 통해 연대와 해방의 가능성을 실현해내고자 고군분투해온 재일여성문학자들은 앞장서서, 혹은 서로 어깨를 걸고 평화와 화합의 길에 명민한 초석을 마련해나가고 있다. 그러므로 재일여성문학을 읽는 일, 그리고 재일여성문학의 지형도를 짚어나가는 일은 결국 미완의 해방과 평화의 서사를 완성해가는 이 시대의 윤리적 책무와 맞닿아 있다고 하겠다.

---

48 「[글로벌 돋보기] '한국인이라는 병'이 있다고요?」, KBS 뉴스, 2019.9.5.(http://news.kbs.co.kr/news/view.do?ncd=4277322&ref=A)

대만여성문학과 2000년대 역사소설

스수칭의 『대만삼부곡』을 중심으로

최말순

1. 머리말

한국과 대만은 한국과 대만은 오랜 역사적 교류와 문화적 기반을 공유하고 있는 이웃일 뿐 아니라 근대 세계자본주의 체제에 편입되는 과정에서 일본에 의한 식민지배의 경험과 전후 냉전체제하 경제성장과 정치민주화를 이루어낸 유사성을 가지고 있다. 또한 정점에 이른 전지구적 자본주의와 최근 미중의 대립으로 인한 신냉전의 도래라는 세계정세의 역학 속에서 동아시아 지역의 중요한 일원으로서 상호협력이 요구되고 있다. 이런 이유로 인해 그간 양국에서 서로의 역사문화, 정치경제와 문학예술 부문에 이르기까지 다방면에 걸친 소개와 연구가 진행되어 왔다. 이러한 상호이해와 인식은 양국 역사의 유사한 행로에 기초한 것으로 일국사적 시각이 아닌 비교사의 관점에서 자국에 대한 객관적 이해를 가능케 하는 동시에 동아시아 근현대사의 맥락과 특질을 규명하는 실마리가 되어왔다고 하겠다.

기존의 모든 관련연구를 망라할 수는 없지만 다른 학술의제에 비해 여성문학에 대한 양국의 상호이해와 연구는 충분하지 않은 것으로 보인다. 20세기 초반 신여성 담론을 필두로 양국에서 여성의제가 사회적으로 언급되기 시작한 이래 한 세기 동안 지속적으로 여성문학이 창작되고 여성주의비평이 주요한 연구방법으로 자리 잡아온 만큼 유사한 역사경험을 가진 대만의 여성문학에 대한 이해는 필요하다 하겠다. 하지만 오랜 역사와 방대한 양의 여성문학을 모두 고찰할 수는 없으므로 이 글에서는 여성주의비평과 역대 여성작가들의 소설을 개관하고 스수칭施叔靑, 1945~의 2000년대 대하역사소설『대만삼부곡臺灣三部曲』을 통해 대만여성문학의 최근 면모를 소개하고자 한다. 이 소설을 선정한 이유는 스수칭의 여성작가로서의 대표성과 동시에『대만삼부곡』이 가진 특징적인 면모 때문인데, 즉 1990년대 이래 대만문학이 추구해 온 본토성의 탐색과 대만인의 역사 찾기, 이를 통해 대만민족주의를 만들어가는 과정에서 탄생한 작품이『대만삼부곡』이며 기존 남성작가들의 영웅중심과 가족사 형태의 역사소설과 구별되는 여성문학의 특질도 가지고 있다. 이러한 인식에 기초하여 본문에서는 역사의식과 소설 내 중국과 일본을 포함한 동아시아가 부단히 호명되는 이유와 의미에 초점을 맞추어 분석하고자 한다.

2. 대만의 여성주의 비평과 여성소설 개관

대만의 부녀운동과 여성주의 담론의 형성은 1970년대초 뤼쇼렌呂秀蓮, 1944~[1]이 제창한 '신여성주의'로부터 시작되어 1987년 해엄[2] 후, 정치, 경제와 문화에 대한 각종 제한이 완화되면서 급속하게 증가했다고 알려져 있다. 물론 대만여성에 대한 계몽은 일찍이 전도사였던 캐나다 장로회 맥케이George Leslie Mackay 목사가 1883년에 설립한 단수이淡水여학교로부터 시작되었고, 일제시기1895~1945에도 『대만민보臺灣民報』등 근대공공영역을 통해 문화계몽을 추진했던 지식인들에 의해 민며느리, 양녀 등의 관습을 철폐하고 여성에게 근대교육의 기회를 제공하자는 주장이 있었으며 첫 부녀단체인 장화부녀공려회彰化婦女共勵會가 성립되기도 했으나 당시 민족 문제와 계급문제에 밀리고 자본가, 식민자와 가부장제도의 삼중억압 속에서 '전족纏足철폐'같은 총독부가 허락하는 범위 내에서의 제한적인 부녀운동만이 가능했다.[3]

---

1   뤼쇼렌은 중화민국 제10, 11대 부통령을 역임한 정치인으로 대만의 민주화운동과 대만독립운동, 여성운동의 주창자로 알려져 있다. 그가 1971년 제기한 신여성주의운동은 여성의 불평등한 사회적 지위와 전통적인 남녀역할에 대한 비판을 주요내용으로 담고 있으며 시대여성협회(時代女性協會)와 개척자의 집(拓荒者之家) 등 단체를 설립하고 『신여성주의(新女性主義)』를 출판했으며 낙태 합법화, 민법 친속편의 재검토를 주장했다.
2   대만의 계엄은 1947년 2·28사건 당시의 1차 계엄에 이어 1949년 2차 계엄이 반포되어 1987년 해제될 때까지 38년간 지속되었고 대만본도를 포함한 부속도서와 평후(澎湖)군도에 적용되었다.
3   楊翠, 『日據時期台灣婦女的解放運動－以臺灣民報為分析場域(1920~1932)』, 臺北: 時報出版, 1993.

1945년 해방 이후에도 이러한 상황은 개선되지 못했다. 내전에 패배하고 대만으로 철수한 국민당정부는 대공산당 전술로 가부장제의 유가사상을 강조하고 오랜 기간 계엄령을 발효시켜 언론과 출판의 자유가 제한을 받았으며 국가주의 총동원체제를 지속시켰기 때문이다. 따라서 1987년 계엄해제 이전까지 소위 제2세대 여성주의[4]는 대만에 정착되지 못했으며 소수의 서구유학 경험을 가진 여성학자들에 의한 소개에 그쳤다. 1971년 뤼쇼롄이 출판한 『신여성주의』는 그중 하나로 자신의 반정부 민주화투쟁의 참여와 더불어 여성의 사회적 권리와 정치참여 기회를 쟁취하는데 상당한 영향력을 행사했으며 대만에서 '여성주의'기치를 내건 여권운동의 시초로 알려져 있다. 이 밖에도 자유여성주의 주창자인 리위안전李元貞, 1946~이 잡지 『각성覺醒』을 출판하고 여성의 자의식과 여성경험을 중시하면서 그 영향을 받은 여성작가들의 창작과 이에 따른 여성주의 문학비평이 생겨났다.

이러한 상황은 1987년 해엄과 더불어 정치적인 민주화와 문화개방으로 자유여성주의, 급진여성주의와 함께 제3세대 여성주의 비평과 담론이 유입되면서 여성주의 비평이 대만사회에 급격히 전파되었다. 이 시기의 중요한 여성주의 문학비평으로는 1989년에 나온 중링鍾玲, 1945~의 『현대중국의 뮤즈-대만 여시인 작품분석現代中國繆司─臺灣女詩人作品析論』을 들수 있는데 남성중심의 언어와 사고를 전복한 여성시학으로 평가받고 있다. 이어 1990년 미국체류학자인 장쑹성張誦聖, 1951~이 해방 후 대만여성

---

4   제2파/제2물결 여성주의(second-wave feminism)라고도 불리며 1960년대 미국에서 시작되어 서구세계 전체로 퍼진 여성주의운동이다.

소설을 대상으로 개인적 감정과 전통적인 압박에서 벗어나고자 하는 여성의 모습을 그린 규수온건파閨秀溫和派, 서구 현대문학의 세례를 받아 자의식을 추구한 중생대中生代 및 세기말 카니발식의 급진파激進派 여성문학으로 구분하여 그 변화를 추적했고,[5] 이후 구미의 자유여성주의 담론을 근거로 한 여성의 성적 자주성 주장이 많아졌다. 허춘루이何春蕤, 1951~는 『대담한 여인−여성주의와 성해방豪爽女人−女性主義與性解放』1994, 『「대담한 여인」을 누가 싫어하는가?「豪爽女人」誰不爽』1997 등에서 여성의 성해방을 연상시키는 논조로 여성의 성적 자주성을 주장했고, 장샤오훙張小虹, 1961~을 필두로 한 퀴어이론Queer theory 등 동성애 문학비평은 반가부장제, 반권위주의, 반엘리트주의를 표방하면서 대만사회에 센세이션을 불러 일으켰고 학계와 문단에도 여성주의 문학비평이 유행처럼 번졌다.[6]

이와 동시에 해엄 후 성장한 대만본토의식과 더불어 대만의 각 족군族群[7]별 여성들의 정체성 건립이 초미의 관심사로 부상했는데 제3세대 여

---

5 Chang, S. Y., Three generations of Taiwan's contemporary women writers: A critical intro-duction, In A. Carver and S. Y. Chang (Eds.), *Bamboo shoots after the rain: Contemporary stories by women writers of Taiwan*, New York: The Feminist Press, 1990, pp.15~25.

6 이들 여성학자 이외에 남성학자인 왕더웨이(王德威), 천팡밍(陳芳明), 츄옌빈(邱彦彬) 등은 역사적 시각으로 랴오차오양(廖朝陽), 랴오셴하오(廖咸浩) 등은 해체주의/포스트모더니즘시각으로 여성작가들이 어떻게 부권사회를 전복시키는지에 대해 토론했다.

7 Ethnic Group에 해당하는 말로 공동의 조상, 언어, 역사, 문화, 습속을 가진 단위이다. 현재 대만의 가장 큰 족군은 한인(漢人)으로 총인구의 97%를 차지하며 민남어(閩南語)를 사용하는 하락족군(河洛族群, 福佬族群이라고도 함)과 객가어(客家語)를 사용하는 객가족군(客家族群)으로 나뉘며 이밖에도 이주해 온 시기에 따라 외성인(外省人)과 본성인(本省人)으로 나뉘는데, 전자는 1949년 국민당 정부의 철수와 함께 중국에서 대만으로 이주해 온 사람들이고 후자는 그 이전부터 대만에 거주하고 있던 이들을 일컫는다. 그 외 인구의 2% 내외를 차지하는 원주민 족군도 16개 부족이 있는데 각

성주의와 결합한 탈식민담론이 여성문학비평의 중요한 이론적 근거로 제시되었다. 치우구이펀邱貴芬, 1957~, 류위쇼劉毓秀, 1954~, 펑샤오옌彭小妍 1952~, 린팡메이林芳玫, 1961~ 등 여성학자들은 여성작가 이앙李昂, 1952~의 1991년작 『잃어버린 정원迷園』에 대해 여성의 성적 자주성을 추구하는 과정을 대만 주체성의 건립에 빗댄 민족우화로 해석했다. 치우구이펀은 『대만·여성을 중개하다-탈식민주의 관점의 대만 읽기仲介台灣·女人-後殖民女性觀點的臺灣閱讀』1997에서 대만의 다른 족군의 여성소설들이 각기 다른 젠더문화의 정체성을 보여준다고 하였고, 『탈식민 및 기타後殖民及其外』2003에서는 자본주의 전지구화의 충격과 대만문화 주체성의 건립이라는 틈 사이에서 여성주의의 안신처를 찾아야 한다는 의견을 피력했다. 배만족排灣族[8] 원주민인 리그라브 아우利格拉樂·阿嫣, 1969~는 도시 엘리트 여성주의자들의 대표성에 회의를 표명하면서 사회의 하류층과 주변에 속하는 여성들의 현실에 눈을 돌려야할 것이라고 했다.[9] 이렇듯 1990년대 이래 교육개혁을 통한 각 족군의 다원문화에 대한 인식이 생겨나면서 대만 여성주의 담론과 비평은 한인漢人과 중산계층 중심에서 벗어나 열세 족군과 기타 계층으로 확산되었고 이런 추세는 지금까지 이어지고 있다.

이렇게 여성주의 비평과 담론의 대만전파와 수용상황을 일별해 보았다. 비록 근대초기에 여성인권 보호주장이 있었으나 오랜 기간 식민통치

각 다른 언어와 문화를 가지고 있다.

8   16개 원주민 부족 중의 하나로 주요 분포지역은 중앙산맥 남단의 동서양측, 해발 500미터에서 13,000미터 사이이며 행정구역상으로는 핑둥현(屏東縣), 타이둥시(臺東市)와 타이둥현(臺東縣)을 포함한다. 인구는 10만을 웃돌며 원주민 족군 중 두 번째로 많다.

9   利格拉樂·阿嫣, 『穆莉淡(Mulidan)-部落手札』, 臺北:女書文化, 1998.

와 해방 후 반공시기의 국가주의 총동원시기를 거치는 동안 여성주의 비평은 민족저항과 반공담론 속에서 제대로 정착되지 못했음을 알 수 있었다. 그러나 여성작가들에 의한 여성문제의 문학화는 일찍부터 있어왔는데 일제시기부터 최근까지의 대만여성소설을 아래 몇 가지 단계로 나누어 간략하게 소개하기로 한다.

첫 단계는 일제시기[1895~1945]로, 식민지 처지와 근대초기의 사회적 환경으로 인해 여성교육이 제대로 이루어지지 않았고 이는 여성작가의 배출에 지대한 영향을 끼쳤다. 현재 알려진 여성소설은 3편에 불과한데, 장비화張碧華의「초승달新月」1934[10]은 여학교를 졸업한 주인공이 혼인자유를 쟁취하는 과정을 그린 내용으로 이 과정에서 봉건가부장제의 희생자로 남편의 축첩을 견뎌야했던 모친의 도움과 격려가 크게 작용했다. 집안의 일꾼을 사랑하게 된 주인공의 감정은 부친의 격렬한 반대에 부딪히게 되고 자신의 소위 '문당호대門當戶對'[11]의 피해를 딸에게 물려주지 않고자 했기 때문이다. 예타오葉陶, 1905~1970의「사랑의 결실愛的結晶」[12]1935은 두 여성이 각기 다른 이유로 모성상실의 위기에 처하게 되는 내용으로 여학교 교사인 쑤잉素英은 사회주의운동을 하는 남편과 자유연애로 결혼했으나 가난으로 인해 아이가 영양불량으로 실명하게 되는 상황이고, 그녀의 친

---

10 원제는「삼일월(三日月)」이며 1934년 일본 도쿄의 대만문인들이 발행한 문학잡지 『포르모사(フォルモサ)』 7월호에 일본어로 실려 있다. 작가인 장비화(張碧華)에 대해서는 알려진 바가 별로 없다.

11 문당호대란 원래 대칭을 이루고 있는 대문 앞의 장식품과 대문 위의 조각문양을 말하는 것으로 결혼할 양가의 경제규모와 사회적 지위가 비슷하고 걸맞은 것을 말한다.

12 작가 예타오는 일제시기 농민운동가이며 좌익작가로 유명한 양쿠이(楊逵)의 부인으로, 일본어로 쓰인 이 소설은 자전적 성격이 강하다고 알려져 있다.

구 바오주寶珠는 바람둥이 남편으로 인해 매독에 감염되어 백치 아이를 낳는 비극을 겪는다. 소설은 이들의 대화를 통해 서로의 처지를 이해하고 동정해 주는 여성들의 연대의식을 보여주지만 그들이 직면한 현실이 녹록치 않음을 매우 우울한 색조로 그려내고 있다. 양첸허楊千鶴, 1921~2011의 「꽃 피는 시절花開時節」[13]1942은 여자전문학교 졸업반인 중산계층 여학생들을 주인공으로 하여 그들이 앞으로 직면하게 될 미래에 대한 불안, 결혼에 대한 불확실성 등 자신의 인생을 개척하고자 하나 어떻게 시작해야 할지 모르는 막연한 심정을 상당히 절실하게 그려내고 있다. 소설이 나온 1942년이 전쟁기 황민화운동을 통한 전쟁동원이 이루어지던 시기를 감안하면 비록 식민지 대만의 현실에 대한 인식이 드러나지는 않지만 역설적으로 현모양처론에 대한 거부 등 식민지 여성교육의 문제를 보여주는 것으로 해석할 수 있다. 작가인 양첸허는 같은 시기 수필에서 졸업 후 기자로서의 생활과 대만인에 대한 불공평한 대우에 대한 불만을 토로하기도 했다.[14] 이렇듯 봉건가부장제, 좌익운동가의 빈궁한 생활, 자주의식의 추구 등의 내용으로 일제시기 여성소설을 정리할 수 있다.

두 번째 시기는 해방 후부터 1950년대까지의 문단으로 전후 초기 파견된 접수정권[15]과 이후 국민당정부의 철수[16]와 함께 중국에서 건너 온

13 　작가는 고등교육을 받은 대만의 첫 여기자로 알려져 있으며, 이 소설은 일본어로『臺灣文學』2卷 3號에 실려 있다.

14 　「哭婆」,『文藝臺灣』, 1941.9.

15 　1945년 해방직후 중국에 편입되면서 대만에 설립된 최고 권력기구로 대만성행정장관공서(臺灣省行政長官公署)를 말한다.

16 　제2차 국공내전에서 패배한 중화민국 정부와 그를 따르는 200만의 군민이 1949년부터 1950년까지 대만으로 철수한 것을 말한다.

여성작가군이 등장했는데 이들은 오사중국신문학의 세례를 받은 대학 이상의 고등교육 조건과 언어적 우세[17] 그리고 공산당과의 대치경험으로 인해 국민당정부가 추진한 반공문예정책으로 유리한 위치를 점하게 되었다. 1950년대의 반공문예정책은 국공내전에서의 패배원인 중 하나가 프로문예의 대중 영향력이었다는 진단에서 출발해 건전하고 적극적인 인물들의 애국 이야기를 통해 반공과 대륙수복의 목표를 달성하고자 하는 것이다.[18] 이를 위해 1950년에 중화문예상금위원회中華文藝獎金委員會, 중국문예협회中國文藝協會, 중국청년창작협회中國靑年寫作協會 등 관변기구들이 조직, 운영되었고 여성작가들은 이들 기구 이외에도 1955년에 설립된 대만성부녀창작협회臺灣省婦女寫作協會의 성원으로 활동했다.[19] 그러나 이들의 소설은 반공정책에 위배되지 않는 선에서 남성작가들의 반공서사와는 다른 양상을 보여주었다. 예를 들어 반공문예상을 수상한[20] 판런무潘人木, 1919~2005의 『사촌 여동생 롄이蓮漪表妹』는 중산계층 여성의 낭만적 사랑을 배경으로 공산당의 포섭 수법과 기만적인 인간성을 폭로하고 있지만 전체적으로 여성의 성장에 초점이 맞추어져 있으며, 신구교체기의 중국가정과 여성인물을 주로 그린 쉬중페이徐鍾珮, 1917~2006의 자전적 소설

---

17 대만성행정장관공서는 1946년 10월부터 신문과 잡지에서 일어사용을 금지시켰으며 이 정책은 일본어 교육을 받은 대만작가들의 창작과 발표에 큰 영향을 미쳤다.

18 반공문예정책에 대해서는 최말순, 『식민과 냉전하의 대만문학』(글누림, 2019)을 참고.

19 이 시기 대표적인 여성작가로 판런무(潘人木), 쑤쉐린(蘇雪林), 셰빙잉(謝冰瑩), 린하이인(林海音), 쉬중페이(徐鍾珮), 궈량후이(郭良蕙), 퉁전(童眞), 장쇼야(張秀亞), 장수한(張漱涵), 판루(繁露), 옌여우메이(嚴友梅), 류팡(劉枋), 아이원(艾雯), 멍야오(孟瑤) 등을 들 수 있다.

20 1952년 『文藝創作』月刊 문학상에서 2등상을 수상했다.

『여음餘音』1961에는 남편과는 달리 딸을 여학당에 보내고자 하는 모친이 긍정적으로 그려지고, 린하이인林海音, 1918~2001의 많은 소설들도 구가정제도의 권위와 제한에서 억압받는 여성의 이야기를 섬세하게 그려내고 있다. 동시에 이들 여성소설은 동일하게 중국에서 건너온 남성작가들이 고향에 대한 향수를 토로하는데 비해 대만을 새로운 근거지로 삼아 생활을 개척하는 모습으로[21] 1950년대 반공문학에 완전히 수렴되지 않는 속성을 보여주고 있다. 이들의 대량창작은 전통과 현대 사이에 처해있는 여성의 생활과 감정을 주로 묘사하여 대만문단에서 처음으로 젠더이슈에 대한 관심을 촉발시켰으며 여성문단을 형성했다.

1960년대에 들어 천뤄시陳若曦, 1938~, 오양쯔歐陽子, 1939~, 지지季季, 1945~, 스수칭, 리앙李昂등 대만본토 출신의 여성작가들이 등장하였는데 이들은 기존 중국에서 건너온 일부 여성작가들과 창작 스타일, 소재 등에서 매우 다른 경향을 보여주었다. 기존 작가들을 오사전통의 선택적 계승과 연관시켜 설명할 수 있다면 이들은 서구 모더니즘문학의 서술기법과 언어적 실험, 인간심리의 묘사에서 상당한 영향을 받았다. 이러한 경향은 1960년대 대만문단의 주류형식으로 일컬어지는 모더니즘 사조의 자장에 위치하고 있기 때문이기도 하지만[22] 동시에 이에 완전히 수렴되지 않는 특질도 보여준다. 우선 여성의 성적 욕망을 직접적으로 제기하고 있다는 점에서 급진여성주의 지향을 보여주는데 가령 중국에서 건너온 여성작가인 궈량후이郭良蕙, 1926~2013의 장편『닫힌 마음心鎖』1962이 근친상간

---

21   范銘如, 「臺灣新故鄉－五十年代女性小說」, 『中外文學』28卷4期, 1999.9, 106~125쪽.
22   일반적으로 미국의 문화냉전의 영향으로 본다. 최말순, 앞의 책 참고.

을 소재로 하였다는 이유로 대만성부녀창작협회와 중국문예협회로부터 제명당했고, 1970년대말 녜화링聶華苓, 1925~의 『쌍칭과 탸오훙桑靑與挑紅』1976 역시 정치적인 문제와 선정적인 성적 표현 문제로 신문연재가 강제 중단되었다.[23] 계엄령하에서 사상과 표현의 자유에 대한 억압이 여성소설에 직접적인 제한을 가져왔음을 알 수 있다. 대만본토 출신의 여성작가들도 여성의 숨겨진 욕망을 직간접적으로 표출했는데 오양쯔는 그중 대표적 인물이다. 가령 『가을 잎새秋葉』1969의 애매하고 이해하기 어려운 근친상간이나 「마녀魔女」1967 속 딸의 남자친구에게 감정을 느끼는 모친의 등장은 기존의 고정된 모성 이미지를 전복하는 것이다. 이 시기 문단에 등장한 스수칭과 리앙도 「도마뱀붙이壁虎」1965와 「곡선이 있는 인형有曲線的娃娃」1970을 통해 성적 욕망의 복잡한 면모를 그려내었다. 또한 이 시기 많은 여성작가들이 자신들의 생활공간인 '대만'의 현지성을 소설 속에 녹여내고 있음도 주목할 만하다.[24] 비록 『쌍칭과 타오훙』에서도 모더니즘 기법으로 백색테러리즘하 대만에서 살아가는 억압된 심령을 그려내었고, 위리화於梨華, 1929~2020의 『종려수又見棕櫚, 又見棕櫚』1965에서도 뿌리 뽑힌 유랑자의 향토에 대한 상상을 보여주지만, 그 보다 소위 모더니즘 기법의 향토소설로 언급되는 대만본토 출신 작가 천뤄시의 「마지막 무

---

23 1970년 『연합보(聯合報)』 부간에 연재하는 도중에 강제로 중단되어 홍콩에서 발표되었고 이후 세계 각지 중국어 사용지역에서 출판되었다.

24 치우구이펀(邱貴芬)은 대만에서 출생한 여성작가들이 자신의 성장공간인 대만에서의 경험과 변천하는 대만사회에 대한 관찰, 즉 소위 '대만색채'를 각자의 모더니즘소설에 녹여내고 있다는 점을 제기했다. 『日據以來臺灣女作家小說選讀』導論, 台北:女書文化, 2001, 3~50쪽.

대最後夜戲」1961에서 각 지방을 떠돌며 공연하는, 이제는 몰락한 대만의 전통희극 종사자인 여성이 겪는 생활의 압력과 꺼져가는 생명을 통해 유랑극단을 따라 정처 없이 떠도는 사회 하류층 인물과 그의 공연모습 등 자본주의 진전과 현대식 문물에 밀려 사라지고 있는 대만의 전통과 향토생활 및 그 속에 어려 있는 정감을 통해 인생의 황량함을 잘 드러내고 있다. 이 시기 자본주의 공리적 가치관과 전통윤리의 붕괴현상에 대한 비판은 지지의「옥팔찌를 줍다拾玉鐲」1974에서도 중점적으로 다루고 있는 내용이다. 이로써 1960, 70년대 대만 모더니즘문학이 서구문화를 수용하는 과정에서 형성되었다는 일반적인 인식이 여성소설에서 그대로 통용되지 않음을 알 수 있다. 정리하자면 이들 여성소설은 모더니즘 기교와 복잡한 형식실험으로 '성'과 '향토'에 대한 상상을 그려내면서 인간존재에 대한 근원적인 탐구와 세밀한 심리의 근저를 탐험했다고 하겠다.

대만여성문학의 다음 단계는 1970년대 중후반부터 1980년대 중엽까지로 흔히 규수문학閨秀文學 시기로 불린다. 주로 주요 일간지인 『연합보聯合報』와 『중국시보中國時報』가 문학상을 설립하면서 반공시기 관방주도의 문학상을 대신하여 창작을 주도하게 되었는데 이 시스템을 통해 등단한 여성작가들로는 쟝샤오윈蔣曉雲, 1954~, 주톈원朱天文, 1956~, 주톈신朱天心, 1958~, 위안츙츙袁瓊瓊, 1950~, 샤오리훙蕭麗紅, 1950~, 쑤웨이정蘇偉貞, 1954~ 등으로 주로 남녀 간의 사랑을 그리고 있으며 대부분 『삼삼집간三三集刊』[25]과 밀접하게

---

25   1977년 창간한 문학잡지로 1981년까지 28기가 발간되었다. 발기인과 최초의 구성원은 주톈원(朱天文), 주톈신(朱天心), 마수리(馬叔禮), 셰차이쥔(謝材俊), 딩야민(丁亞民), 셴즈(仙枝) 등이고 그들은 공동으로 장아이링(張愛玲), 후란청(胡蘭成)과 주시닝(朱西甯)의 문학영향을 받은 것으로 알려져 있는데 창작경향은 섬세하고 유미적이며,

관련되어 있다. 이들의 문학은 이 시기 대만문학의 주류현상으로 떠오른 소위 향토문학과 다른 경향성으로 이해되고 있다. 향토문학이 지향한 비판적 현실인식과 세계체제하 대만의 정치, 경제적 입지와 달리 이들 여성작가들은 사랑을 매개로 남녀문제에 천착하고 있는데 그 이유로 당시의 정치적 환경, 즉 1979년 미려도사건美麗島事件[26] 이후의 공포 분위기로 정치적 언급이 어려웠다는 점과 사회형태의 변화, 즉 1980년대를 전후한 도시문화의 형성과 중산계급의 문화적 취향이 반영되었다는 견해가 있다.[27] 그 외 규수문학에서 다루는 남녀문제는 욕망으로 국가민족 정치담론을 전복하는 소위 젠더정치로 해석되기도 하지만 욕망을 다루는 깊이나 창작기교에서 이전 모더니즘문학 시기의 여성소설보다 현저히 퇴보한 보수성을 띄고 있어 대도시문화와 취업여성들의 감성에 공명한 현상으로 보는 것이 좋을 듯하다.

이러한 낭만적, 서정적 경향의 규수문학과 달리 복잡해진 현대사회의 실상을 천착하는 여성소설도 이 시기에 등장했는데 샤오씨蕭颯, 1953~, 랴오휘이잉廖輝英, 1948~, 리앙 등은 도시 남녀의 갈등과 잔존한 가부장제의 억압을 진한 농도로 그려내었다. 특히 리앙의 『남편 살해殺夫』1983는 기이한 분위기로 전통사회체제가 여성에게 가하는 압박과 가정폭력의 실상

중화문화와 삼민주의 이데올로기에 편향되어 있으며 대륙수복과 문화중국 등의 이념을 강조하고 있다.

26 1979년 12월 10일 국제인권의 날에 가오슝(高雄)에서 발생한 반정부 시위로 미려도(美麗島) 잡지사의 당외운동 인사들이 조직적인 군중시위와 강연을 통해 민주와 자유 주장, 일당독재와 계엄해제를 주장했다. 가오슝사건이라고도 불린다.

27 치우구이펀(邱貴芬), 앞의 책, 「서문」.

을 적나라하게 드러냄으로써 당시 문단의 쟁점이 되기도 했고, 『어두운 밤暗夜』1975에서는 성, 금전, 권력의 복잡한 관계를 그려내었다. 지성적 평론 성격의 창작으로 유명한 핑루平路, 1953~도 이 시기에 등단하여 대만의 복잡한 정치상황과 국가정체성 문제를 제기한 「옥수수밭에서의 죽음玉米田之死」1983을 시작으로 향후의 문학행로에 첫걸음을 내디뎠다.

1987년 해엄 이전부터 진행되어 온 대만사회의 각 분야에서의 개방화 노력은 1980년대 문단에서 정치적 언급과 비판을 가능하게 했다.[28] 이 시기의 여성문학도 젠더정치를 포함한 소위 '정치화' 현상이 두드러졌는데 해엄으로 표현의 척도가 대폭 개방되었고 민주화운동의 결실인 정치민주화의 가능성과 동시에 이를 기반으로 한 대만본토의식의 성장이 이루어졌기 때문이다. 또한 서구유학에서 돌아온 여성학자들에 의해 여성주의 비평과 담론이 유입되어 1990년대 문단은 정치와 동성애 의제, 족군族群 정체성이 동시에 분출했다. 우선 전시기 규수문학 경향에서 벗어나 현실정치와의 대화를 시도한 여성작가로 주톈신과 위안충충을 들 수 있는데 이들은 각각 「신당십구일新黨十九日」1989, 「불멸佛滅」1989, 『권촌의 형제들을 생각한다想我眷村的兄弟們』1992와 『금생연今生緣』1987에서 외성인 족군 정체성과 변화하는 정치 환경과의 긴장관계를 드러내었다. 또한 천예陳燁, 1959~2012, 차이셔우뉘蔡秀女, 1956~, 리앙 등 본토출신 작가들도 각각 『진흙 강泥河』1989, 「벼씨가 뿌려지다稻穗落土」1985, 『잃어버린 정원迷園』1991 등 소설에서 그간 금기였던 2·28사건, 백색테러리즘의 상흔 등 민남어

<hr />

28 대만문학사에서 일반적으로 1980년대를 정치문학시기라고 부른다.

閩南語를 주로 사용하는 복로족福佬族의 족군 기억을 찾아내고 계엄시기의 인권억압에 대한 비판적 인식을 드러내었다. 그 외 이 시기 핑루는 『걸어서 하늘 끝까지行道天涯』1995 와 「백년간의 편지百齡箋」2009에서 정치담론에 의해 각색된 역사인물의 진면목을 찾아 정치허구성과 비진실성의 폭로 가능성을 타진하였다.

이 시기 족군 입장이 비교적 선명한 소설과 달리 대만사회의 현대화 과정에서의 문화변천과 풍토, 인신의 변화에 천착한 여성작기도 등장했는데 차이쑤펀蔡素芬, 1963~의 『염전의 아들 딸鹽田兒女』1994과 링옌凌煙, 1965~의 『목소리를 잃은 새失聲畫眉』1990가 대표적이다. 전자는 향촌일가의 생활과 민속전통의 세심한 묘사가 돋보이고, 후자는 자본주의 논리와 욕망 앞에 몰락해가는 대만의 전통희극을 통해 1980년대 중반 남부대만의 서민생활을 보여준다. 원주민 여성작가 리그라브 아우도 부락에서 대대로 전해지는 이야기를 통해 사라져가는 원주민의 전통과 문화를 기록하였다.

족군 입장과 정치비판 이외에 동성애문학의 등장도 이 시기 여성문학의 주류현상 중 하나이다. 츄마오진邱妙津, 1969~1995의 『악어수기鱷魚手記』 1994, 천쉐陳雪, 1970~의 『악녀서惡女書』1995, 홍링洪凌, 1971~의 『이단흡혈귀열전異端吸血鬼列傳』1995 등은 여성 동성애문학의 이정표를 세웠고, 주톈원은 남성 동성애 주인공을 내세운 『황인수기荒人手記』1994에서 자아정체성의 탐구를 통한 젠더정치를 선보였다. 또한 이러한 자아와 정치적 신분의 정체성 찾기가 백열화되는 가운데 쑤웨이전蘇偉貞의 『침묵의 섬沉默之島』1994은 독특하게 소설 속 인물들의 문화, 젠더, 연령, 언어 등의 차이보다 '성性'에 초점을 맞추어 심령과 신체의 관계를 고찰하였고 주톈원은 「세기말의 화려世紀末的華麗」1990에서 대도시 타이베이의 생활미학과 감각을 그린 도시소설을 창작했다.

다음 단계인 2000년대 들어 대만여성소설은 매우 다양한 양상으로 전개되고 있다. 그중 대만문학의 특징적 면모로서 1990년대를 이어 여전히 역사, 민족, 정체성 탐색의 행로를 보여주고 있다는 점에 주목할 만하다. 특히 대만의 역사를 그린 여성작가의 삼부곡三部曲형식 장편소설이 대거 나타났는데 대표작으로 스수칭의『대만삼부곡』2003~2010과 천위후이陳玉慧, 1957~의『해신가족海神家族』2004,『CHINA』2009,『행복한 잎새幸福之葉』2014, 핑루의『동방의 동쪽東方之東』2011,『춤추는 섬婆娑之島』2012, 리앙의『자전 소설自傳の小說』2000,『빙의附身』2011, 중원인鍾文音, 1966~의 가족소설 삼부곡인『여도기행女島紀行』1998,『옛날을 되새기며昨日重現』2001,『강의 왼편에서在河左岸』2003와 백 년간의 섬 이야기 삼부곡島嶼百年物語三部曲인『염가행豔歌行』2006,『단가행短歌行』2010,『상가행傷歌行』2011 등이다. 이들 소설의 역사시기는 청나라 시기부터 현재까지 한족의 이민역사, 일제시기의 전쟁동원, 대만공산당사, 228과 백색테러리즘, 1949년 국민당정부의 철수, 당대의 양안교류와 대만실업가의 대륙활동 등을 포함하고, 역사인물로는 17세기 세계 해양세력의 주인공이자 정청궁鄭成功, 1624~1662[29]의 부친인 정즈룽鄭芝龍, 1604~1661에서 대만여성공산당원 셰쉐훙謝雪紅, 1901~1970, 원주민 무녀, 대만인 일본군, 네덜란드 점령시기의 총독, 미국 외교관, 스코틀랜드 탐

---

29 정청궁(鄭成功)은 1645년 청나라 군대가 강남지대로 진격해 오자 이에 대항하였고 근거지를 대만으로 옮겨 청을 반대하고 명을 회복(反淸復明)하는 기지로 삼았으며 1661년 당시 대만에 주둔하고 있던 네덜란드 군대를 축출하고 타이난(臺南)을 근거지로 승천부(承天府)를 건립했다.

험가 등 대만역사에서 명멸한 실제인물과 허구적 인물이며, 그 소재로는
엽차, 도자산업, 서예 등 전통산업과 예술 이외에도 각종 민속 물품과 기
물이 대량 등장한다. 또한 정도의 차이는 있지만 대만의 국가적 정체성
을 건립하려는 시도와 동시에 메타픽션의 기법으로 역사적 신화와 진실
성에 대한 의문을 제기하면서 다족군사회의 문화적, 역사적 다양성을 드
러내어 대만의 국가와 민족문제를 어떻게 사고할지에 대한 새로운 시각
을 제공하고 있다.

3. 스수칭과 『대만삼부곡』의 주요내용

앞 절에서 소개한 대만여성소설사의 전개에서 알 수 있듯이 대만역사
를 통한 국가정체성의 탐색은 2000년대 소설의 특징적인 소재이며 내용
이다. 그중 가장 대표성을 가진 것으로 평가되는 작가와 작품으로 스수
칭과 그의 대만삼부곡인 『뤄진에 오다行過洛津』2003, 『풍전진애風前塵埃』2008,
『삼세인三世人』2010을 들 수 있는데 우선 작가와 작품의 주요 내용을 소개하
면, 1945년 대만 중부지역에 위치한 장화현 루강진彰化縣 鹿港鎮에서 출생한
스수칭은 1960년대 모더니즘 문단의 중요한 작가로 알려져 있다. 17세
에 발표한 등단작 『도마뱀붙이壁虎』1958에서 소녀의 억압된 성적 욕망이 뿜
어내는 긴장감을 표현한 이래 현재까지 왕성한 창작활동을 하고 있으며
2008년 국가문예상을 수상했다. 또한 1970년대에는 뤼쇼렌呂秀蓮과 함께
신여성주의를 선양하는 개척자拓荒者출판사를 창립하기도 했다. 그의 소

설 중 1990년대에 완성한 홍콩삼부곡香港三部曲인『그녀의 이름은 나비她名叫蝴蝶』1993,『만산에 핀 바히니아遍山洋紫荊』1995,『적막한 정원寂寞雲園』1997은 대만삼부곡의 전신으로 언급되기도 하는데 중국에서 건너 온 기녀 황더윈黃得雲의 전기적인 일생을 소재로 하여 욕망에의 갈등과 운명의 굴곡이 이끌어낸 각종 사건을 통해 식민지 홍콩사회의 이민문화와 역사를 긴 호흡으로 그려내었다. 2000년대에 나온 대만삼부곡은 대만의 피식민 경험과 이민사회라는 공통점에서 홍콩삼부곡과 비교되기도 한다.

대만삼부곡의 제1부『뤄진에 오다』는 청조 가경嘉慶년간1796~1820을 시대적 배경으로 하고 뤄진洛津, 지금의 鹿港을 공간적 배경으로 하여 한인漢人 이민사회의 형성, 흥성과 쇠퇴의 부침을 그리고 있다. 소설 전체를 관통하는 비교적 중심적인 서사는 중국 취안저우泉州의 칠자희극단七子戲班에서 여성역할을 하는 배우인 쉬칭許情이라는 인물이 세 차례 바다를 건너 루강鹿港으로 와서 겪는 이야기이다. 그는 극단을 따라 이미 두 번 이곳으로 공연을 온 적이 있고, 세 번째는 이미 나이가 들어 여성역할을 할 수 없게 되어 북치는 고수가 되어 연기를 가르치기 위해 다시 이곳에 오게 된다. 소설에서는 세 번째의 대만행을 기점으로 기억을 소급하면서 이전의 경험과 교차 대비하는 방식으로 한인들의 이민사회인 루강의 변화를 보여주고 있다. 쉬칭은 남자의 몸이나 무대에서 여성으로 분장하는 소단小旦[30] 으로 무대에서 내려오더라도 남성 팬들의 후원을 받기 때문에 복식에서부터 자태에 이르기까지 부드럽고 가늘며 교태가 흐르는 여성성

---

30 단(旦)은 중국전통 희곡에서 여성의 역할을 말하며 그중 소단(小旦)은 젊은 여성의 역할을 일컫는다.

을 유지하고 있다. 하지만 대만에 건너온 후 여러 일을 겪으면서 자신의 남성성에 눈을 뜨고 여성에 대해 이성적인 마음을 품는다. 특히 어린 기녀 아관阿嫚을 마음에 두게 되고 자신의 후원자인 우츄吳秋에게서 거세당할 위험에 처하면서 그의 손아귀에서 벗어나려 도망을 간다. 이러한 그의 행동은 동성애에서 이성애로 변화된 것이라기보다는 여러 상황과 인물을 만나면서 점차 남에게 의지하여 살아가야 하는 극단배우인 자신의 처지를 인식하게 되는 동시에 자신의 신체에 대한 인식과 성적 정체성을 찾아 주체적인 삶을 살아가고자 하는 희망을 품는 것으로 볼 수 있다.

소설의 무대인 루강은 대만역사에서 가장 먼저 중국과의 해상무역이 행해졌던 곳으로 현재까지 초기 이민사회의 모습을 보존하여 관광지로 알려져 있다. 소설은 비록 쉬칭의 이야기가 중심축으로 나오기는 하나 사건위주의 전개가 아니라 여러 인물을 등장시켜 그 인물들이 접촉해 가는 또 다른 인물들을 초점화하고 그들의 신분과 활동을 따라가며 관련되는 대만의 절기별 풍속, 원주민과의 접촉, 자연환경과 건축양식, 생활습속과 의류, 음식 등 각종 생활용품과 인문예술, 종교 신앙에 이르기까지 다양한 면모를 소개하는 확산형 구조를 취하고 있다. 이러한 구조는 기존의 남성인물 중심의 국가역사를 재현한 1950년대 반공역사소설이나 1970년대 대만역사소설[31]과는 상당한 거리가 있다.

대만삼부곡의 제2부 『풍전진애』는 제1부보다는 시간성을 명확하게 보

---

31 陳建忠, 「臺灣歷史小說芻議－關於硏究四, 認識論和方法論的反思」, 李勤岸, 陳龍廷主編, 『臺灣文學的大河:歷史, 土地與新文化－第六屆臺灣文化國際學術硏討會論文集』, 高雄:春暉出版社, 2009, 10~50쪽.

여준다. 주요인물은 일제시기 대만에서 태어나서 만생灣生이라 불리는 일본인 여성 요코야마 쓰키히메橫山月姬로 일본이 패망하기 전까지 대만에서의 생활, 특히 평생 잊지 못하는 원주민 남성과의 연애담을 그녀의 딸인 무히로 고토코無絃琴子의 시선을 통해 기술하는 구조를 취하고 있다. 이 과정에서 제5대 총독 사쿠마 사마타佐久間左馬太의 임기1906~1915에 거의 멸족 수준으로 진행되었던 원주민 토벌과 귀순정책, 화롄花蓮에 건설된 일본인 이민촌의 정경, 일본인 경찰가족의 생활, 주변 대만인들의 이들에 대한 태도와 인식 등이 다양하게 그려지고 있다. 이야기는 1990년대 시점에서 대만원주민들이 일본에 있는 고토코의 집을 방문하여 그녀의 어머니인 쓰키히메를 화롄으로 초청해 일제시기 고적을 재건한 건물의 낙성식에 참석해 달라는 요청을 하면서 시작된다. 자신 역시 대만에서 태어난 고토코는 이를 계기로 일제시기 요코야마 일가의 대만에서의 생활에 대한 탐색을 시작하게 된다. 그녀 자신은 어렸을 때 화롄을 떠났기 때문에 대만에서의 기억은 모두 어머니인 쓰키히메를 통해 소환된다. 쓰키히메는 마코眞子라는 가상의 친구를 만들어내어 소녀시절 자신과 대만 원주민 청년 하루크哈鹿克 사이의 연애를 회상하고 딸에게 말해 주는데 어릴 적부터 아버지가 없던 고토코는 어쩌면 자신의 부친이 이 원주민일지도 모른다고 생각하여 1970년대에 이미 부친을 찾아 화롄으로 여행을 한 적이 있으나 중도에 포기했었다. 소설은 과거와 현재를 교차하는 방식으로 진행되는데 요코야마 일가 삼대의 과거 이야기는 딸을 통해 소환되는 쓰키히메의 기억과 고토코의 과거 대만여행에 대한 회상으로, 현재 이야기는 미국의 한국학자가 기획한 제2차 세계대전 시기의 기모노 전람회에 참여하게 된 고토코가 전시용으로 보낼 기모노를 고르는 일과 관련하여 당시 전쟁선전과 동원을 위해 화려한 기모노에 전투기와 대량의 살상무기를 그려 넣어 그야말로 전쟁을 몸에 입고 다니며 체화했던 소위 전쟁의 미학화 문제를 제기하고 있다.

전체적으로 보아 제1부의 확산형 구조와는 다르게 쓰키히메의 대만에서의 기억이라는 비교적 뚜렷한 사건을 따라가며 시간성을 구축하고 있지만, 그와 동시에 제1부와 비슷하게 대량의 역사자료를 동원하여 매우 자세하게 일제시기의 여러 인물과 사건, 지리와 당시상황을 기록하여 일본인, 원주민, 객가인 등 여러 족군이 인접해 살았던 화롄을 일제시기 대만역사의 축소판으로 그려내었다.

제3부『삼세인』은 루강鹿港의 시씨집 삼대施家三代를 주요인물로 하고 일본 식민지가 시작되는 시점부터 1947년 2·28사건의 발발 이후까지를 시대배경으로 하여 전통 한문화를 고수하는 조부 스지성施寄生, 한문화보다는 일본의 근대교육에 의존하는 실무적 인간인 부친 스한런施漢仁, 천황의 적자로 자신을 인식하고 전쟁에 지원하지만 해방을 맞은 뒤 중국인으로, 2·28 이후 다시 대만인으로 인식하는 등 민족과 국가정체성에 혼란을 겪는 손자 스차오쭝施朝宗의 이야기를 그려나가고 있다. 이들 이외에도 식민근대성을 체화한 친일인물인 의사 황짠윈黃贊雲, 대만인의 문화계몽운동에 참여하여 점차 대만농민들이 착취당하는 것을 보면서 농민운동가로 활약하는 변호사 샤오쥐정蕭居正, 그의 친구로 문화운동보다 더욱 급진적인 무정부주의 항일노선을 모색하면서 일본군대의 대만상륙을 도와주고 각종 이권을 챙긴 재력가이며 당시 매국노로 알려진 소위 대국

민大國民[32]의 암살을 꿈꾸는 롼청이阮成義, 양녀출신으로 신분속박에서 벗어나 자신을 알리는 자전소설의 창작을 꿈꾸며 적극적으로 시류에 편승하고 자신을 바꿔가는 왕장주王掌珠 등의 인물을 배치하여 일제시기 대만의 각 계층별 인물이 처한 상황과 대응하는 방식, 인식구조 등을 잘 보여주고 있다. 또한 제1, 2부와 마찬가지로 일제시기와 해방 이후 2·28사건이 일어나기까지 대만역사의 주요한 사건과 사실, 예를 들어 1920년대부터 시작된 문화계몽운동과 농민조합운동, 무정부주의운동, 1935년의 시정40주년 대만박람회, 일제의 언어정책과 전통지식인에 대한 회유과정 등을 각종 사료를 동원해 매우 자세하게 기술하고 있고 전통 식자층의 언론매체였던 『풍월보風月報』[33]와 만주사건 이후 이들이 한자를 매개로 일본에 포섭되는 과정도 그리고 있다.

　대만삼부곡은 기본적으로 계엄 후 정치민주화운동의 성과와 본토의식의 성장이라는 시대적 배경과 1990년대 이래 포스트모더니즘과 탈식민주의 이론의 영향, 그리고 작가 스수칭의 미국경험과 여성주의 기조에서 탄생한 작품으로 볼 수 있는데, 학계에서는 기존의 전통적인 삼부곡 형식이 가진 남성중심의 가족사를 통해 민족수난과 극복을 그리는 대하

32　대국민은 루강(鹿港)출신으로 일제시기 신사계급을 대신해 일본군의 타이베이(臺北) 입성을 환영하여 각종 이권을 챙겼으며 우익단체인 대만공익회(臺灣公益會) 회장, 일본귀족원 의원을 역임했고 일본측으로부터 여러 훈장을 받은 대표적 친일인사 구셴룽(辜顯榮, 1866~1937)을 암시하고 있다.

33　『풍월보(風月報)』의 전신은 1935년 창간된 신문 성격의 잡지『풍월(風月)』(1~44기)이고 1937년 7월부터『풍월보』(45~132기) 잡지로 개편되었고 1941년 7월에 다시 『남방(南方)』(133~188기)으로 개명되었으며 1944년 2월과 3월에『남방시집(南方詩集)』(189~190기)을 끝으로 모두 190기가 발간되었다.

역사소설의 규범에서 벗어나 여성의 관점과 사소하고 사적 영역의 욕망에 대한 탐색으로써 기존의 웅장한 민족서사를 치환한 것으로 상당히 긍정적으로 평가한다.[34] 또한 이러한 방식의 역사서술은 앞에서 보았듯이 2000년대 대만 여성작가들의 공통된 면모이기도 한데, 이는 이들이 정해진 한 방향을 나아가는 직선형의 역사진전보다는 더욱 많은 인물의 각기 다른 처지와 인식을 다양하게 보여주고 그러한 인물들 간의 관계를 상대화하여 드러냄으로써 역사에 대한 단일적인 시각을 거부하기 때문으로 보인다. 이러한 인식은 대만이 가진 다족군의 다층적 역사에서 일차적으로 비롯된 것이며 동시에 대만의식의 성장과 더불어 국민당정부의 반봉건, 반제국주의의 단일 역사관에 대한 반발심리에서 빚어졌을 가능성이 크다고 하겠다.

4. 『대만삼부곡』의 역사기술과 그 특징

스수칭의 대만삼부곡은 주요내용의 소개에서 보듯이 전통적인 대하역사소설과는 상당히 다른 면모를 보여주고 있다. 일반적으로 장편대하형식을 가진 역사소설은 개인과 집단의 변화를 시대의 흐름과 결합시켜 총체적으로 그려내는 데 그 특징이 있다. 이를 위해 일반적으로 한 가족의 변천사를 소재로 하여 장구한 시대의 변화, 그중에서도 한 국가의 흥

---

34 대표적인 것으로는 『대만삼부곡』의 각 편에 실린 문학평론가 난팡쉬(南方朔)와 천팡밍(陳芳明)의 서문을 들 수 있다.

스수칭

『뤄진에 오다』, 시보출판, 2003

『풍전진애』, 시보출판, 2008

『삼세인』, 시보출판, 2010

망성쇠나 외부세력과의 관계를 통한 변천사를 그리면서 민족 혹은 국가의 정체성을 건립하거나 확인하는 내용을 담는다. 특히 대만문학사에서 삼부곡 형식의 역사소설은 1970년대를 전후해 건립된 것으로 국민당 정부의 중국 중심 역사관과는 달리 대만의 토지에 발을 딛고 살아온 대만민중의 체험을 바탕으로 대만의 역사 정체성을 확인하는 것으로 알려져 있는데[35] 이에 비추어 볼 때 스수칭의 대만삼부곡은 기존의 역사기술과 많은 차이점을 가지고 있다고 하겠다.

우선 대만삼부곡은 세 편의 장편으로 이루어져 있으나 시간과 공간적으로 연결되지 않는 독립된 이야기이다. 시간적으로는 청조시기에서 일제시기를 거쳐 해방직후까지를 배경으로 하고 있지만 2부와 3부 모두 일제시기에 집중되어 있어 근대초기의 대만역사가 주요내용임을 알 수 있다. 공간적으로는 각각 서부의 루강鹿港과 동부의 화롄花蓮을 주요 무대로 삼고 인물들의 이동에 따라 타이베이臺北가 간헐적으로 등장한다. 또한 대하소설에 버금가는 많은 인물이 등장하지만 세 편에서 연결되어 있지 않고 각각 독립적으로 활동하여 인물 자체나 인물들 간의 관계의 변화로 시대변천을 고찰할 수도 없으며 무엇보다 각 편의 주요인물의 시대경험이 지극히 개인적이며 사소한 일상에서 느끼는 감각과 내면심리

---

35 이에 속하는 대표적인 대하역사소설로는 중자오정(鍾肇政, 1925~2020)의 탁류삼부곡(濁流三部曲)인 『탁류(濁流)』(1962), 『강산만리(江山萬里)』(1965), 『흐르는 구름(流雲)』(1969)과 대만인삼부곡(臺灣人三部曲)인 『침륜(沉淪)』(1968), 『창명행(滄溟行)』(1977), 『삽천산의 노래(揷天山之歌)』(1975), 그리고 리챠오(李喬, 1934-)의 한야삼부곡(寒夜三部曲)인 『한야(寒夜)』(1980), 『황촌(荒村)』(1980), 『고혼(孤魂)』(1980)을 들 수 있다.

를 통해 드러나게 서술함으로써 이들의 처지와 활동으로 총체적인 시대 변화를 인지하기 어렵다는 점을 들 수 있다. 제1부의 주요인물인 쉬칭許情의 세 차례의 대만행과 정착은 무대에서 여성역할을 하는 남자배우가 남성관객의 물질적 후원과 성적 역할을 요구받으며 그러다 어린 기녀 아관을 만나면서 점차 자신의 성적 정체성을 인식해 가는 과정이다. 물론 쉬칭이 루강에 올 때마다 바뀌는 현지의 지리와 지형적 변화(예를 들어 토사퇴적으로 인한 항구기능의 상실과 이로 인한 루강의 몰락), 이에 따른 이 지역 사람들의 문화와 생활의 변화(특히 희극공연의 기회와 규모가 점차 줄어드는 모습과 청조의 통치정책과의 관련성)가 제기되기도 하지만 어디까지나 이런 시대와 지역의 변모는 인물들의 주요 관심사는 아니며 주변적인 배경으로 후술될 뿐이다.

제2부의 주요인물인 일본인 여성 요코야마 쓰키히메横山月姬의 대만체험은 가족사진첩에 있는 개별사진을 보면서 편면적으로 떠올린 것이고 게다가 딸 무히로 고토코無紘琴子의 회상 속에서 다시 기억되는 방식으로 드러나기 때문에 온전한 형태가 아닌 각각의 조각으로 파편화되어 있다. 그 기억의 내용 역시 크게는 타이루거 정벌太魯閣之役[36]이라 불리는 일본의 원주민 정책을 배경으로 하고 있지만 식민통치나 이번정책理蕃政策[37]

---

36 1914년 5월 17일부터 8월 28일 사이에 타이루거(太魯閣)지역에서 발생한 일본제국과 대만 원주민 타이루거족(太魯閣族) 사이의 전쟁으로 총독부가 철저하게 대만 원주민을 통제하고 통치권위를 세우며 무엇보다 이 지역의 방대한 자연자원을 취득하기위해 개시한 군사행동이다. 이 원주민 토벌계획은 일본제국회의를 통과하고 대만총독이 직접 정벌에 참여한 대규모의 전쟁으로 3개월간 지속되었다.
37 번(蕃)은 대만원주민을 가리키며 이번정책(理蕃政策)이란 일제시기 대만총독부가 원주민에 대해 실시한 특별법규와 정책의 총칭을 일컫는다. 51년간의 식민통치기

등을 전면적으로 다루지 않고 현지의 원주민 청년과의 연애담에 국한되어 있다. 물론 이와 관련해서 요코야마 일가가 대만으로 이주하는 계기와 화렌지역에서의 일본인 이민촌 형성과정, 일본인과 원주민을 포함한 대만인들 간의 신분과 계급차이 등이 드러나기는 하지만 전체적으로 보아 주요인물의 관심사에서는 벗어나 있다.

제3부의 주요인물인 시씨집 삼대와 그 밖의 주변 인물들은 1부와 2부에 비해서 사회운동과 시대인식 등에서 비교적 밀접한 관련성을 보이고 있기는 하지만 그럼에도 불구하고 각 인물마다 개별적으로 존재하여 전체적이고 유기적인 시대상황의 파악에 별반 도움이 되지 않는다. 뿐만 아니라 전체 서사가 사건이 아니라 개별 인물들의 내면심리에 지나친 편폭을 할애하고 있어 인물의 처지와 행위에 대해서는 충분한 개연성을 보여주고 있지만 청조시기와 일제시기 대만인의 보편적 역사경험으로까지 확대되지 않는다. 소설에는 분명 많은 역사적 사실과 문화적 자료가 서술되고 있지만 인물들의 행동과는 유기적인 관련성을 맺지 않기 때문에 단순한 시대적 배경으로 존재하고 있다. 또한 인물들의 경험이 시대와의 관계성에서 이루어지는 것이 아니라 지극히 개인적인 욕망의 문제와 생활 속의 의복, 식기, 건축, 조경 등 소위 일상미학의 탐미적 성향을 지나치게 부각시키고 있다. 역사로부터 빌려온 사실과 소설적 진실성을 지니는 허구를 접합하여 역사적 인간의 경험을 보편적 인간의 경험으로

간 1916년과 1937년을 기준으로 크게 3단계로 나뉘는데 1895년부터 1916년까지는 강압적인 진압정책을, 1916년부터 1937년까지는 교육과 동화정책을, 1937년부터 1945년까지는 전쟁동원을 위한 황민화정책을 시행했다.

전환하는 문학양식이 역사소설이라고 할 때 대만삼부곡은 상당히 이질적인 면모를 보인다고 하겠다.

두 번째는 일반적인 역사소설이 구비하고 있는 일국의 역사 혹은 사회 공동체의 가치관 부재를 들 수 있다. 그 원인으로 우선 주요인물의 대표성 문제를 들 수 있다. 제1부의 주인공은 중국 취안저우泉州지방 전통 극단의 여장남자배우로 루강지역 거상의 초청으로 공연을 위해 세 차례 대만으로 건너온 인물이다. 때문에 그의 외부인 시각으로 지리, 지형, 가옥, 풍물 등이 그려지는데 그쳐 당시의 민란[38], 대만의 기타 족군의 생활상 등은 제대로 반영하지 못하며 그의 주요 활동무대인 희극공연을 둘러싼 민속, 전통음악, 무대장치와 공연복장 등에 지나치게 많은 부분이 할애되고 있다. 비록 주인공이 만나게 되는 여러 인물을 통해 방사선형으로 서사가 확장되고 그들의 내력이나 처지와 관련시켜 고대로부터 내려오는 다족군 사회로서의 대만역사가 서술되기는 하지만 주요인물과 연결되지 않으므로 서사의 중심축을 벗어나 부수적인 역할에 그치고 있다.

제2부의 주인공은 기본적으로 대만인이 아닌 일본인 여성으로 설정되어 있어 그녀의 대만에서의 기억이 대만인 공동체의 역사경험으로 기능하게 될 경로가 원천적으로 차단되어 있다. 동시에 일본경찰인 부친이 원주민 토벌의 공로를 인정받아 승진하고 자신은 일본인 이민촌에 맡겨져 대만인과 단절된 환경에서 성장했으며 원주민 청년과의 만남과 연애

---

38 1683년 청나라가 대만을 복속시킨 후 크고 작은 민란이 발생했는데 그 중 1721년의 주이구이(朱一貴)사건, 1786년의 린솽원(林爽文)사건, 1862년 다이차오춘(戴潮春) 사건을 3대 민란이라 부른다.

가 있기는 하나 그와의 신분, 계급의 차이가 가져오는 갈등과 한계보다는 성적인 욕망에 초점이 맞추어져 있으며 원주민 청년이 주체성을 가진 존재로 등장하지 않기 때문에 연애 관계를 통한 시대인식은 완전히 차단되어 있다. 그들이 경찰인 부친의 눈을 피해 만나는 시점이 1940년 전쟁시기로 전면적인 전쟁동원이 이루어졌음을 감안할 때 이러한 개인적 욕망에만 초점을 맞춘 서사는 시대상황을 전혀 드러내지 못한다. 또한 원주민 토벌정책이라는 서사의 주요한 시간 배경을 제공하는 제5대 대만총독과 관련해서도 총독부의 건축설계, 개인적 취미와 일상의 생활습관, 심미안목, 그리고 그의 내면심리와 심지어 꿈의 내용을 자세하게 기술하는 등 인물 자체에 대한 세부 묘사로써 전통역사서사가 중시하는 외재적 사건과 이성적 사유를 대체하고 있다. 때문에 분명히 멸족 수준의 원주민 토벌이란 심각한 식민통치의 책임자임에도 이에 대한 비판의 부재는 물론 도리어 그의 인간적 고뇌만 부각시키는 결과를 초래했다. 요코야마 일가에 대한 묘사 역시 마찬가지이다. 쓰키히메의 모친이 이국생활에서 느끼는 부적응과 일본에 대한 향수, 일본식 주택과 정원의 재현 등을 집중적으로 그리고 부친이 원주민 토벌에 참여했음에도 불구하고 원주민과의 관계가 적대적으로 그려지지 않는다. 이렇게 이국에 의한 식민지배라는 특정한 역사시기를 그리면서도 초점을 인물의 그야말로 지극히 개인적인 경험에 맞춤으로써 설령 그 나름의 개연성이 있을지라도 역사소설에서 요구하는 허구적 인물을 통한 보편성의 획득에는 이르지 못하고 있고 이로 인해 민족 공동체의 수난이란 식민경험이 전혀 드러나지 않는다.

제3부의 경우 전편들에 비해 인물과 역사적 사실과의 관련이 비교적

긴밀한 편이다. 시씨집 삼대의 조부는 전통 한문화를 고집하며 일어 사용을 받아들이지 않는다. 그는 평생 문언문으로 창작하며 총독부의 유생에 대한 회유에도 응하지 않고 문화적 자존심을 지킨다. 그러나 만주사건이 일어나고 일본이 중국침략을 계기로 동아신질서의 수립을 선전하면서 한자를 다시 중시하자 이에 동조하는 모습을 보인다. 그의 아들은 황민화시기 조상의 위패가 철거당하는 상황에서 감추어 몰래 제사를 지내기는 하나 신념형 인물은 아니며 현실적 이익에 따라 움직인다. 손자인 스차오쭝施朝宗은 완전한 일본교육을 받은 세대로 전쟁이 나자 죽음도 불사하는 천황의 적자가 되기를 바라는 인물이지만 일본이 패하자 곧 바로 중국인으로, 2·28사건이 일어나자 다시 쫓기며 대만인으로 자처하는 그야말로 소설의 제목 그대로의 삼세인[39]이다. 타로太郎로 기재된 일본군 인증을 찢은 적이 있는 그는 이제 국민당 군대의 헌병을 피해 도주하면서 국민신분증도 찢어 버린다. 소설의 마지막에 나오는 "이 사람이 나인가?" "이 사람이 나일 리가 없어"라는 말은 자아 정체성에 심각한 혼란을 겪는 대만인의 처지를 적나라하게 대변해 주고 있다. 그는 어느 한 쪽에도 귀의하지 못하는 정체성의 공백상태를 대변하는 인물이다. 그 외 황짠윈黃贊雲은 일본이 들여온 현대문물에 완전히 매료되어 동화정책에 적극 호응하는 인물이며, 일본의 경제착취에 분노하여 대만민중의 항일운동에 참여하는 샤오쥐정蕭居正과 무정부주의자로 일본의 조력자인 친일인사의 처단을 노리는 롼청이阮成義는 결국 실패하고 술집을 전전하며 퇴

---

[39] 외부세력의 침입과 통치라는 대만의 역사변천에 따라 달라지는 중국인, 일본인, 대만인 정체성을 말한다.

폐한 생활을 한다. 여성인물 왕장주王掌珠 역시 시대변화를 인식하기는 하나 개인의 처지개선과 신분상승의 욕망에 매몰된 인물이다. 이렇듯 제3부에 나오는 모든 인물들이 긍정적, 부정적 인물로 구분되지 않고 균등한 분량으로 그들의 내면과 사고를 세밀하게 서술하여 특정가치가 형성되지 않는다. 즉 식민지시기를 주요대상으로 하면서도 일본인과 대만인의 처지와 상황을 균등화하여 인물들 간의 대립이나 인물과 시대와의 불화를 상쇄시키는 결과를 초래하고 공동체의 정체성을 모호한 상태로 방치하고 있다.

세 번째는 시간의 공간화 현상이 두드러진다는 점이다. 일반적으로 장편역사소설은 시간의 변화, 시대의 흐름 등 시간적 계기가 중시된다. 그러나 대만삼부작은 기본적으로 청조시기와 일제시기 각계각층의 다양한 인물군상을 각자의 성별, 신분, 계급에 따라 비교적 독립적으로 그림으로써 시대상황에 대한 총체적인 이해에는 이르지 못하고 있다. 대신 삼부작에서 가장 돋보이는 것은 공간적 배경이 되는 지역에 대한 치밀한 묘사와 인물이 활동하는 크고 작은 공간에 대한 의미부여라고 하겠다. 제1부에서 루강의 자연지리에 대해 해안선, 삼각주, 항구, 내해, 해안, 육지, 하천, 고산에 대한 자세한 묘사가 등장하는데 마치 지방지地方志의 기록을 그대로 옮겨온 듯이 세밀하다. 특히 한문에 조예가 있지만 쓸데없는 소리를 자주하여 미친 사람이란 취급을 받는 스후이施輝라는 인물이 대만 중부지역의 큰 하천인 쥐수이계濁水溪를 탐험하는 이야기를 내세워

네덜란드인의 활동, 평포족平埔族[40]의 신화, 한인漢人들의 대만 중부지역에서의 활동과 이로 인한 지형의 변화, 각종 문물의 전파와 대만인들의 반응 등을 세세하게 기록하고 있다. 또한 루강 한인들의 가옥특성, 연극무대의 각 장면별 장치 등이 주인공의 자아와 외부인식 변화에 연관되면서 이들 장소가 의미 있는 역사공간으로 기능한다.

이러한 상황은 제2부에서는 마찬가지인데 우선 시간상 2003년에서 시작하여 1973년으로 다시 1940년의 기억을 서술하다 다시 1914년으로 도약, 교차하면서 회상이 이루어지며 주인공의 파편화된 기억 때문에 각각의 시간이 유기적으로 연결되지 않는다. 대신 화롄지역 이민촌의 상세한 지리위치, 건축설계, 거리모습과 요코야마 부부가 살던 고산의 지형과 풍경, 원주민 거주지의 산세와 그들의 사냥습관, 산에 대한 경외심 등을 상세하게 묘사하는 방식으로 시대를 재현하고 있다. 이렇게 지리화된 역사공간에 각 신분별, 계층별 인물을 배치하여 특정 공간에서의 활동이 바로 역사적 경험이 되는 구도를 설계한 것이다. 그중에서도 일제시기 일본인 이민촌의 신앙 중심지였던 포교소佛教所가 해방 후 도교道教의 절이 되었다가 1997년 역사고적으로 지정되면서 다시 원래모습으로 재건되어 경수원慶修院이란 이름으로 낙성식을 하게 되는데 이 공간은 주인공에게 매우 의미 있는 곳이다. 낙성식에 초청하기 위해 대만원주민들이 쓰키히메의 집을 방문하는 것으로 이야기가 시작되며 쓰키히메와 원주민 청년이 숨어서 사랑을 나누던 곳 역시 포교소의 지하암굴이었고,

---

40 평포족은 대만원주민 중 고산족(高山族)에 대응하는 명칭으로, 산지가 아닌 평지에서 생활하는 원주민의 총칭이다.

모친의 부탁을 들어주려 화롄을 방문한 고토코의 회상도 이 포교소를 둘러싸고 진행되기 때문이다. 이 공간을 둘러싼 실제와 허구, 과거와 현재, 신성과 금기, 몰락과 복원 등의 다층적인 서술은 역사적 시간을 드러내는 장치로 쓰이고 있다.[41]

제3부에서도 스지성이 생활하는 중국 고전양식의 가옥과 정원의 설계, 그가 주로 찾는 청루青樓건축이 인물의 사상과 시대인식을 드러내는 장치로 쓰이고, 친일 무명론자인 황짠원이 타이베이와 화롄을 오가는 부분에서 시정 40주년 박람회장[42]의 이모저모와 총독부 부근의 근대화된 시가지의 자세한 묘사, 일본식으로 개조한 자신의 집과 정원 등의 공간도 식민통치의 시간성을 드러내는 기능을 한다. 이와 반대로 일본인 처를 두고 처음에는 식민근대성을 추종하나 점차 근대계몽운동이 민족의 고유성과 전통을 폐지하는 일본정책에 도움이 될 수 있음을 인식하는 샤오쥐정의 경우는 대만식 가옥과 민중들의 생활공간 등이 인물의 시대인식을 대변해 주는 매개체이다. 이렇게 대만삼부곡은 시간의 흐름과 시대의 변천을 나타내는 사건보다 지리, 지형 등 자연공간과 가옥, 거리 등 생활공간의 세밀한 묘사와 이들 공간이 인물에 미치는 영향을 드러내는 방식으로 역사를 재현하고 있다.

네 번째는 특징적인 매개체의 활용이다. 앞서 언급한 바와 같이 대만삼부곡은 역사 기록인 적 사실을 기록한 청대의 방지方志, 일제시기의 인

---

41 포교소에 대한 분석은 다음 책을 참고했다. 林芳玫, 『永遠在他方-施叔靑的臺灣三部曲』, 臺北:開學文化, 2017, 116쪽.

42 일본의 대만통치 40주년을 기념하여 열린 박람회로 1935년 10월 10일부터 11월 28일까지 50일간 타이베이 각지에서 개최되었다.

류학 조사보고서, 총독부자료 등을 활용하여 서술의 신뢰도를 높이고 있으며 이와 동시에 서사의 경영에 있어 특정한 매개체를 이용하고 있는 것이 상당히 특이하다. 제1부에서 주인공이 속한 극단인 칠자희극단七子戲班의 주요 공연작인『여경기荔鏡記』가 서사의 진전에 매우 핵심적인 역할을 하는데『진삼오낭陳三五娘』으로도 불리는 이 극은 명나라 시기의 전기傳奇작품으로 중국 차오저우潮州와 취안저우泉州일대에서 인기가 있었으며 주요내용은 진삼陳三과 오낭五娘 사이의 사랑 이야기이다. 소설에서 이 연극 속의 대사와 역할은 인물들의 처지를 대변하기도 하고 실제 대만 민중들에게 큰 영향을 끼쳐 지방 관료의 통치정책을 바꾸게 하기도 한다. 동시에 역사소설의 특징인 사실과 허구의 병치를 가장 잘 드러내 주는 매개체로 적절히 활용되고 있다. 제2부에서는 사진과 기모노가 등장하는데 사진은 주로 과거회상의 매개체이고 일본의 전통복장인 기모노는 과거와 현재를 연결해 주는 매개체이다. 사진은 물체를 있는 그대로 재현한다는 점에서 역사적 사실과 연관되지만 누가 무슨 의도로 찍는가에 따라 사실이 왜곡될 수도 있다. 소설의 주요내용인 일본인 여성의 대만 기억은 당시 찍었던 가족사진첩을 근거로 회상되지만 그 사진의 이미지는 화자인 딸이 대만에 갔을 때 받은 인상과는 매우 많은 차이점을 보인다. 앞 두 편보다 국족 정체성의 문제에 보다 천착하는 제3부에서도 의복이 활용되는데 여성인물 왕장주가 양녀라는 자신의 신분에서 벗어나 독립된 개인과 여성으로 자각하고 적극적으로 자신의 인생을 개척해 가는 과정과 일본식민통치, 해방 후 국민당 정부의 진입, 2·28사건 등 외부 사실에 대한 인지와 적응을 결부시켜 그녀가 대만옷에서 기모노로 이어 치파오로 다시 대만옷으로 바꿔 입는 과정을 보여준다.

이렇듯 대만삼부곡은 통상적인 대하역사소설과는 다른 면모를 보여주는데 혹자는 작가 스수칭이 대만에서 출생하고 성장했으나 미국국적이며 오랫동안 홍콩과 미국에서 거주한 사실을 들어 비록 방대한 역사자료의 인용으로 서술에서 권위를 세우고 있지만 화어어계문학Sinophone literature의 특징인 지방특색과 이질성을 담아내었다는 분석을 하기도 한다.[43] 그러나 삼부작의 창작시기로 볼 때 포스트모더니즘에서 강조하는 탈중심과 다원성, 그리고 1990년대 이래 대만 지식계와 문화예술계의 화두였던 역사 찾기와 대만민족주의 열풍과 일정정도 연관성을 지닌다고 하겠다. 하지만 앞서 본 대로 대만삼부곡에는 서사의 중심인물이 있기는 하나 전체 서사를 총괄하는 수준은 아니며 각각의 족군, 성별, 계급, 신분을 가진 많은 인물이 등장하고 이들의 세밀하고 풍부한 내면심리를 활동공간과 배합시켜 등량으로 묘사함으로써 긍정적 인물과 부정적 인물의 구분을 판단하기 어렵고 동시에 역사적 변화를 주도하거나 적극적인 활동을 할 수 있는 인물을 내세우지 않아 일제시기 식민통치의 역사를 배경으로 하고 있음에도 불구하고 민족 정체성의 건립 혹은 민족적 가치관을 건립하는 방향으로 나아가지 않고 있다.

역사란 만들어지는 것이라는 명제가 자명하다면 스수칭이 그리려는 대만역사의 모습은 어떤 것인지 생각해 볼 필요가 있다. 우선 남성중심, 혹은 영웅중심의 역사기술을 거부하고 여성을 주요인물로 내세웠다는

43　林芳玫, 앞의 책, 203쪽 참고.

점이다. 제1부의 쉬칭은 남자의 몸이지만 어렸을 때부터 여장 연극배우로 키워져 여성으로서의 정체성을 가지고 있는 인물이고, 제2부의 쓰키히메는 일본인 여성으로 대만에서 태어나 청춘을 보낸 인물이며, 제3부의 왕장주는 양녀에서 신여성으로 적극적인 자기개발을 추구하는 여성이다. 그러나 문제는 이들이 역사의 전면에 나서거나 혹은 기존 역사소설에서 보이는 포용력 있고 희생하는 역할은 아니라는 점이다. 이들은 자신이 속한 성별과 신분, 계급의 한계를 돌파하기 위해 애를 쓰기는 하지만 모두 성공하는 것도 아니고 다만 자신의 삶을 치열하게 살면서 역사의 한 장을 차지하고 있을 뿐이다.

다음으로 기존의 역사관인 반봉건, 반제국주의에 대한 전면적 수정을 들 수 있다. 앞서 보았듯이 대만삼부곡이 청조시대와 일제시기의 역사를 배경으로 하고 있지만 항일이나 민족의식을 고취하는 인물이 긍정적으로 그려지지 않고 각종 성향의 인물을 등량으로 등장시키고 각자에게 개연성 있는 서사를 부여함으로써 역사에 대한 판단이나 특정 지향점을 제시하지 않는다. 대만이 가진 복합한 인구구성과 이민과 피식민의 경험으로 인해 어느 한 족군의 입장이 아니라 원주민, 본성인과 외성인, 심지어 대만에서 생활했던 일본인까지 대만 역사의 주역으로 다양하게 드러내고자 했음을 알 수 있다.

5. 『대만삼부곡』의 동아시아 호명과 그 의미

상술한 내용과 역사 기술의 설명에서 알 수 있듯이 기본적으로 대만 삼부곡은 대만의 역사를 이민의 역사로 인식하고 있다. 대하역사소설이 라고 일컬어지는 세 편의 장편소설을 통해 작가 스수칭은 17세기부터 여 러 차례에 걸쳐 중국에서 이주한 한인漢人인 민남인閩南人과 객가인客家人, 그리고 근대에 들어 1895년 청일전쟁 후 시작된 식민통치기 일본인이 형성한 이민촌과 해방 후 국민당 정부의 대만진출과 접수까지를 다루고 있다. 각 시기 대만섬으로 이주한 주민들은 그 후에도 지속적으로 외부 로부터 온 또 다른 이민과 접촉하며 살아가게 되었음을 보여준다. 원래 의 주민에게 있어 이주의 역사는 곧 침략의 역사이므로 소설에서 이들에 대한 대항과 적응을 동시에 다루고 있다. 소설의 주요인물이 속한 신분 과 계급 속성으로 인해 격렬한 저항이나 극복의 의지를 그리지는 않았으 나 이들 각 시기의 이주민들은 자신들 족군의 언어, 문화, 관습을 가지고 있으므로 새로운 이주민과 끊임없는 접촉과 마찰을 겪는 것으로 묘사되 고 있다.

소설에서 다루어지는 이주민은 주로 중국과 일본에서 왔으므로 이 두 지역의 문화가 가장 많이 언급되고 있다. 먼저 중국과의 관련성은 제1부 와 제3부에서 볼 수 있는 서민문화와 사대부계층 문화로 나눌 수 있는데, 앞서도 말한 취안저우泉州를 중심으로 한 복건성福建省 일대에서 유행하던 지방희극인『여경기荔鏡記』와 남관南管음악이 대표적이다. 주로 이 지역에 서 이주해 왔기 때문에 주거구조와 생활문화, 종교와 신앙 활동 등에서

복건성의 중국 남방문화와 동일하지만 대만의 무덥고 습한 기후, 루강鹿港의 지형과 지진, 홍수 등 빈번한 자연재해, 원주민과의 충돌 등에 대응하기 위해 가옥의 구조나 촌락의 형태 등에서 중국에서의 모습과 달라진 부분이 많이 등장한다. 루강 지역은 해상무역에 종사하는 이주민 사회였기 때문에 주로 항해의 무사함을 지켜주는 마조신媽祖神에게 희극공연을 바치는 풍속이 중국보다 더 강했고 이로 인해 주인공 쉬칭의 대만행이 가능해진 것이다. 또한 그 역시 대만에 정착함으로써 이민사회에 합류하여 대만인이 되므로 그의 대만에서의 모든 체험은 역사의 중요한 부분을 형성한다. 사대부계층의 문화는 해상무역으로 거대한 부를 축적한 스옌청石煙城이나 중국전통 한학자로 자처하는 스지성의 생활환경과 관심사에서 잘 드러난다. 중국식 자재를 운반해 와 가옥을 짓고 정원을 꾸미기도 하고 예단藝므[44]에게 시사詩詞를 가르치거나 그들의 의복 재질, 장신구, 전족纏足 여부 등에 관심을 기울이는 모습을 보여준다. 특히 기물器物에 대한 페티시즘적인 탐미는 삼부곡에서 공통되게 보이는데 제2부와 제3부에서는 일본의 사진기술, 기모노의 미학특색과 입는 방식, 절차에 따른 철학적 해석, 일본식 가옥과 정원이 주는 정적인 아름다움, 일본식 다도茶道, 욕탕문화 등 헤아릴 수 없이 많이 등장한다. 그리고 이를 선망하고 모방하는 판장이밍范姜義明, 황짠윈黃贊雲, 스차오쭝施朝宗, 왕장주王掌珠 등 인물들의 태도와 행동을 대만의 식민역사를 구성하는 중요한 요소로 그리고 있다.

---

44 청조 통치부터 일제시기가 종결될 때까지 존재했던 여성의 직업으로 주로 타이난(臺南) 부성(府城)과 타이베이(臺北) 대도정(大稻埕)에 집중되어 있었으며 노래와 춤을 추며 식사자리에서 손님을 응대하는 일을 했다.

정치적인 측면에서는 홍모번紅毛番이라 불리는 네덜란드인의 활동과 그 과정에서 일어난 거주민과의 충돌, 청조에 대항한 대만민의 민란, 일본의 경제적 착취와 원주민 정책으로 인한 긴장과 갈등 등이 각 인물의 이야기에 배경으로 등장한다. 문제는 본래의 대만인 혹은 대만민족이 형성되어 있다는 전제에서 출발한 것이 아니기 때문에 개별적 인물로 대표되는 외부세력이 위협적 존재로 형상화되지 않는다는 점이다. 각기 다른 시기에 이주한 각기 다른 속성의 인물이 동시에 대만 각지에 편재되어 자신의 활동반경에서 겪는 경험의 총체로 대만의 역사를 구성하고 있다. 이들은 서로 영향을 주고받으면서 변화하기도 하고 변화시키기도 하는 관계를 보여준다. 식민지 시기의 경우도 마찬가지이다. 일본인 이민촌의 사람들은 일반적으로는 대만인과 접촉하지 않지만 주인공 요코야마 쓰키히메橫山月姬는 원주민과 사랑에 빠진다. 대등한 관계를 형성하는 것은 아니지만 청춘시기의 강렬한 사랑과 욕망의 기억은 평생 동안 그녀를 지배한다. 대만에서 태어났지만 식민주체인 경찰의 딸이고 일본인의 시각과 입장을 가진 이 여성을 대만역사소설에서 주인공으로 내세운 것은 아마도 그녀가 이민촌에서 성장했다는 점일 것이다. 이 공간에서의 모든 체험을 대만의 역사를 보는 시각이다.

이러한 시각을 직접적으로 보여주는 것이 제3부 『삼세인』의 상, 중, 하권의 앞부분에 나오는 녹나무樟樹에 대한 문장이다. 소설 내용과 직접적인 관련성 없이 프롤로그로 배치한 이 문장에서 대만의 전 지역에 자생하는 이 나무가 정청궁鄭成功시대에 장뇌樟腦로 제련되어 수출되었는데 이후 청조에 편입되어 장뇌의 독점권이 청조로 넘어갔고 아편전쟁 이후 영국, 미국, 독일 등 서구제국주의 국가들이 대만의 장뇌를 취득하기 위해 단수이淡水, 안핑安平을 개항하게 청조를 압박했다고 한다. 그 후 일제시기에는 장뇌에 대한 전매뿐만 아니라 방향유, 방향제, 영화용 필름으로 개발되어 주가를 올렸다는 것이다. 마치 대만에 자생하는 녹나무가 외부인 이주자들의 필요에 의해 개발되고 변형되는 전 과정이 대만인의 역사라고 말하는 듯하다. 이렇듯 대만삼부곡은 대만의 역사를 중국, 일본과 분리하여 생각할 수 없다는 점을 분명히 밝히고 있다고 하겠다. 대만을 이민사회로 규정하고 이들 이민자의 대만이라는 공간에서의 체험을 여러 인물을 내세워 균등하게 그림으로써 특정가치 지향성을 드러내지 않고 있다.

그런데 이러한 점은 특히 식민지시기를 전체적으로 다루고 있는 제2부 『풍전진애』의 평가에서 상당한 논쟁을 불러왔다고 하겠다.[45] 주인공이 일본인이라는 점 이외에도 그녀의 가족, 이민촌의 일본인들, 대만총독 등 식민주체들이 작가의 풍부하고 세밀한 내면심리 묘사로 인해 저마다 충분한 서사의 개연성을 부여받았으며 그 주변의 대만 객가인 사진사와 원주민 청년 등도 근대문물에 대한 경사와 사랑의 열기로 인해 피식민 처지와 상황에 대한 자각이 드러나지 않는다. 마치 일제시기 대만의 일본인들은 힘든 이국생활로 저마다의 고뇌에 빠져있었고 대만의 지식인과 주민은 근대화에 대한 선망과 개인적인 욕망으로 일본에 우호적이었다고 주장하고 있는 듯하다.

---

45   曾秀萍, 「一則弔詭的臺灣寓言 : 『風前塵埃』的灣生書寫, 敍事策略與日本情結」, 『臺灣文學學報』26期, 2015.6, 164쪽.

그런데 주목할 만한 것은 동일하게 일본식민지배를 경험한 한국의 경우를 소설 속에 삽입하고 있다는 점이다. 『풍전진애』에서의 서사는 과거와 현재의 시간이 교차되면서 서술되는데 과거는 모친 쓰키히메의 대만체험과 딸 고토코의 과거 대만여행에 대한 기억이고 현재는 염직회사에서 옷감에 손으로 무늬를 그리는 직업을 가진 고토코가 한국계 미국인학자 김영희金泳喜의 요청을 받아 1940년대 전쟁선전의 일환으로 전투기, 폭격기 등이 그려진 기모노를 전시하는 직물전람회 'Wearing Propaganda'에 보낼 기모노를 고르는 상황을 그리고 있다. 여기서 김영희 박사의 외조부는 일본통치시기의 유명한 신문업 종사자로 어렸을 때부터 애국열사인 안중근을 흠모했으며 도쿄에서 유학할 당시 마침 일차대전이 끝나고 민족자결주장이 제창되자 유학생들의 조선독립운동에 투신하여 조선 내부의 각성한 노동자, 농민 등과 독립선언문을 발표하고 대중화, 일원화, 비폭력의 행동강령으로 삼일독립운동에 나선 인물이라 한다. 이 운동이 식민자의 진압으로 실패한 후 조선으로 돌아가 시골에서 여생을 보내려 했으나 관동대지진이 발생하고 조선인이 폭동을 일으켰다는 구실로 일본경찰과 자경단에 의해 육천 명에 이르는 조선인이 피살되자 이를 알리기 위해 신문을 창간했고 사설을 통해 일본식민자의 폭력을 폭로하고 민족자결을 주장했으며 이로 인해 여러 번 감옥에 갇혔고 결국 옥사했다. 김영희는 초등학교 교과서에서 외조부의 항일운동을 알게 되었고 이후 부모를 따라 미국으로 이민을 가게 되었는데 대학원에서 한국근대사를 전공하면서 외조부가 남긴 옥중일기를 바탕으로 영문 전기를 써서 일본의 만행을 서구세계에 알리려는 포부를 가지고 있다. 그러다 박물관에서 일하며 장식예술, 디자인과 문화전시 등 문화연구를 전공하게 되었다. 소설은 상당히 많은 분량을 김영희의 이야기와 전람회에 할애하면서 소위 전쟁미학과 대중선전의 문제를 상기시키고 있는데 특히 김영희가 매일 외조부의 일기를 읽으며 역사의 상처를 되새길 뿐 아니라 우연히 미국교수의 집에서 1931년의 일본영토인 만주국, 동북삼성, 조선, 유구, 대만, 오가사와라 제도와 일본 본토가 인쇄되어 있는 기모노를 보고 일본이 일으킨 전쟁을 알리기 위해 전쟁과 직물전시회를 기획한 것임을 자세하게 기술하고 있다. 동시에 일본군국주의가 대동아공영권 기획을 관철시키기 위해 일으킨 전쟁과 그 전쟁의 배후 이데올로기로써 건립한 서구제국주의 국가에 대한 대항논리와 동아시아인의 해방, 세계 신질서 수립 주장이 어떻게 선전되고 화려한 기모노에 인쇄되어 신체와 하나가 되는지를 드러내고 있다. 실제로 존 다우어John W. Dower의 책 『선전을 입다─일본, 영국, 미국의 가정 전선에서의 직물, 1931~1945*Wearing Propaganda : Textiles on the Home Front in Japan, Britain, and the United States*, 1931~1945』가 2005년 예일대학교에서 출판되었는데 미국에 거주하던 스수칭이 여기서 영감을 받아 김영희라는 인물을 창조한 것으로 보인다. 동일하게 피식민 경험이 있는 한국의 반일인사와 그 손녀를 등장시켜 항일 일대기의 저술과 전쟁선전을 알리는 전시회라는 활동으로 반세기 이전 일본의 식민통치와 전쟁도발을 비판하게 안배한 것은 분명 일본인 여성을 주인공으로 내세워 역사반성의 부재를 초래한 것과는 상당히 이질적이다. 어쩌면 작가는 단일한 민족의식으로 역사청산을 강하게 제기하는 한국의 경우와 대조시켜 대만의 민족 정체성과 역사의 미확정성을 강조하려고 한 것인지도 모르겠다. 앞서도 설명했듯이 대만삼부곡에서 보여주는 것은 이민 사회로서의 대만공동체이며 따라서 족군별 다양한 역사경험을 먼저 이 해하는 것이 대만의 역사 찾기와 민족 만들기의 기초라는 인식을 보여주 는 것이라고 하겠다. 족군, 성별, 계급, 신분을 망라해 다양한 이주민들의 기억의 총합이 바로 대만의 역사이며 이를 바로 아는 것이 우선되어야 한다는 전제에서 중국과 일본, 그리고 한국이 호명된 것이라고 하겠다.

'사소설'을 빗겨간 자리
동아시아 역사공간에서 『8월의 저편』이 갖는 의미
이다유코

혁명의 히로인과 제국의 폭력
세토우치 하루미 『여백의 봄』이 그리는 가네코 후미코의 목소리
나이토지즈코

국경을 넘는 페미니즘의 정동
『82년생 김지영』의 일본어 번역과 페미니즘 대중화의 정동
김미정

'사소설'을 빗겨간 자리

동아시아의 역사공간에서 『8월의 저편』이 갖는 의미

이다 유코 | 손지연 역

1. 들어가며

이 글에서는 일본 여성문학을 전후 동아시아와의 관련성 안에서 살펴보고자 한다. 근대 일본의 여성문학에 대해서는 『그녀들의 문학彼女たちの文学』[1]에서 고찰한 바 있다. 예컨대, 여성작가의 작품에 보이는 '말하기 어려움'은 '읽히는 것피독성'과의 교섭에서 생겨난다는 점을 분명히 밝혔는데, 여기에 '전후'와 '동아시아'라는 키워드를 추가하여 논의를 전개해 보고자 한다.

분석 대상 텍스트는 유미리의 『8월의 저편8月の果て』이다.[2] 『8월의 저

---

1 飯田祐子, 『彼女たちの文学-語りにくさと読まれること』, 名古屋大学出版会, 2016. 한국에서는 『일본 근현대 여성문학 선집 18 이다 유코』(김효순 · 손지연 역, 어문학사, 2019)라는 제목으로 간행되었다.

2 柳美里, 『8月の果て』. 『아사히(朝日)신문』(2002.4.17~2004.3.16)에 연재된 후, 잡지 『신초(新潮)』(2004.5.7)에 완결편을 게재하였고, 이후 신초샤(新潮社)에서 단행본으로 간행되었다(2004.8.15). 본문 인용은 신초문고판(2007)을 따랐다. 한국에서는 『동아일보』에 연재한 후, 2004년 동아일보사에서 단행본으로 간행되었다.

편』은 한반도의 근현대의 기억을 담은 소설로 한일 양국에서 동시에 간행되었다. '일국一國'적 발상이 아닌 '동아시아'의 역사와 현재에 대해 생각하는 데에 유의미한 시사점을 던져줄 수 있는 작품이다.

　이 글의 제목에서 보듯 '사소설'을 본 논의의 출발점으로 삼았는데, 그 이유는 다음과 같다. 첫째, '사소설'은 그 어느 장르보다 일본문학답다고 여겨져 왔기 때문이다. 거기에서 출발해 동아시아로의 시선의 이동을 생각해 보고자 했다. 둘째, 유미리는 '사소설'이라는 장르와의 거리를 유지하며 글쓰기를 해온 작가이기 때문이다. 그런데 지금부터 살펴볼『8월의 저편』의 경우는『풀하우스フルハウス』나『가족시네마家族シネマ』와 같이 자신의 가족을 소재로 삼은 작품이면서도 개인적인 출산 경험이나 가까운 이들과의 사별을 그린『생명命』4부작 등 사소설적인 경향이 강한 초기 작품과 변별된다. 예컨대, 유미리는 자기자신의 경험으로부터 과거로, 그리고 할아버지에 대한 기억으로 큰 방향 전환을 보인다. 이 소설에도 '유미리'라는 이름의 여성이 등장하며 작가자신과 중첩되는 지점이 포착되는데, 이 이름을 둘러싼 역학은 '유미리'라는 존재의 동일성을 뒤흔들며 '사소설'의 틀에서 빗겨가게 한다. 이 글에서는 사소설 경향이 강한 작가 유미리가 어떻게 '사소설'에서 빗겨가는지 살펴볼 것이다. 그리고 마지막으로는, 필자가 이전 글에서 논의한 바 있는 미즈무라 미나에水村美苗의 『사소설私小説 from left to right』[3]와『8월의 저편』을 겹쳐서 다시 읽어보

3　水村美苗,『私小説 from left right』, 新潮社, 1995. 본문 인용은 신초문고판(1998)을 따랐다. 이 소설에 대한 분석은 필자의『그녀들의 문학(彼女たちの文学)』4장을 참고 바란다.

기 위함이다. 『사소설』은 미즈무라 미나에가 자신의 미국 이주 경험을 소
재로 한 작품이다. 두 작품은 내용상으로는 거의 관련이 없는데 소설의
형식 면이라든가 독자와의 관계를 생각할 때 적지 않은 유사점이 발견된
다. 이 글에서는 『8월의 저편』이 『사소설』과 얼마나 멀리 떨어져 있는지,
그리고 '사소설'에서 빗겨나 어떻게 동아시아와의 만남을 희구하는 실천
성을 보이는지에 대해 살펴보고자 한다.[4]

2. 미즈무라 미나에의 『사소설』

우선, 필자가 이전 논문에서 언급한 미즈무라 미나에의 『사소설』의 여
섯 가지 특징을 제시하는 것으로 논의를 시작해 보고자 한다.

『사소설』에서는 12살에 미국으로 이민을 떠나게 된 '미나에美苗'라는
이름의 여성이 화자로 등장한다. 소설은 미국에서의 20여 년간의 경험
을 언니인 나나에奈苗와의 전화통화를 통해 되돌아보는 형식으로 되어 있
다. 미국에 적응하지 못했던 미나에는 일본문학을 읽는 것을 낙으로 삼으
며 산다. 현재 미나에는 프랑스문학 연구로 박사논문을 준비하고 있는데
진전이 없는 상태다. 그러던 중 옛 생각을 하며 하루를 마무리하던 미나에
는 문득 일본어로 소설을 쓰겠다는 결심을 하게 된다. 미즈무라 미나에의
『사소설』의 독자들은 그녀가 작가로 다시 태어나는 하루를 그린 소설로

---

4   한일 양국어로 발표되었는데, 이 글에서는 일본어판만 다루기로 한다.

읽게 되는 셈이다. 이처럼 『사소설』의 첫 번째 특징은 작가의 자기생성의 순간을 자기언급적으로 이야기하는 작품이라는 점이다.

두 번째 특징은 본 논의를 이끌어 가는 핵심요소라고 할 수 있는, 소설에 일본어와 영어 두 개의 언어가 등장한다는 점이다. '말하기 곤란함과 읽혀진다는 것'의 틀을 그대로 형식화하고 있기 때문이다. 일본어가 세로쓰기, 영어가 가로쓰기라고 할 때, 부제 'from left to right'의 의미를 파악할 수 있을 것이다. 『사소설』의 경우 세로쓰기로 되어 있고, 영어가 군데군데 번역되지 않은 채 삽입되어 있는 점에 보다 깊은 주의를 요한다. 이 번역되지 않은 영어 문장이 일본어 독자들을 곤혹스럽게 한다는 지적은 발표 당시부터 있었다. 작가 스스로도 일본어 독해의 어려움이라기보다 영어 번역의 불가능성을 의도했다고 말하고 있다. 이 소설의 가장 큰 특징이라고 할 수 있는 일본어와 영어의 차이가 영어를 번역해 버리는 순간 소실되기 때문이다. 여타 다른 언어라면 몰라도 영어로는 그 차이를 내포한 형식을 드러내기 어렵다는 것, 바로 그런 식으로 영어에 대한 저항감을 강하게 어필하는 것이다. 결과적으로 영어와 일본어 양쪽 독자 모두에게 읽기 어려운 작품이 되고 말았고, 독자들 사이에 균열이 발생하게 된 것이다.

이러한 독자와의 거리는 '나'라는 인물의 조형과도 연결된다. 소설 속 '나'는 동일화라는 틀에서 모두 벗어나 있다. 동양인이 아니며, 일본인이 아니며, 귀국자녀도 아니다. 그 어느 것에도 동일화하지 못하는 자의 위치에서 공감하지도 공감받지도 못하는 것에 저항하며, 독자에게 읽히는 것 또한 거부한다. "왜 이렇게 되었는지"144쪽 "미국에 온 다음부터 뭔가

미쳐버려서"163쪽라는 식의 말들을 반복하며 '나'는 매우 '고독'한 상황에 빠진다. 그 포지션을 보편적인 시각으로 풀어보면, 미국 일본계 이민, 디아스포라의 경험으로 읽을 수 있을 것이다. 이것이 세 번째 특징이다.

네 번째 특징으로는, 앞서 언급했듯 '고독'한 화자의 이름이 작가와 동일한 '미나에'라는 점이다. 이 같은 설정은 '사소설'이라는 장르를 상기시킨다. 스즈키 도미鈴木登美에 따르면, '사소설'이란, "작중 인물과 화자와 작가의 동일성을 기대"하는 "독서 모드"[5]라고 할 수 있다. 이 세 가지 층위가 겹쳐질 때 소설이라는 허구의 형식이지만 고유한 이름이 보증하는 어떤 '진실'이 있으리라 기대된다.

또한, 미즈무라가 정의하는 '사소설'에 따르면, 이 소설은 "독자가 그곳에서 소설가 자기 자신을 읽어내는 것을 전제로 한 작품"『本格小説』, 230쪽[6]이다. 즉, 독자에게서 멀리 떨어져 있지만 작자에게 가깝게 다가서려는 독자의 욕망이 가장 상승하는 모드, 독자와의 접촉성이 가장 고조되는 모드를 사용하고 있으며, 그런 의미에서 독자를 강하게 욕망하는 것이 동시에 드러난 것으로 보아야 할 것이다. 이 독자에 대한 강렬한 욕망이 다섯 번째 특징이다.

마지막 여섯 번째 특징은, '야마우바山姥 : 깊은 산에 살고 있다는 마귀할멈, 귀녀[鬼女]가 등장하는 점이다. '야마우바'는 소설 모두冒頭 부분과 말미에 등장하며, 이야기 바깥쪽에 있으면서 작가와 접속하는 존재이다. 모두 부분의 '야

---

5   鈴木登美, 大内和子·雲和子訳, 『語られた自己 日本近代の私小説言説』, 岩波書店, 2000, 10쪽.

6   水村美苗, 『本格小説』上, 新潮社, 2002. 본문 인용은 신초샤 문고판(2005)을 따랐다.

마우바'는 다음과 같이 묘사된다.

산속 깊은 곳에서 튀어나온 여자들이 눈보라를 헤치며 맨발로 달려온다. 산발한 머리칼을 어지럽게 흩날리며, 산등성이를 타고 골짜기를 내려온다. 무덤에서 살아나 어두운 밤을 달리는 야마우바들이다. 저건 나의 할머니, 저건 나의 증조할머니 또 저건 그 할머니의 할머니, 모두 나와 연결되어 있는 여자들.10~11쪽

마지막 부분에 또 한 번 '야마우바'가 등장한다.

광란의 생生에 대한 집착이 온몸을 휩싸고 돈다. 그 순간 무덤을 뚫고 나온 야마우바들이 산발한 머리칼을 휘날리며 맨발로 산을 뛰어 내려오는 소리가 지금 다시금 내 귓가를 시끄럽게 울린다.460쪽

미나에의 귓가에 "눈을 떠라, 모든 원망願望이여. / 눈을 떠라, 모든 욕망이여"460쪽라는 목소리가 울려 퍼진다. '야마우바'는 일본 여성문학에서 자주 묘사되는 형상[7]이며, 화자가 유일하게 동일화하는 존재이다. 그렇게 나는 '야마우바'의 대열에 끼는 것으로 '작가'가 되어 간다.

---

7   水田宗子·北田幸恵編, 『山姥たちの物語 女性の原形と語りなおし』, 學藝書林, 2002.

3. 『8월의 저편』

위에서 언급한 여섯 가지 논점을 상기하며 『8월의 저편』으로 시야를 옮겨 보자.

『8월의 저편』은 '유미리'의 할아버지 '이우철'을 중심으로 가족의 기억을 더듬어가는 소설이다. 할아버지는 "베를린 올림픽 금메달리스트인 손기정과 같은 세대의 장거리 선수로 일장기를 달고 달렸던" 인물이다.[8] 이우철의 아버지 이용하 세대, 그리고 이우철의 여동생과 남동생, 아내와 애인, 자식들에 이르는 3세대에 걸친 복잡한 가족사가 한반도의 역사와 어우러지며 전개된다.

할아버지를 중심으로 한 이야기인데, 그것을 '쓰는' '유미리' 또한 소설 속 등장인물 가운데 하나다. 첫 번째 논점인 소설의 자기생성적 요소는 사령제死靈祭에서 할아버지의 영혼에 응답하는 모두 부분에 제시되어 있다. '유미리'는 '무녀 3'을 통해 할아버지의 목소리를 듣는다. "써라" "왜 써야 하나요?"라고 묻는 '유미리'에게 "왜 쓰냐구? 슷슷핫핫すっすっはっはっ 그건 네가 결정할 일이 아니야 너는 쓰지 않으면 안 된다구"라고 할아버지는 응답한다는23쪽. '유미리'가 이 소설의 작자가 되는 순간을 묘사함으로써 소설의 안과 밖이 연결된다. 『사소설』과 달리 여기서는 '쓰는' 행위가 타자로부터 부여받은 '사명'이라는 것이다. 후술하겠지만, 이 점은 『8월의 저편』을 이해하는 데 매우 중요하다.

---

8   福田和也·柳美里, 『響くものと流れるもの 小説と批評の対話』, PHP研究所, 2002.

두 번째로 생각하고 싶은 것은 형식상의 특징이다. 『8월의 저편』에서 주목받았던 것 중 하나는, "슷슷핫핫"[9]이라는 달릴 때의 숨소리를 표현하고 있는 점이다. 이우철의 숨소리이며, 이우철의 남동생 우근, 그리고 할아버지를 이해하기 위해 마라톤에 도전하는 유미리의 숨소리이기도 하다. 소설 출간 후 유미리는 한 인터뷰에서 "영매靈媒처럼 쓰고 싶었다"[10]고 말하는데, 이 신체성을 띤 표현은 할아버지와 작가 유미리의 신체를 매개하는 장치에 불과하다. 그런데 이 숨소리가 독자들에게 위화감을 주었던 모양이다.[11] 가와무라 미나토는 이 위화감이 "이렇게 자연스럽고 부드러운 '일본어' 문체를 '슷슷핫핫'이라는 숨소리로 파괴해 버리는 것이 재일한국인 작가 '유미리'가 의도한 것"[12]에서 파생한 것임을 확신한다.

다만, 이처럼 '일본어'의 자연스러움에 대한 저항이라는 점을 생각할 때 『사소설』과 유사한 또 하나의 특징을 간과해서는 안 된다. 『8월의 저편』은 일본어와 한국어가 뒤섞인 형태로 쓰여 있다. 기왕의 소설 형식을

---

9   이우철과 이우근이 달리기를 할 때 나는 호흡 소리를, 일본어판에서는 '슷슷핫핫(すっすっはっはっ)'으로, 한국어판에서는 '큐큐파파'로 달리 번역하였는데, 이는 유미리의 요청에 따른 것이라고 한다. 유미리, 김난주 역, 『8월의 저편』下, 동아일보사, 2004, 432쪽.

10   柳美里ロングインタビュー, 「死者=歴史の声に耳を澄ます-『8月の果て』を走り抜けて」, 『新潮』, 2004.9.

11   "당시 비판이 상당했어요. '슷슷핫핫'에 아사히가 얼마를 지불하고 있는 건가, 빨리 끊어라, 라는 식의 투서가 백 통 넘게 왔다고 들었어요."(유미리, 위의 인터뷰)

12   川村湊, 「"口承"される死者たちの言葉」, 『群像』, 2004.10. 가와무라 미나토는 일본어와 한국어가 혼재되어 있음을 언급하며, 그 외에도 "가사군, 동요, 민요, 군가, 유행가, 나아가 슬로건, 선전, 보도 문구 등을 삽입"한 것에서 일본어에 대한 저항감을 엿볼 수 있다고 말한다.

뛰어넘는 다층적이고 혼성적인 문체로 많은 이들로부터 높은 평가를 받아왔다. 예컨대, 후쿠다 가즈야福田和也는 다음과 같이 지적한다.

일본어 문장 한자어에 조선어 루비가 달리고, 조선어를 표기한 가타카나 부분에 일본어 히라가나로 루비를 달았다. 여기에 한자숙어에 통상적으로 달리는 후리가나까지 가세해 조선어의 가타카나 표기가 된다. 루비라는 형식을 차용해 언어공간에 다양성을 주었을 뿐만 아니라, 독자로 하여금 읽는다는 행위의 무자각성의 자명성을 폭로한다. 소리가 그대로 문자가 되는 새로운 문자어의 발명이라고 할만하다.[13]

언어의 투명성에 대한 회의감을 표출하고, 언어가 충실한 전달장치가 아니라는 것을 폭로하는 것은 문학 언어의 윤리적인 사명이라고 할 수 있을 것이다. 유미리는 일본어와 조선어의 역사적, 정치적인 알력 사이에 자리하며 그것을 실천한 것이다.

다만 그러한 독해의 "자명성을 폭로"하는 시도는 일본어 독자로 하여금 "읽기 어려움"의 요소가 된다. 기리도오시 리사쿠切通理作의 발언을 인용해 보자.

일본어에 조선어 루비가, 조선어에는 일본어 루비가 뒤섞인다. 독자 입장에서 보자면, 일본어 문장을 자명한 것으로 읽는 것을 거부당한 느낌이랄까.

---

13   福田和也,「近代小説を「逸脱」柳氏の試み」,『週刊新潮』, 2004.8. 이 외에도, 榎本正樹,「読書目録」,『すばる』, 2004.10, 가와무라 미나토, 위의 글을 참고 바람.

단어와 특징적인 소리가 계속해서 반복된다. 같은 장면을 반복해서 읽고 있는 듯한, 헛수고를 하고 있는 듯한 느낌이 들 때가 종종 있다. '말줄임표'가 빈번히 사용되고, 결절점을 찾아보기 어렵다. 그런데도 계속해서 읽어나갈 수밖에 없다.

일본어와 조선어가 뒤섞인 가정에서 자랐지만 자신은 조선어를 말하지 못한다고 공언해온 저자의 재일在日로서의 모습이 작품 속에 드러난 것일지 모른다.[14]

『사소설』이 그러했듯, 일본어밖에 구사할 줄 모르는 독자들 사이에 균열이 발생하게 되는 것은 명확하다. 거기에는 한반도의 역사를 '재일'의 입장에서 바라보고 글쓰기를 하는 유미리가 자리한다. 그렇다면, 한국어판은 어떨까?『사소설』이 영어만으로는 번역이 불가능한 것처럼, 이 텍스트를 일본어에서 한국어로 번역할 경우, 일본어판의 한국어 문체의 특징을 그대로 표현할 수 없을 것이다. 일본어판에서 평가받아온 문학으로서의 가능성일본어와 한국어의 혼합성, 다층성은 한국어판에서는 평가받기 어려운 이유이다.[15] 바로 그렇기 때문에 유미리는 미즈무라 미나에와는 완전히 반대의 의도로 글쓰기를 한 것이 된다. 『8월의 저편』은 집필 당초부터 한국어 번역이 예정되어 있었다. 애초부터 양쪽 언어의 독자를 염두에 두고 쓴 것이다.[16]

---

14 切通理作,「「8月の果て」柳美里 名前のないものに届く旅」,『文学界』, 2004.12. 또한, 가와무라 미나토의 앞의 글에도 유사한 지적이 보인다.
15 이 지점은 필자의 능력 밖이라 고찰이 불가능하였다.
16 유미리의 제안이었다고 한다. 柳美里ロングインタビュー, 앞의 인터뷰.

식민지 시대에 대한 평가는 한일 양국이 완전히 다르다. 그 시대를 그릴거면 한일 양국의 독자에게 동시에 작품을 던지고 그 반향을 꿰뚫으며 글쓰기를 해야한다고 생각했다.[17]

『8월의 저편』이 노린 것은 『사소설』과는 다른 효과였던 것이다. 미즈무라 미나에는 글로벌한 언어로서의 영어에 저항하기 위한 방법으로 두 개의 언어를 선택했지만, 유미리는 그렇지 않았다. 일본어판과 한국어판에 보이는 결정적인 차이는 과거에 대한 평가가 다른 두 나라 독자를 의식한 전략적인 선택에서 비롯된 것이다. 즉, 여기서 중요한 것은 일본어판과 한국어판 독자로 하여금 각기 다른 언어 체험을 하게 한다는 것이다. 두 언어의 사용은 한국어 독자, 일본어 독자 모두에게 독해의 곤란함을 발생시키는데, 이때 한국과 일본 독자의 경험이 중첩되지 않으리라는 것이 전제가 된다.

세 번째로 살펴보고 싶은 것은, 『사소설』의 경우, 독해의 곤란함이 발생하는 지점이 화자의 디아스포라적 '일본계 이민'의 '고독'과 연결된다는 점이다. 이에 대응하는 것으로 디아스포라로서의 '재일'이라는 문제를 생각해 볼 수 있을 것이다. 유미리의 경우는 "한국인도 아니고 일본인도 아닌 장소에서 쓰고 싶다", "'재일'이라는 일반론으로 수렴되는 것이 싫다"[18]는 식으로 말해 왔다. "일반론으로 수렴"되는 것을 거부하는 모습은 『사소설』에서 미즈무라 미나에가 '고독'을 그린 방식과 유사하다. 양

---

17 위의 인터뷰.
18 柳美里·辻仁成, 芥川賞受賞対談「書くしかない」, 『文学界』, 1997.3.

쪽 모두 디아스포라의 입장을 노스텔지어가 아닌 개인의 문제로 바라봤기 때문이다.

그렇다면 『8월의 저편』에는 어떻게 나타나고 있을까? 이와타 와이케난트 크리스티나는, 이 소설을 '자기 찾기'라는 관점에서 분석하며 '유미리'가 샤먼에 경도되었음을 지적한다. 자신의 출생을 둘러싼 소외감, 아웃사이더라는 낙인이 '재일'을 은유하고 있지만, 샤먼이라는 방법을 통해 한국과 일본 사이에 가로놓인 다양한 이항대립구도가 탈구축되는 "이종혼효異種混淆적인 아이덴티티 탐구"의 시도이자, "그 어느 쪽도 아닌" 것에서 "그 어느 쪽이기도 한" 것으로 이동해 간 것이라고 말한다.[19] 그렇다면 『8월의 저편』을 어느 한 틀로 구획되는 것에 대한 강한 저항이나 '고독'과는 다른 방식으로 읽을 수 있을 듯하다.

아이덴티티의 향방과 직접적인 관련이 있는 것은 앞서 언급한 이름 문제이다. 『사소설』에서 미나에라는 이름은 작가와 화자와 주인공, 이렇게 서로 다른 층위의 세 사람이 공유하고 있다. 『8월의 저편』에서도 '유미리'라는 등장인물은 이 작품의 작가와 동명이며, 인터뷰 등에서도 유미리는 자신의 경험을 작품에 반영했다고 언급해 왔다. 작가와 화자와 등장인물은 '유미리'라는 이름으로 묶여있는 것이다. 그런데 이 이름은 '나'라는 동일성으로 귀결되지 않는다.

우선, 확인해야 하는 것은 유미리라는 이름이 갖는 정치성이다. 이 이름을 둘러싼 문제를 강윤이는 '유미리·ユウミリ'라는 이름의 '경계'성이

19　岩田=ワイケナント・クリスティーナ,「アイデンティティの脱構築としての〈自分探し〉－柳美里『8月の果て』論」,『社会文学』, 2007.

라고 지적한다.[20] 한국식 발음으로는 '유미리·ユミリ'가 될 터인데, 굳이 '유우미리·ユウミリ'라고 칭한 것은 '한국식 본명'의 발음으로부터 소외되었기 때문이라는 것이다. 그리고 '야나기ゃなぎ'라는 일본식 이름도 적극적으로 배제하고 '유우미리'라는 발음을 사용함으로써 단번에 '본명/통명'의 이항대립을 뛰어넘었다고 지적한다.

『8월의 저편』에는 서울 마라톤 대회에 참가한 유미리를 발견하고 '유미리!'라고 환호성을 지르는 관객들의 모습을 묘사한 장면이 등장한다. 강윤이는 이 장면을 언급하며, 일본어 독자에게는 '柳美里'라는 이름이 다양하게 발음되는 반면, 한국어 독자에게는 하나의 "정확한 발음"으로 한정되어 있다고 말한다. 그 때문에 "한국식 본명"의 발음으로부터 소외되어 있는 그녀의 의식을 읽어낼 수 있는 것이 아닌가라고 지적한다. '유우미리'라는 이름은 그렇게 읽을 때, "민족과 역사의 클리셰를 타파"하는 특수한 자리에 서게 된다. 『사소설』의 '미나에'처럼 정치적으로 중립적인 이름이 아닌 것이다.

이처럼 이름을 둘러싼 정치성을 염두에 두면서 『8월의 저편』에 나타난 '柳美里'라는 이름의 재의미화에 대해 주목해 보자. 유미리는 이 소설의 집필에 앞서 취재하던 중 '미리'라는 이름이 매우 중요한 의미를 갖고 있음을 알게 된다. 즉, '미리'라는 할아버지가 지어주신 이 이름이 단순히 '아름다운 마을', '조국에 대한 향수'를 의미하는 것이 아니라 할아버지의

20　康潤伊,「柳美里『8月の果て』における非－「本名」－創氏改名の陰としての号と源氏名」,『昭和文学研究』, 2017.3.

고향 '밀양'과 긴밀하게 연결되어 있음을 발견한다.[21] '미리'라는 이름에 깃들어 있는 할아버지의 깊은 뜻을 알게 되면서 자신의 이름을 새롭게 받아들인다.[22] 뿐만이 아니라, 유미리의 두 남동생 '춘수春樹' '춘봉春逢'의 이름과 할아버지의 동생 '춘식春植'[23]이라는 이름 역시 남다른 의미가 있음을 발견한다. 이처럼 이름에 깃든 의미를 발견하는 일은 이 소설을 풀어가는 중요한 '열쇠'가 된다.

> 태어나기 아주 오래전부터 전해 내려오던 것을 의식한다고 할까⋯⋯말하고 싶지도 않고, 말하지도 않았던, 살아가기 위해서는 입을 다물어야 했던, 그러나 말하지 않을 수 없었던 '한恨'을 이름이라는 형태로 남겨놓은 것이 아닐까. 이름이라는 열쇠가 남겨지지 않았다면 『8월의 저편』의 문은 열리지 않았을 것이다.[24]

이름에 깃든 의미를 알고 있는 자가 이름의 당사자가 아닌 명명자라는 점은 주의를 요한다. '미리'라는 이름에 깃든 기억 역시 유미리 자신의 것이 아니라, 이야기되지 못했던 할아버지의 기억이다. 즉, 『8월의 저편』은 지금까지 유미리 자신의 의지로 선택한 '유우미리'라는 이름이, 부여

---

21 할아버지의 고향인 밀양을 방문했을 때 그곳이 '미리벌'이라는 것을 알게 되었다고 한다. 후쿠다 가즈야·유미리, 앞의 책, 96쪽.

22 インタビュー柳美里, 「マラソン走者だった祖父の人生をたどり朝鮮の近代史を浮き彫りにする超大作」, 『ENT!』, 2004.10.

23 '춘식', '춘봉'이라는 이름은 "봄에 심은 나무가 크게 자라면 그 나무 밑에서 만나자는 윤회전생", "내세의 약속"의 의미가 있다고 한다(柳美里, 앞의 인터뷰).

24 위의 인터뷰.

된 이름으로서의 '미리美里'로 바뀌어 재의미화됨으로써 비로소 소설로 탄생하게 된 것이다.

소설의 모두 부분에서 유미리는 '무녀 3'에게서 "그 이름이 너에게 부여된 순간 너의 운명은 결정지어진 것이다"上45쪽라는 말을 듣는다. 이에 "밀양은 미리라는 이름"이니 그 "땅의 이름을 짊어진 자"로서 사명감을 갖겠다고 약속한다. 유미리는 여기서 "조선인처럼 두 손을 이마에 대고 무릎을 꿇어 절을 하고, 일본인처럼 정좌한 자세로 합장"을 한다. 타자로부터 부여된 이름의 재의미화는 일본, 조선 그 어느 쪽으로도 귀속을 강요당하지 않는다. 역사적으로 정치성을 띠고 구축된 이 이항대립과는 다른 방식으로 타자의 기억에 접속하는 회로가 열리게 되는 것이다. '미리'라는 이름의 의미를 할아버지는 그 누구에게도 말하지 않았다. 할아버지만 비밀스럽게 간직하고 있었다. 무릇 이름이 갖는 속성, 즉 자신의 이름이지만 타자에 의해 불리는 '피독성被読性'은 주체의 동일성에 균열을 낸다. 이름은 배타적으로 자신에게 속한 동일성을 구성하는 것이 아니라, 타자와 연결되기 위한 '열쇠'인 것이다.

> 한 사람의 인간이 갖는 이름이라는 것은 부모의 생각과 희망이 깃든 이름만이 아니라, 선조 대대로 이어져 온 것이니, 그 사람의 이야기이자 역사이며, 한 사람의 인간이 지키고, 남기고, 전달하는 것은 이 이름밖에 없지 않을까 합니다.[25]

---

25 위의 인터뷰.

등장인물 가운데 13세 일본군 위안부로 등장하는 '김영희' 그리고 공산주의 투사로 잔혹한 죽임을 당하는 할아버지의 남동생 '이춘식'은 특히 중요하다. 이 두 사람 모두 복수複数의 이름을 갖는다. 그 이름 중 하나가 자신의 존재를 증명하는데, 그 이름을 누군가 소중한 이에게서 부여받았다는 사실은 매우 중요하다. 식민지 시기의 창씨개명으로 얻은 '에이코'라는 이름도 '나미코'라 불리던 위안부 시절의 이름도 아니다. 에이코도 나미코도 아닌 '영희'라는 이름은 아버지에게서 부여 받은 이름이다("아버지가 지어주신 이름만큼은 누구에게도 빼앗기지 않을 거예요", "어머니가 불러준 이름에는 손가락 하나도 건드리지 않았어요."下 308쪽) '이우근'도 '구니모토国本 우근'도 아닌 '이춘식'이란 이름은 호적상의 이름이 아닌 형이 지어준 이름이다下 226쪽. 이름은 자기 바깥에 흐르는 긴 시간 축으로 연결되는 '열쇠'인 것이다. 그렇기 때문에 여기서 피력되고 있는 것은 디아스포라적 '고독'이 아닌 것이다.

타자와 연결되려는 욕망은 동시대 독자에게로 향한다. 어떤 소설 장르를 선택했는가를 통해 그러한 점을 엿볼 수 있다. 다섯 번째 논점으로 들어가 보자. 청자를 필요로 하는 미즈무라 미나에는 독자와의 접촉성을 가장 고조시키는 '사소설'을 선택했다. 유미리가 선택한 것은 '신문소설'이다. '신문소설' 역시 독자와의 접촉이 긴밀하게 이루어지며, 피독성이 두드러진다. '신문소설'은 대부분 독자에게 폭로하는 형식으로 글을 쓴다. 실제로 이 작품은 아사히신문 연재 중에 다양한 반응이 있었다. 특히 "슷슷핫핫"이라는 의성어와 일본군 위안부 이야기에 대한 부정적인 반응이 집필이 한창이던 작가에게 여과 없이 전달되었다. 이것을 유미리는 이런 말로 정리한다. "중단 이유는 연재가 연장되었기 때문이라기보다 클레임과 구독을 끊어버리겠다는 전화와 투서가 이례적으로 많았기 때문입니다"[26]라고. 또한 할아버지의 이야기는 "당초는 논픽션에 가깝게 쓰려고 했다"[27]고 말한다. 그렇지 않았다면 '신문소설'이라는 장을 선택하지 않았을 것이다. 방대한 조사를 필요로 했고, 사실史実과 마주해 써야 하는 '긴장'을 내포한 소설이었다. 그에 대해 유미리는 이렇게 말한다.

긴장을 지탱한 것 또한 긴장이었다고 생각해요. 매일 한 페이지씩 독자의 눈앞에 이야기를 펼쳐 보이는, 거기다 한국과 일본 동시에……[28]

신문소설에 따르기 마련인 높은 피독성이 이 작품을 지탱하고 있으며, 그런 점에서 글쓰기와 읽기가 강하게 연결된 소설이라고 할 수 있을 것이다.

나는 이 작품에서 독자들의 알고 싶어 하는 마음에 호소하고 싶었어요. 『겨울 소나타』가 히트하고 한국 붐이라고들 하죠. 지금 그런 시기니만큼 꼭 알아주었으면 하는 것이 있어요. 그렇다고 해서 (이 책에서) 한국의 역사를 알아달라는 것은 아닙니다. 여러 방향으로 읽어주셨으면 합니다. 오해, 오독으로 이

---

26 柳美里, 「「8月の果て」闘争記」(聞き手 : 福田和也), 『エンタクシー』, 2004.9. 『아사히신문』이 연재를 중단한 이유에는 독자의 반응 이전의 다른 문제도 있었다고 한다. 독자들의 혹평과 달리 학계나 비평 분야에서는 높은 평가를 받았다.
27 福田和也·柳美里, 앞의 책, 29쪽.
28 柳美里, 앞의 글.

해되었으면 합니다.[29]

"알아주었으면 하는 것이 있어요"라는 말에서 보듯, 동시대의 타자와 연결되는 것이 요청될 때 '피독성'은 전경화된다. 『8월의 저편』은 "알고 싶어 하는 마음"을 불러일으키고, 거기에 응답하는 형태로 글쓰기가 전개된 것이다.

마지막 여섯 번째 논점을 검토해 보자. 미즈무라 미나에가 자신을 중첩시킨 인물로, 산을 휘젓고 다니는 '야마우바'를 등장시켰듯이 유미리 역시 자신을 중첩시킨 여성들의 표상을 이야기 속에 배치한다. '휘익휘익'하고 부는 '바람'이 되어 이야기 속에 등장하는 '아랑阿娘'이 그러하다. 밀양에는 강간당할 위기를 피하려다 목숨을 잃은 아랑 이야기가 전해 내려온다. 거기에는 강에 목숨을 던진 후 알몸으로 건져 올려진 할아버지의 여동생 소원과 위안소 '낙원'에서 겨우 도망친 후 바다에 몸을 던진 김영희 등 남자들의 욕망에 희생된 여자들이 중첩되어 있다. 유미리 역시 그 아픔을 잇는 존재로 스스로를 아랑의 존재와 중첩시킨다. 왜냐하면, 바람이 되고 영혼이 된 아랑은 유미리와 마찬가지로 목격하는 존재이기 때문이다.

슬며시 미소 짓는 아랑의 모습은 여자들의 눈에는 보이지 않았다. 휘익휘익하는 바람소리만 여자들의 수다에 방해 받지 않으려는 듯 서둘러 소리를 높

---

29 「インタビュー柳美里」, 『ENT!』, 2004.10.

인다. 아랑은 막 태어난 갓난아기처럼 들숨을 쉬며 투명한 목소리를 냈지만 여자들의 귀에는 봄을 재촉하는 회오리 소리만 들려왔다.下 223쪽

말하지 못한 기억을 영매처럼 보고, 쓰는 유미리는 '아랑'과 겹쳐진다. '야마우바'와 '아랑'은 각각 '여성작가'를 상징하는 존재에 불과하다.

'야마우바'는 "눈을 떠라, 모든 원망願望이여. / 눈을 떠라. 모든 욕망이여"下 460쪽라며, 미나에 속에 잠들어 있던 욕망을 일깨운다. '야마우바'는 자신의 내부를 응시하게 한다. '아랑'의 시선은 반대로 향한다. 이미 바람이 된 '아랑'은 자신의 욕망을 응시하거나 하지 않는다. '아랑'은 누군가의 죽음을 목격하는 존재이다. 단순히 목격하는 것만으로 사건에 관여할 수 없다. 그러나 그럼에도 그 목격하는 것 자체에 원망이 깃들어 있는 것이다.

나는 "아무도 보지 않았다" 따위의 말은 있을 수 없다고 생각한다. 홀로 죽음에 이르렀다고 하더라도 누군가가 반드시 목격했을 것이다. 그 누군가의 시선을 쓰고 싶었다.[30]

모든 죽음에는 목격자가 있기 마련이다. 그 시선은 죽음을 '고독'으로부터 구출한다. 『8월의 저편』에는 글쓰기에 대한 사명감이 부여되어 있고, 이름 역시 부여됨으로써 재의미화되고 있음을 다시 한번 떠올려보

---

30 柳美里ロングインタビュー, 앞의 인터뷰.

자. '나'에 집중하는 사소설에서 떨어져 나와 타자와 역사를 응시하는 시선을 갖게 된다. '아랑'이라는 표상 역시 그러하다. 자기 안에 존재하는 것이 아닌 무언가를 응시하는 것. 기억과 역사는 이렇게 '나'로부터 멀리 떨어져 갈 때 비로소 응시할 수 있게 되는 것이다. 바람처럼 응시하고 그리고 멈추는 일 없이 계속해서 앞으로 달려간다.

소설의 마지막 장면은 주체가 누구인지 명확히 하지 않는다. 모든 이들이 하나가 되어 달릴 뿐이다.

> 말을 쫓아 슷슷핫핫 말을 앞질러 슷슷핫핫 말이 따라올 수 없는 속도로 슷슷핫핫 말이란 말을 뿌리치고 슷슷핫핫 슷슷핫핫 말에서 멀리 떨어진 곳에서 슷슷핫핫 달린다 슷슷핫핫 슷슷핫핫 달린다! 더 빨리! 슷슷핫핫 자신을 멀리 떠나 슷슷핫핫 돌아보지 않는다 슷슷핫핫 돌아갈 수는 없다 그러니까 슷슷핫핫 슷슷핫핫 자신으로 돌아갈 모든 단서는 불필요하다.下 546~547쪽

"위치도" "시간도" "이름도" "숨만을 내쉬고" "바람만을 들이마시며" "호흡 너머로" "바람 너머로" "삶과 죽음이 교차하는" "그 순간 너머로" "슷슷핫핫" 하며 계속해서 내달리는 너머로 나타나는 마지막 글자는 "자유!"다.

〈그림 1〉『8월의 저편』, 신초문고판 표지(2004)

〈그림 2〉『8월의 저편』, 한국어판 표지(김난주 역, 동아일보사, 2004)

4. 트라우마의 기억을 말한다는 것

미즈무라 미나에의『사소설』과 비교할 만한 많은 형식적 특징을 가지면서도『8월의 저편』은 질적으로 전혀 다른 소설이라는 것을 알 수 있다. 『8월의 저편』은 전혀 다른 장소로 달려간다. '사소설', 즉 일본문학으로부터, 유미리 자신의 과거의 작품으로부터, 그리고 지금까지의 여성작가의 계보로부터 멀리 떨어져서『8월의 저편』을 쓴 것이다. 그것은 다름 아닌 할아버지의 이야기, 동아시아에 잠재하고 있는 트라우마의 기억을 불러 일으키기 위함이었다.

문화정신의학 측면에서 트라우마를 연구하는 미야지 나오코宮地尚子는 '환상도環狀島'를 모델로 하여 '트라우마를 말한다는 것'에 대해 논의한 바 있다.[31] 미야지는 트라우마 자체에 대한 고찰에 머물지 않고, 그것을 어떻게 들을 것인가 하는 문제로까지 파고든다〈그림2〉.[32] 내해內海는 제로 지점, 트라우마의 중심이다. 당사자는 산등성이 안쪽에 자리한다. 청자는 산등성이 바깥에 자리한다. 그리고 청자는 환상도의 산등성이 밖에서 안으로, 때로는 안에서 밖으로 이동하면서 내해에 있는 트라우마의 기억을 외해外海와 연결한다. 이때의 문제를 미야지는 '중력'과 '바람'이라는 은유를 들어 설명하고 있다. '바람'이란 "트라우마를 겪는 사람과 주위 사이에서 일어나는 대인관계의 혼란이나 갈등 등의 역동"이며, "환상도 상공에

---

31   宮地尚子,『環狀島＝トラウマの地政学』, みすず書房, 2007, 7쪽.
32   위의 책, 10쪽.

는 언제나 강한 '바람'이 휘몰아치고 있다"[33] 고 말한다.

『8월의 저편』의 바람은 '강바람'처럼 부드럽게 사람을 감싸듯이 분다. 밖에서 내해로 접근하는 것에 내해의 목소리를 실어 나르는 '바람'이다. 때로는 그것은 강풍이 되어 이동하려는 사람도 내해로 빠뜨리거나, 바깥쪽으로 멀리 떨어지게 할 수도 있을 것이다. 그러나 '바람' 한 점 없이 안과 밖의 공간을 잇는다. 『8월의 저편』을 읽는 독자들은 바깥쪽에서, 능선을 넘어, 내해에 자리한 트라우마의 기억으로 가깝게 다가간다. 그 기억에 다가가려 하는 것은 독자들에게는 '혼란과 갈등'으로 여겨졌을지 모른다. 그럼에도 읽는다는 것은, 무풍의 바깥쪽에서 '바람'이 부는 곳으로, 안쪽으로 향하는 것일 뿐이다. '바람' 이야기가 그렇게 해서 바깥과 안을 연결하는 것이다.

〈그림 3〉 환상도

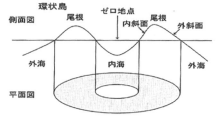

〈그림 4〉 환상도

알라이다 아스만Aleida Assmann은 나치즘과 홀로코스트로 대표되는 독일의 '문화의 기억'을 이론화하며 "대화를 위한 상기想起"의 중요성을 설파한

---

33   위의 책, 28쪽.

다.³⁴ 『8월의 저편』의 시도 또한 그 하나의 실천으로 바라볼 수 있을 것이다. 그것은 현재 일어나고 있는 일들과의 긴장 관계 속에서 발생한다.

유미리는 "이라크 전쟁에 관한 기사와 같은 지면에 실린다는 것은 정말 긴장되는 일입니다. 9할 이상의 독자들이 이라크 전쟁에 관한 기사만 읽겠지만, 혹시라도 양쪽 모두를 읽는 독자들에게 길항하고 있는 모습이 전달되었으면 합니다"³⁵라고 언급한 바 있다. 아스만은 "대화를 위한 상기"라는 "새로운 상기"를 전제로 하면서, "자기비판이라는 곤란한 과정까지 도입시켜, 대화 가능한, 결합된 트랜스내셔널한 기억의 틀 안에서 권리를 빼앗긴 집단의 존엄성을 회복하고, 사회적인 신뢰를 강화하는 데 도움을 주며", "스스로를 비판하고 성찰할 기회"³⁶를 부여한다고 말한다. 『8월의 저편』의 독해의 곤란함은 읽는 이로 하여금 자동화된 이해에서 벗어나 성찰의 계기를 가져다줄 것이다. '사소설'에서 멀리 떨어져 과거를 떠올려 이야기하고, 그렇게 떠올림으로써 현재의 대화로 향하게 하는 것, 『8월의 저편』은 그것을 동아시아의 역사적 공간에서 실천한 것이다.

---

34 アライダ・アスマン, 安川晴基訳, 『想起の文化 忘却から対話へ』, 岩波書店, 2019.
35 柳美里ロングインタビュー, 앞의 인터뷰.
36 アライダ・アスマン, 安川晴基訳, 앞의 책, 224쪽.

혁명의 히로인과 제국의 폭력

세토우치 하루미 『여백의 봄』이 그리는 가네코 후미코의 목소리

나이토 지즈코 | 손지연 역

1. 일본어 문학과 동아시아

혁명의 삶을 살아간 히로인을 일본어 문학은 어떻게 그리고 있을까. 혁명의 히로인은 천황제와 국민국가의 역학, 젠더의 질서를 반역한다. 제국의 폭력에 대항해 가려는 그녀들은 폭력의 피해를 당하는 쪽이나 폭력을 행사하는 쪽 모두에 속하는 양의성을 지닌 존재다. 일본어 공간 속 혁명의 히로인에게 근대 제국의 폭력이 미친 영향을 염두에 두면서 이야기를 풀어가고자 한다.

이 글에서 다루고자 하는 것은 가네코 후미코金子文子의 인생을 그린 세토우치 하루미瀨戶內晴美의 전기소설 『여백의 봄余白の春』이다.[1] 작가 세토우치 하루미는 1973년에 출가해 현재는 세토우치 자쿠초瀨戶內寂聽라는 이

---

1 세토우치 하루미의 『여백의 봄』은 여성 잡지 『부인공론(婦人公論)』(1971.1~1972.3)에 처음 연재되었고 1975년에 단행본으로 발간되었다. 문고본으로도 간행된 바 있다(『余白の春』, 中公文庫, 1975; 『余白の春』, 岩波現代文庫, 2019). 본문 인용은 『세토우치 자쿠초 전집』 제6권(新潮社, 2001)에 따랐다.

름으로 종교 활동가이자 작가로 활동하고 있으며, 일본에서는 매우 잘 알려진 존재다. 1960년대 후반부터 출가하기 직전까지는 혁명을 둘러싼 주제로 전기적 소설을 연이어 집필해 일본 문학계에 혁명을 둘러싼 상상력을 불러일으킨 작가이다. 소설 『여백의 봄』은 작가 세토우치 하루미가 '나'라는 화자로 등장하여 가네코 후미코에 대해 조사해 가면서 여러 자료를 인용해 그녀의 이야기를 구축해 가는 형식으로 이루어져 있다. 주인공인 가네코 후미코가 남긴 말이나 주변 사람들의 인터뷰, 당시 신문 기사나 한국에서 취재해 온 다양한 자료들을 치밀하게 엮어 넣은 이 전기소설은 가네코 후미코의 이미지 형성에 적지 않은 영향력을 미쳤다. 후술하겠지만, 단단하게 정형화된 기능과 그것을 전복시키려는 요소들이 힘겨루기를 하는 복잡한 구조를 띤다.

지금은 아나키스트 사상가로 자리매김되고 있는 가네코 후미코는 어린 시절을 한반도에서 보냈다. 거기에 파트너인 박열과의 관계까지 틈입하면서 삶 자체에 이미 제국과 식민지를 파열시키면서 동시에 연결해 가는 폭력의 구조, 그리고 제국의 제도에 내재하는 젠더폭력이 각인되어 있다. 동아시아에 미친 제국의 폭력의 면면을 가네코 후미코와 세토우치 하루미라는 두 여성 작가를 통해 비판적으로 검토하고, 그 문학적 가능성을 가늠해 보고자 한다.

2. 세토우치 하루미와 혁명 이야기

우선, 세토우치 하루미자쿠초에 대해 간단히 언급해 보자. 세토우치는 1922년 도쿠시마徳島에서 태어나 도쿄여자대학東京女子大学을 졸업했다. 결혼, 이혼, 연애 실패 등 순탄치 않은 길을 걷다 소설가로 입문하여『여대생 교쿠아이레이女子大生・曲愛玲』1956로 신초사新潮社 동인잡지상을 수상한다. 북경사범대학北京師範大学 강사로 재직하던 남편을 따라 1943년부터 46년까지 북경에서 생활했는데, 이때의 체험은 그녀의 첫 창작집『흰 손수건의 기억白い手袋の記憶』에 오롯이 담겼다.『봄의 끝자락夏の終り』1962, 일본여류문학상 수상 등의 사소설에서부터『다무라 도시코田村俊子』1961, 다무라도시코상 수상 등의 전기소설에 이르기까지 작품세계가 넓고 다양하다. 1973년에 출가한 후부터는 삭발에 법의를 입은 세토우치 자쿠초의 모습으로 알려지게된다. 문학상 수상 경력도 풍부하며, 1997년에는 문화공로자로 선정되기도 했다. 미디어에 노출되는 빈도가 잦아지면서 일본에서 모르는 사람이 없을 정도로 유명해졌고 지금은 "머리 밀기 전의 모습은 전설처럼 먼 옛이야기"[2]가 되어버렸다.

출가 전의 세토우치 하루미는 스캔들을 뿌리고 다니는 이른바 스타 작가였다. 그 가운데 잘 알려진 것은『화심花芯』이라는 소설을 둘러싼 사건이다. 중국어로 '자궁'을 의미하는 소설 제목 '화심'은 도발적인 내용으로 충만하다. 지금의 시점에서 보더라도 매우 급진적인 페미니즘 소설이라고

---

2   尾崎真理子,『瀬戸内寂聴に聞く 寂聴文学史』, 中央公論新社, 2009, 7쪽.

〈그림 1〉『화심』표지(고단샤분코, 2005)

할 수 있다.[3] 그런데 발표 당시에는 "필요 이상으로 '자궁'이라는 말이 반발한다"라든가 "매스컴의 센세이셔널리즘에 중독되어 감각이 마비되었다"라는 식의 비판이 이어졌다 平野謙, 『每日新聞』 1957.9.18. 이후에도 익명의 비평가들로부터 포르노그래피 그 이상도 이하도 아니라든가, 픽션이 사소설로 오독되고 있다는 혹평이 이어진다. 남편과 어린 자식을 버리고 사랑의 도피행각을 벌이다 끝내 버림받는 소설 속 히로인은 세토우치 하루미 자신과 동일시되어 '자궁 작가'라는 꼬리표가 붙게 된다. '자궁 작가'라는 비난에 대응해 세토우치 하루미는 '자궁'을 "위나 장처럼 장기의 의미로 사용했던 것"이며, "여자에게 자궁은 어떤 의미이며 여자의 삶과 어떤 관련이 있는지를 주제로 삼은 것"이라는 명쾌한 답을 내놓았다.[4]

---

3   소설은 창부의 삶을 선택한 한 여성의 삶을 그리고 있는데, 이야기의 역학을 들여다보면, 여성을 속박하는 제도적 장치로부터 벗어나기 위해 '창부라는 이름'에 안착한 여성의 신체에 주목하고 있음을 알 수 있다. 그러나 스캔들로 점철된 여론으로 인해 세토우치는 당분간 순문학 영역에서 물러나 있어야 했다고 한다.

4   『세토우치 자쿠초 전집』 19권(新潮社, 2002)에 수록된 세토우치 하루미의 「극락 잠자리 이야기(極樂トンボの記)」(『新潮』, 1967. 9) 참조.

『화심』 등에서 세토우치가 히로인으로 내세운 여성들은 대개가 "꼴사나운 여성들"이며, 파탄의 당사자라는 비난과 각종 오해로 만신창이가 된 여성들이었다.[5] 그것은 세속적 상식과 규범에 저항하고 스캔들로 점철된 섹슈얼리티를 실천한 여성들이라고 바꿔 말해도 좋을 것이다. 또한 세토우치의 전기소설에서 중심이 되는 것은 혁명이라든가 정상적이지 않은 스캔들이 끊이지 않는 여성들이었다.

지금부터는 혁명 이야기라는 문맥에서 조금 시야를 넓혀 이러한 구조가 근대 일본에서 어떻게 역사화되었는지 살펴보도록 하자. 근대 일본의 경우, 혁명 이야기는 메이지 말에 일어난 대역사건大逆事件, 1910~1911을 중심으로 구축되었다. 대역사건은 아나키스트들의 메이지 천황 암살미수사건으로 알려져 있는데, 오늘날 혐의없음이 판명되었다. 이 대역사건을 혁명 이야기의 관점에서 읽어보면 천황제에 대한 반역이자 가부장제 중심의 결혼제도에 대한 반역에 불과하다는 것을 알 수 있다. 가족국가관을 규범으로 한 근대 천황제의 가족제도와 국가를 둘러싼 내셔널한 제도가 결탁하여 비유적으로 이해되어 왔기 때문이다. 다시 말해, 대역사건은 아나키스트들이 도모한 국가 전복의 꿈이자, 자유연애를 주체적으로 선택한 이성애의 로망스이며, 그 다른 한편에서는, 미증유의 범죄를 기획한 반역자들의 섹슈얼한 스캔들로 묘사되어 왔다.

대역사건이 동시대의 미디어 속에서 정치적이자 성적 스캔들로 소비

---

5   세토우치는 오자키 마리코(尾崎真理子)와의 인터뷰에서 전기소설의 주인공을 "세계적으로 훌륭한 활약을 한 사람보다 못난 여자"를 기준으로 선택했다고 설명했다. 尾崎真理子, 앞의 책, 267쪽.

되어온 배경에는, 우선 당사자들의 관계, 즉 '주모자'로 간주되었던 고토쿠 슈스이幸德秋水의 아내에 대한 배신, 수감된 연인을 버리고 고토쿠와의 사랑을 선택한 간노 스가코管野須賀子의 배신이라는 스캔들이 자리하며 그런 방식으로 소설화되었다.

고토쿠와 간노가 처형된 후, 천황 암살을 도모한 남녀의 부도덕한 자유연애라는 스토리 라인은 오스기 사카에大杉栄, 이토 노에伊藤野枝, 가미치카 이치코神近市子 등으로 그 계보를 잇게 된다. 아내가 있는 오스기 사카에는 가미치카 이치코와 자유연애를 하고, 이토 노에와도 만남을 갖는다. 이토 노에를 질투한 가미치카가 오스기 사카에를 살해하려다 미수에 그친 '하야마 히카게 찻집 사건葉山日蔭茶屋事件'1916, 그리고 관동대지진関東大震災 당시 오스기 사카에, 이토 노에가 학살당한 사건1923을 보더라도 '혁명'과 '성'을 둘러싼 스캔들은 미디어를 통해 반복해서 재생된다. 박열과 가네코 후미코의 대역사건도 그 연장선상에 자리한다.

이러한 혁명 이야기 속에서 여성해방가인 간노 스가코, 이토 노에, 가미치카 이치코, 가네코 후미코는 혁명가 남성들의 이야기에 색채감을 더해주는 히로인으로 부상한다. '혁명의 연인'들은 근대 여성표상의 정형을 연기하는 존재로, 모성을 체현하는 이상화된 여성 이미지를 부분적으로 담보하면서 팜므파탈적 창부성을 지닌 매력적인 악녀 이미지로 주조된다.

이 연애와 혁명의 삶을 사랑하는 히로인의 정형은 지금도 여전히 이야기의 소재로 소비되고 있다.[6] 이러한 구조를 뒤집어 보면, 그야말로 연

---

6   대역사건을 둘러싼 이야기의 젠더 구조와 현대 정형의 반복적 인용은 필자의『제국과 암살(帝国と暗殺)』(新曜社, 2005[한국어판은, 고영란 외역,『암살이라는 스캔들』, 역사

애와 혁명의 삶이라는 정형을 만들어 온 존재가 바로 세토우치 하루미이자 그녀들의 작품이라는 것을 알 수 있다. 이를테면, 대역사건의 중심인물인 간노 스가코를 1인칭 화자로 그린 『먼 목소리遠い声』1970[7]를 비롯해 이토 노에가 주인공인 『미는 난조에 있으니美は乱調にあり』1966[8]와 가네코 후미코가 주인공인 『여백의 봄』이 그것이다. 이들 여성은 '숙명적 사랑'의 히로인이라는 유사성을 갖는다.[9] 연애와 자립과 독립을 실천하는 근대적이고 주체적인 여성이라는 긍정적 평가를 내릴 수 있을 것이다. 그런데 이성애를 기반으로 한 '연애와 혁명'의 낭만성이라는 측면에서 보면 젠더의 비대칭성이 작동하기 마련이다. 당사자들의 의지와 현실의 정치성은 '숙명적 사랑'이라는 정형으로 덧칠되어 있다. 따라서 히로인이 남성에게 종속되어 젠더 규범 속에 길들어 있음을 부정하기 어렵다. 즉, 세토우치 하루미의 전기소설에 보이는 혁명과 '숙명적 사랑'이라는 정형화된 이야기 구조는, 한편으로는 여성의 자립과 독립이라는 제도적인 폭력으로부터의 해방을 그리지만, 다른 한편으로는 실제 사건이나 사상으

비평사, 2011]), 『애국적 무관심(愛国的無関心)』(新曜社, 2015)에 자세하다.

7   『먼 목소리』는 『사상의 과학(思想の科学)』(원제 「먼 목소리－간노 스가코초(遠い声－管野須賀子抄)」, 1968.4~12)에 처음 연재되었고 1970년에 단행본 『먼 목소리』(新潮社)로 출간되었다. 이는 『세토우치 자쿠초 전집』 제6권(新潮社, 2001)에 수록되어 있다.

8   『미는 난조에 있으니』는 『문예춘추(文藝春秋)』(1965. 4~12)에 처음 연재된 이후 1966년에 문예춘추에서 동명으로 단행본이 출간되었다. 『해조는 거짓이니(諧調は偽りなり)』는 그 속편이다. 이는 『문예춘추』(1981.1~1983)에 연재되었고, 1983년에는 『해조는 거짓이니』(文藝春秋) 상·하권이 출간되었다. 모두 『세토우치 자쿠초 전집』 12권(新潮社, 2002)에 수록되어 있다.

9   이에 관해서는 필자의 논문 「혁명과 젠더(革命とジェンダー)」(『大妻国文』, 2020)를 참고 바람.

로부터 히로인을 분리시켜 젠더의 비대칭성 속에 히로인을 종속시켜버리는 사태가 발생하게 되는 것이다.

3. 가네코 후미코와 탈脫연애 코드

가네코 후미코1903~1926에 대한 일본 내 평가는 높은 편으로 주로 페미니즘 문맥이나 여성사, 사상사 영역에서 논의되어 왔다.[10] 그런데 2019년 한국영화 〈박열〉이 일본에 공개되면서 새롭게 주목받기 시작했다.[11] 앞으로도 재검증 작업이 활발하게 이루어질 것으로 기대된다.

가네코 후미코는 무적자無籍者로 자랐고, 1912년부터 1919년까지 친할머니에게 맡겨져 충청북도에 위치한 부강에서 생활하기도 했다. 가족들로부터 학대당하고, 학교교육도 제대로 받지 못하는 등 성장과정이 순탄치 못했다. 1920년 17세 때 상경하여 1922년 박열과 만나 잡지『검은물결黑濤』,『살찐 조선인太い鮮人』을 창간하고, 박열과 함께 후테이샤不逞社를 설립한다. 관동대지진 후, 형법 73조의 이른바, 대역죄 및 폭발물단속벌칙위반爆發物取締罰則違反 용의자로 두 사람 모두 기소된다. 이 일련의 사

---

10 쓰루미 슌스케(鶴見俊輔)는 가네코 후미코의 사상이 가족국가관을 벗어난 삶의 태도에 있다고 말하면서 "천황제에 굴복하지 않고 무적자로 살아남기를 바랐다"고 평가했다. 鶴見俊輔,「金子ふみ子」,『ひとが生まれる』, 筑摩書房, 1972;『鶴見俊輔集』第8卷, 筑摩書房, 1991, 434쪽.
11 이준익 감독의 〈박열〉(2017)은 일본에서는 〈가네코 후미코와 박열(金子文子と朴烈)〉(2019)이라는 제목으로 개봉되었다.

태는 훗날 관동대지진 당시 조선인 학살사건을 은폐하기 위한 날조사건이었음이 판명되었다. 가네코 후미코와 박열은 사면되어 무기징역을 언도 받았으나 후미코는 이를 거부하고 옥중에서 목매 자살했다. 자살이라고 전해지고 있지만, 죽음을 둘러싼 경위는 아직 분명하게 밝혀지지 않았다.

〈그림 2〉『여백의 봄』 표지(이와나미쇼텐, 2019)

앞서 언급한 것처럼 『여백의 봄』은 가네코 후미코가 직접 쓴 글을 포함해 그녀에 대한 논평들을 샅샅이 조사한 소설가 '나'가 그것을 소설화한다는 내용을 담고 있다. 한편에는 가네코 후미코라는 강렬한 '나'의 목소리가, 다른 한편에는 소설가인 '나'의 목소리가 자리하고 있는 것이다.

작가 세토우치 자쿠초는 『여백의 봄』 해설에서 "이토 노에에게는 쓰지 준辻潤과 오스기 사카에가, 간노 스가코에게는 아라하타 간손荒畑寒村과 고토쿠 슈스이가 있다면, 가네코 후미코에게는 박열이라는 남자가 있다. 가네코 후미코는 조선독립운동 투사인 박열을 온몸과 마음을 바쳐 사랑한 나머지 박열의 사상도, 삶의 목적도 모두 자신의 것으로 삼고자 했다"[12]고

---

12 瀬戸内寂聴, 「解説」, 『瀬戸内寂聴全集』 第6巻, 新潮社, 2001, 574쪽.

기술하고 있다. 혁명의 주체가 되는 여성들에게는 언제나 남성 혁명가와의 관계가 전제되어 있는 것이다. "후미코는 박열과 동거하고 그의 동료들과도 교류하면서 자신이 선택한 결혼, 그리고 남자가 자신의 이상형에 가깝다는 것을 확신했다. 후미코는 자신도 공부를 할 만큼 했지만, 박열의 박식함과 명석한 두뇌에는 쫓아갈 수 없었다"[13]라는 소설 속 고백에서 이성애 코드에 종속되어 버린 연애하는 여성 이야기를 발견하는 것은 그리 어려운 일은 아닐 터다. 즉, '숙명적인 사랑'이라는 정형화된 엔딩은 작가가 의도한 소설의 한 요소이기도 하다.

그런데 가네코 후미코가 쓴 수기 등의 자료들을 훑어보면 이러한 '숙명적인 사랑'이라는 주제를 거스르고 탈구시키는 논리로 충만하다는 것을 알 수 있다. 그녀 안에 페미니즘적 시야가 분명하게 자리하며, 서열화를 거부하는 강렬한 사상적 자력이 발휘되고 있다. 예컨대, 피고인 심문조사에서 가네코 후미코는 '여성이라는 관념'에 대해 이렇게 말한다.

그래서 나는 박의 사상 대부분이 나의 사상과 일치했으며, 또 이 사람이 민족운동가가 아닌, 늘 자아로부터 출발해서 그 운동을 위해 목숨을 걸 만큼 힘이 있는 남자라는 걸 알게 되었습니다. 그래서 나는 박과 동지로서 동거할 것, 운동 방면에서는 내가 여성이라는 관념을 없앨 것, 한쪽이 사상적으로 타락해서 권력자와 손잡을 경우, 바로 공동생활을 해산할 것을 선언하고, 서로 주의를 위한 운동에 협력할 것을 약속한 후 동거하기로 결의한 것입니다. (…중략…)

13 위의 책, 48쪽. 이하, 쪽수만 표기함.

여기서 나와 박의 공동생활에 대해 말씀드리면, 나는 조선인에게 존경의 마음을 갖고 있지 않으며, 그와 동시에 인종적 편견을 가지지 않습니다. 따라서 박과의 생활은 나 자신을 한 단계 높이 올려놓고 동정으로 한 결혼이 아닙니다. 자신이 관계하는 운동 이외의 모든 것을 공허한 것으로 치부하는 박과 나는 서로를 동정하거나 자신의 신념을 굽히면서까지 함께한 것이 아닙니다. 주의主義에 있어서나 성性에 있어서나 동지이자 협력자로 함께 했던 것입니다.

가네코 후미코, 제4회 피고인심문조서 도쿄지방재판소, 1924.1.23[14]

공동생활에서 '나'가 제시한 3원칙에서는 공동성에 젠더화의 역학이 작용하는 것을 단호히 거부한다. 더 나아가 생활 속에 권력구조가 개입되는 것을 거부하고자 하는 인식을 드러낸다. 인용문 후반부에는 박열과의 관계를 제국주의적 시선으로 규정하려는 데 대한 강한 거부감을 표출하고 있다. 조선인 박열을 식민지화하고 "나 자신을 한 단계 높이 올려놓고 동정으로 한 결혼"으로 바라보는 제국주의적 인종 이데올로기를 비판하면서, "주의에 있어서나 성에 있어서나" 대등한 "동지이자 협력자"라고 선언하고 있다. 즉, 여성을 정형화·기호화하는 것도, 식민지에 대한 서열화도 거부하며 대등한 관계임을 강조하고 있는 것이다.

서열화의 역학이 작동하는 장면마다 논리적으로 대응하는 모습은 작품 곳곳에서 엿볼 수 있다. 하루는 옥중에 있는 가네코 후미코에게 한 동

---

14 최고재판소 소장 조서 및 참고자료는, 재심준비회 편, 『가네코 후미코 박열 재판기록(金子文子·朴烈裁判記録)』(黒色戦旗社, 1977)에 수록되어 있다. 鈴木裕子編, 『金子文子 わたしはわたし自身を生きる』(増補新版, 梨の木舎, 2013, 305~306쪽)에서 재인용.

지가 정성껏 쓴 편지와 함께 이불을 넣어주었는데 그녀는 그것을 돌려보냈다고 한다. 편지에 적힌 "여성으로서의 당신"이라는 문구가 마음에 들지 않았던 것이다. 가네코 후미코는 "나에게 이런 말을 절대 사용하지 말아 달라", "같은 전선戰線에 있으면서 그 무슨 성차별이란 말인가. 성적 욕망의 대상이 아니라면 여자든, 남자든 무슨 상관이 있나"[15]라는 취지의 발언을 했다고 한다.

또, 편지 안에는 자신이 성적으로 아나키스트임을 밝히며, "반항자로서 떨쳐 일어날 때" "성에 관한 모든 것"은 가치가 없다고도 쓰고 있다. 가네코 후미코는 자신이 남자들로부터 '여자'라고 호명당할 때 성적으로 상품화되는 것이지 결코 대등하지 않다는 것을 스스로의 체험을 통해서 느꼈다고 한다. 사후 출판된 수기 『무엇이 나를 이렇게 만들었나何が私をこうさせたか』春秋社, 1931에서는 이성애 제도가 갖춰진 사회에서 여성은 "타인의 노예"가 될 수밖에 없다고 말한다.

나는 너무도 많은 타인의 노예로 살아왔다. 너무도 많은 남자의 장난감이 되었다. 나는 나의 삶을 살지 못했다. 나는 나의 일을 하지 않으면 안 된다. 그렇다, 나 자신의 일말이다. 그러나 그 나 자신의 일이란 무엇일까. 나는 그것을 알고 싶다. 그것을 깨달아 실행에 옮기고 싶다. 아마도 하쓰요初代 씨가 먼저 그것을 알았고, 그 하쓰요 씨가 나에게 읽어준 책에 감화되었기 때문일지 모른다. 하쓰요 씨의 성격이나 일상생활에 자극받아 그런 생각이 들게 되었는지

---

15 金子文子書簡, 「女死刑囚の手紙－金子文より某氏への通信」, 『婦人サロン』(1931.4), 山田昭次, 『金子文子 自己・天皇制国家・朝鮮人』(影書房, 1996)에 수록되어 있다.

도 모른다.[16]

'나'의 신체가 여성으로, 성적인 가치를 지닌 기호로 비춰지면 '나'는 훼손되고 나 자신으로 살기 어려워진다. 타인의 노예가 된 '나'는 나 자신의 삶을 관철시켜 나 자신의 일을 찾을 수도 실행할 수도 없다. '나'의 몸이 남성들의 장난감이 되지 않는 곳, 자기 자신을 모색하기 위한 사상적 출발점에 서게 한 이가 다름 아닌 동성 친구 하쓰요라는 점에 주목하고 싶다.

하쓰요 씨는 아마도 내 인생 통틀어서 내가 찾은 유일한 여성일 것이다. 나는 하쓰요 씨에게 많은 것을 배웠다. 단지 배우기만 한 것이 아니다. 나는 하쓰요 씨를 통해 진정한 우정의 온기와 힘을 얻었다. 이번에 검거되고 나서 경시청 관계자가 하쓰요 씨에게 여자 친구 중에서 누가 제일 좋은지 물었을 때, 하쓰요 씨는 한 치의 망설임 없이 나를 지명했다고 한다. 나 또한 하쓰요 씨가 제일 좋다고 말해주고 싶다. 하지만 하쓰요 씨는 더 이상 이 세상 사람이 아니다. 여기까지 글을 쓰고 보니 나는 내 손을 하쓰요 씨에게 내밀고 싶은 충동이 강하게 든다. 그러나 이제는 더 이상 내가 뻗는 손을 잡아 줄 그의 손이 없다.『무엇이 나를 이렇게 만들었나』, 38~81쪽

니야마 하쓰요新山初代도 앞선 사건의 관련자로 연행되어 2개월 후인

---

16   金子文子,『何が私をこうさせたか─獄中手記』, 岩波文庫, 2017, 388쪽. 이하, 쪽수만
      표기함.

1923년 11월에 옥사하였다. 가네코 후미코와 박열이 그녀에게 불리한 증언을 한 것만 부각되는 경향이 있는데 '나'에게 그녀는 둘도 없는 '여자 친구'였음은 분명한 사실이다.

이처럼 가네코 후미코는 '여자 친구'에게는 '배웠다'라는 표현을 기꺼이 사용하지만, 박열과의 관계에서는 '배웠다', '감화됐다'라는 서열을 나타내는 표현을 철저히 피했다. 야마다 쇼지山田昭次는 박열과의 관계를 묻는 신문에서 후미코가 "공명했기 때문에 감화된 것은 아닙니다"라고 답한 것을 들며, 그녀의 권력에 대한 반역은 자기 자신의 고유한 근원에서 출발한 주체적인 반역이라고 평가했다.[17] 신문 조서에서도 "나는 박을 알고 난 뒤 서로 사상을 이야기하면서 공명했다"[18]라고 밝히고 있듯, '공명'이라는 단어는 가네코 후미코에게 매우 중요한 의미를 갖는다.

박열과는 서열관계가 아닌, 어디까지나 대등한 동지 간의 '공명'이며, 사상적으로 영향을 주고 이끌어 준 이는 오히려 '여자 친구'라는 것을 숨기지 않는다. 소설에 묘사되고 있는 가네코 후미코는 이처럼 반역의 원점에서 여성들 간의 관계성을 강조하고 있다. 그녀들과는 서열화된 권력 관계에서 자유로우며 '나'를 타자화하지 않기 때문이다.

니야마 하쓰요와의 관계를 시야에 넣어 보면, 박열과의 관계나 공동생활의 실제, 혁명과 연애를 둘러싼 이야기는 서로 어긋나있다. 당시를 아는 이들의 증언에 비추어보면, 두 사람의 관계는 이른바 로맨스와는 사

---

17 1926.2.26의 대법원 공판 1일째에 주고받은 것이다(山田昭次, 「金子文子の性的被差別體驗」, 『彷書月刊』 特集·金子文子のまなざし, 2006.2).

18 「金子文子第三回被告人尋問調書」, 東京地方裁判所, 一九二四年一月二二日(鈴木裕子 編, 앞의 책, 304~305쪽)

뭇 달랐던 것으로 보인다. 후미코의 모친은 "당시 후미코가 여성스러움이라는 것을 모두 잃고 완전히 남자처럼 보여서 놀랐다", "그러니까 박과의 생활은 남녀 사이였지만, 아주 사이좋은 두 남자의 공동생활 같은 것이었다"라고 회상했다.[19]

세토우치 하루미의『여백의 봄』은 이처럼 이성애 로맨스를 탈구시키는 형태, 정형을 깨뜨리는 형태로 진행된다.『여백의 봄』의 화자인 '나'는 동지였던 육홍균에게서 가네코 후미코에 관한 증언을 듣는다.

> 가네코 후미코라는 사람은 같이 쪽잠을 자도 전혀 여자로 느껴지지 않는 그런 사람이야. 나는 그 부부와 같이 잠시 살아서 알지. 내가 아는 한 그 부부는 부부다운 정담을 거의 나누지 않았어. 참으로 어이없는 사이였지. 그래서 같이 잘 수 있었던 것 같은데, 적어도 박열이 후미코에게 푹 빠져있거나 하진 않은 것 같았어. 여하튼 후미코 씨의 요리솜씨로 말하자면 어떻게 저렇게 맛없게 만들 수 있을까 싶을 정도로 타고난 소질이 없었어.전집, 469쪽

함께 살아본 적이 있는 육홍균은 동지로서 허물없이 지낸 경험을 들며 가네코 후미코의 여성적 가치를 농담 삼아 폄하하고 이성애 로맨스를 완전히 부정한다. 남성 동지들이 전혀 여자로 느끼지 않았다고 입을 모으는 것으로 보아 팜므파탈이나 이성애적 유혹 등 섹슈얼한 추문과는 거리가 멀었던 듯하다.

---

19 栗原一男, 「取り残された母親」, 『赤いつつじの花』, 黒色戦旗社, 1984, 54쪽.

그래서『여백의 봄』의 화자 '나'는, "박열과 하쓰요의 삼각관계 같은 건 없다. 그것은 유언비어다. 박열과 후미코는 금슬 좋은 부부였다. 후미코는 천재적으로 머리가 좋았다"전집, 335쪽는 증언도 첨부한다.

거듭 말하지만,『여백의 봄』의 화자 '나'는 간노 스가코, 이토 노에, 가미치카 이치코의 삶을 사랑의 삼각관계로 그리는데, 이는 팜므파탈적 여성의 열정을 긍정적으로 집필한 세토우치 하루미와도 연결된다. 혁명의 히로인을 구성하는 이야기의 정형을 잘 아는 '나'의 입장에시는 히로인과 박열 그리고 하쓰요의 삼각관계를 다루는 편이 더 수월했을지 모른다. 하지만『여백의 봄』은 가네코 후미코라는 '나'와 소설가인 '나'가 이야기를 만드는 과정 자체를 그려내는 스타일을 선택했다. 소설가인 '나'는 혁명과 연애라는 이야기 형식을 그려내면서도 동시에 거기에서 벗어나 이야기의 파탄을 초래하는 에피소드를 삽입한다. 왜냐하면 소설에서는 여러 목소리가 공진을 일으켜 일원적 의미를 입체적으로 만드는 역학이 작동하기 때문이다.

당연한 말이지만, 소설가 '나'는 소설을 쓰는 과정 속에서 가네코 후미코가 쓴 텍스트를 읽고, 그녀의 말을 접한다. 가네코 후미코가 '나'라는 1인칭으로 쓴 그녀의 이야기를 읽는다. 기호화된 여성의 자리를 거부하고, 혁명의 히로인 역할에서 튕겨져 나간 '나'와 만난 소설가 '나'는, 정형을 일탈한 것들이 쌓이고 쌓여 만들어진 소설이라는 언어를 이어간다.

4. 제국적 폭력과 '나'의 이동

화자 '나'는 한편으로는 '숙명의 사랑'이라는 이야기의 정형을 만듦으로써 히로인을 종속시키고, 다른 한편으로는 '숙명의 사랑'이 만들어 내는 젠더 서열화의 역학을 거부하는 가네코 후미코라는 '나'의 목소리를 재현함으로써 이야기의 정형을 탈구시켜 버린다. 이러한 힘의 길항은 화자 '나'가 느끼는 제국주의적 감각이나 차별적 감각에도 동일하게 나타난다.

『여백의 봄』에는 취재차 충청북도 부강과 박열의 고향을 방문하는 장면이 등장한다. 학창시절 수학여행으로 조선여행을 한 적이 있는 '나'는 "전쟁 전에는 시골 여학교 수학여행도 조선으로 갈 정도였는데 지금은 해외여행처럼 번거로운 절차를 밟아야 한다"고 말한다. 그리고 후테이샤 不逞社동지들의 도움으로 홀로 서울을 찾은 '나'는 공항에서 최대한 "눈에 잘 띄도록" 일본식 옷차림을 했던 일도 떠올린다.

공항에서 나는 먼저 일본어가 거의 통하지 않는다는 사실에 놀랐다. 어딘지 모르게 미국 2세처럼 행동하는 공항 담당관은 입국하려는 나의 옷차림을 훑어보며 영어로 말을 걸었다. 나이로 봐도 확실히 일본어 교육을 받고 자란 것처럼 보이는데 그는 일본어를 한 마디도 하지 않았다. 다른 사람들은 그냥 통과시키는데, 나에게는 처음 왔는지, 목적이 무엇인지, 아는 사람이 있는지 묻는다. 친절해서 묻는 것이 아니라 표정이나 말투에 명백히 적의를 품고 괴롭히려 하는 것이 묻어난다. 내가 일본어로 대답하면 영어는 못하냐고 물어온다. 영어도 한국어도 못한다고 하자 못마땅한 표정으로 마지못해 입국해도 좋다며 턱을 치켜 올린다.전집, 446쪽

'나'는 한국의 첫인상이 별로 곱지 않아서 약간 불안한 마음으로 공항 게이트를 빠져나간다. 나중에 알고 보니 4명의 한국 신사가 마중 나와 있었다. 후테이샤 시절부터 가네코 후미코의 동지였던 육홍균과 과거 후미코의 유골을 일본에서 박열의 생가로 가져갈 때 그 여정을 함께한 박열의 조카 박형래 등 4명이 『여백의 봄』 집필 협력자로서 '나'를 환영해 준다.

그들에게서 "일본은 미워하되 당신을 미워하지는 않는다", "당신은 동지입니다"라는 말을 들은 소설 속 '나'는, 가네코 후미코와 박열의 동지로서 일본 제국의 폭력으로부터 면죄부를 부여받은 특권적 위치를 획득한다. 그들이 분노에 목소리를 떨며 제국 일본의 폭력을 말할 때에도 "나 자신은 일본인이라는 열에서 제외되어 있었고, 그들의 분노가 향하는 대상이 되지 않는다는 것을 알고 있었기에 안심하고 들을 수 있었다"라며, 스스로를 제국적 포지션에서 벗어난 장소에 자리매김한다.

하루는 기모노를 입고 파고다 공원을 방문하는데, 거기에 있던 사람들로부터 이런저런 욕을 하는 소리가 들려온다. 아무래도 기모노를 보면 바로 일본을 떠올리게 되고, 일본을 떠올리면 탄압당한 옛 기억이 되살아난다는 말을 듣고서 '나'는 "조선은 이제 외국이니, 국제적인 경의를 표하기 위해서라도 그곳의 민족의상을 입고 와야겠다는 생각을 했다"전집, 466쪽고 말한다. 또한, 일본의 침략행위를 "음모와 폭력이 역력한 족적"이라고 자리매김하면서도 "그 모든 위기에 조선은 얼마나 힘없이 무력하게

침범당했는가"전집, 452쪽라는 식의 역사관을 피력하기도 한다.

현재의 지평에서 화자 '나'의 행동과 인식을 따라가다 보면, 60년대 후반부터 70년대라는 시기적인 한계를 감안하더라도 제국의 역사적인 폭력을 전제로 두고 받아들이는 감성과 무지에서 비롯된 폭력적 인식이 분명히 존재한다. 그리고 이에 대한 비판은 피할 수 없다. 혹은 비판하기도 전부터 위화감을 강하게 느끼는 독자도 많을 것이다.

한편, 가네코 후미코는 일본 가족의 품을 떠나 부강에 온 후 자신이 무적자가 된 사실을 알았고 폭력에 시달리며 자랐다. 후미코를 양녀로 삼으려던 할머니는 이런저런 이유로 후미코가 마음에 들지 않았던지 결국 약속을 깨고 만다. 조선에서 햇수로 7년이라는 세월을 보내는 동안 할머니의 학대는 계속되었고, 그 무적자는 "태어났지만 태어나지 않은" 존재라는 말로 상처받기 일쑤였다. 후미코를 향한 가정폭력은 시간이 지날수록 심해져 교육의 기회도 자유도 빼앗긴 채 노동력을 착취당했다. 그렇기 때문에 가네코 후미코의 입장에서 보면 식민지에서 고리대금을 하던 할머니 가족들이나 일본인 부락에 대해 공감보다는 반감이 앞섰던 것은 어쩌면 당연했다. 그녀가 조선인에 대한 폭력을 목도하며 어린 나이에 "순진한 정의감에서 증오한다"『무엇이 나를 이렇게 만들었가』, 122쪽라고 느꼈던 지점이 사색의 출발점이었다고 할 수 있을 것이다. 『여백의 봄』의 화자 '나'와 히로인 '나'가 가진 제국주의적 폭력에 대한 통찰력의 간극이 상당했던 것은 바로 그런 이유에서다.

그럼에도 불구하고 가네코 후미코에 대한 호기심에 이끌려 그녀의 흔적을 찾는 소설가 '나'의 열정은 계속해서 조사하고, 듣고, 관련된 모든 사람들과 대화하는 지속성을 낳을 수밖에 없었다. 이러한 지속적인 움직임은 '나' 사이에 존재하는 경계선을 넘어설 수 있는 가능성으로 연결되었던 것 또한 분명하다.

"박열과 후미코를 다룬다는 사실만으로 이토록 큰 신뢰와 사랑으로 나를 대해주는 것이 신기했다"는 소설가의 감각은 실감에 바탕을 둔 것이다. 하지만 실제 현장에서는 복수의 불협화음도 있었을 것이다. "사람과 사람과의 연결은 그저 인연이라고 부를 수밖에 없다"고 생각하는 '나'의 감각은, 다른 곳에 있는 사람을 신뢰와 사랑으로 잇는 문을 만들어내기도 하는 것이다. '나'의 행동에는 실패나 실수도 있지만 이 모든 것은 상대에게 다가가려는 의지로 관철되고 있다.

화자 '나'의 인식에 바탕을 둔 『여백의 봄』에서는, 취재를 받는 쪽의 등장인물이 어디까지나 '나'로 재구성되어 표상된다는 사실을 항상 염두에 두고 해석할 필요가 있다. 하지만 가네코 후미코의 동지였던 육홍균이 부강에 함께 가는 장면에서 내뱉은 무거운 한숨이나 "아아, 오길 잘했다"는 술회는 '나'의 열정으로 빚어진 것으로 보인다.

나는 조선으로 돌아와 이 철도로 여행을 하면서 몇 번이나 부강을 지나갔습니다. 그때마다 후미코 씨가 어릴 때 살던 마을이라는 사실을 떠올리곤 했습니다. 하지만 단 한 번도 내려 볼 생각은 하지 않았습니다. 세토우치 씨 덕에 죽기 전에 이 마을에 와서 후미코 씨를 그리워할 수 있어서 정말 기쁩니다. 항상 눈물을 흘리며 이 동네에서 겪은 괴로운 일과 조선인에게 차별받은 일을 이야기하던 후미코 씨의 얼굴이 눈에 선합니다.전집, 490쪽

'나'는 제국적 폭력을 분유해서 텍스트 위에 무방비로 노출시켜 버린다. 그러나 반대로 제국적 폭력의 현재로 눈을 돌리면, 정의라는 이름의 지적 권력으로 타인을 정형화함으로써 자신을 방어하거나, 혹은 타인에 대한 관심을 끊고 경계선 안쪽에 머물면서 타인을 혐오하고 중상모략하는 세계가 있다. 적과 아군으로 가르는 이원적 사고가 만연한 것은 분명하다. 그에 반해, 『여백의 봄』에서 알고 싶고 다가가고 싶어 하는 마음, 타인과의 관계를 계속해 가려는 '나'의 자세는, 스스로 갇혀있는 폭력적이고 비대칭적인 관계를 무너뜨려서 타인과 만날 수 있는 가능성을 내포한다. '나'가 보여준 논리적 가능성을 현재와 결부시켜서 사고하는 것은, 정형이 전제된 관계를 공명이나 공감을 매개로 이어가고자 하는 문학적 상상력과 통해 있을 것이다.

5. 신체의 표상과 흙의 이미지

마지막으로 이러한 공명이나 공감에 근거한 문학적 상상력을 히로인의 신체, 유체, 유골, 무덤을 둘러싼 표상을 통해 구체화시켜 보고자 한다.

근대 혁명의 히로인이 표상화될 경우, 금지된 경계선을 뚫고 나가는 여성의 신체 이미지가 부각되어 나타나기 마련이다.[20] 가네코 후미코는

---

20 예컨대, 간노 스가코의 경우, 「스가코의 바늘 문자(須賀子の針文字)」라 불리는 옥중 비밀 서한이 있다. 고토쿠 슈스이의 구제를 바라며 화장지에 바늘로 구멍을 뚫어서 쓴 이 문서가 비밀리에 변호사에게 전달된 사건을 당시 『시사신보(時事新報)』(1910.6.22)가 보도하였다(清水卯之助編, 『管野須賀子全集』第3卷, 弘隆社, 1983,

이른바 괴사진과 괴문서를 묘사하거나 그녀의 수기와 사체를 묘사할 때, 경계를 침범하고 그것을 용해시키는 이미지가 반복되어 사용된다.

'괴사진' 사건은 가네코 후미코가 사망한 후, 박열과 가네코 후미코가 함께 찍은 사진이 유출되어 신문에 공개되면서 추문이 떠돈 사건[21]으로, 『여백의 봄』에도 자세히 그리고 있다. 해당 사진을 둘러싼 추측과 비난으로 범벅된 '괴문서'가 돌자 언론도 덩달아 떠들썩했다. '괴문서'는 "일본 제국의 형무소에서 정식 부부든 순수한 연인이든 간에 철창으로 연결되어 있는 동안은 남녀 간의 관계를 허용해서는 안 된다"며 사진 촬영을 비난했다전집, 310~312쪽. 요컨대, 사진에서 성적 관계를 떠올리게 하는 친밀함과 불경스러움이 느껴지며, 이것은 다시 말해 옥중이라는 장소에서 금지된 '교섭'을 허용한 것에 다름 아니라는 것이다. 게다가 그 사진은 옥중에서 옥외로 이동한다. 따라서 이 한 장의 사진은 금지의 경계선을 여러 겹으로 넘어버린 표상이자 상징이라고 할 수 있다.

급기야 '신新괴문'이라는 제목의 속편이 등장한다. 이 안에서는 후미코의 죽음을 둘러싼 의혹이 이야기되는데, 예컨대 "자살한 후미코의 시신은 일단 형무소 묘지에 임시 매장되는데 일주일 만에 야마나시현山梨県 아랫지방에서 찾아온 후미코의 어머니 기쿠에게 인계되었다. 그런데 발굴된 시체는 남녀의 성별조차 구별할 수 없을 정도로 완전히 부패해서 악취가 코를 찔렀고 그 참혹한 모습은 차마 눈뜨고 보기 어려울 지경이었

164쪽). 이 바늘로 쓰여진 '보이지 않는' 문서의 '탈옥'은 경계선을 용해시키는 미지의 위험한 여성 신체의 이미지와 맞닿아 있다.

21   가네코 후미코는 7월 23일, 옥중에서 죽음을 맞이하고, 1926년 7월 18일이라는 날짜가 찍힌 '괴문서'는 게재 금지 명령이 해제된 이듬해 1월 20일자 신문에 보도되었다.

다"라며, 부패한 후미코의 시신을 묘사한 장면도 삽입되어 있다.

그리고 가네코 후미코가 자살하면서 유서를 남기지 않았을 리 없다며, 아마도 형무소 측이 후미코의 임신이 발각될 것을 우려해 은밀히 시행한 낙태시술이 잘못돼 죽음에 이르게 했을 것이라는 기술도 보인다전집, 316쪽. '임신'이라는 수사를 사용해 금지된 성관계의 이미지를 부각시켜 보이고 있는 것이다. '괴사진'으로 시작된 금지된 경계를 넘는 월경의 이미지는 섹슈얼한 여자의 몸을 경유해 여자의 죽음으로 봉착해 간다.

게다가 가네코 후미코의 시체, 부패하는 신체의 이미지는 비명횡사라는 부負의 이미지와 함께 권력에 대한 반역의 상징으로 고착되어 간다. 가네코 후미코의 수기『무엇이 나를 이렇게 만들었나』1931의 서문에서 동지인 구리하라 가즈오栗原一男는 이렇게 말한다.

> 묘소를 떠나 지하 4척 깊이의 습지 안에서 물에 불어 포동포동하게 부어오르고 썩어 짓무른 후미코의 시체, 퉁퉁 부어오른 넓은 이마와 두툼하게 돌출된 입술, 손가락으로 만지면 안면 피부가 술술 벗겨지는 부패한 시체…… 그리고 특이하게 생긴 이마와 짧게 자른 머리카락 같은 특징이 없었다면 지인들은 아무도 그가 후미코라고 알아볼 수 없었을 것이다. 차마 눈을 뜨고 볼 수 없는 처참한 후미코를, 오래된 솜과 톱밥에 파묻힌 관 속 후미코를 발견한 것이다.[22]

며칠이 지나 흙에서 파헤쳐진 시체, 부패하고 팽창하고 피부가 벗겨져

---

22   栗原一男, 「忘れ得ぬ面影」, 金子文子, 『何が私をこうさせたか』序文, 春秋社, 1931.

성별을 알 수 없는 시체는, 난도질당해 그 원형을 명확하게 알아볼 수 없는 수기 원고와 서로 닮아 있다.

그 수기는 한참 후에야 다테마쓰立松 판사에게서 내게로 전해졌다. 그런데 받아든 원고는 여기저기 가위질이 되어 있어 너덜너덜했다. 왠만한 사람은 도저히 읽을 수 없을 정도였다. 그나마 나는 평소 후미코와 많은 이야기를 나누었기 때문에 오려낸 부분이 무엇인지 알 수 있었다. 그래서 나와 가토 가즈오加藤一夫가 가필·첨삭해서 그것을 책의 형태로 만들었다. 제목도 후미코가 달았던 것이 아니라 우리가 상의해서 붙인 것이다.전집, 335쪽

권력이라는 폭력에 의해, 그리고 소비의 욕망이라는 폭력에 의해 죽임을 당한 그녀의 몸은 모독당하고 부패해져 경계선을 위태롭게 한다. 그녀가 쓴 원고지는 가위에 난도질 당해 윤곽을 상실한다. 시체의 참상과 난도질 당한 원고는 부분화되는 여성 신체의 이미지와 상통한다. 다시 말해, 이성애의 남성적 시선으로 가치가 부여되는 상품화된 신체 이미지이다. 따라서 이 수기는 경계선이 무너진 이미지와 죽음을 둘러싼 수수께끼로 덧칠된, 여성의 피상성被傷性이 독자들을 매료시켜 갔다고 할 수 있다.

여성의 신체가 실천하는 월경은 물론 근대적 차별을 전제로 하고 있다. 즉, 여성의 신체는 남성의 신체와 달리 경계를 스스로 차단할 수 없다. 그렇기 때문에 경우에 따라서는 금지를 뛰어넘어 차단된 경계를 넘나들 수 있게 된다.

이처럼 혁명을 살아가는 히로인 가네코 후미코는 젠더 규범에 따른

차별 논리에서 파생된 여성이라는 기호의 정형에 침식되고 있다. 『여백의 봄』은 괴사진에 담긴 신체, 미디어가 표상한 추문으로 떠도는 시체 묘사, 부패하여 원형을 남기지 않은 시체와 동기화되는 자필 원고의 이미지 등을 종합적으로 제시하고 있다.

여기서 주목할 점은 『여백의 봄』에서 이 정형으로 인해 횡령된 신체가 표상 차원에서 사후 한반도로 건너간 유골과 무덤에 대한 관심과 접목된 부분이다. 수기의 서문에서 파헤쳐진 시신을 서술하던 구리하라 가즈오는 『여백의 봄』에서도 후미코의 뼈에 대해 "박열의 형이 일부를 조선에 묻고 싶다고 해서 나눠주었고 나머지는 우리가 받았다", "동료의 집 이층에 모여 서로 돌려가며 후미코 씨의 모든 뼈를 핥거나 먹었다. 그것이 우리가 생각하는 장례식이다. 그런데 형사가 들어와 뼈를 모두 가져가 버렸다. 하지만 일부는 박열의 형이 가지고 조선으로 돌아갔으니 조선에 후미코의 뼈가 묻혀 있는 것만은 확실하다"고 증언했다전집, 336~337쪽. 그리고 취재차 방문한 한국에서 『여백의 봄』의 화자는 묻혀진 '후미코의 뼈'를 둘러싼 여정을 밟는다.

파헤쳐진 유체의 이미지에 호응하듯 후미코의 무덤으로 향할 때 끝없이 이어지는 산길 속에서 '나'가 보는 흙의 표상이 반복된다. 흙먼지 날리는 길, 흙만두 같은 집, 작은 흙집, 그 흙의 이미지 끝에서 흙으로 빚어 놓은 만두를 닮은 후미코의 작은 무덤을 마주한다.

국적国賊을 성묘하러 가는 것을 괘씸히 여긴 헌병들이 훼방을 놓을 때, 손질하지 않아 무성해진 잡초 속에서 이름 모를 작은 꽃들로 장식된 '작은 흙만두'를 보고 함께 있던 육홍균이 갑자기 풀썩 주저앉아 흙만두에 온몸을 던져 그녀의 묘를 꼭 껴안았다.

> 후미코 씨, 후미코 씨, 내가 왔어요. 당신은 이런 쓸쓸한 곳에서 수십 년이
> 나 혼자 잠들어 있었네……아무도 오지 않고……후미코 씨, 용서해요. 같은
> 조선에 살면서……세토우치 씨의 안내를 받아 이제야 여기에 왔습니다. (…
> 중략…) 아아, 후미코 씨……다 같이 산길을 올라……전집, 498쪽

아무도 모르는 비밀스러운 곳에 있는 산속 무덤을, 저마다 마음속으로
"살아서는 찾아올 수 없을 거란 생각"을 품었던 사실을 뼈저리게 공유하
며 일행은 무덤을 떠난다. '나'는 꿈인지 생시인지 알 수 없는 기분에 사
로잡힌다전집, 499~500쪽.

한편, '나'는 일본으로 돌아와 취재와 집필 준비를 계속해 나간다. 그리
고 후미코의 시체가 묻혔다가 파헤쳐진 형무소의 묘지를 끝으로 『여백
의 봄』은 막을 내린다. 가네코 후미코를 찾는다는 주간지에 실린 '나'의
기사를 보고 당시 시신을 파헤치는 작업을 도왔다는 현지 남성의 안내를
받아 '나'는 묘지에 당도한다.

'나'는 잠시 그곳에 우두커니 섰다. 침묵 속에서 '나'의 신체감각은 나
무들로 둘러싸인 후미코의 묘지에 대한 기억을 떠올린다. "이름 모를 잡
초로 뒤덮인 흙만두 위에 몸을 던져 통곡하는 육 노인의 곡소리가 내 주
위를 촘촘히 에워싸고 있다. 나무를 스치는 바람 소리가 곡소리와 하나
가 되는"전집, 564쪽23 풍경 속에서 말이다.

이 마지막 장면 속 풍경에서 경계와 여성의 신체에 관한 이미지의 갱

신이 발현된다. 경계가 불안정한 여성의 신체를 스캔들로 덧칠된 주인공으로 정형화하는 것에서 출발하고 있지만, 『여백의 봄』의 등장인물들은 함께 경계를 넘어 다른 사람들과 공유와 공감을 표출하려 한다. 혼자가 아니라 경험과 기억, 관심과 상상력을 통해 조금이라도 관련이 있는 누군가와 끊임없이 연결해 가려고 한다.

그것은 훗날 독자와 '공명'으로 연결되기를 희구한 가네코 후미코의 의지와도 상통할 것이다. 『여백의 봄』에는 옥중 수기에 대한 후미코의 염원이 엿보인다. "이것을 출판이라도 해서 내게 공명해 주는 이가 단 한 명이라도 이 세상에 존재한다면 나는 그것으로 족하다. 내가 처음부터 목숨을 던지며 맞선 이 세상의 멸망과 나의 죽음은 그 자체로 의미가 있으리라"^{전집, 340~341쪽}라고. 그 옥중 수기에는 앞서 언급했듯, 죽은 친구를 떠올리며 "나는 내 손을 하쓰요 씨에게 내밀고 싶은 충동이 강하게 든다. 그러나 이제는 더 이상 내가 뻗는 손을 잡아 줄 그의 손이 없다"라는 후미코의 인상적인 고백도 담겨져 있다.

죽은 자와 산 자의 경계를 넘나드는 텍스트는 살아서 『여백의 봄』을 읽을 독자에게 월경을 촉구하며 '공명'의 길로 인도하려 한다. 그리고 우리는 '공명'을 단서로 텍스트를 대하려 한다. 반역 이야기가 담긴 여러 폭력의 기억을 유골이 묻힌 땅속에서 상처주고 모독하는 방식으로 파헤치

23　세토우치 자쿠초는 『여백의 봄』 문고본 후기에서, 가네코 후미코의 묘지를 방문한 육홍균의 모습을 잊을 수 없다고 말하며, "나의 『여백의 봄』을 읽었는지 지금은 비문이 새겨진 훌륭한 묘지로 탈바꿈했고, 그 새롭게 단장한 묘지 사진을 나에게도 보내와 깜짝 놀란 일이 있다. 이제는 이것도 먼 추억이 되어 버렸다"고 회고하였다. 「岩波現代文庫版あとがき」, 『余白の春』, 岩波書店, 2019.

는 것이 아니라 느끼는 것이다. 물론 느끼는 데에는 월경과 피상성이 동반된다.

모두가 폭력을 분유한다. 그리고 모두가 피상성을 피할 수 없다.『여백의 봄』을 해석하면서 소묘하고 싶었던 것은 폭력을 주요 매개로 삼는 세상 속에서 우리가 타인과 나누는 공명을 실마리로 세계의 논리를 월경해 가도록 인도하는 하나의 스타일, 사고의 프레임에 관한 것이다. 두 사람의 '나'의 목소리가 부딪히는 갈등은 피할 수 없는 정형에서 출발하지만 바로 그 정형에 비판과 다름의 상처를 새겨 넣으면서 정형의 폭력이 그 상처를 갖고 있음을 계속해서 표명하고 있다. 갈등하며 병존하는 두 목소리는 설령 서로에 대한 비판이나 부정이 있더라도 상대를 말소하지 않는다. 정형을 전제로 한 수용도 아니려니와 정형의 폭력에 항거해 부정하려는 것도 아니다. 그것은 눈앞에 있는 폭력적 정형과 그것을 비판함으로써 입게 되는 상처를 동시에 직시하는 프레임이다. 갈등과 양의성을 말살하지 않고 상처를 가시화하는 공명이라는 프레임을 통해 탈脫폭력적 사고를 현실화할 수 있을 것이다.

국경을 넘는 페미니즘의 정동

『82년생 김지영』의 일본어 번역과 페미니즘 대중화의 정동

김미정

1. 들어가며[*]

조남주의 소설 『82년생 김지영』민음사, 2016 출간 이래 한국문학 비평계에서 오가던 '정치적 올바름' 및 '대중 페미니즘' 논의는 단지 문학 현상에 한정된 것이 아니었다. 이 논의는 우선, 오늘날 (미디어 네트워크를 중심으로 하는) 대중 페미니즘의 회로 및 독자라는 존재의 복잡성을 부상시켰다. 자기표현 미디어가 편재하는 시대의 독자란, 단순한 문학·문화 현상을 넘어서 이제까지 비교적 안정되게 유지되어 오던 근대적 제도 및 표

---

[*] 한국에서의 비평적 반향을 일일이 거론하기는 어렵지만, 이 글의 문제의식에 선행된 논의의 목록을 간략히 언급해둔다. 조강석, 「메시지의 전경화와 소설의 '실효성'—정치적·윤리적 올바름과 문학의 관계에 대한 단상」(『문장웹진』, 2017.4); 조연정, 「문학의 미래보다 현실의 우리를」(『문장웹진』, 2017.8); 허윤, 「로맨스 대신 페미니즘을」(『문학과사회—하이픈』, 2018, 여름); 소영현, 「페미니즘이라는 문학」(『문학동네』, 2018, 여름); 강경석, 「우리 문학은 지금 무엇과 싸우는가」(『창작과비평』, 2019, 여름); 오혜진, 『지극히 문학적인 취향』(오월의봄, 2019); 허주영, 「동시대 한국 문학/비평에 요청하는 것들—제4물결 온라인 페미니즘과 여성 서사 운동으로부터」, (김은주 외, 『출렁이는 시간[들]—제4물결 페미니즘과 한국의 동시대 페미니즘』, 에디투스, 2021).

현회로를 근본적으로 질문에 부치는 계기로 놓는다. 그렇기에 한국문학 비평계에서 소설 『82년생 김지영』과 관련한 미학적 논의가 공회전한 것은 우선은 텍스트 창작-향유-유통 조건의 근본적 변화 속에서 생각해야 할 것이었다. 더구나 이 소설은 출간 이후 18개 언어로 번역, 소개 중일 정도로 언어와 국경을 넘는 화제의 소설이 되어버렸다. 이것은 한류, K문학 붐 같은 맥락 이전에, 2010년대 미디어를 매개로 한 전세계적 페미니즘 정동의 확산과 직접 관련되는 현상이기도 했다.

이 글은 이런 점을 상기하며 『82년생 김지영』의 일본어 번역, 유통 상황과 그것의 의미를 살피고자 한다. 이때 우선 주목하는 것은 이 소설을 둘러싼 공감의 지반이다. 특정 텍스트를 둘러싼 공감의 조건을 확인하는 것은 곧 이 세계의 공통지반을 귀납적으로 확인하는 일이다. 그러나 동시에 공감하는 행위 너머의 차이들을 검토하는 일도 필요하다. 같은 텍스트에 대해, 스스로의 위치에 따라 독해의 감각이 다를 수밖에 없음은 강조하지 않아도 될 것이다. 위치란 언어와 젠더와 계급과 인종 등의 소위 정체성의 요소들뿐 아니라 정체성으로 포획될 수 없는 정동적인 것까지 복잡하게 가로지르며 확인된다. 또한 그때의 위치 역시 빈번하게 유동적이다. 즉, 이 글은 어떤 사건, 존재에 대한 공통성과 차이를 동시에 시야에 두되 그것이 결코 배타적으로 작동하지 않는다는 문제의식에서 『82년생 김지영』의 일본어 번역 상황을 살핀다. 이때, 재현체계로 포섭되기 어려운 정동적 상황이 자연스레 조망될 것이고, 오늘날 지식, 담론, 운동 등이 기존의 경계를 넘고 교차하는 조건과 공감의 불/가능성 역시 가늠해 볼 수 있을 것이다.

이때 흥미로운 것은, 각 언어권 『82년생 김지영』이 표방한 '얼굴 없는 두상'의 표지디자인이다. 이 표지디자인이 누구나 자기를 투사해서 읽기 쉬운 문체style에 상응한다는 것을 읽어내기는 어렵지 않다. 즉, 작가 개인의 독창성을 주장하지 않는 문체와, '얼굴 없는 두상'의 표지디자인은 그 방법상 상통하는 바가 있다. 우선, 표지디자인과 문체의 상동성은 공통적으로, 근대적 개체individual를 기본 단위로 성립해온 미학의 기본관점에 대해 환기시킨다. 그렇기에 두 요소 모두 근대의 재현representation=대표, 가시화의 전략을 묘하게 교란한다. 예컨대 주변화, 소외를 강요받는 존재를 주장함에 있어서, 그 존재 자체를 가시화하면서 '나도 이곳에 있다'고 표현하는 것은 통상적 재현정치의 전략이기도 하다. 한 사회에서 구조적으로 비가시된 존재가 스스로 목소리를 내며 존재함을 주장하는 것만으로도 정치적인 발화행위[2]가 된다. 그렇기에 이 소설이 이성애자, 중산층, 기혼 여성이라는 설정을 주인공에게 부여한 것은, 이 소설의 재현 전략을 암시하고, 관련하여 비판적 논의를 피할 수 없게 했다. 가령, 중산층 기혼여성이라는 설정과 그 과잉대표성은 여성에 대한 상상을 협소화하고 제재를 본질화할 가능성도 있다는 비판이 대표적이다.

그런데 동시에 이 소설의 문체와 표지는 그 가시화에 상응할 얼굴개체적 주체성을 비어 있는 것으로 만들었다. 개별자의 목소리를 낼지/말지, 얼굴을 드러낼지/말지의 차이는, 단일한 주체를 상정하는 운동이냐, 무명의 복수성에 호소하는 운동이냐의 차이이기도 하다. 그 점에서 이 소설

---

2   J. Butler, *Notes Toward a Performative Theory of Assembly*, Harvard University Press, 2015, p.53.

은 후자 쪽 전략과 친연성을 지닌다. (이후 본문에서 언급되겠지만) 이 소설이 사회학적 보고서라고 폄하되는 배경에 놓인 것이 바로 누구나 그 자리에 자신을 호환해서 읽게끔 하는 소설 구조이기도 했으니, 이 소설의 양가적 재현 전략이야말로 주목되어야 하는 것이다.

그렇기에 이 글은 궁극적으로는 어떤 표상과, 그것으로 환원되지 않는 것들 사이의 미끄러짐에 대한 이야기이기도 할 것이다. 반복건대 개성이나 독창성을 주장하지 않는 문체, 비어있는 얼굴 이미지 등은 읽는 이로 하여금 자신을 투사시킬 가능성을 찾고, 거기에서 쉽게 자신을 연성軟性시켜 읽게끔 하는 장치다. 거기에서 독자가 읽고 공감했다고 하는 것이 소설의 설정대로 이성애자, 중산층, 기혼 여성이라는 정체성으로만 수렴될지에 대해서는 더 말해야 할 것이 많다. 확실한 것은, 이 소설의 '윤곽만 주어진' 문체 및 표지디자인이, 오늘날 근대적 재현=대표=표상 체계로 포섭되기를 거부하는 독자의 욕망을 직접 향하고 있다는 사실이다. 이런 의미에서 이 소설 현상은 근대적인 미학가령 자율성 미학 혹은 재현그려진 것이 그 존재의 대표성을 확보하는의 관점에서 온전히 설명되기 어려운 사례인 것도 분명했다. 그렇기에 지금 더 고려하고 싶은 것은, 표상 너머의 것들, 그 웅성거림에 해당할, 이른바 정동적affective인 상황이다. 이것은 개별 작가나 활자화된 작품 등으로만 환원되지 않는, 문학의 오랜 기억을 상기시키기도 한다.

2. '김지영'과 '사토 유미코佐藤由美子'의 만남 페미니즘 대중화의 회로

소위 'K페미' 'K문학' 붐의 '마중물'이라 일컬어진 『82년생 김지영』이 일본어로 번역 출간된 것은 2018년 12월의 일이다. 2020년 6월 시점에 약 18만 부가 판매되며 일본 출판계의 화제가 된 이 책은, 일본어를 포함하여 18개 언어로 번역출간되었거나 예정인 것으로 알려졌다. 번역 직후 일본 아마존에는 일찌감치 한국 네티즌이 진출하여 별점 경쟁을 하는 장이 되기도 했지만 일본 공식 지면에서의 서평, 리뷰, 인터뷰, 기획 등의 반향은 외국문학에 대한 관심으로서는 매우 이례적이고 뜨거운 것이었다.[3]

이 책의 번역 이후 "J페미 30년의 공백을 채우는 K페미"라든가 "K페미는 융성하는데 일본은?" 같은 문제의식이 오간 것은 이것이 일본에서도 단순한 문학현상이 아니었음을 의미한다. 가령 일본의 한 페미니즘 연구자는, 신자유주의 및 신보수주의 분위기 속에서 "권력 비판의 언어가 존재할 공간이 축소"되었다는 체감과, "비판적 언어인 페미니즘"조차 "제도화나 권위화 과정을 거쳐 사회적으로 인정되는" 분위기에 위화감[4] 있었다고 하며, 이런 점들이 2000년대 이후 일본 페미니즘의 위축과 관

---

3   독자 리뷰를 포함하여 다양한 서평, 소개, 비평, 인터뷰 등의 목록은, '치쿠마쇼보(筑摩書房)' 공식 홈페이지에서 확인할 수 있다. http://www.chikumashobo.co.jp/special/kimjiyoung/ 이 글에서 각주 없이 인용한 말들은 공식홈페이지의 글들에서 가져온 것인데, 가독성을 위해 자세한 서지사항은 생략한다. 자세한 서지사항은 김미정, 「국경을 넘는 페미니즘과 '얼굴없음'의 정동─『82년생 김지영』의 일본어 번역을 중심으로」(『여성문학연구』 제51호, 2020)에서 찾을 수 있다.

4   菊地夏野, 『日本のポストフェミニズム─「女子力」とネオリベラリズム』, 大月書店, 2019, iii~iv.

런된다고 이야기하기도 했다. 이는, 이 소설 번역이 일본 내에 놓이게 되는 상황을 단적으로 암시한다.

그런데 이 소설을 번역, 소개하는 측에서는 이것을 처음부터 페미니즘의 문제의식과 관련지은 것은 아니었다. 『82년생 김지영』 번역자인 사이토 마리코斎藤真理子가 이 소설의 번역을 검토한 것은 2017년이었다. 처음에는 "(한국문학 중) 되도록 다양한 작품을 소개하고 싶"은 의도에서 선택된 "아주 독특한 책"일 따름이었다. 하지만 여러 자리에서 언급한 바 있듯, 그녀는 이 소설을 번역하는 중 일본의 여러 상황을재무성 차관 미투, 도쿄의대 입시 부정 접하면서 소설 이야기가 "남 일이 아니라는 생각"을 갖게되었다. 번역자의 개별적 의도가 선행하여 관철된 기획이었다기보다, 오늘날 사람들이 여러 미디어나 정보에 물질·비물질적으로 연결된 신체 상황, 이른바 정동적이라고 해야 할 상황이 이 책 번역의 자장을 이루었던 것이다.

실제 일본 내 혐오발화hate-speech, 여성혐오misogyny의 문제가 2000년대 중반 이후 중요한 사회학적, 정치적 문제계를 형성해왔음은 잘 알려진 사실이다. 이와 관련하여, 실제 이 소설은 그 양자, 특히 혐오발화에 대한 대응 매뉴얼처럼 소개되었다. 이 소설은 "『82년생 김지영』은 '질문'이고 『우리에겐 언어가 필요하다』는 그에 대한 '답변'"이라는 캐치 프레이징으로 널리 연호된다. 애초 일본 내 백래쉬에 대한 대항적 발화로 포지셔닝했으며, 이것은 미디어 연구 측에서도 꽤 의미있는 변곡점으로 묘사된 것이다. 일본 내 한 미디어 연구자에게도 이는, 네트워크화한 공공권인터넷에서의 여성혐오 문제에 저항하는 소설[5]로 평가받는데, 사실 이러한 평가는 이 소설 번역판에 대한 해설을 쓴 저널리스트 이토 준코伊東順子의 문

제의식에 이미 들어있던 것이기도 했다.[5]

이토의 해설에는, 일본 독자를 위해 한국 내의 2010년대 상황을 자세히 일별해주는 대목이 있다. 그녀는 이 소설의 소구력이 미학의 문제 이전에 한일 사회의 공통적 지평에 놓여있었음을 분명히 암시한다. 가령, 그녀는 한국의 정권 변화와 여성 관련 법, 제도의 구축을 이야기한다. 그리고 한국 내 젠더 문제나 미투 운동을 사회학적 관점에서 자세히 소개한다. 다음과 같은 말은 그녀가 이 소설을 어떤 맥락에 놓고 싶어했는지 단적으로 보여준다. "한국사회에서 여성은 '열등한 성'으로서 차별받는 것이 아니라 오히려 '부당하게 수혜받고 있다'고 공격받는다. (…중략…) 이 공격은 여성뿐 아니라 지하철에 무임승차하는 고령자, 세월호 유족 등을 향하기도 한다. 이것은 한국만의 일이 아니다. 일본에서도 마이너리티를 공격하는 사람들은 '저들이 특권을 갖고 있다'면서 오히려 자기들이 '피해자'라고 한다. 이 '불공평함'의 감각이나 '피해자 의식'은 트럼프가 대통령으로 있는 미국이나 이민 문제로 요동하는 유럽에서 종종 '공포심'까지 자아내며 사람들을 지배한다."

이토 준코는, 이 소설 주인공 김지영이 공원에서 문득 '맘충'이라는 말을 듣는 장면을 특히 주목한다. 한국에서는 별로 주목되지 않은 장면이다. 그녀는 이 장면을 적극적으로 혐오발화 문제로 연결한다. 그녀의 해설은 일본 내 혐오발화 문제와 한국에서의 소수자, 약자 혐오 문제를 연

---

5   平田由紀江, 「デジタルメディア時代のジェンダー力学ー韓国のインターネット空間における「女性」」, (伊藤守 外)『コミュニケーション資本主義と〈コモン〉の探求: ポスト・ヒューマン時代のメディア論』, 東京大学出版会, 2019, 218~222쪽.

결시킬 단서를 제공한다. 이것은 한국에서의 독해와 다른 측면을 가지기에 흥미롭다. 이토 준코가 주목한 주인공의 약자성은 오히려 한국에서의 비판 논의의 중핵에 놓였던 것이기 때문이다. 즉, 소설의 주인공은 한국에서 순수한 피해자의 형상, 약자성을 강조하는 인물이라는 비판에 노출되어 있었다. 하지만 이토는, 재현된 김지영이 아니라 그녀가 약자로 서사화되는 회로를 먼저 주목했다. 그리고 그 회로가 실제 한국과 일본 현실에서 어떻게 공유되고 있는지 환기시켰다. (한국에서 논의된 약자성, 피해자성의 문제는 지면을 달리해야 할 맥락을 가지는 주제이지만) 한국과 일본에서 동일한 표상에 대한 해석이 달랐던 점을 우선 짚어둘 수 있다.

이토의 해설이 강하게 문제시하는 혐오발화의 문제는, 앞서 언급한 이민경의 『우리에겐 언어가 필요하다』[6]의 번역과도 자연스레 연결되었다. 실제로 두 책은 일본 독자에게 "자기 '목소리'를 되찾는" 법을 훈련하는 매뉴얼처럼 소개된다. 이어 이 소설에 대한 평가가 공론장에 나오기 시작한 2019년 2월, 시인 후즈키 유미文月悠光는 『82년생 김지영』에 대한 지면에서 "오늘날 여성혐오는 오히려 '부당하게 수혜받고 있다'며 여성을 공격하는 것으로 변화했다. 사회는 표면적으로는 변화했지만 여성혐오식 차별은 여전히 존재한다. 지영은 꽤 수혜받은 환경에 있다. 강한 엄마, 배려심 있는 시누이, 여성 상사도 등장한다. 남편은 이해심 많은 인물이다. 그럼에도 지영은 자기의 목소리를 잃어간다. 그녀를 둘러싼 문제는 남성중심사회 속 개인의 노력으로만 해결될 수 있는 문제가 아니다"라

---

6   イ・ミンギョン(すんみ・小山内園子 訳), 『私たちにはことばが必要だ―フェミニストは黙らない』, タバブックス, 2018(이민경, 『우리에겐 언어가 필요하다』, 봄알람, 2016).

고 한다. 후즈키가 읽어내는 방식 역시 혐오발화를 직접적으로 의식하고 있다. 또한 그것이 단순히 '개인'의 노력만으로 해결될 수 없음을 분명히 한다. 주변의 등장인물들이 '착한' 존재이기는 하지만, 이런 선한 개인들의 노력만으로 쉽게 세계가 바뀌지 않음을 역설하는 것이기도 하다. 텍스트 안팎을 위화감 없이 적극적으로 연동시키는 이런 논의는 한국에서와 달리 일본에서는 독해 초기부터 진행되었다.

즉, 이토 준코와 후즈키 유미의 평가들은 이 소설의 번역 소개 직후 독해의 방향을 가늠케 하는 지표로 놓여 있었다. 그녀들은 모두 약자나 소수자 혐오의 분위기, 여성이 침묵해야 하는 구조를 우선 문제시 했다. 이런 독법을 통해 이 소설은, "화를 표출하는 방식"을 전달하며 임파워링하는 입지를 분명히 했다. 일본사회에서 임계점에 달했다고 여겨지는 혐오발화나 여성혐오에 분노하고 말을 재전유해서 돌려줘야 한다는 욕망이 초기 독법부터 내재하고 있던 것이다.

이런 측면에서 볼 때 일본 내 『82년생 김지영』 현상은 "IMF세대와 로스트 제너레이션의 공명"으로 분석하는 논의와도 정합적이다. 작가 구라모토 사오리倉本さおり는, 한국의 30~40대 여성작가황정은, 김혜진, 김금희 등 소설들이 번역되고 호응을 얻는 사례를 겹쳐 이야기하면서, 일본 내 (82년생 김지영에 대한) 관심과 공감은 "IMF 위기 이후 한국사회의 구조"와 "일본의 '로스제네'로 불리는 이들"의 배경이 유사했기 때문이라고 보았다.[7] 그녀의 말은 '김지영은 왜 하필 1982년생이었을까'라는 항간의 질문에 대한

---

7   倉本さおり, 「日本の読者がK文学に見つけたもの」, 『韓国フェミニズムと私たち』, タバブックス, 2019, 120~132쪽.

응답의 하나로도 읽힌다. 이 소설의 직설화법(혹은 메시지)에 호응하던 일본 독자의 반응이 마치, "이제 반격을 시작하자. 화를 내도 된다"고[8] 독려하던 로스트 제너레이션 대표적 활동가 아마미야 가린의 말의 구조를 유독 닮아있는 것도 우연은 아닐 것이다. 즉, 번역 소개 직후 전문독자들의 독법에 '이제 화를 내도 되고, 목소리를 내도 된다'는 메시지와 표현이 빈출하고 있는 것은, 앞서 언급한 기쿠노 나쓰오의 말대로 2000년대 신자유주의, 신보수주의의 공기 속에서 위축되어간 일본 내 페미니즘이 대중 레벨에서 재활성화된 것에 상응한다고 볼 수도 있다.

이런 상황을 생각할 때 이 소설의 "직접성"은 시대정합적인 것이었다. 물론 문학과 예술의 역사에서는 직접적 표현, 발화란, 요청될 당시의 필연성과 별개로 평가가 달라진다. 종종 회의와 비판이 대상이 되곤 한다. 실제 이 소설의 직접성 역시, 시간이 지나면서 점차 회의의 대상으로 논의된다. 메시지가 직설적이기 때문에 만일 이 소설이 일본 내에서 일본 작가에 의해 '1982년생 사토 유미코'라는 제목으로 나왔다면 이만큼의 반향을 얻지 못했으리라는 의견도 오간다.[9] 이것은, 일본어로 일본인 여성 화자가 말하지 못하는 것을 해외소설이, 그것도 베스트셀러 소설이 말해주고 있다는 감각, 즉 일종의 번역 버프와도 관련될 이야기다. 여기에서 생각해볼 수 있는 것은 다음 두 가지다. 우선, 근대 이래로 문화번역

---

8   아마미야 가린, 김미정 역, 『살게 해줘!』, 미지북스, 2017, 3쪽.
9   영문학자 고노스 유키코(鴻巣友季子)는 번역자 사이토 마리코(齋藤真理子)와의 대담에서 "판타지 섞인 감각"으로서의 번역행위, "번역이라는 언어조작" 덕택에 이 소설이 일본 내에서 지지되었을 것이라 진단한다. 齋藤真理子×鴻巣友季子, 「世界文学のなかの隣人―祈りを共にするための「私たち文学」」(『文藝』, 河出書房, 2019, 秋号, 56쪽)

에 내재해온 네이션 역학의 구도에 생긴 균열이 감지된다는 것이다. 그리고 네이션의 언어를 가로질러 존재해온 젠더역학이 비로소 대중 레벨에서까지 공유되고 그 표출이 정당화되는 데에 이 소설이 놓여 있다는 것이다.

3. 일본 내 '정치적 올바름'의 행방과 페미니즘 대중화에의 우려

한편, 이 소설이 '정치적 올바름'의 소설로 읽힌 정황도 살펴야 할 것이다. 일본 독자와의 첫 만남이었을 2019년 2월 신주쿠新宿 기노쿠니야紀伊國屋 토크 이벤트 현장 대담자들은 모두 이 소설을 '정치적으로 올바른 소설'로 상정하며 대화를 나누고 있다. 단, 한국에서는 이미 2017년 이 소설의 미학 문제를 둘러싸고 '정치적 올바름' 논의가 2010년대 정체성 정치를 둘러싼 비판의 언설로 한 차례 휩쓸었으나, 이에 대한 정황은 아직 알려지지 않은 듯 보인다.

우선, 일본에서 논의된 '정치적 올바름'은 번역자들이 가진 기존 한국문학 이미지와 관련되어 오간 긍정적인 표현이었다. 토크 이벤트 현장에서 번역자 사이토 마리코, 승미 등은, 일제시대부터 한국문학이 담당한 사회적 역할과 의미를 여러 번 강조한다. 이들에 의해 처음 『82년생 김지영』은 기존의 일본 내 한국문학의 이미지와 강한 연계를 지닌 것으로 의미화된다. 특히 1991년 한국에 잠시 체류한 적 있던 사이토 마리코에게 한국은 소위 '(한국의) 1980년대적인 것'의 잔존지대였던 것 같다. 그녀에게 한국문학은 "각 작가의 윤리관에 근거한 독특한 '올바름'의 감각"으로 반복 발화된다.

하지만 이때 고려할 것은 '정치적 올바름'이라는 말과 그 논의가 한국 문학의 기존 이미지와 별개로, 이미 2010년대 상황에 연동되어 있었다는 점이다. 즉, 번역자들의 인식과 별개로, '정치적 올바름'은 2010년대 전 세계적 우경화 및 백래쉬에 대한 저항언설로서 한국과 일본에도 공히 다시 등장했다. 그것이 한국에서는 미학 및 재현 논의와 교착하며 논의가 복잡해진 것은 말할 것도 없다. 일본에서는 예컨대 "LGBT에 세금 사용하는 것에 찬성할 수 있습니까. (…중략…) 즉 생산성이 없어요"라며 큰 파문을 일으킨 자민당 의원 스기타 미오杉田水脈의 글「LGBT 지원, 도가 지나치다『LGBT』支援の度が過ぎる」이 실린 「신조45新潮45」2018.8는 휴간사실상 폐간을 한다. 그리고『82년생 김지영』의 번역 출간과 같은 시기인 2018년 12월 같은 출판사 소속 월간 문예지『신조新潮』는 '차별과 상상력' 특집을 꾸린다.[10]

이 기획은 "위기를 기회로 바꾸기"를 기대하며 소설가 호시노 도모유키星野智幸가 "정치적 올바름의 중요성"을 논한 것이 단적으로 암시하듯, 스기다의 발언에 대한 적극적인 방어와 저항의 언설 구조를 꾸렸다. 그런데 한편 이 '정치적 올바름'을 백래시에 대한 대항 언설로 내세울 때는 맹점도 있었는데, 가령 차별을 비판하기 위해서는 상처받기 쉬워 보이는 마이너리티의 이미지를 상상할 수밖에 없다고 고백하는 소설가 나카무

---

10   「差別と想像力-「新潮45」問題から考える」,『新潮』, 2018.5. 이 글에서 인용한 것은 호시노 도모유키(星野智幸)의 글「위기를 기회로 바꾸기 위해(危機を好機に変えるために)」, 나카무라 후미노리(中村文則)의 글「회복을 향해(回復に向けて)」 두 편이다.

라 후미노리中村文則의 글이 단적으로 그러했다. 그의 글은, 백래시를 의식하면서 낙인의 빌미를 되도록 기피하는 일종의 커버링covering의 심상을 암시했다. 이것이 창작자들에게 의식·무의식적으로 내재한다고 할 때, 또 다른 창작表현 회로가 만들어지리라는 것도 예상할 수 있었으며, 이는 최근 한국작가들의 고민과도 매우 유사하게 공명하는 것이었다. 그럼에도, 일본에서의 『82년생 김지영』은 혐오발화에 대한 미학적 대항언설로서의 '정치적 올바름'과 긍정적으로 연동될 토대에 놓여 있었다고 할 수 있다.

즉, 일본 내 혐오발화에 대한 문제의식이 고양된 와중에 이 소설은, 한국의 비판 측 언어로 전유된 '정치적 올바름'과 전혀 다른 위치, 다른 전략으로 독해되기 쉬운 회로가 이미 존재했다. 그리고 그 회로에 의해 지지되고 실천하는 정동이 『82년생 김지영』을 에워싸고 있었던 셈이다. 물론 실제 일본독자들이 전문독자들이 구축해간 정치적 올바름의 회로 속에서만 이 책을 읽었다고 단언할 수는 없다. 전문독자번역가, 작가, 비평가의 독법과 일반독자의 독법 사이의 관계는 선명하게 규명되기 어렵고, 오히려 좀더 구체적으로 체감되는 것은 일본 내 한류분위기와 연동한 한국소설에의 친화성 쪽이기 때문이다. 그렇기에 다른 지면이 필요한 주제일지라도 서평가 에나미 아미코江南亜美子의 말처럼 일본 내 김지영 현상은, 캐주얼한 페미니즘 도서 출판 러쉬를 맞은 상황도 고려해서 생각해야 한다. 그녀는 이 현상을 '제3의 물결 페미니즘'으로 지목한다. 그리고 출판상황의 정비 속에서 일본여성이 "한국의 소설, 페미니즘 입문서를 가장 가깝게 느끼며 수용"했다고 분석한다. 이처럼, 대중적으로 확산되는 페미니즘의 의식과 오늘날 출판시장 구조변동 사이의 상관성도 이 소설 현상을 가로지르는 의미심장한 요소다.

한편, 이같은 맥락에서 반드시 이 소설이 긍정적으로만 평가되고 읽힌 것은 아니다. 방금 인용한 에나미 아미코는 이 소설이 "방어적인 둔감함의 장식을 벗어던지며 화내도 괜찮고 상처받았다고 표현해도 괜찮고, 반격해도 괜찮다"며 "사회구조"를 향하는 소설이라고 평가하면서도, 이 "공감의 장치"에는 "공감할 수 있는 이와 그렇지 못한 이들 사이의 '벽'이 만들어질 수 있다"라고도 우려한다. 또한 평론가 스즈키 미노리鈴木みのり는 이 소설의 배제의 구조를 석연치 않다고 말한다. 그녀는, 이 소설이 페미니즘 문학의 계보에 놓이기 위해서는 생물학적이고 규범적인 성의 구조가 아니라 다양한 이야기로 표현되어야 한다고 지적하며 "가깝고 비슷한 속성의 여성에 머무르지 않고 '나' 바깥의 여러 목소리가 나오는 이야기"를 기대한다. 역시 이것은, 한국에서의 페미니즘 내부에서의 비판과 마찬가지로 소설 설정이나 인물표상에 대한 비판이라고 볼 수 있다. 나아가 이런 입장은 시간이 지나면서, 극단적으로는 '맹목적인 것' '파시즘적인 것'에 대한 우려로까지 연결된다.

예컨대 2019년 가을 '한국, 페미니즘, 일본' 특집을 전면에 내세우며 화제가 된 『문예文藝』에는 영문학자 고노스 유키코와 번역가 사이토 마리코의 좌담이 실린다. 이 지면에서, 고노스는 내내 프랑스 소설 『세 갈래 길三つ編み』[11]과 『82년생 김지영』에 대한 독자의 공통적 호응을 이야기한다. 그

---

11 レティシア コロンバニ, 『三つ編み』, 高崎順子・齋藤可津子 訳, 早川書房, 2019 / 한국에는 『세 갈래 길』(래티샤 콜롱바니, 임미경 역, 밝은세상, 2017)로 번역되었고, 원

리고 이 소설들의 대중 공감 동력이 무엇인지 회의적으로 질문한다. 고노스는 "현대문학은 다성성多聲性, 다차원 시점, 중층성, 양의성 같은 것을 중시"해왔으나 두 소설은 그것들을 배제했고 서술 자체가 납작하며 "복잡한 하모니나 불협화음이 아니라 유려한 유니즌"을 이루고 있다면서 문학연구·비평가의 관점에서 비판한다. 그녀는 나아가 공감의 힘이 과잉된 나머지 이것이 일종의 주류가 되고 있다고까지 문제제기하는데, 사이토 마리코는 이에 대해 "이 소설에 위화감을 가지는 이가 누구인지도 자각적으로 생각해야 한다"는 입장으로 응수한다. 이 대담은 『82년생 김지영』이후, 공감의 회로를 넘어 비공감의 회로 역시 시야에 들어오기 시작한 최근 일본의 사정, 그리고 아카데믹한 회로로 회수되지 않는 대중의 미학 회로에 대한 전문독자의 우려를 암시한다.

나아가 2019년의 출판 동향을 정리하는 지면에서 여성학자 센다 유키千田有紀는[12] 『82년생 김지영』에 대해 "사회적인 문제제기 색채가 강한 이색적인 소설"이라고 하면서 "이런 식으로도 소설이 나올 수 있는지" 반문하고 "복선을 회수하지도 않는 것이 놀라운 (…중략…) 트위터 소설"일 뿐이라며 혹평을 한다. 또한 이 소설의 일본 번역 붐 와중에 "한국 남성들이 아마존 리뷰에 자동번역으로 투고 공격한 일조차 아주 트위터스럽다"는 인상을 밝힌다. 센다 유키의 분석은 일견 '사회학 보고서 같다' 혹은 '템플릿 소설 같다'(어떤 글쓰기 툴이 있고 그 툴을 기반으로 자기만의 경험, 이야기, 문구 등을 넣으면서 완성해가는 소설 같다)는 기존 평가들과 관련되는

제는 La Tresse, 영화감독이자 작가인 Laetitia Colombani의 소설이다.

12   千田有紀, 『週刊讀書人』, 2019.12.20.

듯 보이지만 사정은 좀 더 복잡하다. 여성학자로서의 그녀의 평가는 이른바 '대중 페미니즘' 혹은 일본 내 '포스트 페미니즘' 논의 양상과 겹치는 것이기도 하기 때문이다.

예컨대, 이 글의 도입부에서 잠시 페미니즘 연구자 기쿠치 나쓰노를 언급했다. 그녀는 일본 내에서 일상적으로 사용되는 '여자력女子力'이라는 말과 그 담론이, 능력주의적이고 주체적인 새로운 요소와 더불어 고전적인 헤테로섹슈얼한 요소 양 측면을 가지는 젠더 규범임을 상세히 분석하며 일본 내 포스트 페미니즘의 전개 과정을 살폈다. 포스트 페미니즘이라 일컫는 말은, 1960~70년대 서구의 제2물결 페미니즘을 경유하며 복잡화하는 페미니즘에 대한 비판적 논의로서 전개되었음이 주지의 사실이다. 단적으로 낸시 프레이저는 제2물결 페미니즘과 신자유주의의 혼재로서 포스트 페미니즘을 이야기했고, 맥로비는 '반페미니스트적 백래시'로 포스트 페미니즘의 현장을 이야기했다.[13] 하지만 이런 차이들은 포스트 페미니즘의 의미내용을 분별하는 문제에 앞서, 오늘날 페미니즘 정동 자체의 복잡성을 드러내는 것으로 보아야 한다. 2010년대 들어 전 세계적으로 대중화한 페미니즘은 신자유주의 및 신보수주의의 기조와 친연성을 가진다는 비판[14]의 목소리로 이어지기도 한다. 누군가에게 대의

---

13 낸시 프레이저, 임옥희 역, 『전진하는 페미니즘』, 돌베개, 2017; 한편, 센다 유키는 그 차이들에도 불구하고 공통되는 것이, 희생자 페미니즘(victim feminism)의 이미지가 부정되면서, 여성의 개인적 성공, 지위 향상, 야심 자체가 긍정되는 경향이라고 말한다. 이는 기쿠치 나쓰노의 논의와 더불어 오늘날 한국에서의 대중 페미니즘 논의와 공명할 이야기이기도 하다.

14 Rosalind Gill, "Post-postfeminism? new feminist visibilities in postfeminist times", *Feminist Media Studies* vol.16-4, 2016.

되지 않고 자기표현을 하겠다는 여성대중의 등장과, 뉴미디어를 매개로 대리=표상=재현 체계의 정형성으로 회수되지 않겠다는 익명 페미니스트에 대한 분석은 다른 지면을 요할테지만, 그들의 표현expression 회로를 낳는 플랫폼 자본주의나 페미니즘 대중화 문제 등은 긴밀히 연동되는 문제임이 분명하다.

가령 (기쿠치 나쓰노의 글에도 참조되는) 영미권 페미니즘 연구자 로잘린 질Rosalind Gill은 2010년대 '페미니즘의 재점화'로 보이는 현상으로부터 두드러지는 페미니즘의 표상을 검토하는데, 그 가시화가 어떤 식으로건 불균등한 구조를 내포한다고 보았다. 로잘린 질이 '가시화'된다고 말하는 것은 단적으로, 신자유주의 페미니즘이다. 그녀의 말에 따르면, 이로 인해 주변화되는 것은 빈곤이나 차별에 저항하는 마이너리티, 복지나 사회보장예산 삭감에 반대하는 목소리, 이민자 강제송환에 항의하는 페미니즘이다. 2010년대 후반 한국에서도 논의되어온 이런 경향성은 로잘린 질의 논의 속에서는 '포스트 페미니즘' '대중 페미니즘'이라는 말로 구사되고, 나아가 소셜social 및 디지털 미디어 플랫폼과의 상관성이 분석대상이 된다. 로잘린 질은, 오늘날의 대중화된 페미니즘이 자본주의와 함께 구성되는 미디어 플랫폼의 헤게모니를 비판하거나 도전하지 않고 있으며, 플랫폼의 비즈니스 모델이 가시화된 페미니스트 표현 유형을 조정한다고 강하게 비판한다.[15]

또한 오늘날 미디어에서 순환되는 대중 페미니즘의 동력을 "가시성의

---

15 Sarah Banet-Weiser, Rosalind Gill, Catherine Rottenberg, "Postfeminism, popular feminism and neoliberal feminism?", *Feminist Theory*, 2019.

경제economies of visibility"로 파악하는 사라 배넷 바이저Sarah Banet-Weiser는 로 잘린 질과의 대화 속에서 "(오늘날) 가장 주류적 페미니즘은 불평등 구조 의 심연에 도전하지 않기 때문에 선명하게 부각되고 어필한다"고[16] 말한 다. 이들의 논의는 공히 주목경제attention economy[17]라고 지칭될만한 오늘 날의 미디어 테크놀로지 변화, 커뮤니케이션 자본주의의 문제를 환기시 킨다. 이러한 뉴미디어 플랫폼과 자본주의의 문제계는 시간이 흐를수록 『82년생 김지영』의 '공감' 회로를 낙관적인 것만으로 여기기 어려울 지 점을 분명 상기시켰다. 물론 그녀들의, 대중 페미니즘의 '가시성 경제' 비 판이 향하는 지점은 이 소설 현상이 아닐뿐더러 그 비판의 맥락도 상이 하다. 하지만 예컨대 기쿠치 나쓰노가 "페미니즘은 (…중략…) 현실로부 터의 추상적 도피처"가 아니고 "'계급이나 지위가 다르더라도 여성끼리 라면 공감할 수 있다'는 사고에 의해 다양한 권력관계가 무화되서는 안 된"[18]다고 말한 것은 2010년대 전 세계 페미니즘 정동 속에서의 『82년 생 김지영』 현상과 공감에의 낙관을 복잡화할 필요를 제기하는 것도 분 명하다.

---

16 Sarah Banet-Weiser, Rosalind Gill, Catherine Rottenberg, 앞의 인터뷰(*Feminist Theory*, 2019)에서 Sarah Banet-Weiser의 말.

17 고전적 의미의 경제가 물질적 재화를 대상으로 하며 생산 요인의 희소성에 근거하는 것이었다고 한다면, 오늘날의 주목경제는 정보나 문화적 재화를 비롯한 비물질적 재 화의 수용 능력의 희소성에 근거한다. 주목경제에서 가치의 주요 원천은 말할 것도 없 이 각 사람의 주의, 주목이고, 그것을 포획하는 유통, 순환의 구조는 페이스북, 트위터, 유튜브 등등의 다양한 플랫폼에 근거하고 있다.

18 菊地夏野, 앞의 책, 194쪽.

4. 뉴미디어의 등장과 여성 대중 정동의 구축

하지만 그렇다고 하여 『82년생 김지영』 붐이 오늘날 우려되는 포스트 페미니즘의 상황을 함축한다고 말하는 것도 일면적이고 성급한 일이다. 우선, 포스트 페미니즘 자체가 오늘날 페미니즘 정동 및 현상의 복잡성을 함의하기 때문이다. 또한 서구에서의 포스트 페미니즘 논의가 토대를 달리하는 지평에 놓일 때 구체적 맥락이나 역사가 탈구되는 것을 경계해야 하기 때문이다. 예컨대 서구에서 대중 페미니즘의 정동적 순환을 만들고 조정한다고 지목된 뉴미디어 플랫폼이 '가시성의 경제'(혹은 주목경제)를 구조화한다는 앞선 비판과 별개로, 그것이 한국, 일본, 동아시아에서 오히려 기존 남성젠더화되어 있던 지식권력이 담당하는 게이트키핑 공론장의 대안으로 기능한 또 다른 엄연한 사실도 간과할 수 없다.

이에, 메시지의 직접성, 직설화법이 독자 대중의 자기표현 욕망과 만난 것이 『82년생 김지영』 현상의 동력의 하나였던 정황을 좀더 살펴본다. 이것은, 일본 내 여성 문제를 향한 공론장의 구조에 대한 일별이기도 하다. 예를 들어, 2017년 할리우드 발發 미투가 시작하고 2018년 재무성 차관 미투, 도쿄의대 여성수험생 성적조작 등의 사안에도 일본은 왜 가만히 있는가라는 목소리는 일본여성의 무기력에 대한 일갈이지만, 일본 내의 다소 기이한 남성동맹적homosocial 공론장의 공고함을 향한 것이기도 했다. 일본 내에서 'K페미, K문학 붐' 이전까지는 (심지어 전 세계적 미투

운동의 물결 속에서조차) 2017년 9월¹⁹ 1026호 '여성호' 특집을 마련한 『와세다문학早稲田文学』 정도를 제외하고 전통적 잡지 공론장의 페미니즘에 대한 관심은 상당히 우회적으로 표현되었기 때문이다.

가령, 2018년 5월 전통 문예지에서는 『스바루すばる』가 처음 이 공기에 반응하는데, 그것은 '나와 페미니즘ぼくとフェミニズム'이라는 특집 제목이 표현하듯 '남성ぼく'들의 이야기를 31명에게 부탁하는 취지로 꾸려졌다. 이 특집은 "목소리를 내는 측"여성-인용자이 아닌 듣는 측남성에게 페미니즘에 대한 거부감, 너그러움 등 다양한 속내를 표현하게끔 편성되었다. 또 다른 전통을 가진 『현대사상現代思想』은 2019년 2월 '남성학의 현재―남자라는 젠더의 행방' 특집을 마련하는데, 물론 남성학 역시 소위 남성성, 남자다움의 억압과 젠더 규범성을 비판적으로 검토하는 분야이지만, 젠더, 섹슈얼리티의 주제를 남성에 포커싱한다는 취지는 애초에 제한된 프레임 효과를 벗어나기 어려운 것이기도 했다.

2019년 가을이 되어 『문예』는 '한국, 페미니즘, 일본' 특집을 대대적으로 꾸린다. 『문예』에 이르러 페미니즘은 전면적으로 언표화된 셈인데, 이것이 일종의 레이와令和 시대의 개막을 의식한 듯한 일본문학 쇄신 맥락에 놓이는 것도 유의해야 한다. 『문예』는 전통적 문예지 이미지 탈피를 위해 2019년 여름 쇄신호를 꾸린 바 있다. 그리고 쇄신 이후 두 번째의

---

19 소설가 가와카미 미에코(川上未映子)가 책임편집한 『와세다문학』 1026호 여성호 특집(早稲田文学会, 2017. 9)은 '여성과 쓰기/읽기의 문제' '인간과 여성의 관계' '현재 여성의 창작을 둘러싼 상황' 등에 대한 기록의 열망을 공표한다. 1026호는 다른 언어권을 포함, 1세기 이전의 작품에서부터 지금 막 쓰인 작품까지 선별·소개되었고, 좌담, 책 소개, 칼럼 등 다양한 성격의 글이 함께 수록되었다.

기획이 바로 '한국, 페미니즘, 일본'이었다.[20] 이랑, 오야마다 히로코小山田浩子, 다카야마 하네코高山羽根子, 조남주, 니시 가나코西加奈子, 박솔뫼, 박민규, 한강, 후카미도리 노와키深緑野分, 호시노 도모유키 등 한국, 일본작가들의 소설이 협업한 기획이 눈에 띄는 동시에, 한국소설에 대한 구체적인 소개, 재일문학론, 그리고 '세계문학'의 문제의식 속에서 '우리'와 '타자'를 재검토하는 대담 등이 이 잡지의 특집의도를 분명히 암시한다. 단적으로 한국 출신이자 일본어, 한국어, 영어로 랩을 하며 일본에서 활동하는 뮤지션 모먼트 준의 자전소설은, 일본 내 반反 헤이트 스피치 운동 및 일본 내 '우리'의 감각을 재질문하는 텍스트의 기능을 하는 것이기도 했다.

즉, 『82년생 김지영』의 직설적인 특징이 일본독자에게 공명한다고 말해지는 배경에는, 공론장의 언설이 남성젠더 구조에 의해 지지되어온 분위기도 있음을 함께 보아야 한다. 한 여성비평가가 "남성비평가들은 쓰면 쓸수록 자의식이 강화되는 듯" 보이는데 여성비평가 입장에서는 "쓸수록 자의식이 소멸해버리는 듯" 하고, "'나'가 어디에 있는 누구인지는 상관없이, 다루고 있는 작품의 핵심만 글이 되는" 듯하다던 말이[21] 어떤 구조에서 토로되었는지 짐작해야 한다. 한국과 일본 공히 남성젠더화된 공론장의 전통과 구조를 공유해왔다는 것도 새삼스러운 지적은 아니다.

한편, 뉴미디어 플랫폼을 매개로 움직이는 힘이 2019년 11월 『한국 페

---

20 문예지로서 이례적으로 3쇄를 찍었고, 누계 1만 4천 부 판매되었다고 한다. 잡지 증쇄는 1933년 창간 이래 86년만. 이후 단행본으로 총결산하여 출간된다.

21 小澤英美, 倉本さおり, トミヤマユキコ, 豊崎由美, 斎藤美奈子 座談, 「われわれの読書 そのふたつの可能性 ~批評と書評~(『早稲田文学』1026号, 早稲田文学会, 2017.9)

미니즘과 우리韓国フェミニズムと私たち』로 출간되는 장면은 기존 공론장과 조금 다른 구조 속에서 이해해야 할 것이다. 한국 작가들과 한일 젊은 페미니스트들이 함께 꾸린 이 책은, 한국 페미니즘 및 페미니즘 문학 소개, 일본군 위안부 문제, 한일 역사, 전쟁, 이주 등의 문제 등을 폭넓게 다루면서 『문예』2019 가을와는 다른 방식으로 저변에서의 연결을 표방했다. 이 책은 출판시장×내셔널리즘혹은 트랜스내셔널리즘의 요구와 연동되었던 과거 일본 내 조선문학 붐이라든지, 한일연대 지식인·문인이 중심이 된 1970, 80년대 한국문학에의 관심 구조와는 분명한 차이가 있다. 기존 트랜스/내셔널리즘과 지식계에서의 의제, 사상, 담론 유통의 문제계 안에서 조망하기 어려운 복잡함이 있다. 새로운 미디어를 매개로 가시화한 존재들의 역동성복잡성을 시야에 두지 않고 이 언어와 국경을 넘는 흐름을 말할 수 없다.

『한국 페미니즘과 우리』의 기획자의 한 명이자 '플라워 데모'22의 주요 인물인 오가와 다마카小川たまか의 트위터 계정은 자신의 일본어 이름과 한국어 '페미니스트'를 결합한 '小川たまか×페미니스트'이다. 그녀에게 언어, 국경이란 무엇일까. 시혜성에 기반하지 않는 취약성과 위치성의 문제에 공명하는 이들에게 근대 국민국가-자본주의가 영토화하고 정비한 정체성은 그 실정력을 새삼 질문하지 않을 수 없게 한다.

즉, 『82년생 김지영』과 이후의 파급력은 기존 공론장의 대안적 미디

---

22 https://www.flowerdemo.org/about-us 2019년 봄부터 일본 각지에서 정기적으로 #Me Too, #With you운동을 위해 직접행동하고 있다. 지역마다 규모는 다르지만 적게는 수십 명에서 많게는 수백 명 규모. 주로 트위터 등을 통해 기동력 있게 움직이고 있다.

어 네트워크 없이 설명할 수 없다. 이것은 사회운동의 측면에서도, 소수의 전위가 다수의 민중과 결합하던 과거의 운동모델과 성격을 달리한다. 지식 담론, 사상의 번역과 실천 맥락을 넘어서, 전위전문가–집단대중의 관계를 조정하거나 역전시켜 생각해야 할 과제도 생긴다. 오늘날 책을 매개로 한 연결은, 단지 지식인, 전위의 의욕이나, 출판시장이라는 자본의 요청에 의해서만 견인되는 것도 아니다. 『82년생 김지영』의 독자 역시, 자본주의 소비대중의 정체성만으로 환원되기 어려운 존재다. 다중multitude, 多衆 같은 말이 이런 독자에 대한 고민을 선취한 이들의 흔적이겠지만, 그 말을 지금 섣불리 이야기할 작정도 아니다. 무리짓기 좋아하고 소란스럽고 몰개성적이고 폭력적인 존재들을 두고 군중crowd이냐 공중public이냐 갑론을박하던 19세기 말 구조변동 와중의 서구사회도 잠시 떠올려본다. 지금과 같은 시스템노동, 자본, 가족, 정치 등이 구축되어가던 시기에 기존 관념으로 잘 포착되지 않던 존재들을 다시 생각해본다. 지금 시대의 우리는 또 다른 구조변동의 와중에, 무명의 이들과 그 현상을 파악할 개념과 인식의 틀을 아직 갖추지 못한 즈음인지 모른다. 즉, 『82년생 김지영』의 독자들이 명료하게 포착되기 어려운 복잡한 정체의 존재이자, 오늘날 세계와 문학 변화의 증거자라는 점만이 현재로서는 유일하게 확실한 것인지 모른다.

5. '얼굴 없음'의 정동, 다른 관계에의 상상

『82년생 김지영』 일본어판 표지(지쿠마쇼보, 2018)

마지막으로 이 책의 일본어판 표지를 본다. 앞표지에는 비어있는 얼굴의 단발머리 두상이, 뒷표지에는 작은 손거울이 그려져 있다. 얼굴에는 눈코입 대신 황량한 풍경이 채워져 있고, 손거울 안에도 같은 내용이 그려져 있다. 디테일의 차이는 있지만, 얼굴 없는 두상만 그려진 표지는 일본어판 이후 출간된 중국어판, 영어판도 마찬가지다. 실제 원작『82년생 김지영』이 2016년 10월 처음 한국에서 출간될 때의 표지에도 역시, 특정할 수 없는 인물들의 형상 ─ 형체만 있는 얼굴, 전신의 실루엣 ─ 만 어렴풋이 그려져 있었다.

이 역시 근대적 표상=대리=재현의 문제를 소환시키는 장면이다. '얼굴'이 통상적으로 '주체' '주체성'의 징표로 이해되어 온 사정도 떠올려본다. 얼굴의 윤곽과 고체성을 일그러뜨리던 프란시스 베이컨의 작업에 주목하며 '주체의 방법적 해체'를 논하던 질 들뢰즈의 작업[23]도 잠시 떠올려본다. 영토화된 신체, 또는 개체로 식별되는 얼굴을 지운다는 것이 의미

---

23   질 들뢰즈, 하태환 역,『감각의 논리』, 민음사, 1995.

하는 바는 명확하다. 공히 얼굴 없는 두상의 이미지를 매개로 독자들과 만나는 『82년생 김지영』 역시, 활자로 재현되거나 이미지로 표상된 의미 내용을 넘어 그 빈 곳에 누구든 자기를 투사시키기를 기다리고 있었다. 그것은 개체로 환원되어온 작가/독자의 의미를 넘어서고, 쓰기/읽기의 수행성까지 주제화한다.

일본어판 표지디자인을 담당한 나쿠이 나오코名久井直子는 '사회에서 자기 프로필＝얼굴이 위태로운 상태' '투명인간 같은 상태' '거울에서조차 자기가 보이지 않는 상실감 같은 것'을 표현하고 싶었다는 의도를 밝힌 바 있다. 얼굴 없는 두상이 『82년생 김지영』의 상징이 된 애초 맥락은 온전한 일개인, 자립적 주체로 인정받지 못하는 소외감과 관련지어 생각할 여지가 있다. 물론 창작자의 애초 의도는 중요한 단서다. 하지만 소설이 그러하듯 독자들의 독해와 반향은 늘 그것과 겹치면서 어긋난다. 가령, 『82년생 김지영』의 번역자 사이토 마리코는 이 소설 표지에서 '재현드라마'의 배우 이미지를 연상했다고 한다. 재현드라마에서는 잘 알려지지 않은 배우가 연기를 할 뿐 얼굴이 두드러지지 않으며, "얼굴이 없기 때문에 모두가 자기라고 생각한다"는 것이다. 그녀가 표지와 소설 설정을 연결시키며 포착했듯 실제 소설에서도 김지영의 얼굴, 외양은 일절 묘사되지 않는다. 그러므로 사이토가 이런 소설 설정과 표지 이미지를 연결시킨 것은 『82년생 김지영』 현상의 조건을 다시금 직관적으로 환기시킨다.

어떤 구조 속에서 취약한 존재들은 일상 속에서 종종 보이지 않기를 암묵적으로 요구받거나, 때로는 존재를 드러내는 것만으로도 강력한 백래시의 대상이 되는 것을 이 세계 속 사람은 공히 경험한다. 또한 그것이

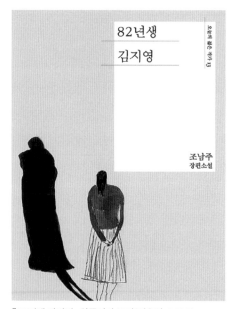

『82년생 김지영』한국어판 표지(민음사, 2016)

재현체계의 산물인 이상 정형화되는 재현, 표상의 관습과도 길항해야 한다. 망각되거나 백래시 되어온 2010년대 중후반 여성의 문제를 가시화하는 『82년생 김지영』의 표지는, 당면 의제의 주체가 누군지 환기시키고 백래쉬에 항하는 의지를 표명하는 일이 필요했겠지만 그러지 않았다. 오히려 얼굴을 지우며 가시화를 피하고 표상되기를 거부함으로써 무엇이든 될 수 있고 그 의미를 만들어 갈 수 있을 잠재성의 장치로 기능했다고 할 수 있다.

따라서 『82년생 김지영』 현상이 상징하는 대중화한 페미니즘의 정동의 향방은 다양해지는 독법과 나란히, 아직 속단할 수 없고 그래서도 안 될 것이다. 유사한 다른 현상과 사안들을 통해 도출된 해석 회로에 이 소설이 회수되는 경향이 커지는 듯도 보인다. 하지만 그것은 프레임 이전의 복잡한 세계를 간명하게 이해할 수 있게 하는 유효한 방식인 동시에, 간명한 독해 회로틀을 흘러넘치는 장면, 정동들을 보이지 않고 들리지 않게 하기도 쉽다. 권리 다툼의 주어진 구조 속에서 배제와 혐오를 정당화하는 페미니즘 정동도 있는 한편, 그 구조의 룰을 거절하며 다른 관계성을 상상하고 구축하고자 하는 페미니즘 정동도 나란히, 그리고 더 큰 힘으로 움직이고 있다. 또한 정반대처럼 보이는 그것들은 반드시 배타적이지 않을 때도 많다. 현재의 복잡함은 복잡함 그대로 찬찬히 바라보아야 할 때도 있다. 혼돈스럽고 복잡한 '상황'을 어떤 '맥락'으로 빠르게 치환하고자 하는 속도로부터의 욕망을 잠시 유보할 수도 있는 태도, 그 역시 지금 시대 페미니즘의 정동에 거는 믿음이자 일종의 용기일지 모른다.

필자 소개

손지연 孫知姃 Son, Jiyoun
경희대학교 일본어학과 교수. 글로벌 류큐오키나와연구소 소장. 전공은 일본근현대문학이며, 최근에는 오키나와 문학과 사상, 동아시아 젠더스터디에 관심을 두고 연구를 진행하고 있다. 주요 저역서로는 『전후 오키나와문학을 사유하는 방법―젠더, 에스닉, 그리고 내셔널 아이덴티티』, 『오시로 다쓰히로 문학선집』, 『기억의 숲』, 『오키나와와 조선의 틈새에서』, 『오키나와 영화론』 등이 있다.

백지연 白智延 Baik, Jiyeon
서울여자대학교 국어국문학과 초빙강의교수. 평론집 『미로 속을 질주하는 문학』, 『사소한 이야기의 자유』와 공저로 『90년대 문학 어떻게 볼 것인가』, 『한국문학과 민주주의』, 『한국과 일본의 문학과 민주주의』, 공편서로 『20세기 한국소설』(전 50권) 등이 있다.

이상경 李相瓊 Lee, Sangkyung
KAIST 인문사회과학부 교수. 『강경애 전집』과 『나혜석 전집』을 펴냈고, 저서로 『한국근대민족문학사』(공저), 『이기영―시대와 문학』, 『인간으로 살고 싶다―영원한 신여성 나혜석』, 『한국근대여성문학사론』, 『임순득―대안적 여성주체를 향하여』, 『경계의 여성들―한국근대여성사』(공저) 등이 있다.

김서은 金瑞恩, Kim, Seoeun
고려대학교 세종캠퍼스 강사. 중국 상하이 푸단대학교(复旦大学)에서 중국현대문학을 전공했다. 중국여성문학과 여성서사에 관심을 갖고 있으며, 최근에는 중국 위안부 문제, 중국 젠더 이슈와 문화에 대해 연구하고 있다. 옮긴 책으로 『상하이학파 문화연구―비판과 개입』(공역) 등이 있다.

고영란 高榮蘭 Ko, Youngran
니혼대학교 문리학부 교수. 일본제국의 합법 비합법 출판시장과 검열의 문제에 관심을 갖고 있다. 최근에는 미일안보, 베트남전쟁, 한일국교정상화와 문화정치에 대한 연구를 진행 중이다. 저서로는 『전후라는 이데올로기』, 공편저로는 『검열의 제국』 등이 있다.

윤송아 尹頌雅 Yoon, SongAh

독립연구자. 저서로『재일조선인 문학의 주체 서사 연구−가족·신체·민족의 상관성을 중심으로』,『재일코리안 문학과 조국』(공저),『'재일'이라는 근거』(공역),『월경하는 한국문학사』(공저),『마이너리티 아이콘』(공저) 등이 있다.

최말순 崔末順 Choi, Malsoon

대만 국립정치대학 대만문학연구소 교수. 근대성과 식민성을 키워드로 대만과 한국의 근현대 문학에 대한 비교연구를 수행하고 있다. 저서로『해도와 반도−일제시기 대만과 한국문학비교』(대만, 2013),『식민과 냉전하의 대만문학』(한국, 2019),『동아시아 관점의 식민과 냉전−대만과 한국문학에 대한 관찰』(대만, 2021)이 있고, 편저로『타이완의 근대문학 1~3』(한국, 2013),『별이 바람에 스치운다−일제시기 한국소설대표작』(대만, 2020),『누가 하늘을 보았다 하는가−해방 후 한국소설대표작』(대만, 2021) 등이 있다.

이다 유코 飯田祐子 Iida, Yuko

나고야대학교 대학원 인문학연구과 교수. 저서로『그들의 이야기−일본근대문학과 젠더(彼らの 物語−日本近代文学とジェンダー)』,『그녀들의 문학−여성작가의 글쓰기와 독자에게 응답하기(彼 女たちの文学−語りにくさと読まれること)』(김효순·손지연 번역으로 한국에서도 간행되었다),『케어를 쓰다−육아와 개호의 현대소설(ケアを描く−育児と介護の現代小説)』(공저),『여성과 투쟁−잡지「여인예술」과 1930년 전후의 문화생산(女性と闘争−雑誌「女人芸術」と一九三〇年前後の文化生産)』(공저) 등이 있다.

나이토 지즈코 內藤千珠子 Naito, Chizuko

오쓰마여자대학교 문학부 교수. 저서로『제국과 암살(帝国と暗殺)』(고영란 외 번역으로 한국에서도 번역되었다. 한국어판 제목은『암살이라는 스캔들』),『애국적 무관심−'보이지 않는 타자'와 서사의 폭력(愛国的無関心−「見えない他者」と物語の暴力)』,『소설의 연애감촉(小説の恋愛感触)』,『'아이돌 나라'의 성폭력(「アイドルの国」の性暴力)』등이 있다.

김미정 金美晶 Kim, Mijung

성균관대학교 강사.『뉴래디컬리뷰』편집위원.『움직이는 별자리들−잠재성, 운동, 사건, 삶으로서의 문학에 대한 시론』및『문학을 부수는 문학들』(공저),『민주주의, 증언, 인문학』(공저),『문학은 위험하다』(공저),『무한텍스트로서의 5·18』(공저) 등이 있다.